SEP 1 9 2018

# 13 Locuras que regalarte

# Alice Kellen

# 13 Locuras que regalarte

# TITANIA

Argentina • Chile • Colombia • España
Estados Unidos • México • Perú • Uruguay

*Para María, porque gracias a esta serie te conocí.*
*Gracias por acompañarme desde el principio.*

*«Recuerdo aquella noche mejor que algunos años de mi vida».*

**Antes del atardecer**

# AÑO 2001

Autumn logró esbozar una sonrisa temblorosa porque sabía lo importante que era causar una buena impresión. Ignoró que le dolía el estómago tras comerse cinco caramelos de fresa y aferró las asas de su mochila rosa mientras seguía a la asistenta social y traspasaba el umbral de la puerta con un nudo en la garganta. Segundos después, cuando sus pies dejaron atrás el felpudo de la entrada, un par de voces desconocidas le dieron la bienvenida y Autumn se sintió arropada por la calidez anaranjada del papel pintado de las paredes, las manos de la mujer rubia que le acariciaba el cabello y el aroma del ambientador que flotaba en la estancia. «Así que eso es un hogar», pensó mientras paseaba su mirada por el sofá verde musgo que presidía el salón y los cuadros con dibujos de mariposas. Aquel lugar no se parecía en nada al centro de menores en el que ella había vivido hasta entonces; no había hileras de camas, voces infantiles, ni mesas largas en el comedor.

—Autumn, ven aquí. —Obedeció la orden de la asistenta social y se esmeró por seguir sonriendo—. Te presento a Adele y a su marido, Owen; a partir de ahora ellos serán tu familia de acogida.

—Hola —saludó con cierta timidez.

—Oh, ¡eres un encanto! —Adele se agachó para quedar a su altura y le dedicó una cálida mirada—. Estamos muy felices de tenerte aquí, Autumn.

Owen asintió ante las palabras de su mujer.

—Es una niña muy buena y tranquila —aseguró la asistenta.

Adele sostuvo su mano entre las suyas.

—¿Te apetece ver tu habitación? —preguntó.

Autumn tardó unos instantes en contestar que sí con la cabeza. Su «madre de acogida» la guio por el estrecho pasillo de la casa mientras su marido y la asistenta se quedaban hablando en el salón. Al ver su cuarto, Autumn se quedó con la boca abierta. Era una habitación pequeña, pero, para una niña de seis años que jamás había tenido un dormitorio propio, aquello fue como pisar el cielo. Había una cama con sábanas de dibujos animados a juego con las cortinas, un viejo baúl y un peluche de un oso que la observaba desde la almohada.

—¿Te gusta lo que ves? —Autumn respondió otra vez asintiendo, porque se sentía tan contenta que era incapaz de hacerlo con palabras. Adele le sonrió. Tenía los labios pintados de color carmín—. Puedes decorar las paredes a tu gusto si te apetece colgar tus dibujos. Queremos que te sientas cómoda con nosotros, así que no dudes en decirnos cualquier cosa que te preocupe, ¿de acuerdo?

—Vale —susurró. Y tras tomar una bocanada de aire, añadió—: No me gustan los guisantes.

La mujer se recogió un mechón de cabello rubio tras la oreja e intentó no reírse. Autumn se quitó la mochila rosa y la dejó sobre la colorida colcha antes de dirigirle una mirada dubitativa. Adele entendió que temía haberla decepcionado por no querer comer guisantes y se apresuró a tranquilizarla.

—Perfecto, nada de guisantes. —Sonrió—. ¿Sabes cuál es la especialidad de mi marido? Patatas al horno con mucho queso gratinado.

La alegría iluminó su rostro infantil.

# AÑO 2002

Autumn metió en su mochila rosa los cuentos que Adele le había comprado la semana anterior y unos cuantos rotuladores de colores. Miró por última vez la que había sido su habitación durante más de un año. No había tardado demasiado en integrarse en la vida de aquel joven matrimonio; Autumn era una niña complaciente y Adele había sido una «madre de acogida» encantadora. Le había sacado el dobladillo a todos sus pantalones para que le sirviesen durante un año más, había compartido con ella el secreto para hacer la mejor limonada y cada noche le leía una historia antes de arroparla en la cama. Además, Owen le preparaba patatas con queso todos los sábados y la llevaba diariamente al colegio en su vieja furgoneta roja.

—No quiero irme —suplicó Autumn cuando la asistenta social la instó a salir de la habitación—. ¿Por qué tengo que irme?

La asistenta la miró con compasión.

—Es una situación complicada.

Autumn pensó en la barriga de Adele, que cada día crecía más, y recordó la conversación que había escuchado semanas atrás. A Owen le habían ofrecido un trabajo mejor remunerado en la sucursal que la empresa tenía en Kansas. Dijo que las cosas tenían que cambiar ahora que iban a tener un bebé y que ya no necesitarían el subsidio gubernamental que recibían como compensación por mantenerla a ella bajo su techo. Adele lloró con tristeza, pero terminó admitiendo que él tenía razón y que debían aprovechar la oportunidad.

—Cariño, te portarás bien, ¿verdad? —Adele le acarició la cabeza, como siempre solía hacer, y las dos coletas de la niña se balancearon a los lados cuando ella negó—. Estás enfadada, pero se te pasará en cuanto conozcas a tu nueva familia. ¿Sabes que habrá más niños? Podrás jugar con ellos. Será divertido.

—Yo solo quiero jugar contigo... —balbuceó.

Adele pestañeó con los ojos enrojecidos y le dio un beso en la frente antes de alzarse y dejar que su marido le rodease los hombros con cariño.

—Vamos, Autumn, despídete —le dijo la asistenta.

No sabía cómo hacerlo. Dolía. Pero al final, cuando bajaron los escalones de la entrada, se dio la vuelta y alzó la mano que tenía libre. Reprimió un sollozo, porque sabía que las niñas valientes no lloran. Luego caminó hacia el coche con el corazón encogido y la imagen de Adele y Owen diciéndole adiós pasó a formar parte de su álbum de recuerdos, allí donde guardaba todos los instantes que quedaban atrás. No quiso ver cómo se alejaban y tardó unos minutos en clavar la mirada en la ventanilla del vehículo y observar trazos borrosos y desdibujados de la ciudad de San Francisco.

Autumn llegó entonces a la conclusión de que ella era como una moneda. Las monedas son bonitas y todo el mundo quiere tener muchas en el bolsillo, pero pasan constantemente de una mano a otra. Las monedas no son de nadie y son de todos, se intercambian y su valor es muy relativo. Hay monedas antiguas o raras muy preciadas, como la Liberty Nickel o el Double Eagle, pero otras, como las de un centavo, son tan poco importantes que algunas personas ni siquiera se molestan en agacharse para recogerlas si se encuentran con una en la calle.

—Todo irá bien, Autumn —le dijo la asistenta social mirándola por el espejo retrovisor tras parar frente a un semáforo en rojo—. Los niños que viven con la familia Moore son muy agradables, seguro que te lo pasarás genial.

Autumn no contestó.

De hecho, sus labios se mantuvieron sellados hasta que se vio obligada a entrar en el hogar de los Moore y conoció al matrimonio y a los tres niños que, como ella, habían acabado allí al no tener ningún otro lugar donde vivir. Al verla allá plantada, la asistenta la animó a presentarse delante de Pablo, Roxie y Hunter, así que abrió la boca sin pararse a pensar y dejó que las palabras saliesen a borbotones:

—Me llamo Autumn —dijo—. Tengo siete años, nací en otoño, odio los guisantes y soy como una moneda de un centavo.

Se sorprendió al descubrir que los tres le dedicaron una sonrisa divertida.

# AÑO 2003

Los gritos se colaban por las escaleras que conducían hasta el piso inferior. Los niños dormían en el sótano, que había sido acondicionado para ellos. La estancia estaba pintada de color crema y había cuatro camas y un escritorio alargado en el que hacer los deberes. Al otro lado estaba el armario que todos compartían, de la misma manera que en aquel momento compartían el ruido.

Autumn no soportaba aquel horrible sonido, así que cerró los ojos y se tapó la cabeza con las sábanas. Intentó recordar días mejores en los que hacía limonada con Adele, lo divertido que era intentar cazar con una cuchara las pepitas que se colaban en la jarra tras exprimir los limones, la cálida luz del verano que iluminaba la cocina a través de las cortinas blanquecinas, su sonrisa de color carmín...

Se escucharon pasos. Y más gritos. Más.

—Así es imposible dormir —se quejó Roxie.

—Pues creo que aún queda otra botella de ginebra en la despensa —dijo Pablo.

—Deberíamos haberla escondido —repuso Hunter refunfuñando por lo bajo.

Autumn decidió salir de su escondite, agobiada por la falta de aire.

Roxie, que tenía catorce años y era la mayor, la había tratado como a una hermana desde el primer día en que puso un pie en el hogar de los Moore. Al ver que un ligero temblor se estaba apoderando de su barbilla, se levantó y se metió en la cama junto a ella, abrazándola. Autumn se aferró a sus brazos. Odiaba los gritos.

—Vamos, enana, sabes que pronto parará —le dijo Hunter.

—... en cuanto caiga al suelo redondo —añadió Pablo.

—Shh, chicos. Ella es pequeña —les recordó Roxie.

—¡No es verdad! —exclamó Autumn avergonzada antes de sentarse sobre el colchón con las piernas cruzadas. La cama de Hunter estaba tan cerca de la suya que casi podía tocarla si extendía un poco el pie—. Es que los gritos... no me gustan... Son feos.

—¿Cómo puede un grito ser feo? —se burló Pablo.

—Déjala, tío. Roxie tiene razón —le cortó Hunter.

Los chicos llevaban varios años viviendo juntos en aquella casa y ya habían tenido que despedirse de otros niños que habían pasado por allí. Hunter tenía once años y Pablo doce. Los Moore, como tantos otros matrimonios, disponían de pocos recursos y trabajaban de forma irregular, por lo que habían encontrado un sustento fijo al convertirse en un hogar de acogida. La señora Moore era sumisa, reservada y algo hosca, pero les cosía la ropa cada vez que se rompía y les preparaba cada día un delicioso plato caliente que poder llevarse a la boca. En cambio, el señor Moore solía bromear con los chicos y era jovial y divertido, siempre y cuando no hubiese bebido. Sin embargo, en cuanto sus manos rozaban una botella, se transformaba. El alcohol sacaba lo peor de él: los gritos, las amenazas, los golpes en las paredes, los insultos...

Uno de esos días, Autumn se acercó a Roxie, que estaba cepillándose su larga cabellera rubia con gesto impasible, y le preguntó cómo podía estar tan tranquila e ignorar lo que sucedía en el piso superior. Roxie le dirigió una mirada triste y, en aquel momento, sus ojos reflejaron que, a pesar de ser apenas una niña, había vivido mucho, quizá demasiado.

—Hay cosas peores, créeme.

—¿Cómo puede ser peor?

—¿En cuántas casas has estado?

—Esta es la segunda —respondió Autumn.

Roxie se recogió el pelo en una coleta.

—Pues hazme caso, intenta quedarte aquí. Es mejor que lo que encontrarás ahí fuera, confía en mí. Tú limítate a no llamar la atención y a seguir sacando buenas notas en el colegio, ¿de acuerdo? —Le sonrió con ternura.

—De acuerdo.

—Prométemelo.

—Te lo prometo.

Autumn pensó mucho en aquella conversación a lo largo de los siguientes meses. Pensó en las desgracias que Roxie habría tenido que pasar para considerar que aquel era un buen hogar. Pensó en Hunter, que siempre la defendía en el colegio cuando otros niños se burlaban de ella, tan protector y leal. Pensó en Pablo y en lo mucho que parecía echar de menos a su familia, que vivía en Colombia. No podía evitar mirar a su alrededor y preguntarse por qué ellos habían recibido una porción de suerte más pequeña que esos otros niños que reían y paseaban cogidos de las manos de sus padres.

Quizá por eso se fijó en la casa azul.

Era preciosa. La casa se alzaba en el lado derecho de la acera por la que Autumn caminaba al regresar del colegio. Tenía una puerta grande de hierro y la valla estaba recubierta por hiedra poco tupida de un verde brillante. El tejado era puntiagudo y el porche principal daba al jardín delantero, que estaba repleto de árboles, parterres de flores que crecían en primavera y jazmines que desprendían un aroma suave.

Pero no era la arquitectura ni la belleza de aquel sitio lo que a Autumn le llamó la atención, sino la familia que vivía allí. El matrimonio Bennet tenía una hija de unos ocho años, como ella, y dos chicos que eran gemelos y aparentaban un par de años más. Por las tardes, cuando volvía caminando hacia el hogar de los Moore con Roxie, Hunter y Pablo, los veía jugar en el jardín. A veces todavía llevaban puesto el uniforme del colegio privado al que asistían, uno de esos centros de los que salían futuras promesas científicas, abogados de prestigio y periodistas que no dudaban en cubrir las noticias de algún país en guerra.

—¿Qué miras, enana? —le preguntó Hunter cuando un día la vio acercarse a la verja de metal para observarlos a través de la hiedra enredada.

—Los niños. Me gustan.

Hunter se inclinó a su lado y les echó un vistazo.

—Son unos pijos.

—¿Eso es malo?

—Depende —contestó Pablo y le dio una patada a una lata de refresco que había en el suelo, haciéndola rodar—. No se parecen a nosotros. No son como nosotros.

—¿Qué quieres decir con eso?

—¿Acaso no lo ves? Parecen salidos de un catálogo. —Pablo se rio—. No querrás ser como ellos, ¿verdad? Nosotros somos más divertidos.

Ella se encogió ligeramente e intentó que ninguno notase que, en realidad, le habría encantado ser como esos niños: vivir en la casa azul, estudiar por las mañanas, jugar por las tardes y tener unos padres cariñosos y atentos.

Roxie suspiró hondo y se encendió un cigarro tras apoyarse en la valla. Le dio una calada y expulsó el humo con lentitud. Había empezado a fumar un par de meses atrás, al mismo tiempo que sus compañeras de instituto, y

Autumn odiaba que hubiese dejado de oler a vainilla y que el aroma del tabaco impregnase sus ropas. Vio cómo la miraba su «hermana mayor» y supo que había adivinado lo que estaba pensando, por lo que todavía se encogió más, un poco avergonzada, como si desear eso fuera no quererlos a ellos.

—Vamos, enana —la instó Hunter.

Los cuatro retomaron el paso. Roxie se quedó algo rezagada con ella a su lado. Le tocó la punta de una de las dos trenzas que le había hecho esa misma mañana y le sonrió antes de agacharse para susurrarle al oído.

—Yo sí que lo creo, Autumn. Creo que algún día vivirás en un lugar como este, tendrás un hogar de verdad.

La niña curvó los labios con emoción.

—¡Podríamos tenerlo las dos, vivir juntas!

—Ojalá, Autumn. Ojalá —contestó con tristeza.

Supo que estaba mintiendo. Y fue en ese momento, al ver la desesperanza en los ojos de Roxie, cuando Autumn se dio cuenta de que, para el mundo, todos ellos eran una «causa perdida». Niños a los que sus padres habían abandonado nada más nacer, como en su caso, dejándolos en el hospital. Otros, tal como le había ocurrido a Roxie, con padres problemáticos, que entraban y salían de prisión con cierta asiduidad. O con historias aún más duras, como la de Hunter. Muchos de ellos, además, eran latinos, hijos de inmigrantes sin papeles que no podían hacerse cargo de su cuidado al no tener la posibilidad de acceder a ciertas ayudas sociales. Las estadísticas auguraban que, para la mayoría, el futuro se dibujaba oscuro y lleno de baches, porque eran pocos los que lograban encontrar una estabilidad tras una infancia marcada por la falta de cariño y las idas y venidas. Eran pocos los que terminaban siendo «pequeños supervivientes».

# AÑO 2005

Quizá por eso Autumn se convirtió en «la chica de las causas perdidas». Si se encontraba algún pajarito que se había caído del nido, ella lo recogía, se lo llevaba a su habitación y lo alimentaba durante días con migas de pan mojadas en leche hasta que el animal crecía lo suficiente como para volar libre. Si había algún niño que estaba solo a la hora del almuerzo en el colegio, como solía ocurrirle a Ted Davis, porque se burlaban de sus gafas de pasta, Autumn se sentaba a su lado, aunque este ni siquiera le dirigiese la palabra. Si debían realizar algún trabajo grupal, ella elegía hacerlo con alguien que tuviese más dificultades para sacar buenas notas o concentrarse. Y casi sin darse cuenta, empezó a encontrar pedacitos de felicidad en esos pequeños gestos y se aferró a la satisfacción que sentía al ser capaz de solucionar los problemas de los demás.

—¿Sabes lo que leí el otro día? —preguntó mientras caminaba por la acera al lado de Hunter jugando a no pisar las líneas de cada una de las baldosas.

—A ver, sorpréndeme, enana.

Era sábado. El sol brillaba en lo alto de un cielo despejado. La noche anterior se había quedado sola en el sótano porque sus tres «hermanos» se habían ido a una fiesta del instituto y, a la mañana siguiente, cuando había intentado despertarlos para que la acompañasen a comprarse un par de caramelos, solo había conseguido que Hunter se levantase de la cama entre gruñidos.

—Leí un informe de *Human Rights Watch* que decía que muchos de los nuestros ni siquiera superan la escuela preparatoria. —Autumn tenía una memoria superior a la media; era capaz de retener un montón de datos e información, aunque no comprendiera del todo su significado.

—¿Los nuestros? —preguntó.

—Los que no somos de nadie. Sin hogar.

—¡Eso es una tontería! —Hunter la miró de reojo—. ¿Y por qué demonios no pisas las líneas de la acera?

—No lo sé. A veces hago cosas raras.

Hunter dejó escapar una carcajada ronca.

—No te creas todo lo que leas por ahí.

—Pero es cierto. Tenemos menos oportunidades que el resto —insistió con la mirada fija en el suelo. Sabía que pronto se olvidaría de esa manía. Siempre le ocurría. De repente una idea le venía a la cabeza, como no volver a comer pepinillos en vinagre o colgarse de la rama de un árbol que había en el patio del colegio y, semanas después, ese pensamiento desaparecía como si nunca hubiese existido—. Y he leído más cosas como, por ejemplo, que a los dieciocho años tendremos que marcharnos de la casa de los Moore. Eso era lo que quería decir Roxie el otro día cuando celebramos su cumpleaños, ¿verdad? Estaba triste. Dijo que solo le quedaban dos años. ¿Y luego qué ocurrirá con ella? Encontré otro artículo de un periódico en la biblioteca del colegio que también hablaba de eso.

Hunter se mostró taciturno.

—¿Y qué decía?

—Que muchos jóvenes terminan en la calle de un día para otro. Una organización se quejaba de que el sistema no funciona bien. —Arrugó la nariz, pensativa—. ¿Qué es el sistema, Hunter?

—El sistema... se supone que cuida de nosotros —repuso y chasqueó la lengua—. No deberías preocuparte por ese tipo de cosas todavía, Autumn. Tienes diez años.

—Pero algún día creceré.

Hunter dejó de caminar y se agachó frente a ella para quedar a su altura. Inspiró hondo y se mordió el labio inferior antes de hablar.

—Cuando eso ocurra, nosotros cuidaremos de ti.

—Pero no quiero que os marchéis de la casa de los Moore y me dejéis sola allí.

—Llegarán otros niños, Autumn. Siempre es así.

Ella se obligó a calmarse mientras él se erguía de nuevo. Aceptó la mano cálida que le tendía y se encaminaron juntos hacia la tienda más cercana. Unos minutos después, con una piruleta de fresa en la mano, regresaron sobre sus pasos.

—¿Puedo quedarme un rato en la casa azul?

—No entiendo qué tiene de especial ese sitio.

Estuvo a punto de contarle que le gustaba porque desprendía la normalidad que ella no conocía. En aquel hogar se respiraba tranquilidad, confianza; parecía que nada malo podía ocurrir tras aquellos muros recubiertos de hiedra.

Contestó con una verdad a medias:

—Me divierte espiarlos.

—¡Pequeña granuja! —Hunter le revolvió el pelo y bostezó, cansado por las pocas horas de sueño—. Media hora, ni un minuto más, ¿entendido?

Asintió con una sonrisa y él se alejó con su habitual andar despreocupado. Hunter había crecido tanto durante los últimos meses que, a pesar de ser un año más pequeño que Pablo, le sacaba varios centímetros. Tenía el cabello oscuro y unos rasgos marcados que le hacían parecer más mayor. Autumn lo adoraba.

Sacudió la cabeza cuando lo vio desaparecer por la esquina e intentó no pensar en el futuro que los artículos que había leído durante las últimas semanas auguraban para ellos y en todas esas cosas que no entendía y que nadie le explicaba.

Lamió la piruleta y su mirada se detuvo en el porche de la casa de estilo colonial.

Tras dos años observándolos, Autumn conocía sus nombres porque había oído cómo los llamaban más de una vez a voz en grito (Miranda, Caleb y Levi). También sabía que, todas las tardes, su madre, la señora Bennet, les preparaba sándwiches de mermelada con crema de cacahuete (Levi no se comía la corteza y siempre se la daba al perro, *Ruffus*). A Miranda le gustaba sentarse sobre las piernas de su padre cuando él accedía a leerle un cuento mientras se tomaba el té del mediodía durante los días de verano. Y Autumn no podía evitar preguntarse cómo sería sentir el cuerpo firme de un padre protector a su espalda. En vez de soñar con castillos y princesas, ella imaginaba lo divertido que sería tener dos hermanos mayores: gastarles bromas, perseguirlos por el jardín entre chillidos cada vez que uno de ellos le quitase sus muñecas o dejarse caer sobre el césped junto a su madre sin dejar de reír a carcajadas.

Aquel día, mientras degustaba la piruleta, observó cómo Caleb lanzaba la pelota para que *Ruffus* fuese a recogerla; sonrió al descubrir que Levi seguía sentado a la mesa del porche haciendo los deberes (siempre era el último en terminar), y descubrió a Miranda cortando un par de flores para hacer un ramo.

Autumn suspiró y se apartó de la valla. Fijó la mirada en la acera y regresó a la casa de los Moore intentando no pisar las líneas rectas que dividían el suelo en pequeños cuadrados. Uno, dos, tres, cuatro, cinco, ¡línea! Y vuelta a empezar...

# AÑO 2007

Dieciocho velas se apagaron.

Roxie se despidió de ellos entre lágrimas.

La asistenta social había movido algunos hilos y pasaría los próximos veinte días en un centro de acogida. Roxie les aseguró que encontraría trabajo, que los visitaría con frecuencia y que nada cambiaría entre ellos. Pero Autumn tenía un nudo tan fuerte en la garganta que tartamudeó al decir «adiós» y fue incapaz de pronunciar el «te quiero, Roxie» que tenía en la punta de la lengua, justo al lado del «no te vayas, por favor». Ya no podría colarse en su cama las noches de tormenta, cuando tenía miedo, y dormir arropada entre sus brazos. Ya nadie la calmaría con dulzura durante los días malos del señor Moore. Ya no habría cosquillas al despertar, muecas graciosas durante la cena, bailes en el sótano al son de la melodía de la radio ni trenzas cada mañana antes de ir al colegio.

# AÑO 2008

—¿Qué está ocurriendo? ¿Adónde se llevan todas esas cosas? Oiga, espere...

—Solo hacemos nuestro trabajo —respondió con hosquedad un hombre de redondeada barriga tras girarse hacia ella y mirarla con extrañeza.

Cuando continuó su camino, ella lo siguió. El tipo sostenía un par de cajas de cartón en las manos y vestía el mono gris de la empresa de mudanzas para la que trabajaba. Un camión con el mismo logotipo que tenía cosido en el pecho estaba aparcado allí al lado, justo enfrente de la casa azul. Autumn se había quedado consternada al girar la esquina y descubrir la mecedora del porche dentro de la parte trasera del camión junto a otros muebles y recuerdos embalados de los Bennet.

—¿Se marchan? ¿Se marchan de la casa azul?

El hombre entrecerró los ojos.

—¿Es usted amiga de la familia, muchacha?

—¡No! ¡Sí! —mintió—. Pero... no entiendo...

Cerró la boca de golpe en cuanto vio salir por la puerta a Caleb, Levi y Miranda acompañados por su madre. Ninguno reparó en la presencia de una niña de trece años que los observaba con el corazón encogido en un puño mientras veía cómo la señora Bennet se aseguraba de que todos los objetos de valor estuviesen bien colocados en el camión. Llevaba un bonito pañuelo verde alrededor del cuello y un vestido de punto gris que resaltaba sus elegantes movimientos mientras daba órdenes con una voz suave pero firme. Autumn la escuchó decir «cuidado con la caja de la vajilla» y «quizá deberíamos dejar la mecedora aquí, dudo que nos sea de utilidad».

—¿No íbamos a comer? —protestó Caleb.

—Eso, mamá, estamos muertos de hambre —dijo Levi.

—Ya voy, chicos, un poco de paciencia.

De pronto, al girarse, el pañuelo verde se deslizó suavemente por su cuello y, llevado por una ráfaga de viento, cayó al suelo, justo delante de los pies de Autumn. Ella se agachó, lo recogió y se lo tendió con manos temblorosas.

—Se le ha caído —logró decir.

—Muchas gracias, cielo.

La señora Bennet lo aceptó con una amable sonrisa y, durante unos segundos, Autumn dejó de escuchar el chirriante sonido de la plataforma del camión al ascender, las voces de los trabajadores y el jaleo general que había desatado la mudanza. Le parecía casi irreal tenerlos enfrente y estar hablando con ella tras años mirándolos desde la distancia, como un fantasma que observa otras vidas. Autumn tragó saliva. Se sentía un poco como una intrusa, una ladrona de recuerdos familiares que no le pertenecían, una coleccionista de risas desconocidas, de palabras que jamás debería haber escuchado. Y, aun así, no podía evitar que le temblasen las rodillas ante la idea de verlos marchar. La casa azul dejaría de ser un hogar sin ellos. Abrió la boca, dispuesta a preguntarle por qué se iban si parecían tan felices allí, pero se quedó con las palabras a medio camino, ya que la señora Bennet se giró mientras se colocaba de nuevo el pañuelo alrededor de su cuello, y se dirigió a uno de los trabajadores para decirle que, si necesitaban cualquier cosa, podían consultarlo con su marido.

Los cuatro se alejaron calle abajo.

—¡Cuidado, chica! —gritó un hombre que llevaba a cuestas un armario de madera oscura con la ayuda de otro compañero.

Autumn se apartó de su camino. Miró a su alrededor, confundida, y pensó en lo mucho que necesitaba a Roxie en aquel momento; habría entendido lo que ese lugar significaba para ella. Al menos la Roxie de antes... porque la última vez que la había visto, dos meses atrás, cuando esta había ido a recogerla por sorpresa al colegio, se había dado cuenta de que ya no era la misma. Había cambiado. Y es que Roxie ya no llevaba trenzas. Ahora, su cabello rubio caía suelto por su espalda hasta casi tocar el cinturón que sostenía la corta falda que vestía. Se había hecho un *piercing* en la nariz, llevaba los párpados pintados de color oscuro y olía demasiado a perfume y a tabaco. La acompañó a casa, se interesó por las notas que había sacado el trimestre anterior y se esforzó por sonreír, pero Autumn fue incapaz de ignorar la tristeza y el dolor que escondía su mirada...

Y ahora, allí, siendo testigo de aquel punto y aparte en las vidas de la familia Bennet, se dio cuenta de que nada era permanente e inamovible. El mundo danzaba en un movimiento constante: las personas cambiaban, se marchaban, regresaban, desaparecían. Los sueños se retorcían, se reinventaban. Cada día era una oportunidad para ser alguien diferente, mejor, y decidir qué rumbo tomar. Sin constantes, sin líneas rectas e intactas, Autumn entendió que ella misma era la única variable.

# AÑO 2010

Ya casi había anochecido cuando Autumn entró en la casa de los Moore por la puerta trasera intentando no hacer ruido. Iba pintada de rojo porque venía de manifestarse junto a docenas de personas en el muelle treinta y nueve de Fisherman's Wharf por el aumento de las muertes de los leones marinos en California a causa del calentamiento global. Las aguas inusualmente cálidas hacían que los peces abandonasen las islas costeras en las que solían reproducirse los leones marinos, por lo que las madres debían alejarse más de lo debido en busca de comida, lo que provocaba que muchas crías terminasen perdidas y arribando a tierra desde San Diego a San Francisco. Los equipos de rescate de animales habían reportado miles de crías aquel año y, por desgracia, la tasa de mortalidad era muy elevada.

—¿Crees que una chica como tú debería volver a estas horas? —Autumn se estremeció al escuchar la voz gangosa del señor Moore justo antes de que encendiese la luz del recibidor. Tenía los ojos rojizos y vidriosos y una mueca extraña cruzaba su rostro.

—Lo siento. Se me ha hecho tarde.

—¿Y qué demonios es eso...?

Se inclinó hacia ella y Autumn dejó de respirar al advertir el aroma a alcohol y el aliento del señor Moore. Tembló cuando su mirada descendió por su cuerpo y las ropas pegadas por culpa de la pintura. Cerró los ojos. Estaba sola. Hunter había sido el último en marcharse dos meses atrás. Pensar en él le dio valor y consiguió que su voz sonase firme al hablar.

—Solo es un poco de pintura.

—Ya veo... —entrecerró los ojos.

—Bajaré al sótano.

—Espera un momento.

Antes de que Autumn pudiese escabullirse, el señor Moore se apretó contra ella y la retuvo contra la pared. El corazón empezó a latirle de forma frenética e intentó quitárselo de encima.

—¿Qué pasa? ¿Acaso no me he portado bien contigo todos estos años?

—¡Suéltame! O te juro...

—¿Qué harás? —Se rio y le alzó la barbilla con una mano para obligarla a mirarlo.

Había un velo en los ojos de aquel hombre que conducía a un pozo de oscuridad. Cuando notó su mano áspera rodeándole el cuello, presionando, sin ser del todo consciente de lo que hacía, Autumn alzó la rodilla y lo golpeó con todas sus fuerzas. Sorprendido, el señor Moore se apartó y aulló de dolor, pero ella ni siquiera lo escuchó. Volvió sobre sus pasos, abrió la puerta y se alejó de allí todo lo rápido que pudo, ignorando las náuseas que sentía.

Corrió, corrió y corrió.

Y solo paró al advertir la casa que se dibujaba a lo lejos bajo la luz de las farolas. De algún modo, sus pies la habían conducido hasta ese lugar. Tomó una gran bocanada de aire e intentó que las piernas dejasen de temblar. Miró a ambos lados de la calle, asustada y confundida por lo que acababa de ocurrir. Allí no había nadie. El silencio y la calma de la noche contrastaban con el pulso desbocado que le atenazaba la garganta. Tragó saliva con nerviosismo antes de dirigirse con pasos acelerados hacia la acera de enfrente. Temiendo arrepentirse, tomó impulso sin pararse a pensarlo ni un segundo más y saltó el muro de la casa azul. Ahogó un gemido al apoyar las manos en el suelo para frenar la caída y se clavó un par de piedrecitas, pero estaba tan agitada que apenas lo notó.

Aunque Autumn podía distinguir un poco el terreno gracias a las farolas de la calle, no era suficiente para poder moverse con facilidad, así que anduvo despacio, pisando hierbas, ramas caídas y gravilla mientras se encaminaba hacia la puerta principal. La casa azul llevaba dos años vacía y, por los cristales rotos de las ventanas y las pintadas en una de las paredes laterales, había sido víctima de jóvenes con ganas de saltarse las normas, razón por la que no le sorprendió que la puerta estuviese abierta y que solo necesitase un empujón para que la madera cediese.

Dentro olía a humedad y a polvo. Fue incapaz de pasar de la primera estancia y ascender las escaleras que conducían al piso superior, porque la luz de la luna era casi inexistente y ni siquiera podía distinguir sus propios pies en la penumbra. Por eso se sentó en el suelo, cerca de la puerta, con las rodillas encogidas contra el pecho. De vez en cuando se escuchaba algún ruido extraño, como un ligero crujido o un sonido sibilante y, aunque Autumn sabía que tan solo se trataba del viento, no podía evitar estremecerse y pegar más la espalda a la pared, como si desease fundirse con ella. Nunca imaginó que un lugar tan mágico durante el día pudiese darle miedo, pero se sentía sola y asustada y no había nadie en el mundo a quien pudiese acudir. Ni siquiera sabía qué sería de ella al día siguiente.

El señor Moore no había intentado propasarse jamás, pero puede que la reciente marcha de Hunter le hubiese animado a ello o que estuviese tan borracho que apenas fuese consciente de lo que estaba haciendo. En realidad, Autumn no sabía lo que podría haber ocurrido de no haber huido a toda velocidad, pero lo que sí sabía era que no quería volver a vivir entre esas cuatro paredes. Recordaba la resignación con la que Roxie le había dicho que había cosas peores allí fuera, pero quizá era mejor arriesgarse que seguir conformándose con algo que, como había descubierto en sus propias carnes, era peor de lo que pensaba.

«Todo o nada», pensó.


Cuando Autumn abrió los ojos, el sol se filtraba por una de las ventanas rotas e iluminaba las motas de polvo que se acumulaban sobre el suelo y los muebles del salón. Se puso en pie y estornudó tras llevarse la mano a la nariz. A la luz del día, el lugar distaba mucho de resultar tenebroso. Por primera vez, Autumn observó maravillada el interior: la puerta pintada de un azul celeste, las paredes ocres y las pocas pertenencias que habían dejado, como la mecedora que finalmente habían decidido no llevarse y estaba intacta en una esquina. Se acercó a la silla de madera y deslizó los dedos por los brazos que se curvaban en el extremo, recordando las tardes de verano en las que el señor Bennet se sentaba allí y veía a sus hijos jugar en el jardín. Se preguntó dónde estaría ahora aquella familia.

Tras lo que había ocurrido la noche anterior, sabía que no era el mejor momento para ponerse a curiosear, pero no pudo evitar echar un vistazo rápido. La cocina era la estancia más intacta de la casa; en las baldas de madera aún quedaban algunos botes de cristal vacíos, justo enfrente de la cenefa de azulejos. Las escaleras crujieron cuando Autumn ascendió hacia la segunda planta. Recorrió cada una de las habitaciones, guardando en su memoria la disposición y los pocos muebles que quedaban, como el precioso armario pintado a mano del dormitorio principal o el baúl oscuro que descansaba frente a una de las paredes.

No entendía cómo era posible que a esas alturas la casa no se hubiese vendido o alquilado. Parecía que el barrio ya no estaba tan de moda y algunas propiedades vecinas también habían terminado con un cartel colgado de la puerta con el logotipo de alguna inmobiliaria, pero Autumn pensaba que, precisamente, el encanto de aquel lugar tenía mucho que ver con la antigüedad de sus casas. Eran auténticas. Únicas. Casas con personalidad que no habían sido construidas en serie, sino al gusto de sus propietarios.

Estaba a punto de salir de una de las habitaciones cuando vio algo brillante en el suelo. Se agachó y lo cogió. La cadena de plata se deslizó entre sus dedos y el caballito de mar que pendía de la punta se balanceó. Era, casi con total seguridad, un colgante de Miranda. Autumn no supo por qué, pero desabrochó el cierre y se lo puso. Hasta entonces, el único accesorio que había llevado siempre consigo era un anillo con una piedra azulada que Roxie le había dado antes de marcharse de la casa de los Moore.

Los Moore. Pensar en ellos le recordó que estaba metida en un buen lío, así que regresó sobre sus pasos y salió al jardín, que estaba recubierto de maleza. Logró saltar el muro sin que nadie la viera, pero lo que no consiguió fue pasar desapercibida. Seguía vestida con la ropa que había llevado el día anterior y su camiseta pintarrajeada atrajo más de una mirada mientras caminaba por la acera.

El único lugar al que se le ocurrió acudir fue a un centro juvenil. Sabía que allí no podría quedarse más de veinticuatro horas, porque tenían una licencia de estancia, pero era útil para emergencias y los que llegaban solían ser recolocados con urgencia en familias de acogida. Entró, se dirigió a la primera persona que encontró tras lo que parecía ser el mostrador de recepción, y la chica la derivó a uno de los trabajadores sociales del centro.

El hombre, que se llamaba Tom, vestía una camisa de franela y no aparentaba más de cuarenta años. Tenía el cabello corto y ondulado y una mirada amigable que la animó a contarle todo lo que había ocurrido.

—No pienso volver allí. Si me mandan de nuevo a esa casa, me escaparé —concluyó intentando que su voz sonase firme, aunque, en el fondo, volvía a sentirse como una moneda viajando de un bolsillo a otro. Si sus padres no le habían dado el valor que merecía, ¿por qué iban a querer hacerlo otras personas? Respiró hondo.

El hombre apoyó una mano en su hombro.

—No tendrás que regresar —aseguró—. Encontraremos otro lugar mejor para ti y abriremos una investigación interna para evaluar lo ocurrido. Puedes estar tranquila.

—Quiero denunciarlo.

—Lo haremos.

Ella murmuró un «gracias» algo ronco y, tal como había previsto, unas horas después se encontraba de nuevo rumbo a otro hogar. Otro hogar que no le pertenecía, con una familia que no era la suya. Soportaba tan poco la idea de compadecerse de sí misma como la de intentar fingir que todo aquello no le afectaba. Así había sido siempre. Todavía podía recordar que, cuando era una niña, sus compañeros de clase solían preguntarle si no echaba de menos a sus papás. Autumn siempre respondía lo mismo: «no sé si los echo de menos, no los conozco». Y era cierto. Quizá eso era lo más doloroso de todo, la idea de pensar que sus padres no le habían dado la oportunidad de demostrarles que podía ser una buena hija, que podía sacar buenas notas en el instituto, no dar problemas ni convertirse en una molestia para ellos.

—Ya casi hemos llegado, es esa casa de allí. —Señaló Tom interrumpiendo sus pensamientos, algo que Autumn estuvo a punto de agradecerle.

—Es bonita —admitió.

—Creo que los Smith te gustarán. —Siguió hablando sin mirarla mientras giraba el volante hacia la derecha y la luz anaranjada del atardecer bañaba el vehículo—. Ella y su hijo parecen buenas personas, muy humildes.

—¿Tiene un hijo? —preguntó con curiosidad.

—Sí. —Estacionó a un lado de la calzada y quitó la llave del contacto—. ¿Lista? Vamos, muéstrale al mundo esa sonrisa que tienes, ¿para qué te la estás guardando?

Autumn decidió que Tom le caía tan bien que valía la pena hacer un esfuerzo por curvar ligeramente los labios. Él se rio al ver su mueca y negó con la cabeza antes de bajar del coche y encaminarse hacia la casa de la familia Smith. Los dos esperaron frente a la puerta tras llamar al timbre. Un chico que tendría más o menos quince años abrió y se quedó mirándolos fijamente sin decir ni una palabra; por los rasgos de su rostro, no era difícil advertir que tenía síndrome de Down. Usaba unas gafas redondas con una montura de color turquesa que hacía juego con sus ojos.

—Hola, ¿está tu madre en casa?

El chico ignoró la pregunta del asistente social y centró su mirada en Autumn y, más concretamente, en el caballito de mar plateado que colgaba de su cuello. Lo señaló con la mano.

—M-m-me encanta.

—Oh, gracias. —Autumn le sonrió.

—P-podéis pasar —dijo.

Tom dio un paso al frente justo cuando la voz de una mujer se acercó por el pasillo.

—¡No! Nathaniel, te lo tengo dicho, nunca hables con desconocidos. Ni mucho menos los invites a entrar. —La señora Smith apareció en el umbral de la puerta y se llevó una mano al pecho tras echarles un vistazo rápido—. Ah, sois vosotros. Perdonad. Pasad, pasad. Está todo un poco revuelto, pero es que hemos tenido una semana complicada en la tienda. —Cerró la puerta y los acompañó hasta la sala de estar mientras fijaba sus ojos en la chica—. Imagino que tú eres Autumn.

—Sí. Gracias por...

—¿Un poco de té? —la cortó.

Tom le dedicó una sonrisa complaciente.

—Será un placer, Abigail.

—Vuelvo en seguida.

Abigail desapareció llevándose a su hijo tras ella. Y a pesar de la extraña bienvenida y de su comportamiento nervioso, Autumn sintió de inmediato una conexión con esa mujer. Quizá fue por el miedo que encontró en sus ojos, como si ella pudiese ser una amenaza, o por la inquietud que la sacudía. Era simple intuición.

Tom alzó una ceja, haciéndola reír.

—No se lo tengas en cuenta, nunca ha ejercido como madre de acogida y ha sido todo muy apresurado, ya sabes —explicó—. ¿Primeras impresiones? —preguntó tras sentarse en el sofá. Ella se acomodó a su lado.

—Me gusta. Me gusta mucho.

Se fijó en las pinturas de colores encima de la mesita auxiliar, justo al lado de un dibujo inacabado y de una goma de borrar. Era verdad que había cierto desorden, como un montón de películas infantiles en la alfombra del salón o una pila de novelas sobre una de las sillas, pero le pareció que aquello sí que era un hogar.

Nathaniel entró en el salón portando una bandeja azul que tenía dibujos de margaritas y estaba repleta de pastelitos envueltos.

—Mamá pregunta si q-queréis.

—Claro, ¡me encanta el chocolate! —Autumn alargó la mano para coger uno.

—A mí t-también.

—Veo que tenéis muchas cosas en común —añadió Tom sonriente mientras elegía uno de licor de cerezas.

Abigail regresó con tres tazas de té y las dejó en la mesa junto a un tarro de porcelana lleno de azucarillos. Todavía parecía nerviosa cuando se sentó en el sillón de enfrente y cruzó las manos sobre su regazo. Con lentitud, como si temiese hacerlo, alzó la mirada hacia la joven.

—Quisiera dejar algunas cosas claras desde el principio. En esta casa no toleramos comportamientos inapropiados, palabras malsonantes ni gritos. Cada uno se hace cargo de sus responsabilidades, así como de ciertas tareas del hogar que serán asignadas. Y cenamos a las siete, ni un minuto más ni un minuto menos. No me gusta la impuntualidad.

Autumn reprimió una sonrisa.

—Suelo ser bastante puntual y se me dan bien las tareas del hogar —mintió—. Le aseguro que no le daré problemas. Será como si no existiese, caminaré de puntillas si hace falta. Creo que podríamos entendernos bien, señora Smith.

La mirada de la mujer se suavizó.

—Está bien. Llámame Abigail.

# AÑO 2014

Nathaniel rasgó el papel de regalo con manos nerviosas y sonrió emocionado al encontrar en su interior el nuevo libro de *La princesa sin corona y el príncipe que perdió su capa*. Sentado en la alfombra, se giró hacia Autumn para darle un abrazo.

—¡Gracias! ¡Es f-fantástico!

—¡Sabía que te gustaría!

—¿Lo leemos juntos?

—Después de comer. —Le revolvió el cabello castaño—. Voy a ver qué está haciendo tu madre en la cocina, antes de que me riña por llegar tarde.

Al verla entrar, Abigail se inclinó hacia ella y le dio un beso en la mejilla ignorando los quince minutos de retraso. Luego se puso las manoplas y abrió la puerta del horno para sacar el humeante pastel de verduras.

—¡Qué bien huele! —exclamó Autumn.

—Esperemos que sepa igual.

Tal como imaginaba, la comida estaba deliciosa. Los tres degustaron juntos hasta el último bocado entre risas y charlas, como solían hacer todos los domingos. Hacía ya casi un año que Autumn había soplado dieciocho velas en ese mismo salón, pero, lejos de marcharse del hogar de los Smith, había empezado a trabajar en la tienda de antigüedades que Abigail regentaba. Entre las dos, y gracias a un par de nuevas ideas, estaban consiguiendo sacar adelante el negocio.

Y Autumn era feliz, muy feliz.

Le bastaba la sonrisa de Nathaniel y la confianza y la amistad que se había forjado entre ella y Abigail con el paso de los años para sentirse en casa. Levantarse con alegría cada mañana, tener alguna cita divertida, leer un par de poemas al anochecer, encontrar objetos raros que vender, ocuparse de sus causas perdidas y saber que tenía un hogar al que regresar cada noche era más que suficiente para llenar su corazón. Autumn era una de esas personas que creía en la magia de los pequeños momentos, como en la emoción de encontrar un cacahuete dentro de un paquete de avellanas o en lo satisfactorio que resultaba solucionar los problemas de los demás (la semana anterior, sin ir más lejos, se había unido a la búsqueda de un perro en el vecindario y lo habían localizado sano y salvo para alegría de su dueña). No se consideraba conformista, pero sabía apreciar cuando, en el «todo o nada» de la vida, ella tocaba ese «todo» con la punta de los dedos.

# AÑO 2018
## (PARTE I)

Cerró la caja registradora tras despedirse de la señora Grace y apuntó en la libreta la última venta. Como en la tienda de antigüedades tenían objetos únicos e irrepetibles, solía ser complicado manejar el *stock* y ella y Abigail se informaban constantemente de lo que se había vendido para evitar confusiones. Autumn sonrió cuando las campanillas de la puerta sonaron de nuevo y la señora Smith entró en el establecimiento cargada con una caja de cartón. Salió de detrás del mostrador y se la quitó de las manos.

—¿Es la vajilla que pedimos? —preguntó.

—La misma. Espero que esté en buen estado.

—Eso parecía por las fotografías. —Cogió un cúter y abrió la caja. Los platos estaban embalados a la perfección, cada uno dentro de un plástico protector de burbujas. Autumn desenvolvió uno y lo alzó en alto—. ¡Es precioso!

Abigail lo admiró con una sonrisa. La vajilla no tenía un gran valor por su antigüedad, sino porque estaba pintada a mano de una forma exquisita: las flores rosas y rojas en tonos pastel se entrelazaban en el borde superior del plato.

—Podríamos ponerlo en el escaparate —opinó Abigail—. Por cierto, ¿tú no tenías hoy que ocuparte de una de tus causas perdidas?

—¡Oh, joder! —exclamó.

—Esa boca, señorita.

—¡Recórcholis! Casi se me olvida.

—No conduzcas rápido.

—No lo haré.

—Ni tampoco te metas en líos.

—Lo intentaré —contestó mientras se apresuraba a recoger sus cosas.

Se sentía fatal por haber estado distraída en un día tan importante. Si los rumores eran ciertos, varios inspectores y socios de la constructora irían a evaluar los terrenos del proyecto Lynn y, por supuesto, ella tenía que ir allí y convencerlos de que tirar abajo la casa azul y las propiedades colindantes para construir un montón de adosados simétricamente perfectos era un enorme e irreparable error.

—No sé a qué hora llegaré...

—No te preocupes. Yo me encargo.

—Gracias —repuso y le sonrió antes de salir a la calle.

Dejó el bolso en el asiento del copiloto y arrancó la vieja furgoneta Volkswagen de Abigail. Era una de las pocas pertenencias que su marido le había dejado antes de abandonarlos a ella y a Nathaniel para irse con una mujer quince años más joven. Por eso Autumn había terminado bajo su techo: ahogada por las deudas y un negocio que no prosperaba, Abigail pensó que convertirse en madre de acogida podría ser la pequeña ayuda económica que necesitaban. Lo que no imaginó fue que esa niña terca y flacucha de quince años acabaría colándose en su corazón y convirtiéndose en una parte fundamental de su familia.

Autumn aparcó cerca de la casa azul y cogió de la guantera todo lo que necesitaba, como las esposas de plástico que dos meses atrás había utilizado junto a otros activistas para intentar parar un desahucio. No es que estuviese a favor de que los ciudadanos no pagasen sus facturas, pero sí pensaba que había casos excepcionales que debían estudiarse minuciosamente.

Blasfemó entre dientes cuando, justo antes de intentar trepar por el muro, se dio cuenta de que aquel día llevaba un vestido. Era bonito, de color melocotón y tirantes finos. También era corto. Autumn decidió ignorar esto último y tomó impulso para saltar el muro. Se sacudió la falda y miró a su alrededor. Todo seguía igual, los hierbajos creciendo salvajes a sus anchas, los cristales de las ventanas rotos y el polvo colándose en cada rincón. Mentiría si dijese que no había entrado varias veces en la casa azul durante los últimos años, solo por curiosidad, por el placer de recorrer las estancias a la luz del día y de imaginar cómo sería aquel lugar si no estuviese abandonado.

Consciente de que no tenía demasiado tiempo, dejó el bolso en el suelo del porche, fue hasta la ventana más cercana a la puerta principal y se encadenó a ella. Sin saber dónde meter la llave al escuchar el ruido de la verja de metal del jardín, terminó guardándosela en el escote del vestido.

Y entonces lo vio. Un hombre avanzaba hacia ella por el sinuoso camino repleto de maleza. Al alzar la cabeza, por culpa del reflejo del sol matutino, tardó unos segundos en percatarse de la presencia de Autumn, pero, cuando lo hizo, su ceño se frunció.

—¡Eh! —la llamó antes de ascender el primer escalón del porche—. ¿Qué estás haciendo aquí? Esto es una propiedad privada.

—¿Y tú quién eres? —preguntó recelosa.

Él dudó un instante antes de contestar:

—Me llamo Jason Brown y... —Dejó de hablar y parpadeó confundido tras advertir las esposas que unían la mano de la chica y el barrote de una de las ventanas—. ¿Pero qué demonios...? ¿Estás encadenada?

Alzó la cabeza orgullosa.

—Sí. No pienso consentir que tiréis abajo esta casa ni todas las demás.

Autumn tragó saliva cuando pudo distinguir su rostro más de cerca. Tenía unos rasgos perfectos, angelicales. Era atractivo en el sentido más clásico de la palabra, con su cabello rubio exquisitamente peinado y unos ojos de color azul pálido que la miraban como si ella fuese un abejorro molesto que acababa de cruzase en su camino. Con ese aire tan distinguido e inalcanzable, parecía salido de un catálogo de ropa cara. Vestía un traje de color oscuro que se ceñía a su cuerpo alto y atlético y a Autumn le incomodó que su presencia le afectase tanto, porque se dio cuenta de que llevaba unos segundos conteniendo el aliento. «Mal, Autumn, muy mal», se dijo.

Él avanzó resuelto hacia ella.

—Chica, no tengo tiempo para tonterías. En unos minutos llegarán los inversores, mis socios y el arquitecto. Te aconsejo que no estés aquí cuando eso ocurra si no quieres buscarte problemas. ¿Dónde has metido la llave?

—No creo que puedas cogerla.

Jason dejó escapar un suspiro de fastidio, como si perder esos minutos hablando con ella fuese inaceptable. La miró atentamente, fijándose en su cabello oscuro recogido en una larga trenza que descansaba a un lado y en las largas pestañas que enmarcaban unos ojos desafiantes.

—Dame la llave —siseó.

—Está aquí dentro —respondió Autumn inclinando el mentón.

—¿Qué quieres decir?

—Aquí, en mi sujetador.

Los ojos de Jason se desviaron sin poder evitarlo hasta el escote del vestido y, durante unos segundos, permanecieron ahí, con las pupilas ligeramente dilatadas. Luego, cuando volvió a alzar la vista, ella lo vio humedecerse los labios y respirar hondo como si intentase recuperar el control de la situación.

—Maldita sea, ¿qué es lo que quieres?

—¿Otra vez? Ya te lo he dicho, no permitiré que el proyecto siga adelante. Estas casas tienen encanto y merecen una segunda oportunidad. Haré una huelga de hambre si es necesario.

Jason intentó sopesar si estaba en sus cabales. Señaló el jardín repleto de hierbajos y la madera agrietada del porche. Al hablar, lo hizo con un tono burlón que le sorprendió hasta a él mismo. Ni siquiera estaba seguro de por qué seguía discutiendo con ella cuando, desde luego, lo más sensato hubiese sido ignorar su presencia. Esbozó una media sonrisa condescendiente.

—¿De verdad te parece encantador? Creo que necesitas gafas.

—¡Y tú una nueva personalidad! ¡Una más auténtica!

—¿Auténtica...? —repitió y la miró con el ceño fruncido—. Esto es de locos. Chica, para de hacer el ridículo y márchate ahora que aún estás a tiempo. —Al llevarse las manos a las caderas, la manga se le subió un poco dejando a la vista un reluciente reloj que, probablemente, costaría más que todas las pertenencias que ella poseía.

—Deja de llamarme «chica». Mi nombre es Autumn.

—¿Y se supone que tengo que disculparme por no saberlo?

—No, pero es de buena educación preguntar. Yo lo he hecho —puntualizó.

—Eres... desquiciante —masculló cabreado.

—Oh, qué ingenioso y amable, «Míster Perfecto», te aplaudiría si no estuviese encadenada.

Jason estaba a punto de contestar algo muy poco agradable, pero cerró la boca antes de hacerlo, básicamente porque él jamás se dejaba llevar por el enfado. No, él controlaba sus emociones. No era impulsivo. No era irreflexivo ni dado a hablar sin antes pensar detenidamente lo que quería decir. Pero, por alguna inexplicable razón, esa chica había logrado en menos de cinco minutos derribar su sólida e infranqueable barrera de autocontrol.

La taladró con la mirada.

No estaba seguro de si el motivo de su enfado tenía que ver con que era viernes y estaba deseando terminar con todo aquello después de una semana de duro trabajo en la inmobiliaria que dirigía junto a otros dos socios, o si su habitual paciencia se había esfumado porque aquella chica tenía la insólita capacidad de acabar con ella, pero se prometió que intentaría no caer en su juego. Le dirigió una última mirada, deteniéndose en las coloridas pulseras que ocultaban parcialmente lo que parecía ser un tatuaje y en los anillos que adornaban sus manos, antes de descender por el vestido que se ajustaba a su pequeña silueta dejando al descubierto unas bonitas piernas. Era atractiva, aunque, desde luego, no se parecía en nada a las mujeres con las que Jason acostumbraba a salir, que casi siempre eran rubias y altas, con un marcado aspecto nórdico y rasgos acentuados.

Apartó la vista de ella fingiendo indiferencia y se dirigió a la puerta del jardín al escuchar que alguien se acercaba. Tal como imaginaba, había llegado Cameron, el jefe de arquitectos, y Malcolm, uno de los inversores, junto a varios socios de la constructora con la que esperaban realizar el proyecto. Jason saludó a cada uno de ellos con una sonrisa serena y un fuerte apretón de manos.

Cameron pronto empezó a divagar hablando de los planes que tenían y de todo lo que harían en cuanto les concediesen los últimos permisos que habían solicitado. La idea era renovar aquel antiguo barrio residencial y construir viviendas modernas y minimalistas destinadas a una clientela de clase alta.

Cuando se disponían a entrar en la casa azul, Jason les advirtió del pequeño inconveniente que se había encontrado al llegar. Y efectivamente, en cuanto los vio, ella entonó un grito de guerra bastante triste que iba desde el «no me moverán» hasta «esta casa no tiene oro, pero es un tesoro». A algunos de los presentes pareció hacerles gracia, pero no a él. Su rostro no mostró emoción alguna cuando dijo:

—Caballeros, ignórenla.

—¡Eh! ¿Pero qué te has creído? —protestó Autumn indignada. Jason permaneció impasible y entró en la casa seguido por los demás. Ella tragó saliva cuando los vio desaparecer. Le molestó que le afectase la última mirada desinteresada que le había dirigido y, todavía más, su propia e inexplicable reacción ante ese hecho. Durante un rato, escuchó sus murmullos de fondo sin poder deducir qué estaban diciendo. Cuando salieron, enfadada y resentida, entonó de nuevo la misma canción—. ¡Esta casa no tiene oro, pero es un tesoro! ¡Esta casa no tiene oro, pero es...!

Jason se acercó a ella mientras los demás salían.

—Voy a darte un par de consejos que sí valen su peso en oro. Uno, no pierdas el tiempo con esto. Y dos, por el bien de la ciudadanía, apúntate a clases de canto.

Y dicho eso, su mirada afilada se detuvo un instante en los labios entreabiertos de la chica antes de dar media vuelta y seguir a los allí presentes fuera de la propiedad, lejos de los gritos de esa voz aguda que, misteriosamente, había despertado en él unas ganas inmensas de darse una tregua temporal y dejar de ser tan correcto. Y ese corto momento fue como respirar.

# AÑO 2018
## (PARTE 2)

Jason dejó el vaso encima de la mesa de madera tras dar un trago largo de cerveza fría. Unos segundos después, los Giants consiguieron un *grand slam* y todos los presentes del local que estaban viendo la retrasmisión del partido prorrumpieron en vítores y aplausos.

Mike se recostó en el asiento del reservado.

—¿Recuerdas cuando jugábamos al béisbol de pequeños? —preguntó—. Luke y yo solíamos acumular más puntos, pero, curiosamente, terminabas ganando tú.

—Constancia, amigo —respondió Jason—. Arriesgabais demasiado en cuanto conseguíais un poco de ventaja. Error de principiantes.

Jason se rio cuando Mike le golpeó en el hombro. Alzó la mirada hacia el televisor que colgaba de una de las paredes para ver el siguiente lanzamiento, pero apenas prestó atención a lo que ocurría porque empezó a rememorar aquellos días en el barrio, cuando los cuatro eran pequeños. Él, Mike, Luke y Rachel habían sido amigos inseparables desde los siete años. Ahora, Luke se había mudado a un pueblo perdido al sur de Washington con su esposa, Harriet, mientras que Mike y Rachel vivían juntos allí, en San Francisco, en una preciosa casa que él mismo les había encontrado. Por mucho que intentase ignorarlo, era evidente que las cosas habían cambiado.

Molesto, sacudió la cabeza por pensar aquello, aunque, al menos, era mejor que estar inmerso en ese otro pensamiento que le había acompañado durante todo el día: ella. Ella enfundada en ese vestido corto de color melocotón; ella y esa mirada desafiante que le había dirigido al despedirse. «Mierda», se dijo al darse cuenta de que su mente volvía a perderse por los mismos derroteros.

—¿Se puede saber en qué estás pensando?

—Nada importante. —Jason alargó el brazo hacia la cerveza.

—Ya estás soltándolo —insistió Mike.

Jason resopló, pero terminó por contárselo.

—¿Recuerdas que esta mañana tenía una reunión sobre el proyecto Lynn? —Mike asintió—. Pues bien, no te lo vas a creer, porque es tan ridículo que...

—Ve al grano.

—Cuando llegué allí me encontré a una chica encadenada a una de las ventanas que gritaba: «¡esta casa no tiene oro, pero es un tesoro!». —Los dos se echaron a reír. Jason le dio un trago a su bebida y se relamió los labios—. Tendrías que haberla visto. Era, bueno, era... un poco rara. Creo que dijo que se llamaba Autumn. Y te juro que me ocurrió algo muy extraño, porque nunca había tenido tantas ganas de discutir con nadie. —Sorprendido, Mike alzó una ceja—. ¿Te puedes creer que me llamó «Míster Perfecto»?

—¿No es ese el mote que usan tus hermanos?

—No, ellos prefieren «Miss Perfecto». Van un paso más allá.

—Son encantadores —bromeó—. Así que, por fin, alguien ha conseguido alterarte. Enhorabuena, tío, ya era hora.

—Muy gracioso —masculló.

—No intentaba serlo, lo decía en serio.

Al ver el semblante pensativo de su amigo, Mike se abstuvo de hacer más preguntas a pesar de lo mucho que le intrigaba que esa chica hubiese logrado cabrearlo, sobre todo teniendo en cuenta las pocas veces que lo había visto enfadarse a lo largo de su vida. Jason daba órdenes, dirigía, mediaba, calculaba, pero, a diferencia de él, no se dejaba llevar por sus impulsos, sino que los dominaba.

—¿Pido dos más? —preguntó Jason señalando la cerveza con la cabeza, pero Mike negó y se puso en pie con un suspiro.

—Mañana, quizá. Tengo que irme. Rachel estará a punto de llegar a casa y me espera otra noche movidita. Nunca te perdonaré que le regalases ese juego de mesa de guerra y estrategia; hace una semana que no encendemos la televisión y no podremos hacerlo hasta que terminemos la dichosa partida.

—Siempre puedes rendirte y dejarla ganar.

—Colega, sabes que eso no es una opción.

Acordaron hablar al día siguiente y Mike salió del local. Él se quedó un rato más hasta que finalizó el partido; después, pagó la cuenta y se encaminó hacia el coche que había aparcado dos calles más atrás. Condujo hasta su apartamento, pero, cuando llegó, se dio cuenta de que no llevaba las llaves encima. Maldijo entre dientes mientras rebuscaba en los bolsillos sin éxito. Una fina llovizna lo sorprendió en el momento en que entraba en el coche para ver si se le habían caído entre los asientos. Al no encontrarlas, apoyó la frente en el volante y se quedó así unos segundos intentando recordar lo que había hecho a lo largo de todo el día. Si sus padres no hubiesen estado de viaje en Florida podría haberles pedido la llave de repuesto, pero, dadas las circunstancias, Jason decidió volver sobre sus pasos: buscó en el bar, en la inmobiliaria y, finalmente, aceptó que tendría que volver a entrar en la casa azul.

La llovizna se había transformado en tormenta y llovía a cántaros. Cogió una linterna de la guantera, salió del vehículo y se encaminó hacia la verja principal. Lo más probable era que se le hubiesen caído al entrar en la vivienda, así que se dirigió hacia allí a la carrera. Cuando alcanzó los escalones del porche, ya estaba empapado. Se metió en la casa y, antes de que pudiese enfocar la linterna hacia el pasillo que conducía a la siguiente estancia, sintió un golpe fuerte y seco en su espalda. Ahogó un gemido de dolor y se le cayó la linterna, pero, haciendo gala de sus reflejos, se giró a toda prisa y logró capturar al agresor. Gran error. Era como intentar mantener quieta a una sardina que se retorcía entre sus brazos. En medio del forcejeo, ambos terminaron cayendo al suelo. Jason inmovilizó sus manos sujetándoselas sobre la cabeza y solo entonces fue consciente de que el cuerpo que se sacudía bajo el suyo desprendía un aroma afrutado y femenino.

Muy femenino.

—¡Suéltame, demonios! ¡Suéltame!

—Shh, cálmate —gruñó.

Autumn dejó de respirar durante un segundo al reconocer la voz y sentir su aliento cálido tan cerca. Luego volvió a retorcerse, incómoda por el pecho sólido y mojado que se aplastaba contra el suyo y el inesperado escalofrío que despertó en su columna vertebral.

—¡Suéltame de una vez!

—Está bien, pero te lo advierto, no hagas ninguna tontería —dijo con ese tono que a ella le parecía insufrible.

No se hizo de rogar antes de levantarse y dejarla libre. Autumn se puso en pie y se colocó bien el vestido mientras él volvía a coger la linterna que había rodado unos metros más allá. Levantó una mano en alto para taparse los ojos cuando Jason dirigió el haz de luz hacia ella antes de preguntar:

—¿Qué estás haciendo aquí?

—Yo podría hacerte la misma pregunta.

—Ya. Y te diría que busco mis llaves.

—Pasaba el rato —contestó.

—Muy normal —se burló.

—¿Todo tiene que tener un sentido lógico y justificado para ti? —Autumn lo siguió al ver que ignoraba su presencia y se encaminaba hacia la siguiente estancia iluminando el suelo—. Eh, ¡espera! Esto... es como una especie de señal mística. Quiero decir, estás aquí, no puede ser casualidad, sino la manera que el universo tiene de decirte que deberías escucharme.

—Ya. Mira, ¿por qué no te entretienes tirando las cartas del tarot o algo así mientras busco mis llaves? —masculló sin apartar la mirada de la moqueta descolorida.

Ella hizo caso omiso a sus palabras.

—¿Viste lo que hicieron con las casas de la playa el año pasado? Eran preciosas, con ese estilo marítimo tan bohemio y de pronto, ¡pum! A la mierda todo hasta convertirlo en un montón de escombros para construir ese *hotelucho* de cristal que atenta contra el buen gusto.

Jason empezó a notar cierta tensión en la mandíbula. No era algo que sintiese con frecuencia y, si lo hacía, normalmente no lo provocaba una persona, sino una serie de malas noticias encadenadas.

Ahí tenía su excepción a la regla.

—¿Crees que a alguien le importó que hubiera nidos de gaviota en el tejado de esas casas? ¡No! ¡Ni siquiera se molestaron en bajarlos y, cuando llegué, ya era tarde!

Jason dejó de caminar de golpe y ella chocó con su espalda antes de dar un paso atrás. Él cerró los ojos y suspiró hondo.

—¿Qué hay que hacer para que te calles?

—Mi silencio no tiene precio —replicó antes de reanudar el paso tras él y subir las escaleras hacia la segunda planta—. No te importa nada excepto tu propio ombligo, ¿verdad? Ni las casas, ni la autenticidad, ni las gaviotas...

—... jodidamente molesta.

—¿Qué has dicho?

Jason se giró hacia ella y la fulminó con la mirada. Cuando habló, lo hizo pronunciando despacio cada palabra para que no hubiese lugar a dudas.

—He dicho que tu voz es jodidamente molesta.

—¿Cómo te atreves...?

Él tomó una bocanada de aire.

—¿Crees que sería mucho pedir que hicieras el favor de estar en silencio hasta que encuentre las dichosas llaves?

—Pedirme que te diese un riñón sería más realista, porque esta es mi única oportunidad para demostrarte que tú y tus amigos os estáis equivocando. No podéis tirar abajo estas casas, ¡son preciosas! Solo necesitan una capa de pintura y un poco de mimo.

—Como no cierres esa boca...

—Y una capa de barniz, sí, eso es indiscutible —siguió sin ser consciente de que Jason estaba cada vez más cerca de ella, alterado e inquieto—. Quizá las vigas de madera también necesiten un refuerzo, pero...

—Joder, cállate —siseó.

—... no es tan caro. Conozco a un carpintero que podría arreglarlas por un precio bastante modesto.

—¿Por qué no puedes dejar de hablar?

Jason descendió la mirada hasta esos labios que se movían.

Inspiró hondo, llevándose el aroma de su colonia afrutada.

—Así que, en teoría...

Y entonces la besó. No se paró a plantearse si hacerlo estaba bien o mal, ni si era la peor idea de toda su vida; simplemente lo hizo por impulso, como no hacía nada más, y sintió una extraña satisfacción cuando el silencio, al fin, los envolvió. Los labios de Autumn estaban tensos e inmóviles, pero eran suaves e, incomprensiblemente, él tuvo ganas de hundir la lengua en ellos y separarlos con delicadeza. Se apartó como si quemase en cuanto ese pensamiento lo azotó.

—¿Has perdido la cabeza? —gritó ella.

—Eso parece... —Y lo decía en serio.

Autumn se acarició con la punta de los dedos el labio inferior mientras él se daba la vuelta y proseguía con la incansable búsqueda como si no acabase de besarla.

—¿No piensas decir «lo siento»?

—¿Te ha parecido un beso horrible?

—No, ¡sí!, ¡claro que sí! Pero esa no es la cuestión.

Jason se agachó y miró debajo de una butaca antes de incorporarse. Ella lo siguió cuando entró en el dormitorio que creía que había sido de Miranda, porque el armario que habían dejado, y que ahora estaba lleno de humedades, era blanco con ribetes de color salmón y las paredes estaban pintadas de rosa.

—¿Los besos no significan nada para ti?

—Claro que sí. Significan «silencio».

—Muy gracioso. —Se cruzó de brazos.

Él suspiró hondo y se paró delante de ella.

—¿Qué quieres que te diga? Sí, lo siento. No sé en qué estaba pensando. —Pero, mientras hablaba, sus ojos volvieron a desviarse otra vez hasta esos labios entreabiertos, húmedos y perfectos. ¿Qué le estaba ocurriendo? Sacudió la cabeza.

—Pensarías en mí, al menos —replicó ella.

—¿Cómo dices? —Jason parpadeó confuso.

—Nada. Solo que, si me has besado, es lo lógico.

—Ni siquiera sé a dónde quieres ir a parar...

—Intento aclarar las cosas, evidentemente.

—Pues te aseguro que no lo estás consiguiendo.

—Probemos de nuevo, a ver quién tiene razón.

Antes de que Jason pudiese retomar su camino, Autumn se inclinó hacia él y sus labios se unieron otra vez. Y fue un beso furioso, pero lejos de dejar que se alejase, él sintió la necesidad de retenerla contra su cuerpo y la ropa todavía mojada. Autumn se sorprendió cuando las manos de Jason se posaron en su espalda y su boca se movió sobre la suya, porque justo en ese instante el corazón empezó a latirle a trompicones traicionando su firme intención de dar un paso atrás de inmediato. Por suerte, no le hizo falta hacerlo; antes de que pudiese empezar a asimilar lo que estaba ocurriendo, Jason se apartó e inspiró con fuerza, como si hubiese estado conteniendo la respiración durante el beso. La linterna estaba en el suelo enfocando la pared de enfrente.

—Joder —susurró en medio de la oscuridad.

Ella, en cambio y por primera vez en mucho tiempo, se había quedado sin palabras. Tuvo que hacer un esfuerzo para ignorar las ganas que tenía de volver a besarlo, porque había sido similar al leve estallido que precede en los fuegos artificiales la caída de una lluvia de luces.

Carraspeó antes de hablar.

—Buscabas unas llaves.

—Buscaba... —repitió con la voz ronca y un segundo después sus bocas se unieron por tercera vez consecutiva.

Autumn cerró los ojos cuando sintió su lengua acariciándole el labio inferior, instándola a dejarle entrar, tentándola. Un jadeo agitado escapó de su garganta cuando lo hizo y se coló en la humedad de su boca. Sus besos eran perfectos; lentos pero intensos, firmes pero suaves. Y Autumn se dejó llevar por el placer de sus caricias, confundida y excitada, como si fuese un chico que acababa de conocer en un local de copas tras una interesante conversación y no el que pretendía derribar uno de los lugares que más le importaban del mundo. Recordó algo que había pensado aquella misma mañana: lo agradable que sería hundir los dedos en su pelo rubio y despeinarlo, o verlo al despertar, cuando aún no hubiese tenido tiempo de colocar cada mechón en el lugar adecuado. Así que lo hizo. Alzó la mano y le acarició el cabello húmedo por culpa de la lluvia que caía fuera, sobre la ciudad, aniquilando esa armonía.

—Esto no es normal... —susurró Jason cuando sus labios descendieron por su barbilla hasta encontrar el pulso que latía descontrolado en la garganta. Y tuvo ganas de mordisquear la piel aterciopelada y lamerla de arriba abajo.

Jason no recordaba haber sentido nada igual.

De hecho, tampoco pensaba que fuese a sentirlo nunca, ni mucho menos en ese momento, cuando lo único que había pretendido era conseguir que parase de hablar. Y unos minutos más tarde, ahí estaba, volviéndose completamente loco, deseando bajar la cremallera de ese vestido como no había deseado nada más en toda su vida. Estaba tan excitado que los pantalones le molestaban, algo que ella descubrió en cuanto la empujó contra la pared más cercana y su cuerpo se frotó contra el suyo con un atormentado balanceo, como si estuviesen haciéndolo allí mismo con la ropa puesta.

Le tomó la nuca y la besó con más dureza.

Ella gimió cuando una de sus manos ascendió por su pierna y avanzó hasta su trasero por debajo del vestido y, al notar que se estremecía, Jason intentó tranquilizarse y sus besos se volvieron más lentos, más suaves. Él no era así. Él solía tener líos esporádicos a menudo, pero acostumbraba a intercambiar antes el número de teléfono, enviarle a la chica un ramo de flores a su lugar de trabajo, por ejemplo, y luego tener una cita e invitarla a cenar antes de proponerle que terminasen la noche en su apartamento.

Jason era metódico y sensato y, como tal, pensaba que el hilo que iba del punto A hasta el punto B debía ser trazado con exactitud por una línea recta.

Y aquello era un puto camino sin señales.

La única señal que recibía su cerebro era que no podía apartarse de ella. Quería hacerlo, quería parar, decirle que aquello había sido un error y seguir buscando las malditas llaves, pero su boca era cálida y la pequeña mano que había empezado a desabrocharle los primeros botones de la camisa temblaba de deseo contenido, algo que despertó aún más su voraz apetito. Impaciente, se despojó él mismo de la chaqueta del traje y luego sus labios se posaron en la piel de su escote; su tórax se movía en respuesta al son de su agitada respiración.

Con la camisa abierta, se pegó a ella y su boca se acercó al oído de Autumn entre el cabello que se había soltado de la trenza.

—Cuando me dijiste dónde habías escondido la llave, pensé en esto. —Su mano descendió hasta rodear uno de sus pechos y lo presionó con suavidad. Autumn se estremeció—. Y en lo mucho que me hubiese gustado buscarla.

Autumn hizo un esfuerzo para responder entre la neblina de placer que la sacudía.

—Vaya... —jadeó cuando él apartó la tela de un tirón brusco—. Y yo que creía que «Míster Perfecto» no tendría pensamientos impuros.

Jason dejó escapar una carcajada ronca y luego su boca se cerró en torno a la cima de uno de sus pechos y ella sintió las piernas tan temblorosas que instintivamente se sujetó a sus hombros para evitar desfallecer.

Todas las relaciones que Autumn había mantenido habían sido agradables y sencillas, pero ninguna le había nublado la razón de aquel modo. Y curiosamente, todos le caían mejor que él. Quizá se debía precisamente a eso; había sentido una extraña satisfacción al verlo perder el control, como si durante esos instantes se hubiese olvidado de mantener esa fachada de calma y serenidad de la que hacía gala. Aún recordaba la primera mirada que le había echado, el velo de extrañeza en sus ojos, la curiosidad y luego algo más, el miedo ante lo imprevisto, como esa pequeña salpicadura de tomate que no esperas al vaciar el bote en la sartén y que te ensucia la camisa blanca que acabas de ponerte.

Autumn posó la mano en su mentón y lo apartó unos centímetros, jadeante y extasiada. Sus respiraciones se entremezclaron.

—Esto es una locura...

—La mejor locura del mundo.

Si Jason se hubiese parado a pensar en las cinco palabras que acababa de pronunciar, quizá hubiese dado un paso atrás al darse cuenta de que no eran propias de él. De hecho, en el eco de la habitación, le sonaron lejanas entre el sonido amortiguado de la incesante lluvia, como si durante unos minutos hubiese escapado de su propia vida y de su propia piel. Pero, en lugar de dar marcha atrás, le subió el vestido hasta la cintura y sintió cómo le temblaban las manos por culpa del deseo mientras acariciaba la piel tersa que encontraba a su paso. Autumn apoyó la frente en su pecho con la respiración agitada.

—Gírate —le pidió él.

—¿Qué...?

—Date la vuelta.

Ella obedeció y Jason bajó la cremallera del vestido dejando que la tela cayese hasta el suelo. Tuvo un último instante de lucidez y la abrazó por la cintura pegándola a su cuerpo antes de besarle la nuca, el hombro, la mejilla y cada porción de piel que sus labios encontraron.

—Autumn... —Deslizó una mano por su estómago y ella se estremeció al oírlo pronunciar su nombre por primera vez—. Creo que este sería un buen momento para que me digas si quieres que pare.

El silencio fue solo interrumpido por el golpeteo de la lluvia sobre el tejado y el gemido ronco que escapó de su garganta cuando los dedos de Jason se internaron entre sus piernas, justo antes de que ella se girase hacia él y murmurase un entrecortado «sigue» mientras sus bocas volvían a fundirse en un beso húmedo, profundo y apasionado.

# 1 MES Y UNA SEMANA DESPUÉS

**I**

El verano acababa de llegar a la ciudad de San Francisco y Jason lo celebró conduciendo el descapotable de camino hacia el hogar de sus padres. A través de las oscuras gafas de sol que llevaba puestas, apreció el brillante cielo despejado del mediodía y tamborileó con los dedos sobre el volante siguiendo el ritmo de la canción que sonaba en la radio.

Como siempre, tras llamar a la puerta, su madre lo recibió con un afectuoso abrazo del que intentó escapar cuando vio que se alargaba demasiado. Por el contrario, su padre le dio un par de palmaditas en la espalda y lo acompañó hasta el comedor, donde estaban sus hermanos jugando a la videoconsola. Sin levantar la mirada del televisor, Leo y Tristan farfullaron al unísono «hola, colega» y Jason reprimió una pequeña sonrisa tras sentarse en el brazo del sofá.

—¿A qué jugáis? —preguntó.

—Matar —respondió Leo.

—Zombis —añadió Tristan.

Jason suspiró y le revolvió el pelo a Leo antes de quitarse la chaqueta y doblarla sobre el respaldo de una silla. Luego se encaminó hacia la cocina y se ofreció para ayudar a su madre a poner la mesa. Una vez estuvo todo listo, tuvo que llamar tres veces a sus hermanos para que dejasen de jugar y fuesen a comer, algo que solo consiguió cuando amenazó con llevarse la videoconsola.

Reunidos en la mesa, su madre le preguntó qué tal le iba en el trabajo y, mientras se servía un poco de ensalada con queso de cabra, Jason los puso al corriente de sus últimos progresos. Casi siempre tenía algo bueno que contar. En esa ocasión se trataba del proyecto Lynn; les habían aprobado uno de los permisos que necesitaban para seguir adelante y cada vez había menos escollos a la vista. Jason sabía por experiencia que ese tipo de negocios eran duros, costosos y largos, así que siempre diversificaba su inversión de tiempo y dinero en otros planes más eficaces y lucrativos a corto plazo, como los de la constructora «Clark e hijos», por ejemplo, a los que les había echado el ojo unos meses atrás.

Su madre lo miró con orgullo.

—Son unas noticias estupendas, cariño —exclamó, y se dirigió a su marido—. ¿No opinas lo mismo, George? Tu hijo ha sacado el lado más competitivo de la familia.

—Desde luego que sí. —George asintió complacido y le guiñó un ojo.

—Pásame la sal —masculló Tristan.

—Se pide «por favor» —replicó Jason mientras le tendía el recipiente.

Tristan puso los ojos en blanco y Leo emitió una risita por lo bajo.

—Eres tan Miss Perfecto... —susurró Tristan.

—¡No te metas con tu hermano! —le regañó su madre.

Con su habitual hambre voraz, Jason atacó con el tenedor el segundo plato, costillas con salsa de miel, sin inmutarse por el jocoso apelativo. Estaba acostumbrado.

Desde que tenía uso de razón había sido... sí, casi perfecto. El perfecto hijo, el perfecto amigo, el perfecto hermano, el perfecto socio, el perfecto desconocido. Con el paso de los años, Jason había ido moldeándose al antojo de lo que los demás esperaban de él y le resultaba tan fácil deducirlo como complacerlos después. Era observador, cauto y astuto. Sabía qué decir para dibujar una sonrisa inmensa en los labios de su madre; era plenamente consciente de la lealtad que se esperaba de él como amigo y, además, le gustaba esa satisfacción que sentía al «hacer las cosas bien», esa sensación de plenitud, de conseguir mantenerlo todo bajo control.

Podía contar con los dedos de las dos manos las veces que se había permitido perder el control. Una, por ejemplo, fue cuando tenía diez años y entró con sus amigos en el viejo invernadero de uno de los vecinos. Otra, pasados los catorce, el día que Rachel lloró porque un chico se había metido con ella en el instituto y Jason se enfrentó a él en el pasillo del centro liándose a puñetazos. Luego estaba el día que se emborrachó tanto en la universidad que él y Luke terminaron durmiendo en el césped al no conseguir llegar hasta la residencia. O el viaje relámpago que hicieron a Las Vegas. Y después... bueno, después estaba esa chica. La chica de la trenza y los ojos claros, la que había conseguido que perdiese el control como nunca antes lo había hecho. Jason todavía podía recordar esos labios y su respiración entrecortada sobre su mejilla mientras se hundía en ella una y otra vez; sus manos aferrándose a su espalda, sus gemidos amortiguados por el murmullo de la tormenta, su olor afrutado...

—¿Quieres otra costilla más, cariño?

—¿Qué? Eh, no. Estoy lleno.

Jason apartó a un lado tanto el plato vacío como los últimos recuerdos que se habían colado en su cabeza; para su desgracia, ocurría con más frecuencia de lo que estaría dispuesto a admitir en voz alta. Había salido con todo tipo de mujeres deslumbrantes, pero, dichosa ironía, esa inesperada noche en la casa abandonada superaba con creces cualquier otra experiencia similar.

—¿Seguro que no te apetece?

—Seguro, mamá —replicó y luego suspiró hondo al tiempo que se levantaba—. De hecho, creo que me marcho ya, tengo algunos asuntos pendientes...

—¡Ahí va el señor importante! —se burló Leo.

Tristan le dio un codazo a su hermano mellizo.

—Shh, no hagas enfadar al futuro presidente de los Estados Unidos.

—¡Chicos, ya basta! —protestó la señora Brown.

Jason les dirigió una mirada ligeramente malévola y ambos se hundieron un poco más en sus respectivas sillas; sabían bien que tenían una cuerda larga de la que tirar cuando se trataba de su hermano mayor, pero también que, cuando la cuerda no daba más de sí, era aconsejable no estar cerca. Jason se apretó el nudo de la corbata.

—No me olvido del trato que hicimos. Si dentro de tres semanas no habéis conseguido encontrar un trabajo, lo haréis para mí. Me convertiré en vuestro jefe y os aseguro que soy mucho más comprensivo como hermano.

Los mellizos se giraron hacia sus padres.

—No dejaréis en serio que haga eso, ¿verdad?

—Sí, sería capaz de darnos latigazos por llegar cinco minutos tarde —añadió Leo ganándose una colleja por parte de Jason.

—Tenéis veinte años, vuestro padre quiere jubilarse y no podemos seguir alimentando vuestras exigentes bocas eternamente —dijo su madre con firmeza—. Ya va siendo hora de que seáis independientes y responsables. ¿Acaso no habéis aprendido nada de vuestro hermano?

Jason susurró de nuevo «tres semanas», como si empezase una cuenta atrás, y miró a los mellizos por encima del hombro antes de sonreír burlón y salir del comedor y del hogar donde había crecido. Dejó atrás el camino de la entrada repleto de rosas amarillas y blancas que su madre cuidaba con esmero, montó en su coche, subió el volumen de la música y condujo hacia la inmobiliaria por las empinadas calles.

Uno de sus empleados, William, lo abordó en cuanto entró en el establecimiento. Parecía un poco nervioso; la mirada analítica de Jason pronto reparó en el botón superior desabrochado de la camisa y en las leves arrugas de su frente ancha.

—¿Ocurre algo? —inquirió.

—Sí, tiene una visita.

—¿De quién se trata?

No le gustaba que nadie apareciese de improviso y solía encargarse él mismo de organizar su agenda. Normalmente, los jueves, como aquel día, y los viernes, intentaba dejarse algún hueco con la esperanza de poderse tomar una copa con sus amigos a última hora de la tarde, tener alguna cita o, por ejemplo, acercarse a comer a casa de sus padres.

—Es una chica —informó William.

—¿Cómo se llama? —Tras tantas fiestas sociales, reuniones y encontronazos, conocía a buena parte de las agentes inmobiliarias de la ciudad.

—No dijo su nombre, tan solo insistió en que tenía que verlo —se justificó—. Intentamos hacerle entender que sería mejor que volviese otro día, pero aseguró que trabajaba para el periódico *San Francisco Chronicle* y amenazó con escribir un artículo terrible sobre la inmobiliaria si no la dejábamos pasar.

Jason alzó una ceja con incredulidad.

—¿Dónde está?

—En su despacho.

—¿Por qué la habéis dejado entrar ahí? —masculló mientras recorría el largo pasillo que iba a su despacho. Jason era receloso en todo lo referente a sus negocios, sobre todo teniendo en cuenta que podía tratarse de alguien de la competencia.

—Estaba armando jaleo delante de los clientes. —William lo siguió de cerca, sofocado—. Tiene una voz sorprendentemente aguda.

—Está bien, yo me encargo. Vuelve a tu puesto.

William obedeció y Jason abrió la puerta de su despacho.

Su corazón pareció saltarse un latido cuando lo hizo.

Allí, vestida con unos shorts deshilachados y una camiseta de un grupo de música de los ochenta, la chica de la trenza clavó su despierta mirada en él y Jason reprimió de inmediato el deseo que sintió al verla.

Sorprendido, cerró tras de sí.

—¿Qué demonios haces tú aquí?

—Vaya, ojalá todas las bienvenidas fuesen así.

Jason gruñó algo incomprensible por lo bajo y rodeó la mesa de su escritorio para sentarse frente a ella. Apartó a un lado los papeles que había dejado encima antes de marcharse a comer y los apiló junto a los demás. Luego, apoyó las manos entrelazadas en la mesa y se inclinó hacia delante.

—Si vienes para darme la tabarra otra vez sobre el asunto de esa casa, te aconsejo que des media vuelta. Entiendo que es un lugar muy bonito, de verdad que sí —dijo con tono indulgente, como si estuviese hablando con una niña pequeña—, pero será todavía mejor cuando finalicemos el proyecto. La vida es así, chica. Todo cambia. No es nada personal, te lo aseguro.

—Me llamo Autumn.

—Lo sé. Perdona. —Jason suspiró y se sentó con la espalda más recta. Lo estaba mirando como si él fuese alguien especial, único, y no pudo evitar ablandarse. Por un instante se sintió culpable. Quizá ella albergaba algún tipo de sentimiento platónico tras lo ocurrido aquella noche o estaba confundida—. Lo siento, no puedo ayudarte. No hay nada que yo pueda hacer por ti —logró decir, incómodo.

Autumn ladeó la cabeza con curiosidad.

—Quizá deberías haberme dejado hablar antes de llegar a esa conclusión.

Él fue entonces consciente de que, en efecto, todavía no le había dicho por qué estaba allí. Le gustaba anticiparse a lo que iba a ocurrir, quizá de una forma un tanto excesiva. Relajó los hombros y asintió.

—Adelante. Habla.

Advirtió que la chica se secaba el sudor de las manos en los cortos vaqueros y que evitaba su mirada. Luego, como si intentase ganar algo de tiempo, se colocó sobre las piernas el bolso de tela que colgaba del brazo de la silla.

—Tenemos un problema —dijo.

—¿Tenemos? —Jason alzó una ceja.

Ella se mordisqueó el labio inferior.

—Eso he dicho. Es... es...

—Vamos, no muerdo —bromeó.

—Estoy embarazada.

Jason dejó de respirar. Tampoco se movió. Sus ojos se quedaron fijos en la chica que tenía enfrente, congelados. Podría haberle dicho que una nave espacial acababa de aterrizar en un campo de maíz cercano a la ciudad y la noticia le habría impactado mucho menos que lo que acababa de oír.

Cuando logró reaccionar, respiró hondo.

—Creo que no lo estoy entendiendo.

—Pues no es tan difícil —replicó ella.

—¿Estás embarazada? —Autumn asintió—. ¿Y es mi problema porque...? —Dejó la frase inacabada, dado que era incapaz de plantearse siquiera la posibilidad de que aquello fuese cierto, de que él fuese la otra parte de esa ecuación.

Autumn lo miró como si estuviese loco.

—¡Es tuyo! —gritó—. ¿Qué pasa contigo?

—¿Cómo que...? ¡Joder!

Se puso en pie y comenzó a caminar de un lado a otro del despacho. El corazón le latía tan rápido y tan fuerte que creyó que se le saldría del pecho de un momento a otro. Tenía un nudo en la garganta. Inspiró profundamente una, dos, tres veces, mientras se presionaba con los dedos el tabique nasal y mantenía los ojos cerrados. Recordó aquella noche. El deseo. No, más que deseo, necesidad. Había perdido el control y probablemente por eso había estado dispuesto a hacerlo a pesar de que ninguno de los dos llevara encima un dichoso preservativo. Él le había dicho que estaba limpio y ella le aseguró lo mismo. Así que marcha atrás. Maldita y desafortunada marcha atrás, pensó.

—Eso... es imposible —logró decir.

—Hombre, imposible, imposible...

—No digas nada más —pidió y en esta ocasión ella obedeció y se quedó callada sin apartar sus redondos y bonitos ojos de él. Jason volvió a sentarse—. Esto... vale, vayamos al origen de la cuestión, ¿cómo sé que es mío?

—Porque no he estado con nadie más.

—Ya, claro. —Se frotó el mentón con gesto pensativo—. ¿Y cómo sé que no mientes?

—No miento. Nunca miento.

—¿Debería fiarme tan solo de tu palabra?

Autumn se controló para no saltar encima de la mesa, rodearle el cuello con las manos e intentar estrangularlo. Le dolió que pensase que ella podría hacer algo así, a pesar de que, claro, era una desconocida para él. Tomó aire mientras metía la mano en su bolso y sacaba unos cuantos papeles grapados; intentó en vano quitar las dobleces de las esquinas.

—Sabía que no era buena idea venir, pero tenía que hacerlo. —Hablaba tan rápido que Jason tuvo que esforzarse para entenderla—. Quiero decir, de lo contrario no me lo habría perdonado jamás. Ya sabes, tendré que darle alguna explicación al niño cuando sea mayor. O a la niña... Sí, bueno, eso es algo que todavía no sé. La cuestión es que no quiero tu dinero, así que fui a un abogado y le pedí que me diese alguna solución en caso de que... en fin, de que no quisieses saber nada del asunto, ya me entiendes...

—¿De qué estás hablando?

Ella deslizó con suavidad los papeles sobre la mesa.

—Si firmas, no tendrás ninguna responsabilidad.

Jason alzó la vista. Y entonces se dio cuenta de que no mentía. Decía la verdad. Lo supo por la pequeña chispa de esperanza que relucía en sus ojos, por no hablar de que tenía los dedos cruzados, casi como si estuviese pidiendo un puto deseo. Por alguna misteriosa razón, ella quería que firmase esos papeles. Estaba acostumbrado a los tira y afloja del negocio, a intentar deducir la verdad antes de aceptar un contrato o asociarse con otra persona, e incluso tenía un investigador externo llamado Miles que usaba con frecuencia para cubrirse las espaldas. Pero a pesar de toda su experiencia, no estaba preparado para negociar así, de golpe y porrazo, el futuro de toda su vida. Porque, inevitablemente, un hijo lo cambiaba todo. Absolutamente todo.

Él volvió a mirar los papeles.

—¿Qué pasará si firmo?

—El bebé será mío y solo mío.

—Entiendo...

—Y no quiero problemas luego.

Jason se frotó la cara con las manos.

—Aparta esos papeles.

—¿Cómo dices? —Frunció el ceño.

—No voy a firmar —anunció.

Ella le dirigió una mirada de incredulidad.

No, no había esperado que aquello terminase así. Tan solo había acudido a su encuentro porque la voz de su conciencia la obligaba a hacerlo. En un primer momento incluso había valorado la posibilidad de no contarle nada, convenciéndose de que el silencio no era lo mismo que el engaño. Pero sí lo era, al menos partiendo de la base de que ambos tenían los mismos derechos. Ante aquel difícil dilema moral, se dijo que, después de crecer sin padres, hubiese sido imperdonable hacerle lo mismo a su hijo. Sin embargo, Autumn tenía la esperanza de que él quisiese librarse de esa responsabilidad, porque era evidente que algo así no entraba en sus planes, y por eso se había gastado casi la mitad de sus ahorros en contratar a un abogado para ir sobre seguro. En el fondo, muy en el fondo, ya había imaginado un futuro junto a ese bebé, uno en el que no había espacio para nadie más y estaba lleno de juegos, amor y felicidad.

Autumn se puso en pie cuando él también lo hizo.

—¿Entonces quieres tener un hijo? —preguntó.

—¡No, joder, no quiero! —exclamó enfadado, y luego sus ojos azules se detuvieron en su barriga, todavía plana. La señaló vagamente con la mano—. Pero es mío, ¿no?

—Sí, pero no tienes que hacerte cargo de él si no es lo que quieres. Entiendo que es un imprevisto. Te estoy dando la oportunidad de elegir ahora que todavía...

Su mirada la atravesó, silenciándola.

—Escúchame bien, porque no volveré a repetirlo. Es mi hijo —afirmó e hizo una pausa para tragar saliva—, así que es también mi responsabilidad. Y eso significa que lo quiero en mi vida, en todos los sentidos. ¿Ha quedado claro?

Autumn parpadeó para contener las lágrimas antes de asentir con la cabeza.

# 2

—Tenías que hacerlo, Autumn. No llores —repitió Abigail—. Vamos, todo saldrá bien y ya sabes que me tienes a mí, estamos juntas en esto. Ten, cariño, toma un pañuelo, suénate.

Autumn se limpió la nariz y se dejó caer en su cama fijando la vista en el techo inclinado. Tras cumplir los veinte, había decidido mudarse a la buhardilla de la tienda de antigüedades que se encontraba tras ascender unas escaleras metálicas de caracol. Antaño, aquel lugar había estado destinado a guardar más muebles, objetos curiosos y todo tipo de cachivaches, pero ella lo había limpiado y remodelado a su gusto, pintando las paredes de un azul cobalto envejecido que le recordaba a la casa azul y decorando la estancia poco a poco. Abigail había insistido en que no se marchase, pero Autumn le aseguró que estaría bien allí (vivir literalmente en su lugar de trabajo tenía ciertas ventajas, como no madrugar nunca). Además, ella deseaba que otro niño pudiese vivir en el hogar de los Smith y tener las mismas oportunidades que a ella le habían dado. Y eso, afortunadamente, había ocurrido. Ahora Jimmy Six, un mocoso adorable de ocho años, compartía habitación con Nathaniel y ambos se llevaban de maravilla.

—Pensaba que firmaría encantado —gimió.

—Está en su derecho, Autumn. Has hecho lo correcto al ir a hablar con él. Sé que ahora te da miedo dejarlo entrar en tu vida, pero seguro que con el tiempo llegaréis a compenetraros y fijaréis unas normas por el bien del bebé. —Le apartó el pelo de la cara—. ¿Te encuentras mejor?

Autumn asintió con la cabeza.

—¿Estás llo-llorando? —preguntó Nathaniel desde el umbral de la puerta—. ¿Te han hecho daño? ¿Por qué lloras?

Ella se puso en pie y se obligó a sonreír. Nathaniel no soportaba ver a nadie llorar, era algo que le ponía muy triste. Avanzó hasta él y lo abrazó con fuerza tras susurrarle que todo estaba bien. Él la miró poco convencido.

—No os entretengáis más —les dijo.

Hacía más de una hora que la tienda había cerrado y el pequeño Jimmy Six seguía abajo jugando con un par de canicas entre los numerosos muebles y antigüedades que parecían formar un laberinto. Autumn dejó escapar un suspiro tras despedirse de ellos. Luego, cuando escuchó la puerta principal cerrarse, volvió a dejarse caer en la cama y a pensar en todo lo que había ocurrido.

Su vida había dado un giro al descubrir que estaba embarazada. No le había dado demasiada importancia a esa primera falta, porque solía ser bastante irregular, pero empezó a sentirse rara: estaba muy cansada, tenía los pechos hinchados y le pidió a Abigail si podía cambiar de perfume, porque el que usaba le resultaba de lo más desagradable, ante lo que ella había contestado que era «el mismo de siempre». Autumn la miró como si estuviese loca y pensó que se habría equivocado al elegir el bote esa mañana. Sin embargo, cuando las náuseas hicieron acto de presencia, ya no pudo seguir ignorando todos aquellos síntomas. La prueba que compró en la farmacia más cercana fue la última confirmación.

Hasta entonces, ella ni siquiera se había planteado la idea de si quería o no tener hijos. Era algo que veía lejano y difuso, como un pensamiento envuelto en humo al que aún no le ha llegado su momento. Autumn nunca se había enamorado, al menos no de esa forma loca y apasionada que podía leerse en los libros y verse en las películas románticas, pero esperaba que sucediese algún día. Jamás se le había pasado por la cabeza saltarse ese paso e irse directamente a uno de los que estaban al final de la lista: ser madre. Y, para más inri, con un completo desconocido.

A Autumn le daba miedo Jason. Le daban miedo él y su mirada decidida y profunda. Le daba miedo la forma segura que tenía de caminar. Le daba miedo que pudiese no ser el padre que ella deseaba para su bebé. Le daba miedo verse obligada a dejarlo entrar en su vida, en su entorno, en todo. ¿Cómo podía saber si era un buen tipo? ¿Cómo podría quedarse tranquila al dejar a su bebé con él si ni siquiera lo conocía? No nacería hasta dentro de siete meses y medio, pero ella había empezado a quererlo cuando todavía sostenía la prueba de embarazo en una mano temblorosa; sentía un irrefrenable deseo de protección, de seguridad. En aquel momento de debilidad, justo antes de quedarse dormida con las pestañas aún húmedas, pensó en lo mucho que le gustaría vivir dentro de una bola de nieve de cristal, donde nada cambia, todo permanece intacto. Y con el regusto amargo que le había dejado esa idea, recordó unas líneas de una poesía de Benedetti y se abandonó al sueño aferrándose a esas palabras: *Aceptar tus sombras, / Enterrar tus miedos, / Liberar el lastre, / Retomar el vuelo / No te rindas que la vida es eso.*

A la mañana siguiente, Autumn volvió a concentrarse en atraer a su vida toda la energía positiva que fuese posible. Abrió la pequeña caja en la que guardaba la bisutería y cogió un colgante del que pendía un trozo de cuarzo rosa, una piedra que absorbía las buenas vibraciones. Se vistió, se hizo una larga trenza que dejó caer sobre su hombro y limpió los cristales del escaparate antes de abrir la tienda. Abigail llegó tras dejar a Jimmy en el colegio de verano y a Nathaniel en el centro juvenil al que acudía diariamente.

—Tienes mejor aspecto —dijo.

—Espero que dure hasta el encuentro.

La tarde anterior, en la inmobiliaria, habían intercambiado sus números de teléfono y habían acordado que quedarían para comer ese mismo día. Era evidente que tenían muchas cosas de las que hablar. Tantas que Autumn no sabía muy bien por dónde empezar.

—Presiento que todo irá bien.

Ella se mostró un poco recelosa, pero no tuvo tiempo de expresar sus dudas en voz alta porque la señora Grace entró en el establecimiento. Como de costumbre, vestía un sofisticado traje granate con una chaqueta que le quedaba como un guante. Se quitó las enormes gafas de sol al entrar y se acercó al mostrador caminando con su habitual elegancia. Autumn le sonrió cuando le preguntó por el tocador del siglo xx que había reservado la semana anterior y le dijo que lo tenían guardado en el almacén. La señora Grace se mostró satisfecha y anunció que ese mismo día mandaría a la empresa de transporte para que lo recogiera.

Aquella mujer parecía sacada de una película. O eso había pensado Autumn la primera vez que la vio entrar por la puerta de la tienda poco después de empezar a trabajar allí. A pesar de que rondaba los sesenta años, tenía una vitalidad y una piel luminosa envidiable, así como un estilo único que le recordaba a las actrices parisinas. Le costaba entender por qué había elegido esa tienda tan humilde para realizar sus compras cuando era evidente que encajaría mucho mejor en alguna galería especializada del centro. Sin embargo, no era el único cliente peculiar que tenían. También estaba Fred Hell, que casi todas las semanas se pasaba por allí con la esperanza de encontrar más posavasos antiguos que añadir a su colección. Y Austin Gilbert, al que le fascinaban las jaulas para pájaros de épocas pasadas. O Laila Vaine, que adoraba las muñecas de porcelana y había convertido una de las habitaciones de su casa en un pequeño palacio para ellas.

Al acercarse la hora de la comida, Autumn se despidió de Abigail, montó en la furgoneta Volkswagen y condujo hacia la dirección que Jason le había dado el día anterior. Se perdió tres veces antes de dar con el lugar indicado.

Era un restaurante de aspecto minimalista.

Autumn llevaba puesto un vestido veraniego de color verde menta que no era demasiado formal y que desentonaba con el conjunto de los comensales, pues la mayoría parecían importantes ejecutivos. A pesar de eso, avanzó entre las mesas blancas intentando no darle mucha importancia. Era como una hoja moviéndose entre los presentes, aportando un toque de color. Divisó a Jason casi al fondo, sentado con la espalda recta en la silla mientras tecleaba en su teléfono móvil de última generación. Al advertir su presencia, Jason alzó la mirada, deteniéndose un efímero segundo en sus piernas, y le dedicó un intento de sonrisa que terminó pareciéndose más a una mueca.

—Siento llegar tarde. Me di cuenta de que me había perdido cuando volví a pasar por delante de la misma cafetería. Lo que quiero decir es que he estado dando vueltas todo el rato y empezaba a pensar que nunca encontraría este lugar, pero, en fin, ya estoy aquí.

Mientras se guardaba el móvil en el bolsillo, Jason se preguntó cómo podía hablar tanto.

—No pasa nada —atajó—. ¿Qué quieres beber?

—Agua —respondió tras sentarse.

Él llamó al camarero más cercano con la mano y pidió agua y un refresco. Cuando este se alejó tras tomarles nota, el silencio los envolvió. Y no era un silencio cómodo, sino todo lo contrario. Autumn jugueteó con los anillos que llevaba en la mano y miró a su alrededor.

—Es bonito el sitio —mintió.

—Sí, la comida está bastante bien —dijo—. Te aconsejo que pruebes el pato a la naranja.

—No como patos. —Abrió su carta. Tenía el estómago tan revuelto que lo único que podía entrarle en aquel momento era una ensalada. Se decantó por una que llevaba piña y nueces y la pidió en cuanto el camarero regresó para traerles las bebidas.

Volvieron a mirarse sin tener nada que decir.

—¿Te gustaba el Pato Donald de pequeña?

Se suponía que aquello era un intento de broma, pero Autumn no se rio. Jason advirtió que parecía asustada y con muchas ganas de salir corriendo de aquel restaurante que, por cierto, era uno de los mejores de la ciudad. Suspiró hondo. Todavía no le había contado a nadie la noticia y no estaba muy seguro de cuándo lo haría. Jason solía aceptar las cosas con facilidad, pero por primera vez en mucho tiempo no había podido pegar ojo la noche anterior y estaba cansado y confundido.

Le dio un trago a su bebida y buscó algún tema de conversación fácil, porque, si no, iban a pasarse el resto de la comida en silencio y aquello podría resultar muy raro. Entonces recordó la escueta charla que había mantenido con William cuando, al llegar a la inmobiliaria el día anterior, este le había dicho que tenía una visita inesperada.

—Así que trabajas en el *San Francisco Chronicle*.

Funcionó, porque ella esbozó una sonrisa.

—Ah, ¿el periódico? No, qué va, solo era un farol para que me dejasen pasar. En realidad, trabajo en una tienda de antigüedades y objetos de segunda mano.

«Madre mía», pensó Jason. Esa chica estaba muy chiflada. Bueno, al menos tenía trabajo, que ya era mejor que nada. Se fijó en sus ojos y en sus bonitas pestañas y en esa boca con forma de corazón que lo había vuelto loco.

—¿Qué edad tienes, Autumn?

—Veintitrés años, ¿y tú?

—Veintiséis —contestó.

—Vale, me gusta esta idea de conocernos un poco —dijo más animada tras toquetearse la trenza con la mano—. ¿Cuál es tu signo del zodiaco?

—¿Perdona? —Frunció el ceño.

—Tu signo. Yo soy Escorpio.

Jason la miró fijamente intentando deducir si le estaba tomando el pelo, pero, para su desgracia, ella parecía expectante por conocer su respuesta.

—Tauro —repuso secamente.

—¿En serio? Ahora lo entiendo todo.

—¿Qué es lo que entiendes?

—Tauro y Escorpio son polos opuestos, pero pueden atraerse de una forma pasional y el primer encuentro entre ellos suele ser... intenso. —Tragó saliva y desvió la mirada. Lo cierto es que tampoco era una loca de los horóscopos, pero no se le había ocurrido nada más interesante que decir. Y como durante una época le había dado por leerlos a diario, había memorizado cada una de las variables, así que prosiguió con su perorata—: Los Tauro son pacientes, muy fieles y cariñosos, pero, y no te ofendas, también tienden a ser celosos, posesivos y un poco tercos.

Jason alzó una ceja. Él no era ninguna de todas esas cosas.

—¿Y cómo son los Escorpio?

—Somos apasionados, emocionales y profundos.

—Todo positivo —replicó burlón.

Para empezar, ¿por qué estaba discutiendo con una cría sobre los signos zodiacales? Era ridículo. Se llevó una mano al mentón e intentó serenarse mientras el camarero dejaba los platos que habían pedido sobre la mesa.

—No creas, ser emocional tiene sus desventajas —apuntó, continuando la conversación que él había dado por concluida—. Por ejemplo, podemos ser muy alegres, pero también lloramos mucho. Somos sensibles. Es una dualidad un poco caótica y eso hace que a veces nos cueste encontrar el equilibrio; es difícil mantener una estabilidad si uno se deja llevar por sus emociones.

Jason no podía soportar seguir analizando un signo zodiacal. Carraspeó, bebió un trago de su refresco y suspiró.

—Háblame de ti en concreto, Autumn.

—¿De mí? —Cogió aire y removió la ensalada con el tenedor. No tenía hambre por culpa de las constantes náuseas—. No hay mucho que contar. Trabajo en la tienda y también vivo allí. El resto del tiempo hago cosas normales.

«Claro, porque era de lo más normal encadenarse a una casa en ruinas». Jason se mordió la lengua para evitar comentarlo en voz alta. ¿Por qué le ponía tan nervioso? Quizá fuera por la picardía que veía en sus ojos o por su voz aguda, pero la cuestión era que él solía sentirse tranquilo y cómodo en presencia de casi cualquier persona. Menos con ella. Con ella se sentía... inquieto.

—¿Vives en la tienda? —preguntó.

—Sí, bueno, en la buhardilla.

«Otra cosa normal», apuntó con ironía.

—¿Y qué planes tienes?

—No te sigo. —Arrugó su pequeña nariz respingona.

—Imagino que no pensarás seguir viviendo allí cuando nazca el bebé.

—Supongo, pero todavía no lo he pensado. Es todo muy reciente, ya encontraré alguna solución —dijo tras meterse una nuez en la boca.

—¿Tus padres viven en la ciudad?

—No lo sé. Quizá sí. —Jason ladeó la cabeza y la miró como si hubiese perdido un tornillo. Ella se echó a reír tapándose la boca con la servilleta—. ¡Oh, perdona! Tú no lo sabes. No tengo padres. Quiero decir, que me abandonaron en un hospital de San Francisco al nacer, así que quizá sigan viviendo aquí.

Él se quedó callado, incapaz de analizar y desentrañar a la chica que tenía enfrente. No era una buena señal, teniendo en cuenta que, por la circunstancia que los unía, iba a formar parte de su vida durante muchos años. Hubiese deseado escarbar en su cabeza, pero Autumn era un misterio andante.

—Lo siento —susurró.

—No hay nada que sentir —respondió—. ¿Tú tienes familia?

Jason se relajó un poco.

—Sí, no viven lejos de aquí. Todavía no les he contado la noticia, pero imagino que cuando lo haga querrán conocerte —advirtió con pesar—. Mi madre, Helga, puede ser un poco absorbente, pero es una buena mujer. Y mi padre también es fantástico. Por desgracia no puedo decir lo mismo de mis hermanos pequeños —bromeó.

Se dio cuenta de que ella lo miraba con los ojos brillantes y quiso preguntarle: «¿En qué estás pensando?». Sin embargo, no lo hizo. Tan solo tomó una bocanada de aire y le dijo si quería pedir algo de postre.

—No, gracias; no me encuentro muy bien.

—¿Qué te pasa?

—Nada. Vuelvo en un momento.

Autumn logró dominar las náuseas de camino a los servicios, que se encontraban en la otra punta. Una vez allí, se encerró en uno de los compartimentos y respiró hondo. Esperaba no tener que vomitar. A veces la sacudían arcadas que terminaban siendo una falsa alarma. Por desgracia, en aquel momento no fue así. Tras cinco minutos de sufrimiento, terminó echando la poca ensalada que había ingerido y la barrita de cereales que había comido unas horas antes.

Llamaron a la puerta con dos golpes.

—¿Necesitas ayuda? Yo... —Hubo una pausa—. Quería asegurarme de que estabas bien.

Autumn abrió la puerta y él advirtió la palidez de su rostro. Estaba a punto de sostenerla cuando ella se apartó y se dirigió hacia el lavabo para refrescarse la cara con agua fría. Lo miró a través del espejo.

—Gracias por venir, pero estoy bien.

—¿Has vomitado? —preguntó mientras salían de los servicios y una mujer lo miraba con el ceño fruncido cuando se disponía a entrar.

—Sí, me pasa todo el tiempo.

—¿Has ido al médico?

—Aún no, tengo cita para la próxima semana.

—Te acompañaré.

Autumn quiso decirle que no era necesario, pero sabía que no tenía derecho a hacerlo, así que se mantuvo en silencio mientras él pagaba la cuenta y caminaba luego a su lado hacia la furgoneta que había aparcado en la calle de al lado. Notó que él miraba el vehículo con cautela. A ella le encantaba: era de color aguamarina y tenía un aire bohemio. Sacó las llaves del bolso y se preparó para otro momento incómodo: la despedida. Todo era un poco así cuando estaba cerca de él; mecánico, demasiado pensado.

—¿Tienes cerca tu coche? —preguntó.

—No, tuve una reunión antes y cogí un taxi al terminar.

—Oh, bueno, si quieres puedo llevarte.

—Gracias, pero no hace falta.

—No soy peligrosa. No mucho, al menos.

Jason le mostró una sonrisa pequeña. Era la primera sonrisa de verdad que Autumn le había visto esbozar y se dijo que casi era una suerte que no lo hiciese más a menudo, porque notó que el corazón le latía más rápido.

—Está bien —accedió antes de abrir la puerta del asiento del copiloto de la furgoneta y meterse dentro—. Aunque queda un poco lejos.

Él advirtió que el bajo del vestido verde se le había subido un poco al sentarse y apartó la mirada de sus piernas. Joder, tenía que acabar con eso. Prohibido mirarla. Dejarse llevar una vez con ella ya le había traído consecuencias. Era como un pequeño demonio con cara de ángel y Jason no sabía por qué le resultaba tan tentadora. No era rubia. No era alta. «Ni siquiera se molesta en conjuntar su ropa», advirtió al deslizar la mirada hasta sus zapatillas rosas de tela. Y creía en los signos zodiacales.

—Tú indícame la dirección.

—Ahora sigue todo recto hasta el final de la calle. —Hacía calor en el coche, así que Jason se quitó la chaqueta del traje cuando ella le dijo que no había aire acondicionado. Tenía ganas de llegar a casa, ponerse cómodo y pensar en todo aquello. Dormir un rato también le vendría bien—. Así que trabajas en la tienda... —tanteó—. ¿Da para vivir? ¿Tienes seguro médico? Puedo hacerme cargo de los gastos que sean necesarios.

Autumn tenía las manos en el volante.

—Me quedan algunos ahorros, no gasto mucho. Aunque tendré que recortar los donativos y calcular el presupuesto médico.

—¿Donativos? —inquirió.

—Cada mes dono una parte de mi sueldo a una causa diferente. —Se rio al ver su reacción—. ¡No me mires así! Tampoco se me ocurría nada mejor en qué gastarlo. Tengo un techo y un trabajo y un vehículo, ¿qué más puedo pedir?

Omitió decirle que no le hubiese venido nada mal invertir un poco de ese dinero en más clases de conducción, porque era una pequeña suicida al volante, dando tumbos y acelerando y frenando de golpe.

—Gira a la izquierda en la siguiente calle —dijo e intentó sonsacarle más información—. Entonces, imagino que la tienda va bien, ¿no?

—Sí, mucho mejor que hace unos años. Vendemos antigüedades y también objetos de segunda mano, cosas bonitas, curiosas o difíciles de encontrar, ya sabes. El negocio es de Abigail, mi última madre de acogida; me quedé con ella tras cumplir los dieciocho años. Antes las cosas no iban tan bien, pero un día fui a un cibercafé y me dio por buscar en la red y descubrí todo un mundo de posibilidades. Conseguí un ordenador y, desde entonces, compramos y vendemos objetos de todo el país.

Jason volvió a sonreírle. Y sin fingir.

—Así que tienes alma de empresaria.

—No lo creo, solo aprovecho las oportunidades. —Se encogió de hombros—. Lo único negativo es que los gastos de envío son caros, así que, cada cierto tiempo, también hago una ruta con la furgoneta por la zona en busca de material que incorporar a la tienda.

—¿Qué quieres decir?

—Busco durante semanas cosas que puedan interesarnos y luego planeo un recorrido de tres o cuatro días por toda California. Quedo con los propietarios de garajes, aprovecho para echar un vistazo en varios mercadillos de Los Ángeles y regreso con la furgoneta cargada hasta arriba.

—Gira a la derecha en la tercera calle.

Él bajó la ventanilla del vehículo, se desabrochó el botón del puño de la camisa y se la arremangó hasta el codo. Luego empezó a aflojarse la corbata.

—¿Piensas desnudarte? —bromeó ella.

—¡Eh, te había dicho la tercera a la derecha!

—¡Me has distraído! ¡Demonios!

—¿Y encima es culpa mía? —protestó él.

—No, pero... ¡deja de quitarte la ropa!

—¡Ahora a la derecha! ¡Ahora! —Autumn giró a la izquierda—. Pero ¿qué haces?

—¡No me grites! ¡Siempre confundo la derecha y la izquierda! Es... una pequeña tara que tengo... —Respiró hondo—. Me estás poniendo histérica.

—¡Para la furgoneta! —Ella lo hizo. Frenó de golpe—. ¡Joder, pero no en medio de la calle! ¡Arranca, arranca!

Autumn obedeció con el corazón latiéndole a mil por hora. Condujo calle abajo en silencio, con las manos tensas sobre el volante y la respiración agitada. Todo había ido bastante bien hasta entonces, pero ahora tenía ganas de abrir la puerta del copiloto y tirarlo de un empujón. La anécdota que le contaría a su hijo sería algo así: «Tu padre me llevó a un restaurante en el que servían pato, vomité en el baño y luego casi provoca que nos matemos todos porque me equivoqué de dirección cuando empezó a desnudarse en el coche». Tragó saliva y respiró hondo.

—Lo siento, joder. Lo siento —dijo Jason.

—No importa. Lo entiendo. Tú nunca te habrías equivocado. Tú eres perfecto —siseó cabreada.

—Deja de decir tonterías. Es solo que estoy nervioso y no he pegado ojo en toda la noche. Perdóname. Gira cuando puedas a la derecha.

A partir de ese momento, Jason habló con un tono sosegado y suave, como si temiese alterarla. Autumn volvió a equivocarse otra vez (debía admitir que conducir bajo presión no era su fuerte), pero él no se inmutó. Cuando quiso darse cuenta, estaban recorriendo el barrio de Sea Cliff. Las enormes casas con vistas al Pacífico se recortaban a ambos lados de la tranquila calle. Jason le dijo que parase delante de una casa de estilo victoriano con un porche octagonal y bonitos ventanales.

Ella lo miró impresionada.

—¿Vives aquí?

—Sí. —Abrió la boca, como si quisiese añadir algo más, pero la cerró un instante después—. Te llamaré. Ah, y la próxima vez, conduzco yo.

Autumn se preparó para contraatacar, pero frenó al ver la mirada divertida que él le dirigió a través de la ventanilla tras bajar del vehículo. No era fácil deducir cuándo bromeaba y cuándo hablaba en serio. Correspondió el gesto antes de marcharse, todavía conteniendo el aliento.

# 3

Mike deambuló por la estancia con las manos en las caderas. Cuando se detuvo, en medio del comedor, tomó aire y repitió exactamente lo que acababa de decir un minuto atrás.

—Así que vas a ser padre.

Jason suspiró profundamente.

—Eso parece —gruñó.

—Lo que significa que seré tío.

—No eres mi hermano.

—Como si lo fuera —replicó.

Antes de que Jason pudiese contestar, Rachel le dirigió a su novio una mirada fulminante con la que consiguió que cerrase la boca. Quizá porque se conocían desde los siete años, solía bastar un simple gesto para comunicarse entre ellos y, aunque jamás lo admitiría, Jason a veces envidiaba esa intimidad que compartían. Él nunca podría tener aquello. Era incapaz de enamorarse y no porque fuese el tipo de hombre que huye del compromiso, sino todo lo contrario. Con escaso éxito, Jason había intentado amar a muchas de las mujeres con las que había salido, que no habían sido pocas. Cuando conocía a alguien, las primeras semanas solían estar llenas de ilusión, pero, por desgracia, el aburrimiento entraba a formar parte de la ecuación demasiado pronto, tirando por tierra todo lo demás. Si no fuese porque podía leer en los ojos grises de Mike la devoción y la ternura cada vez que se detenían en Rachel y en su pecoso rostro, Jason hubiese creído que no existía esa clase de amor tan incondicional y duradero.

—¿Y cómo estás tú? —le preguntó Rachel—. Quiero decir, esto también ha sido una sorpresa para ti. Sabes que si necesitas desahogarte o cualquier otra cosa que...

—Estoy bien —mintió.

Rachel vaciló unos segundos antes de abrazarlo con fuerza. Jason estuvo a punto de protestar, pero al final cerró los ojos y agradeció el cálido contacto de su mejor amiga. Ella casi siempre sabía ver más allá de sus palabras, de las mentiras que construía para protegerse. Por eso, mientras él aseguraba estar bien, ella probablemente escuchaba algo así como «estoy muy jodido». Y era cierto, porque había aceptado aquel revés del destino, pero estaba lejos de empezar a asimilarlo. Su mente analítica se había puesto a pensar en todas las cosas que consideraba importantes, como los gastos o los planes de futuro relacionados con la educación y el desarrollo de su hijo, pero ni una sola vez se había parado a imaginar qué sentiría al sostenerlo en sus brazos. De hecho, era incapaz de plantearse siquiera esa situación y, el día anterior, tras casi escapar de casa de sus padres poco después de contarles la inesperada noticia, se descubrió a sí mismo desviando la mirada y girando la cabeza cada vez que se cruzaba por la calle con un cochecito de bebé o con una mujer embarazada.

—¿Lo saben tus padres? —preguntó Mike.

Jason se separó de Rachel y estiró las piernas.

—Desde hace unas horas. Fui a verlos ayer.

—¿Tus hermanos lanzaron fuegos artificiales?

—Faltó poco. —Jason dejó escapar una sonrisa—. Especialmente cuando mi madre soltó un grito desgarrador por no haberle presentado antes a «mi novia» y le dije que eso era porque no había ninguna novia. Se quedó tan pálida que mi padre tuvo que llevársela para refrescarla con un poco de agua mientras Tristan y Leo se lo pasaban en grande. Fue una velada... interesante.

—Siempre has sido su ojito derecho. Ya lo superará. —Rachel sonrió al recordar a la señora Brown y lo orgullosa que estaba de su hijo. Quizá demasiado, porque lo tenía sobre un pedestal de oro muy alto.

Él se rascó la nuca, pensativo.

—Eso espero. De todas formas, lo primero que dijo tras el primer impacto fue que quería conocerla —suspiró y dejó caer la cabeza en el respaldo del sofá—. Joder, será un completo desastre. ¿Cómo he terminado así?

—¿Confiando en la marcha atrás?

—¡Mike! —gritó Rachel, pero dejó a un lado su actitud protectora en cuanto vio que Jason intentaba reprimir una sonrisa. Alzó la mano hasta su frente y le apartó algunos mechones de cabello dorado—. Oye, nosotros también queremos conocerla.

—Más adelante, quizá.

Rachel insistió.

—¿Por qué? Podemos ser civilizados. Nada de interrogatorios ni de pedirle que nos enseñe su árbol genealógico.

—Mejor, porque no tiene familia. —Mike alzó una ceja con curiosidad—. La abandonaron en el hospital al nacer. O eso me ha contado. Ahora que lo pienso, no sé nada de ella, debería pedirle a Miles que la investigue.

Miles era el detective privado al que acudía cada vez que necesitaba averiguar algo sobre sus clientes y, a decir verdad, lo hacía con bastante frecuencia. Asociados, competencia, conocidos... A Jason le tranquilizaba tener un informe de sus vidas en el cajón de la mesa de su escritorio.

—¿Qué? ¡No! ¡Eso sería traicionar su confianza!

—¿Acaso importa? No la conozco, Rachel.

—Escúchame, Jason. Lo quieras o no, esa chica va a formar parte de tu vida. Te conviene llevarte bien con ella y evitar los problemas.

Él asintió a regañadientes y, tras un rato más de charla, los acompañó hasta la puerta de su apartamento para despedirse de ellos. Después, contempló pensativo las luces de la ciudad que se adivinaban a lo lejos, más allá del mar y del puente Golden Gate que se recortaba entre las sombras de la noche. Suspiró, fue a la cocina y sacó una caja con los restos de la comida china que había pedido para comer. Se sentó en el sofá y engulló el pollo con arroz que quedaba mientras mantenía la mirada fija en la televisión, a pesar de que no estaba enterándose de nada, porque su cabeza estaba lejos de allí.

Estaba en Autumn, en su nariz respingona y en su voz aguda. Estaba en ella y en todo lo que tendrían que hablar durante los próximos meses. Tenía claro que entenderse con aquella chica iba a ser un trabajo a jornada completa. Sin pararse a pensarlo demasiado, cogió el teléfono móvil que estaba en la mesa auxiliar y buscó su nombre entre la interminable lista de contactos.

—¿Diga? —respondió su voz.

—Soy yo, solo quería ver cómo estabas.

—¿Y quién es «yo»? —preguntó.

—Jason. Ya sabes, nadie importante —ironizó.

—Ah, perdona. Todavía no había metido tu número en la memoria del teléfono, pero tengo aquí tu tarjeta. Bueno, no «aquí, aquí», sino en algún lugar entre todos los trastos que debería organizar de la tienda. Así que me alegra que decidieses llamar, porque si no me habría vuelto loca intentando encontrarla. —Hubo un instante de silencio—. ¿Sigues ahí?

«Sí, sigo aquí rezando por quedarme sordo», pensó Jason. Estaba acostumbrado a reprimir lo que opinaba de casi todo el mundo, pero en el caso de Autumn tenía que hacer un verdadero esfuerzo.

—Quería saber cómo te encontrabas —repitió—. ¿Sigues teniendo náuseas?

—Casi todo el tiempo, pero Abigail dice que es normal y que remitirán pronto.

—Vale, también necesito saber la hora de la visita del médico para cuadrar la agenda.

—El jueves a las nueve de la mañana.

—Perfecto. —Jason se levantó y buscó un bolígrafo para tomar nota—. Dime tu dirección y pasaré a buscarte.

—¿Seguro? Puedo ir por mi cuenta.

—Será más fácil si vamos juntos que si tenemos que encontrarnos allí.

—De acuerdo, apunta. —Autumn le dio la dirección de la tienda y después un tenso e incómodo silencio volvió a instalarse entre ellos. Ella se puso tan nerviosa que terminó hablando de lo primero que le vino a la cabeza—. ¿Sabes...? Hoy he leído el horóscopo en el periódico, mientras desayunaba en la cafetería que hay a dos calles de distancia, y decía que esta semana se presentaba movida para los Tauro porque estaría llena de cambios y de sucesos imprevistos.

Jason apretó los labios.

—Qué casualidad —respondió secamente, pero, luego, en vez de despedirse abruptamente como pensaba haber hecho, se descubrió a sí mismo preguntando—: ¿Y qué decía sobre Escorpio?

—Que tendremos una semana positiva. No te enfades, no soy yo la que escribe los horóscopos. En fin, será mejor que cuelgue antes de que cierre el supermercado, porque resulta que tengo mi primer antojo.

—¿Un antojo?

—Pistachos. A todas horas.

—¿De verdad? —preguntó divertido.

—En serio. Y me dan ganas de matar a alguien cada vez que me como el último de la bolsa —bromeó.

—Nos vemos el jueves, entonces.

—Sí, no llegues tarde.

—Vale. Y cena algo decente.

Jason cerró los ojos y negó con la cabeza mientras ella se despedía alegremente. Lanzó el teléfono encima del sofá. «¿Cena algo decente?». Joder, en breve acabaría comportándose como su padre, pero no era culpa suya, sino de ella, que actuaba y hablaba un poco como lo haría una cría. Apenas se llevaban tres años, pero parecía que estaban a años luz de distancia y que sus vidas no tenían nada que ver entre sí. Para empezar, Autumn vivía encima de una tienda, conducía una furgoneta *hippy* y se dedicaba a donar su sueldo porque no se le ocurría ninguna otra cosa mejor en lo que gastarlo. Él tenía un negocio, era responsable y sensato, y vivía en una casa con más habitaciones de las que necesitaba.

Ese último pensamiento hizo que se planteara que quizá podría ayudarla a encontrar un apartamento, siempre y cuando ella le permitiese hacerlo. Y algo le decía que no iba a ser fácil. Pero él necesitaba organizar las cosas, tener el control de la situación.

Volvió a llamarla.

—¿Hola? ¿Me estás acosando? —Autumn dejó escapar una risa vibrante que quedó amortiguada por el sonido de sus pasos y de la calle en la que se encontraba—. ¡Eh, mira por dónde vas! ¡Casi me atropellas! —gritó—. Perdona, no te lo decía a ti.

—¿Casi te atropellan? —gruñó Jason.

—Sí, un caraculo que no debe saber ni dónde están sus pies se ha saltado un semáforo en rojo.

«Caraculo», otra maravilla que anotar.

—Autumn, he estado pensando...

—¡Ay, mierda!

—¿Qué ocurre ahora?

—¡El supermercado está cerrado!

—Vuelve mañana. Lo que intentaba decir es...

—¡Pero necesito esos pistachos para vivir! Quizá no literalmente, pero ya me había imaginado todo el plan de esta noche en mi cabeza: una ducha rápida antes de cenar y meterme en la cama, y luego, aquí viene lo mejor, un rato de lectura con una bolsa de pistachos en la mano.

Jason inspiró hondo, se dirigió a la cocina y miró en el armario de la despensa.

—¿Piensas coger el coche para buscar otro supermercado? —Tal como él había esperado, lo que era un punto a su favor porque le gustaba poder predecirla, Autumn respondió con un rotundo «sí»—. Entonces ven a mi casa, tengo aquí pistachos.

Ella se quedó callada unos segundos al otro lado del teléfono antes de murmurar un dubitativo «vale» que parecía un poco receloso. Y a Jason le molestó eso. Era cierto que quizá no le había dado demasiadas razones para confiar en él, pero no siempre era así; de hecho, con las pocas personas que de verdad le importaban, era leal y estaba dispuesto a darlo todo por ellas. Otra cosa era que no fuese fácil que él dejase entrar a alguien dentro de ese círculo exclusivo.

Autumn seguía dudando mientras jugueteaba con las llaves de la furgoneta. No estaba segura de que fuese buena idea acudir a casa de un desconocido a esas horas solo porque se le había antojado engullir un par de pistachos. Aunque, por otro lado, era un desconocido con el que se había acostado la primera noche sin pararse a pensar en si lo que hacía era «correcto». Ignoró los pensamientos enmarañados que se apoderaban de su cabeza, subió al vehículo y condujo por la ciudad de San Francisco.

Avanzando por las calles tenuemente iluminadas, pensó en lo loco que era todo aquello. Jason era un estirado, con esa forma de hablar tan pausada que pretendía ser educada y que, en cambio, a ella le resultaba prepotente. Pero, a pesar de aquello, no podía evitar sentir aquella atracción incomprensible. No sabía si era por lo tentadora que le resultaba su mandíbula cuadrada y varonil o si tenía que ver con el azul provocativo de sus ojos, pero era desquiciante. Dos días atrás, mientras iban en la furgoneta, había estado a punto de ponerse a gritar cuando lo vio quitarse la chaqueta del traje y la corbata para después empezar a desabrocharse los puños de la camisa.

Aparcó frente a su casa y avanzó hasta la imponente entrada antes de estirar la espalda y presionar con el dedo el botón del timbre. Un minuto después, él abrió la puerta, que, fiel al estilo de la vivienda, tenía un pomo de color cobre con aire decimonónico. Jason llevaba puestos unos pantalones grises de chándal y una camiseta blanca y lisa que se ajustaba a sus hombros y a su torso. A Autumn le sorprendió verlo así, con aquel atuendo informal, y descubrir que, de esa manera, estaba aún más atractivo. Enterró ese pensamiento en algún lugar recóndito de su mente en cuanto puso un pie en la casa y él cerró la puerta a su espalda.

—¿Te ha costado llegar? —preguntó.

—Cuatro intentos.

—¿Estás bromeando?

—No, he confundido la casa con otras cuatro parecidas. —Le restó importancia haciendo un gesto con la mano—. No pasa nada, la orientación no es mi fuerte, y eso que tengo buena memoria para todo lo demás. ¿Dónde están mis pistachos?

Jason sonrió y la guio hacia el comedor para enseñarle antes la casa. Ella alzó la cabeza y se fijó en el elevado techo, las numerosas vidrieras típicas de las casas victorianas y los zócalos de madera altos. Por desgracia, todo lo demás había sido cruelmente eliminado. No había rastro de papel pintado en las paredes ni alfombras a la vista. Ya puestos, no había ni una nota de color, porque todo estaba decorado en tonos grises y blancos a excepción de las superficies de madera oscura. Lo que por fuera parecía una casa cálida y familiar, por dentro era casi una sala de exposiciones y el orden reinaba en cada una de las habitaciones.

—Vaya, es... impresionante —logró decir.

—¿Te gusta? —preguntó.

—Está muy bien si te van los museos, claro.

Jason le dirigió una mirada afilada.

—Imagino que tu buhardilla es mejor —se burló.

—Bueno, al menos no escucho el eco de mi voz.

—Muy graciosa. Esta casa cuesta una fortuna.

Autumn lo siguió sin rechistar hasta la cocina y sus tripas sonaron cuando vio sobre la encimera los restos de la comida china que Jason se había terminado. Él la miró.

—¿No has cenado? —preguntó, aunque sonó más como una acusación.

—No, pensaba hacer luego en el microondas una de esas bolsitas de brócoli. ¿Sabes que es un superalimento?

—¿Qué te apetece? —Abrió la nevera—. No tengo muchas cosas, pero puedo preparar una tortilla o ensalada de canónigos.

—No es necesario...

—Sí que lo es. Tortilla, pues.

Ella puso los ojos en blanco, pero se mantuvo en silencio cuando él encendió el fuego y sacó una sartén. Autumn cogió uno de los dos taburetes que había en la cocina y se sentó mientras él batía los huevos. Lo observó. Sus movimientos eran limpios, precisos, nada que ver con el caos general que reinaba en su vida desde que se levantaba hasta que se acostaba. Cuando vertió el líquido en la sartén caliente, ella habló.

—¿Así serán las casas que quieres construir?

Jason la miró por encima del hombro. No le apetecía hablar con ella de ese tema. Le dio la vuelta a la tortilla con la espátula de madera.

—No, serán más modernas y minimalistas.

—Oh, genial —replicó con sarcasmo.

Él le sirvió la cena en un plato y lo colocó sobre la estrecha barra de madera que había al otro lado de la cocina. Autumn movió un poco el taburete para acercarse y coger el tenedor que le tendía. Durante unos segundos, sus miradas se encontraron y ella se estremeció. Contrariada, bajó la vista y comenzó a cortar la tortilla.

—Gracias por esto, no tenías que hacerlo.

—No ha sido nada —repuso y se sentó en el otro taburete, con el brazo apoyado cerca del suyo—. ¿Puedo hacerte una pregunta?

—Ya lo estás haciendo.

Jason sonrió y ladeó la cabeza.

—Una de verdad, a la que te comprometas a responder siendo sincera.

—Eso depende de muchas cosas, pero inténtalo.

Sus dedos largos y masculinos, con las uñas perfectamente cortadas, repiquetearon sobre la barra de madera antes de romper el silencio:

—¿Por qué te importa esa casa? Está en ruinas.

—¡No es verdad! Podría ser preciosa si alguien la restaurase. ¡Solo necesita un poco de mimo!

—¿Un poco de mimo? ¿En serio? —Negó con la cabeza—. Olvídalo, contesta a la pregunta.

Ella evitó mirarlo a los ojos.

—Es bonita. Me gusta.

—Estás mintiendo —replicó.

—Tienes razón. No quiero decírtelo.

Jason pestañeó confundido, abrió la boca para insistir, pero volvió a cerrarla unos segundos después. No estaba acostumbrado a que nadie le hablase con tanta franqueza; ella podría haber contestado que era un asunto personal o privado, pero se había limitado a soltar que no quería decírselo antes de meterse un trozo de tortilla en la boca y admitir que «estaba muy rica».

—¿Puedo hacerte yo una pregunta a ti?

—Ya lo estás haciendo —se burló él repitiendo sus palabras.

—Una de verdad. Es un asunto serio. —Señaló con el tenedor los restos de la tortilla—. ¿Dónde compras los huevos? Necesito saberlo. Están de muerte.

«La madre que la parió».

Jason intentó contener el gesto, pero una sonrisa terminó adueñándose de su boca. Y no le pasó desapercibido que los ojos de Autumn descendían hasta sus labios. Se inclinó un poco y, al rozarle el brazo, notó que ella era tan consciente como él del calor que surgía cada vez que se tocaban.

—Son orgánicos. Mi amiga Rachel está un poco obsesionada con el tema y suelo encargarle algunas cosas cuando va al mercado agrícola.

—Qué interesante. —Dejó el cubierto encima del plato al terminar y sus ojos brillaron con curiosidad—. ¿Es una amiga... especial?

—¿Especial? Creo que no en el sentido que estás pensando. Conozco a Rachel desde pequeño. Tanto ella como Mike, su novio, y Luke, otro amigo que ahora vive en Washington, crecimos en el mismo barrio. Siempre hemos estado juntos.

—Suena bonito —susurró Autumn y, en ese momento, Jason se sorprendió al ver que su mirada se humedecía y se llenaba de un anhelo silencioso—. Bueno, tengo que irme ya. Gracias por la cena y por la charla... Ha sido agradable —admitió tras levantarse y dejar el plato dentro de la pila—. Aunque aún no me has dado mis pistachos.

Jason volvió a sonreír, a pesar de que su reacción lo había dejado descolocado. Buscó en el armario de la despensa y le tendió el paquete de frutos secos antes de acompañarla hasta la puerta para despedirse.

—Pasaré a recogerte el jueves.

—Sí, nos vemos entonces.

Autumn se alejó sin mirar atrás y solo soltó el aire que había estado conteniendo cuando se encontró a salvo en el interior de su furgoneta. Arrancó, condujo un par de calles y volvió a estacionar el vehículo a un lado de la calzada. Abrió el paquete de pistachos y se metió uno en la boca. Cogió otro y sus dedos se detuvieron temblorosos antes de abrir la cáscara dura. Recordó la sonrisa de Pablo. Y la de Hunter, el «héroe» de su niñez, el que siempre la protegería, el que todavía tenía la palabra «esperanza» guardada en el puño de su mano. Cuando el rostro de Roxie se dibujó en su cabeza, rompió la cáscara con un crujido mientras las lágrimas calientes resbalaban por sus mejillas. Roxie. Su adorada y dulce Roxie...

# 4

—Deberías dejar que te acompañe —insistió Abigail.

—Alguien tiene que quedarse en la tienda.

—No se acabará el mundo si cerramos un día por asuntos propios. —Alzó la cabeza tras el mostrador cuando escuchó el tintineo de las campanillas y distinguió a un chico de cabello rubio que vestía unos vaqueros y una camisa grisácea—. Oh, ¡es él! —susurró por lo bajo y luego sonrió como si el mismísimo gobernador acabase de entrar en la tienda—. ¡Hola! ¡Bienvenido! Eres Jason, ¿verdad?

—El mismo. ¿Y usted es...?

—Abigail Smith.

—Encantado. Es un placer.

Ante la atenta mirada de la joven, Jason estrechó la mano de Abigail y le dedicó a la mujer una sonrisa cálida y deslumbrante. Una sonrisa digna de enmarcar para «caer bien» y que, por cierto, jamás le había mostrado a ella hasta la fecha. Con el ceño fruncido, Autumn se acercó e interrumpió la conversación.

—Llegas pronto —dijo.

—Sí, quería ver la tienda.

Le dirigió una mirada penetrante mientras Abigail lo cogía del brazo para guiarlo entre el laberinto de muebles y objetos. Conforme avanzaban por el pasillo principal, Abigail rio a carcajadas de algo que había dicho Jason, quien, haciendo gala de todo su encanto, estaba lejos de parecerse a la descripción que Autumn le había dado.

Subió a la buhardilla para buscar los papeles del médico al tiempo que maldecía por lo bajo. ¿A qué venía ese despliegue de simpatía? ¿Y esa sonrisa tan afable? Se comportaba como si fuese una estrella a punto de conquistar el próximo festival de cine cuando, por el contrario, la imagen que tenía Autumn de él era la de un tipo pragmático, seco y bastante reservado. En resumen, algo muy parecido a la idea que ella tenía de cómo serían los robots en un futuro: eficientes, muy correctos y con un aspecto físico envidiable.

Cuando Abigail recibió al primer cliente de la mañana y tuvo que atenderlo, Jason subió las escaleras por las que había visto desaparecer a Autumn. Se quedó parado en el umbral de la puerta observando la mullida cama que estaba junto a la pared, justo enfrente de la ventana y de un pesado baúl de madera. Las paredes estaban pintadas de un tono azul cobalto y, dentro del caos, había cierto orden.

Ella estaba inclinada delante de una cajita llena de bisutería y se giró al escuchar el crujido de sus pasos.

—¿Qué haces aquí? —preguntó, aunque sonó más como una acusación. Por alguna razón, Autumn se sentía cohibida al tenerlo allí y tuvo que recordarse a sí misma que unos días antes él le había abierto las puertas de su casa de par en par. Se dio cuenta de que lo que la intimidaba no era su presencia, sino la mirada analítica con la que recorría cada centímetro de la habitación, como si quisiese retenerlo todo.

—Abigail tenía que atender a un cliente —contestó resuelto mientras avanzaba un par de pasos y fijaba la vista en el armario blanco decorado con florecitas azules pintadas a mano. Ella se había enamorado de aquel mueble unos años atrás en un rastrillo de la zona—. Bonito lugar —susurró.

—¿Es una burla por lo que dije de tu casa?

—No. Lo decía en serio. No es mi estilo, pero es bonito. —Jason no sonrió con la boca, pero sí con la mirada—. Aunque, ya que lo comentas, en comparación con esta caja de cerillas no me sorprende que mi casa te parezca un museo.

Autumn refunfuñó por lo bajo y a él le gustó ver cómo arrugaba su nariz respingona.

—Me sobra espacio, no tengo muchas cosas. Esa otra puerta conduce al baño y, antes de bajar la escalera, está el cuarto donde hacemos el café o algo rápido en el microondas si no queremos salir —explicó sin entrar en detalles antes de tenderle una fina cadena plateada—. Ya que estás aquí, ¿puedes abrochármela?

Autumn sintió su aliento en la nuca y se toqueteó la punta de la trenza con nerviosismo mientras él aseguraba el cierre del colgante ovalado que guardaba en su interior un trébol de la suerte. Cuando Jason se apartó, se puso los anillos que había dejado la noche anterior encima de la mesita auxiliar, justo al lado de un libro de poemas de Emily Dickinson, y se encaminó con él al piso inferior.

—Al final llegaréis tarde —bromeó Abigail.

—Vamos bien de tiempo —replicó Autumn.

—Llámame en cuanto salgas de la consulta.

Se despidió de ella con un abrazo y miró sorprendida a Jason cuando este volvió a hacer todo un despliegue de simpatía delante de la mujer. No dijo nada cuando salieron de la tienda y él abrió la puerta de un deportivo de color negro que tenía toda la pinta de ser descapotable. Autumn se sentó en el asiento del copiloto y lo miró con recelo mientras él se ponía las gafas de sol.

—No sabía que podías ser tan encantador.

—¿En serio? —Tamborileó con los dedos en el volante cuando paró frente a un semáforo en rojo y la miró burlón—. Pues lo soy. Y mucho.

—Conmigo no —gruñó contrariada.

—Contigo es complicado. Te recuerdo que cuando te conocí estabas encadenada a una propiedad privada, me llamaste «Míster Perfecto» y me destrozaste los oídos con esa canción. Y ahora estamos aquí, de camino al ginecólogo.

—Pero lo de que cantaba mal te lo inventaste porque estabas cabreado, ¿verdad?

Anonadado, Jason la miró de reojo.

—No, ¿nadie te lo ha dicho nunca?

—¿Canto mal? —repitió y, dolida, se llevó una mano al pecho.

—Tan mal que espero que nuestro hijo no herede tu voz —bromeó—. No me puedo creer que sea la primera persona que te lo dice.

—Pues tú tampoco tienes una voz envidiable —mintió porque, en realidad, le parecía que tenía un tono suave y profundo.

—No te enfades. Tienes otras virtudes.

—¿Como cuáles? —Ella giró la cabeza con curiosidad.

—No lo sé... —Incómodo, aferró el volante. Pensó en esos labios tan apetecibles que ella se humedecía cada vez que decía algo. O en lo mucho que le gustaba su mirada despierta y perspicaz—. Tienes unos ojos bonitos, por ejemplo. Y puedes pronunciar por minuto más palabras que la media; en serio, nunca he conocido a nadie que consiga hablar tanto y tan rápido.

—¡No es verdad! —replicó Autumn y luego miró a través del espejo retrovisor y una arruga de preocupación surcó su frente—. Por cierto, sé que no soy la mejor en esto de la orientación, pero creo que acabamos de pasarnos la consulta.

—Imposible —contestó.

Pero, tras un rato conduciendo, terminó dándose cuenta de que Autumn tenía razón. Aun así, veinte minutos después y ya en la sala de espera, Jason seguía afirmando que no había sido un «error» por su parte, sino un despiste por culpa de una señal de «stop» que habían cambiado de sitio. Ella contuvo las ganas que tenía de zarandearlo y bajarlo de su bonito pedestal.

—¿Por qué no puedes admitir que te has equivocado?

—Porque no ha sido «exactamente» así —puntualizó.

Sabiendo que no ganaría aquella batalla, Autumn decidió ignorarlo y se concentró en las paredes de color calabaza y en las láminas que las vestían y que representaban las diferentes etapas del embarazo. Cuando les indicaron que podían pasar a la consulta, ella estaba tan nerviosa que agradeció la mano cálida que Jason posó en su espalda mientras cruzaban el umbral. El doctor Droutz los saludó con amabilidad y luego los tres se acomodaron alrededor de la mesa del escritorio.

—Bien, Autumn —dijo mientras movía el cursor por la pantalla del ordenador y abría una pestaña con una nueva ficha que rellenar—. Primero vamos a centrarnos en completar tu historia clínica.

Ella respondió cada una de las preguntas que le hizo a continuación, como si había sufrido abortos previos, alguna enfermedad, intervenciones quirúrgicas, alergias o si tenía antecedentes familiares. Cuando titubeó ante la última, Jason contestó por ella.

—Nunca ha tenido relación ni información sobre ellos —explicó—. Por mi parte, mi padre sufre diabetes tipo dos.

El doctor Droutz lo apuntó en el historial.

—Perfecto. Ya está. Ahora levántate, Autumn —dijo antes de proceder a medirla, pesarla y tomarle la tensión.

—¿Todo... está bien? —preguntó insegura.

—Sí, tan solo es una primera revisión rutinaria —la tranquilizó antes de sentarse de nuevo para tomar notas. Jason se inclinó un poco, como si desease ver lo que estaba escribiendo—. Tienes que hacerte un cultivo de orina y un análisis de sangre. Por lo demás, debes empezar a tomar yodo y ácido fólico.

Cuando se despidieron del ginecólogo unos minutos más tarde, Autumn aún sentía las piernas temblorosas. Jason apenas había abierto la boca durante toda la visita y se había limitado a observarlo todo. Al montar en el coche, ella recostó la cabeza en el asiento y cerró los ojos.

—¿Te encuentras bien? —le preguntó.

Autumn se concentró en seguir respirando.

—No, sí... —Suspiró—. No lo sé.

Él deslizó la mirada por la trenza que caía sobre su hombro derecho y se detuvo en el trébol de la suerte que colgaba de su cuello junto a otros dos colgantes, uno de ellos con la figura plateada de un caballito de mar.

—¿Qué te ocurre? —insistió.

—Nada, es solo que ahí, dentro de la consulta, todo parecía muy real. ¿No lo has sentido así? Y ha sido como si de repente fuese consciente del todo.

Jason se mostró impasible. Su rostro no desveló ninguna emoción. Él seguía sin verlo real, ¿era eso normal o moralmente incorrecto? Para Jason sí, porque estaba acostumbrado a tener el control de su vida y adelantarse a cada uno de los pasos que debía dar. En cambio, ahora se sentía como si caminase en círculos y el problema era que no le apetecía en absoluto dejar de hacerlo y pensar en el futuro.

Él tragó saliva y giró la llave en el contacto.

—Sea como sea, lo superaremos juntos.

Su respuesta solo pareció angustiarla más.

—Ya, pero..., esto va a ser muy complicado... —gimió asustada—. ¿Cómo vamos a criar juntos a un hijo si no tenemos nada en común? Mírate. Y mírame. Míranos.

Jason apagó de nuevo el motor del coche.

—Creo que estás teniendo un ataque de pánico.

—¿Pánico? ¡Solo estoy siendo realista!

—Cálmate. —Jason alzó una mano hacia ella y logró tranquilizarla cuando le acarició la mejilla. Autumn cerró los ojos y exhaló un suspiro, dejándose envolver por la ternura de aquel gesto tan pequeño. Cuando lo miró segundos después, le sorprendió descubrir que él también estaba asustado y muy lejos de parecerse a ese chico perfecto e intachable que tanto se esforzaba en aparentar. Se inclinó hacia ella y le sostuvo la barbilla con los dedos para obligarla a mirarlo. Y en aquel momento, cuando aún sentía que se ahogaba, Autumn se dejó arrastrar por el océano que se reflejaba en sus ojos—. Todo irá bien, confía en mí. No sé cómo, pero saldremos adelante. Te lo prometo.

—De acuerdo... —susurró.

Él volvió a encender el motor del coche.

—Además, tampoco debe de ser tan difícil, ¿no? Casi todo el mundo tiene hijos.

—Ya, pero se conocen antes de ponerse a procrear y esas cosas.

—Nosotros estamos en ello. En conocernos —contestó divertido.

Hizo girar el anillo que Roxie le había regalado años atrás entre sus dedos.

—Sé sincero, ¿te caigo peor que la primera vez que nos vimos?

—No, eso sería imposible —dijo con rotundidad antes de echarse a reír. Ella quiso replicar enfadada, pero no lo hizo, porque se dio cuenta de que nunca lo había visto reírse abiertamente, relajado. Y su risa era vibrante y sincera, nada que ver son esas sonrisas burlonas que endurecían su rostro.

Autumn carraspeó antes de volver a hablar.

—El médico ha hecho un montón de preguntas.

Jason asintió recordando la extraña expresión que había cruzado el rostro de la joven tras escuchar las palabras «antecedentes familiares».

—¿Nunca has buscado a tus padres?

—¿Qué? No, yo... —Negó contrariada—. Solo una vez, hace años, pero es más complicado de lo que parece.

—Quizá podría echarte una mano con eso, si quieres. Conozco a un investigador privado de confianza que suele trabajar para mí.

Autumn tardó casi un minuto en responder.

—Ellos no me quisieron, no tiene sentido que intente encontrarlos.

Mentiría si dijera que nunca se había preguntado cómo serían sus padres o cuáles habrían sido sus circunstancias cuando decidieron dejarla en el hospital al nacer, pero, por otra parte, le daba tanto miedo descubrirlo que casi prefería no hacerlo. Unos años atrás, había empezado a sentir curiosidad, pero cesó la búsqueda poco después de empezarla, cuando entendió que no tenía sentido ir tras unas personas que no habían hecho ningún esfuerzo por ser encontradas.

Con el tiempo, aprendió a aceptarlo, a respetarlo, a pesar de que ella no quería ni imaginar cómo se sentiría si la separasen de su bebé y eso que, por lo que había leído, en esos momentos era exactamente del tamaño de una lenteja. Y es que había empezado a adorarlo desde el primer día, cuando aún era como una semilla de amapola. Cada noche, antes de dormir, se relajaba acariciándose la barriga mientras le hablaba en susurros y, si leía algún poema, lo hacía en voz alta.

Jason paró el vehículo a un lado de la calzada cuando llegaron de nuevo a la tienda. Antes de bajar, ella sacó del bolso unos papeles y se los tendió con gesto vacilante.

—¿Podrías... podrías firmar esto?

—¿Firmar? —Jason alzó una ceja.

—Es por una buena causa. Estamos recogiendo firmas para que no cierren la biblioteca del barrio y se destine presupuesto a mantenerla —dijo al tiempo que le tendía un bolígrafo brillante decorado con purpurina azul.

Él inspiró hondo, pero no protestó. Aceptó los papeles y se apoyó en el salpicadero del coche para trazar su firma y rellenar la casilla del número de identificación. Después, se los devolvió. Autumn ya estaba a punto de salir del vehículo cuando él cogió su muñeca y la giró con delicadeza. Ella tembló ante el inesperado contacto y se quedó callada mientras él leía el tatuaje que tenía allí, repasando el contorno con el pulgar.

—«Todo o nada» —susurró—. ¿Qué significa?

Autumn tragó saliva.

—Eso mismo. «Todo o nada».

—Ya, pero... ¿por qué?

No contestó, tan solo se limitó a darle las gracias por acompañarla a la consulta y, luego, ante su atenta mirada, bajó del coche y se encaminó hacia la tienda con ese andar alegre que la caracterizaba, como si fuese un hada pequeña en medio del bosque. Jason negó con la cabeza y subió el volumen de la música. «Todo o nada», se repitió mentalmente, dándole vueltas y pensando en lo desconcertante que era la curiosidad que Autumn lograba despertar en él.

# 5

El viernes, Abigail tenía algunos recados que hacer, así que Autumn se encargó de abrir la tienda. Se sentía cansada, le dolía la cabeza y estaba decepcionada consigo misma por haber dejado que el día anterior Jason la viese débil y asustada.

Eso era algo que no podía volver a ocurrir.

Por suerte, tuvo poco tiempo para pensar en el asunto porque la señora Laila Vaine acaparó buena parte de su mañana hablándole de las muñecas de porcelana que coleccionaba y del nuevo vestido estilo años sesenta que había hecho para una de ellas.

—Es precioso —repitió—. Tiene puntilla en el cuello y es de color rosa palo con lunares blancos. A Daisy le queda maravilloso y eso que no es el tono que mejor va con sus ojos, pero por algo es la reina de mi colección.

—Seguro que esto le sienta igual de bien.

—Oh, no, querida. El abrigo es para Sue.

Autumn asintió al tiempo que envolvía con delicadeza el diminuto abrigo rojo, de edición limitada, que había adquirido *online* unos días atrás con la certeza de que Laila Vaine se volvería loca en cuanto lo viese. Y así había sido. Lo metió en una caja justo cuando la señora Grace abría la puerta de la tienda y se quitaba las gafas de sol mientras avanzaba hacia el mostrador con su habitual andar impecable.

—Buenos días, señora Grace, ¿en qué puedo ayudarla?

—Te lo tengo dicho, llámame Grace, a secas.

Autumn se despidió de Laila con una sonrisa afable antes de llevarse los dedos distraídamente a la sien derecha y masajearse esa zona.

—¿Te encuentras bien, cielo? —preguntó Grace.

—Sí, solo es un dolor de cabeza...

—¿Necesitas una aspirina?

—Mejor no, ahora con el embarazo prefiero no tomar nada. —Grace la miraba atentamente—. Ayer llegaron algunos tiradores nuevos de hierro forjado, pero no sé si son como los que estaba buscando. Creo que Abigail los dejó en el segundo pasillo.

—¿Estás embarazada? —preguntó mientras la seguía—. Enhorabuena. Imagino que debes de estar muy contenta y emocionada.

—Sí, y también un poco aterrada.

—Eso es completamente normal.

Autumn rio y cogió la llave del mostrador de la vitrina en el que guardaban los tiradores. Los había de todas las clases, diseños y colores: retorcidos y extravagantes, pintados a mano, de madera o con la forma ovalada de una hoja o el delicado contorno de una flor.

—Los nuevos son los de la derecha —explicó—. Son del siglo XIX, pequeños y sencillos, pero muy bonitos si no buscas algo más llamativo.

Grace ladeó la cabeza con la mirada fija en los tiradores y terminó asintiendo lentamente. Llevaba un collar de perlas blancas a juego con los pendientes que relucían en sus orejas y el cabello rubio oscuro se mantenía firme recogido en un moño elegante.

—¿Puedo tocarlos? Creo que son justo lo que buscaba.

—Claro que sí. —Autumn se apresuró a sacar uno de ellos y dejarlo con cuidado sobre la palma algo arrugada de su mano—. El único inconveniente es que solo tenemos cuatro de esta serie.

La mujer sonrió con satisfacción.

—No será un problema, es justo el número que necesitaba. Me los quedo.

A Autumn le faltó poco para abrazarla. Cada vez que Grace les hacía una compra, que era con mucha frecuencia, ella y Abigail solían celebrarlo, porque la señora Grace era el tipo de clienta que jamás se molestaba en preguntar el precio de lo que deseaba comprar, sino que se limitaba a adquirir aquello que le gustaba. La mayoría de veces, de hecho, era ella misma quien gestionaba el pedido si se trataba de un mueble pesado y la empresa de transportes o algún trabajador suyo venía a recogerlo. Autumn nunca había preguntado, a pesar de su curiosidad, pero sabía que era una mujer poderosa y con una cuenta corriente que le permitía conseguir todo lo que quería.

El resto de la mañana fue más tranquila.

Después de desembalar y colocar los últimos objetos que habían llegado, se entretuvo tras el mostrador leyendo un libro de poemas de Charles Baudelaire. Dos horas más tarde, cerró la tienda y se encaminó a la cita que siempre tenía a finales de cada mes. Al ver el sol radiante de julio decidió ir caminando y dar un paseo por las calles de la ciudad.

Al llegar a su destino, una pequeña cafetería que hacía esquina, lo vio sentado en una de las mesas de la terraza y sintió que el corazón se le llenaba de alegría. Aceleró el paso. Si Jason era guapo en el sentido más clásico y literal de la palabra, con sus rasgos perfectamente delineados, él era todo lo contrario: atractivo de una forma oscura y peligrosa, aunque su aspecto físico se había ido deteriorando cada vez más. Tras apagar en el cenicero el cigarro que sostenía entre los dedos, alzó la mirada y sonrió antes de levantarse y darle un abrazo. Durante unos segundos, Autumn se sintió cobijada así, con la cabeza apoyada en su pecho, pero pronto recordó que él ya no era aquella isla segura a la que podía acudir cuando se sentía perdida.

—¿Cómo estás? Tienes buen aspecto —le dijo.

—Tú también —mintió con un nudo en la garganta. Se sentó y dejó el bolso colgando del respaldo de la silla.

Hunter dejó escapar un suspiro profundo antes de estirar las piernas debajo de la mesa y rozar las suyas. La miró. La miró como quien mira a alguien que conoce muy bien y tiene la certeza de que puede ver más allá de esa primera capa. Y se dio cuenta, por la preocupación que surcó sus ojos, de que se había fijado en la camiseta de manga larga que llevaba, aunque aquel día hacía calor.

—Me resfrié la semana pasada —se apresuró a decir y alargó la mano para coger la carta del local, a pesar de conocer de memoria todos los platos que servían, porque llevaba años viéndose allí con Autumn—. Creo que hoy pediré el sándwich de pollo.

—Buena elección. Yo el vegetal.

Autumn intentó que él no advirtiese la tristeza que teñía su voz y que parecía apretarle la garganta. Hizo un esfuerzo por ignorar lo que escondía la fina tela de la camiseta e intentó ocupar la mente con otro tema. Y como ya le había contado por teléfono unas semanas atrás la noticia del embarazo, pero no todo lo que había ocurrido después, empezó a explicárselo con pelos y señales mientras rompía con los dedos pedazos del sándwich que acababan de servirles y se los metía en la boca. Hunter la escuchó con atención, mirándola de aquella forma tan intensa y profunda que siempre hacía que ella se sintiera querida. Ojalá siguiese siendo «el héroe» de la historia. Ojalá todo hubiese sido diferente.

—Así que... es un estirado —dijo—. ¿Te follaste a un estirado? ¿Por qué?

—¡No lo sé! —Autumn se rio con la boca llena—. En serio, no tengo una explicación para lo que me ocurrió esa noche. Simplemente... no pensaba. Solo me dejé llevar. Y sí, es bastante estirado. Ya sabes, una de esas personas racionales y un poco frías que parecen tenerlo todo bajo control.

—¿De los que cagan diamantes? —se burló.

—Bueno, en su defensa, diré que a veces puede ser muy comprensivo. Lo curioso es que es como si se le escapara sin querer. Tengo la sensación de que piensa cada cosa que dice concienzudamente. Aun así, no sé, presiento que no es un mal tipo.

—No te fíes de él, enana —gruñó.

—No lo hago, tan solo intento conocerlo mejor, teniendo en cuenta las circunstancias. Y ahora háblame de ti, cuéntame cómo te van las cosas.

Hunter frunció el ceño con gesto contrariado.

—Supongo que «van», sin más.

Ella sabía que estaba mintiendo.

—Eso ni siquiera es una respuesta.

—Sí que lo es. Son cinco palabras.

—Déjame ayudarte, Hunter, por favor...

—Autumn, no me lo pongas más difícil. —Él alargó una mano por encima de la mesa y la posó sobre la suya al tiempo que sus ojos, negros e insondables, la miraban—. Estoy bien, no tienes que preocuparte por mí, sino por ti y ese bebé y ese capullo que... —Se mordió el labio, luego ladeó la cabeza. Trazó un círculo sobre el dorso de su mano y ella se estremeció, pero no por el gesto, sino por la porción de piel de su muñeca que quedó expuesta tras el movimiento—. No confíes en él hasta que te demuestre que puedes hacerlo. Prométeme que lo harás.

Ella tragó saliva y desvió la mirada de los moretones que surcaban su piel blanquecina. Cerró los ojos e imaginó a Hunter perdido, tomándose cualquier cosa que pudiese alejarlo del mundo real, terminando con su propia existencia de un modo lento y doloroso, trágico y horrible. Deseó gritarle, porque se suponía que lo había superado, que todo eso había quedado atrás. Y luego zarandearlo. Y preguntarle por qué se hacía aquello a sí mismo. ¿Acaso no habían tenido todos suficiente?

Pero no hizo nada, excepto respirar.

—Te lo prometo —susurró con un nudo en la garganta.


Esa noche aceptó la invitación de Abigail para cenar en su casa. Al llegar al hogar de los Smith, Nathaniel la recibió con un cálido abrazo y Jimmy se aferró a su pierna derecha mientras caminaba a trompicones hasta el salón. Tom ya estaba allí, sonriente.

—Huele a lasaña —adivinó Autumn.

—¡Premio! —gritó Nathaniel y Jimmy aplaudió.

Ella saludó a Tom antes de encaminarse a la cocina. El trabajador social que ocho años atrás había sellado su destino conduciéndola hasta esa misma casa acabó por ser un buen amigo de la familia. Al principio, habían empezado a invitarlo a los cumpleaños y a la cena de Navidad, tras enterarse de que su familia vivía en Minnesota, pero con el paso del tiempo se había convertido en una pieza fundamental de las reuniones familiares. Para Autumn era alguien muy importante en su vida y, quizá por el cariño que le profesaba o porque le encantaba fantasear con la idea, estaba convencida de que Tom sentía algo por Abigail. Sin embargo, cada vez que sacaba el tema a relucir, ella chasqueaba la lengua y le decía que tenía la cabeza llena de pájaros. Autumn la hubiese creído si no fuese porque sus mejillas redondeadas siempre adquirían un tono rosado.

—Qué buena pinta. —Le dio un beso a Abigail antes de echarle otro vistazo a la lasaña y empezar a sacar los platos del armario superior—. ¿El agua está fría?

—Sí, pero coge una botella de la despensa si la quieres del tiempo.

Unos minutos después, estando todos sentados a la mesa, Nathaniel les relató, escena a escena, lo que ocurría en el último capítulo de su saga de libros preferida, *La princesa sin corona y el príncipe que perdió su capa*. Las novelas estaban cosechando bastante éxito y a Autumn le encantaba leerlas con él cada vez que tenían ocasión.

—E-entonces él le dijo: «No te dejes engañar por las apariencias». Pero Wyatt no le hizo caso y s-siguió burlándose de los demás niños enfadando al príncipe.

—Y cuando el príncipe se enfada no hay vuelta atrás —añadió Autumn.

—¡Ya les dio su oportunidad!

—No quiero más —intervino Jimmy apartando el plato.

Abigail fingió apenarse al mirarlo.

—¡Lástima! Entonces, si estás tan lleno, te guardaré el postre de chocolate para mañana. Lleva tu plato a la cocina, cariño.

Jimmy la miró con el ceño fruncido y dudó unos segundos antes de coger con el tenedor un trozo de lasaña y llevárselo a la boca sin mucha alegría. Abigail sonrió complacida y Tom ahogó una carcajada limpiándose los labios con la servilleta.

En cuanto llegó la hora del postre, Nathaniel y Jimmy cogieron sus respectivas *mousses* de chocolate y se escabulleron a la habitación que ambos compartían en el piso de arriba. Abigail dudó si debía reñirles o no, pero al final se encogió de hombros con resignación y hundió la cucharilla en su porción, sin darse cuenta de que Tom seguía con interés el movimiento de sus labios, algo de lo que sí se percató Autumn, que sonrió. Tom carraspeó al advertir el gesto.

—Así que, por lo que me ha comentado Abigail, el tal Jason es un buen tipo.

—¿Eso te ha dicho...? —Miró a la mujer como si fuese de otro planeta—. Bueno, si ser un buen tipo tiene algo que ver con tener todo el día un palo metido por el cu...

—¡Autumn! ¡Nada de palabrotas en la mesa!

—«Culo» es mera anatomía —replicó.

Abigail le lanzó una mirada que la hizo callar.

—El chico es un encanto —insistió, ignorando que Autumn ponía los ojos en blanco y resoplaba por lo bajo—. Es inteligente, simpático y responsable. Ah, ¡y muy guapo! Van a tener un bebé precioso.

—Te conozco desde hace años y nunca has dicho tantas cosas bonitas de mí en una misma frase —protestó Autumn arrugando la nariz y provocando que Tom soltase una carcajada—. No sé cómo te has dejado convencer por un pestañeo y un par de sonrisas, pero te aseguro que no tiene nada de encantador. Es pura fachada.

«Y un tipo superficial, altivo y muy orgulloso que, además, se había propuesto convertir en un montón de escombros su bonita casa azul». Pero iba a tener un hijo con él, y eso significaba que debía fingir que le caía bien y que podían llegar a un entendimiento. La frase «tú de Venus y yo de Marte» por fin tenía sentido para Autumn.

Relamió la última cucharada de la *mousse* de chocolate y suspiró hondo.

Puede que ver a Hunter la hubiese alterado un poco. Eso y el embarazo, los cambios que se estaban sucediendo en su cuerpo, las dudas que la asaltaban, los miedos y la incertidumbre ante todo lo que estaba por llegar...

—¿Estás bien, Autumn? —preguntó Abigail con tono preocupado.

—Sí, solo un poco cansada. Voy a subir un rato con los chicos.

Los dejó a solas cuando salió del comedor Necesitaba escapar de allí. Subió las escaleras y abrió la puerta de la habitación de los chicos. Los dos estaban en la alfombra de colores que recubría el suelo; Jimmy jugaba con algunos coches mientras Nathaniel, sentado con la espalda apoyada en la pared, leía un libro. Autumn se acomodó a su lado sin decir nada y puso la cabeza en su hombro antes de empezar a leer en susurros al tiempo que él pasaba las páginas. Aquello era calma y paz y, durante esos últimos años, había sido todo lo que necesitaba para ser feliz. Lástima que, inevitablemente, las cosas fuesen a cambiar.

Se sobresaltó cuando sonó su móvil. Era Jason.

Le dio un beso a Nathaniel en la frente y le dijo que siguiese leyendo antes de descolgar el teléfono; la voz de Jason, baja y tranquila, la envolvió.

—Llamaba para saber cómo estabas.

—Estoy bien, de vez en cuando tengo náuseas y algún que otro dolor de cabeza, pero es normal. No es necesario que me llames todos los días.

—Quiero hacerlo —se limitó a decir.

Autumn se mordisqueó la uña del meñique.

—¿Y qué tal tú? ¿Todo bien? Quiero decir en tu trabajo y... lo que sea que hagas el resto del tiempo. —«Cuando terminas de derribar casas bonitas», quiso añadir.

A Jason pareció sorprenderle que se interesase por él, porque tardó en responder y, cuando lo hizo, habló despacio. Autumn ya se había dado cuenta de que, cuando hacía aquello, era porque medía las palabras antes de dejarlas salir como si temiese que alguna fuese incorrecta.

—Hago cosas normales. Quedo de vez en cuando con mis amigos, visito a la familia, voy al gimnasio un par de días a la semana... —Hizo una pausa—. Y en cuanto a mi trabajo, quería hablarte precisamente de eso. El otro día pensé que podría ayudarte a encontrar un apartamento.

—¿Por qué harías eso? —inquirió.

—¿Porque tengo una inmobiliaria?

Autumn se cambió el teléfono de mano.

—Esa no es la cuestión. Aún no lo necesito.

—Pero en poco más de siete meses...

—Eso es mucho tiempo.

—Vale, olvídalo. —Jason se estaba poniendo de mal humor. ¿Cómo podía tomárselo todo con tanta calma? Necesitaban un plan—. He estado informándome. ¿Sabes que algunas guarderías tienen listas de espera de más de un año?

—¿Estás bromeando? —Autumn frunció el ceño—. Bueno, no importa, no creo que sea algo malo educarlo en casa durante los primeros años.

—O en la selva. Eso espabila a cualquiera. No me jodas.

—¿Pretendes que aprenda a cambiarse el pañal y que, al cumplir los seis, sepa varios idiomas? Porque no estoy de acuerdo con ese tipo de educación. Quiero que sea feliz. Quiero que juegue, se divierta y esté rodeado de amor.

Él resopló al otro lado del teléfono.

—¿Y dónde viviréis? ¿En un mundo de purpurina, arcoíris y unicornios? Por desgracia, en la vida real existen las responsabilidades.

—No me gusta tu tono —le advirtió ella.

—Ni a mí tus ideas —sentenció enfadado.

—¡Ni siquiera sé por qué estamos hablando de esto! ¡Falta mucho tiempo!

Jason inspiró profundamente.

—Dejemos el tema. —«Por ahora», pensó—. ¿Ya has cenado? ¿Estás en la tienda? Y hablando de la tienda, ¿es seguro que vivas ahí? Si alguien intentase robar...

—Y luego se equivocaba el horóscopo... —masculló ella por lo bajo, recordando que decía que los Tauro eran muy protectores.

—¿Qué has dicho? Habla más alto.

—Nada. Sí que es seguro. He cenado lasaña y estoy en casa de Abigail pasando un buen rato con Nathaniel y Jimmy. ¿Quieres saber algo más? ¿De qué color es la ropa interior que llevo puesta, por ejemplo? ¿O cuántas veces he ido al cuarto de baño en las últimas tres horas?

Jason ignoró su sarcasmo.

—¿Quiénes son?

—Eh, pues a ver, Nathaniel es el hijo de Abigail —explicó mientras alargaba hacia él la mano en la que sostenía el teléfono—, saluda a mi amigo Jason —le dijo y Nathaniel pronunció un simpático «hola, Jason» antes de que ella volviese a llevarse el móvil a la oreja—. Y Jimmy es un encantador chico de ocho años al que le apasionan los coches.

—¿Y qué hacéis?

Autumn no hubiese respondido de no ser porque su tono de voz era suave y cálido. Le dijo que leía junto a Nathaniel y, sin saber cómo, terminó contándole de qué trataban los libros, empezando por lo difícil que había sido para la princesa nacer sin corona y, para el príncipe, perder su capa mágica por culpa de lo despistado que era. Ella estaba cansada de esforzarse y de tener que demostrarle al mundo su valía, porque su pueblo se negaba a creer en aquello que no podía ver. Y él, ahora que prescindía del poder de la capa, se había dado cuenta de qué personas lo valoraban solo por su nombre y quiénes apreciaban de verdad al chico tímido e inseguro que se escondía tras el título. Juntos, luchaban contra los malhechores que intentaban atemorizar a los ciudadanos y apoderarse del valle rodeado por altas montañas.

—Es una buena metáfora —dijo Jason.

—Sí, y los libros son muy divertidos.

—No imaginaba que te fuese la lectura.

Ella dudó antes de seguir hablando.

—Sobre todo me gusta la poesía.

—¿Poesía? —replicó incrédulo.

—Sí, ni que hablásemos de cerdos volando.

Hubo una larga pausa y, de pronto, él preguntó:

—¿Quieres que comamos juntos algún día de la próxima semana? El martes lo tengo bastante despejado. Yo invito.

—Vale, pero solo si me dejas elegir el sitio a mí.

—¿No te gustó el restaurante de la última vez?

—¿Puedo elegir el «comodín» como respuesta?

—Qué graciosa. Pues cuesta una fortuna y es uno de los mejor valorados de la ciudad, pero está bien, eliges tú.

—No te arrepentirás.

—Eso ya lo veremos...

—Buenas noches, Jason.

—Buenas noches. Descansa. Y recuerda tomarte el yodo y el ácido fólico.

Autumn se despidió de él reprimiendo una sonrisa. De haberle dado permiso, Jason hubiese llenado su móvil de alarmas insistentes como «¡cena algo sano!», «¡no grites!», «¡duerme ocho horas diarias!», «¡revisa todos los frenos y las luces del coche antes de salir!» y un sinfín de consejos similares. Ella no entendía cómo él podía ser siempre tan correcto y hacerlo todo tan bien, porque debía de ser agotador pasarse el día intentando ser perfecto, especialmente cuando uno no lo era. Pese a lo que quería aparentar, Jason era orgulloso y terco y, además, engañaba con esa faceta suya tan amable que dejaba entrever el reflejo de un chico transparente y sencillo. Nada más lejos de la realidad. Autumn había tardado más de lo esperado en entender que Jason era hermético. Cuando miraba su rostro angelical y su cabello rubio claro tan ordenado, lo único que veía era contención. Una contención profunda.

Y solo recordaba haberlo visto liberado de esa carga la noche que habían pasado juntos en la casa azul. Aquel día, Jason no había ocultado nada. Ella todavía podía escuchar el susurro ronco de sus palabras haciéndole cosquillas en la nuca, o sentir sus manos recorriéndola entera, estrechándola contra su cuerpo cálido antes de conducirla al límite. Ese chico de mirada intensa, pelo alborotado y sonrisa seductora tenía que estar escondido en algún lugar.

# 6

Contención. Una palabra. Y Jason conocía bien su significado. Se contenía cuando, por ejemplo, apretaba los labios si el cliente gracioso de turno decía alguna gilipollez. O cuando algo empezaba a ponerlo nervioso y se limitaba a tamborilear con los dedos sobre el brazo del sillón de su despacho en vez de lanzar una sarta de improperios. O, peor aún, cada vez que ella estaba cerca.

Algo que tuvo que poner en práctica en cuanto Autumn subió a su coche el martes al mediodía y le dirigió una sonrisa. Jason tuvo ganas de gruñir como respuesta a las imágenes que cruzaron su mente. Ella desnuda. Ella apretada contra su cuerpo. Ella entre sus brazos...

—Vaya, pareces... otra persona. —Autumn lo miró mientras él volvía a poner en marcha el vehículo—. Te queda bien la gorra de béisbol.

—He trabajado desde casa esta mañana. Tenía dos reuniones telefónicas.

Y eso explicaba que no llevase traje ni vistiese demasiado formal. Pero lo que seguía sin tener ninguna explicación lógica era el deseo que sentía por esa chica teniendo en cuenta que ni siquiera le gustaba. Sin embargo, le resultaba imposible no desviar la mirada hacia la falda marrón que llevaba puesta y todos y cada uno de los botones que la cerraban formando una línea recta.

Respiró hondo y giró en la siguiente manzana.

—Bien, ¿a dónde vamos? Tú eliges.

—Conduce hacia Haight-Ashbury.

Él asintió, encendió la radio del coche y se relajó mientras conducía. Sonaba una canción de los noventa. Autumn lo miró de reojo. Aquel día parecía distinto. Vestía pantalones vaqueros de color claro que le daban un aire juvenil y una sencilla camiseta de algodón de manga corta que resaltaba el moreno de sus brazos y conjuntaba con la gorra granate sobre la que destacaba el emblema de los Giants.

—¿Te gusta el béisbol? —se atrevió a preguntar.

—¿Y a quién no? —La miró contrariado.

—A mí, por ejemplo. No es tan raro.

—¿Pero qué...? —Fijó de nuevo la vista en la carretera—. Vale, eso tenemos que solucionarlo. Y cuanto antes.

—¿No crees que estás exagerando?

Jason negó con la cabeza con terquedad.

—Nada de eso. Iremos juntos a ver un partido de los Giants. Si no te gusta el béisbol es porque todavía no lo has vivido de verdad —dijo—. Y lo primero que haré cuando mi hijo sepa caminar será comprarle un bate y una pelota. ¿Sabes que fue así como conocí a Rachel...? Estábamos jugando en una calle del barrio y Mike la golpeó en el brazo con la pelota. Como él y Luke empezaron a reírse de ella, se metió con su saque y Mike terminó retándola. No veas cómo bateaba Rachel. Lo dejó conmocionado. En realidad, creo que todavía sigue haciéndolo —añadió con cariño.

Autumn deseó que siguiese relatándole retazos de su infancia. Posiblemente, era la frase más larga que había compartido con ella y resultaba agradable estar allí charlando con él y notando cómo su tono de voz se volvía más suave y envolvente a medida que se relajaba en su presencia.

—Me gusta cuando hablas de ellos —se limitó a decir en un susurro.

—Cuéntame cosas sobre ti. ¿Siempre has vivido con Abigail? Parece una buena mujer.

—Lo es. Pero no, cuando la conocí tenía quince años y antes estuve en otras dos casas de acogida y en un centro de menores.

Jason inspiró hondo y la miró fijamente mientras el semáforo seguía en rojo. Volvió a preguntarse seriamente quién era esa chica. Quién era de verdad. Deseó poder escarbar en su cabeza, bucear en sus pensamientos y descubrir cómo había sido su infancia, su vida, toda ella. Pero, al mismo tiempo, quería evitarlo. Esa contradicción lo desconcertó. Dubitativo, abrió la boca sin tener aún muy claro qué responder, pero volvió a cerrarla cuando sonó su teléfono. Puso el manos libres.

—¿Qué ocurre, William?

—Cedric no puede hacer la visita que tenía prevista. Ha tenido una reacción alérgica por algo que ha comido y me acaba de llamar desde el hospital.

—Joder, ¿está bien?

—Sí, estable —informó—. El problema es que no hay tiempo para cancelar la cita. Es posible que los Flynn ya estén de camino.

—Mierda —masculló.

—Por eso te llamaba.

—¿No puedes ir tú?

—Tengo una reunión en la inmobiliaria, ¿recuerdas? Además, sabes que las visitas no son mi fuerte. Seguro que tú les vendes la casa antes de invitarlos a entrar.

Jason gruñó por lo bajo.

—Está bien. Yo me encargo.

—Te envío la dirección.

—Vale. Luego te llamo.

Jason colgó. Tenía ganas de golpear el volante, pero, por supuesto, no lo hizo. Revisó la dirección, aunque estaba seguro de conocerla, y advirtió que, por suerte, no estaba muy lejos de allí. Paró el coche a un lado de la calzada en el primer hueco que encontró y miró a Autumn.

—Tengo que enseñar una casa.

—Suena divertido. Me gusta.

—Espera aquí un segundo.

—¿A dónde vas...? —Antes de que terminase de formular la pregunta, Jason ya había salido del coche y estaba abriendo el maletero. Regresó un minuto después y cerró la puerta tras entrar con una camisa blanca en la mano. Se sacó la camiseta por la cabeza—. Eh, pero ¿qué haces? ¿Qué problema tienes con desnudarte en los coches? —Autumn quiso seguir protestando, pero de repente toda su atención se centró en su torso desnudo y en la forma en la que sus músculos se contraían cada vez que se movía para meter los brazos por las mangas de la camisa—. No... no deberías hacer esto... —logró balbucear.

Jason se metió la tela sobrante por dentro de los pantalones, se quitó la gorra de béisbol y la tiró en el asiento trasero. Inclinándose para verse en el espejo retrovisor, intentó peinarse el cabello con la mano. Luego alzó la cabeza hacia ella.

—¿Qué aspecto tengo?

«Tremendo», pensó muy a su pesar.

—No estás mal —contestó y se quitó el cinturón de seguridad para poder acercarse más a él y hundir los dedos en los mechones dorados. Jason contuvo la respiración—. Así aún mejor. Perfecto.

—Vale. Vamos allá.

—¿Vamos?

—No me da tiempo a llevarte a la tienda. Serás mi becaria. Compórtate y no digas ninguna tontería. Es más, limítate a tener la boca cerrada.

—¿Qué? ¿Por qué tengo que ser la becaria? ¿Por qué no puedo ser... la jefa, por ejemplo? O alguna socia extranjera. Siempre he querido poder fingir delante de personas desconocidas que tengo acento ruso o francés, ¿puedo hacer eso? —Jason le dirigió una mirada rápida de reojo, pero fue fulminante—. ¿Ese brillo asesino que he visto en tus ojos quiere decir «no»?

Se limitó a gruñir y Autumn se mantuvo en silencio hasta que llegaron a su destino. Frente a ellos se alzaba una casa de estilo neoclásico, inmensa, pero sin apenas jardín, con un tejado oscuro y dos pilares que presidían la entrada principal.

—¿Hemos quedado con la familia Obama?

—Shh, calla. Los Flynn son esos de allí.

—¿Quién necesita una casa tan grande?

Él la ignoró y salió del coche, así que ella lo siguió antes de que la dejase atrás. Cuando se reunieron con los Flynn unos metros más allá, Autumn fue testigo por primera vez de cómo Jason se transformaba en vivo y en directo en un robot: irguió los hombros, extendió su mano con seguridad para estrechar la del otro hombre y les mostró una sonrisa tan cautivadora que ella pensó que realmente podría presentarse a las próximas elecciones si en cada campaña se tomaba la molestia de curvar así los labios.

—Lamento que Cedric no haya podido venir a la cita debido a un imprevisto, pero intentaré que la visita sea lo más satisfactoria posible. —Clavó sus ojos en Autumn, que estaba a su lado—. Ella es una de las becarias; espero que no les importe que nos acompañe, es parte de su formación.

—No es ninguna molestia. —La señora Flynn sonrió con amabilidad.

Mientras se dirigían al interior de la propiedad, Jason empezó a hablar de la casa como si esas cuatro paredes fuesen el destino de miles de fieles tras una larga peregrinación. Halagó su apariencia severa y solemne, la armonía de los volúmenes y la belleza de aquel conjunto de líneas simples. Autumn desconectó cuando traspasaron el umbral de la puerta principal; no entendía cómo era posible que aquel matrimonio siguiese escuchándole con atención. Los dos parecían bastante agradables, a diferencia del sermón del que eran testigos.

—Como pueden ver, el vestíbulo es asombroso. Es imposible que pase desapercibido para las visitas —aseguró al tiempo que alzaba el mentón para que se fijasen en el techo ligeramente abovedado y la recargada lámpara de araña que lo presidía—. Si siguen por aquí, comprobarán que el primer salón es igual de impresionante —dijo mientras entraban en la estancia contigua. Jason les habló de los materiales de construcción, los acabados y los detalles como el arco que se alzaba sobre la puerta. Autumn tan solo se centró en lo poco práctica que era aquella casa tan grande para dos personas; no eran excesivamente mayores, pero tampoco tan jóvenes como para ponerse a procrear para traer al mundo un equipo de fútbol. No pudo evitar inmiscuirse.

—¿Tienen hijos? —preguntó alegremente.

—Oh, sí, un chico encantador de dieciocho años —respondió la señora Flynn y pareció divertirle la sorpresa que asomó en los ojos de ella—. Fuimos padres muy jóvenes, me quedé embarazada durante el primer año de universidad. Por fortuna, mi marido tuvo la brillante idea de invertir en una marca de bicicletas eléctricas que prosperó más de lo que nadie hubiese imaginado. Tuvimos mucha suerte.

—Cielo, no creo que a la pobre chica le interese nuestra aburrida vida —intervino el hombre, pero su mirada se llenó de ternura cuando ella frunció el ceño.

—No es molestia. Consideramos que es primordial conocer a los clientes para poder ofrecerles el mejor servicio, ¿no es cierto, señor Brown? —Miró a Jason y, al ver sus ojos, comprendió que, si hubiese tenido poderes mentales, ella estaría en esos momentos con una mordaza en la boca y dentro de un cohete espacial. Él respondió un «sí» cargado de tensión y eso fue suficiente para que la señora Flynn siguiese hablando animadamente.

—Ahora que nuestro hijo se marcha a la universidad, estamos intentando encontrar una casa por esta zona, más cerca de la costa y del centro.

—Entiendo. ¿Y tienen pensado recibir muchas visitas?

—No, no somos muy dados a grandes celebraciones.

Autumn estaba a punto de decir en voz alta que, entonces, quizá aquella casa inmensa no era la más adecuada para ellos, pero Jason lo impidió con una nueva perorata sobre las maravillas de la cocina.

—La amplitud es una de las características más valoradas a la hora de decidirse a comprar una casa —dijo con una sonrisa—. La cocina es cómoda, espaciosa y, como pueden ver, muy luminosa; es el lugar ideal para reunirse y disfrutar. Usted tiene pinta de ser una excelente cocinera, señora Flynn.

—Eso es un poco machist... ¡auch!

Jason la retuvo sujetándola del codo.

—No sé si seré excelente, pero lo intento —respondió ella mientras deslizaba una mano por la brillante encimera de mármol—. ¿Qué opinas, Bruce? Es muy bonita.

—Sí que lo es —aprobó él.

—Sin embargo, creo que... —Autumn se calló cuando él tiró de ella con más firmeza y descubrió que sus ojos se habían tornado fríos.

Al hablar, fue tan correcto como siempre, pero había un rastro de rigidez en su tono:

—Si nos disculpan, vamos a dejarles un momento de intimidad para que inspeccionen la cocina mientras abrimos las ventanas del piso superior. En breve continuaremos con la visita.

Reprimiendo un suspiro de resignación, Autumn lo siguió escaleras arriba. Y en menos de lo que dura un pestañeo, se encontró dentro de una habitación oscura, con la espalda pegada a la pared y Jason frente a ella.

—¿Qué es lo que no has entendido de «boca cerrada»?

—¿Cerrada? —Ladeó la cabeza—. ¡No puedo evitarlo! Está claro que esta no es la casa que necesitan. Míralos. Buscan algo diferente, más pequeño y cálido, más íntimo y confortable...

—Yo decido qué es lo que buscan.

—Hay dictadores más flexibles que tú.

—Te lo digo en serio, Autumn. Este es mi trabajo.

—Pero...

—No hay «peros» que valgan.

La voz de él se había convertido en un susurro agitado y tenso y se encontraba peligrosamente cerca de ella. Jason podía oler su aroma afrutado y oír su respiración. Quizá por eso aquella situación le recordó lo que había ocurrido en la casa azul. Algunas secuencias de esa noche se arremolinaron en su cabeza y, contrariado, tuvo que hacer un esfuerzo para apartarse de ella con brusquedad.

Joder, ¿por qué tenía ganas de tocarla cada vez que lo enfadaba por alguna tontería?

Todavía conteniendo el aliento, se alejó de su menuda figura y se dirigió con grandes zancadas hasta la ventana más próxima para abrirla de par en par. La luz entró a raudales revelando la expresión confusa que cruzaba el rostro de Autumn.

Jason buscó sus llaves en el bolsillo del pantalón.

—Si te apetece puedes esperar en el coche mientras termino de enseñar la casa. Les diré que no te encuentras bien.

—No. Te acompañaré. —Él alzó una ceja con escepticismo—. En silencio. Lo prometo. Los Escorpio siempre cumplimos nuestras promesas, es algo que está directamente relacionado con...

—Ahórrate los detalles —masculló.

Ella tragó saliva y lo vio desaparecer escaleras abajo en busca del matrimonio Flynn. Lo cierto era que su proximidad la había puesto muy nerviosa y, cuando se ponía nerviosa con él, por alguna incomprensible razón, hablar del horóscopo se había convertido casi en una tradición. Era consciente de que entrometerse en su trabajo no estaba nada bien y probablemente hubiese reaccionado igual si la situación hubiese sido a la inversa, pero la diferencia era que Autumn estaba dispuesta a admitir que se equivocaba, y en cambio él parecía incapaz de dar su brazo a torcer. Era orgulloso. Y muy cabezota. Sin embargo, la inteligencia no formaba parte de la lista de carencias de Jason, razón por la que ella sabía que, incluso antes de abrir la puerta de la entrada, él ya había sido consciente de que esa casa no estaba destinada a convertirse en el hogar de los Flynn; otra cosa era que no quisiese reconocerlo.

Fiel a su promesa, se mantuvo en silencio durante el recorrido por la segunda planta de la vivienda. Jason se mostró entusiasta y muy simpático mientras enumeraba uno a uno los puntos fuertes de la propiedad, como lo amplio que era el ático o que el garaje tenía espacio para tres vehículos. Se despidieron poco después en la puerta con la promesa de que pronto le llamarían.

Él exhaló un largo suspiro cuando volvieron al coche, se desabrochó los dos primeros botones de la camisa y se la arremangó hasta los codos.

—No ha ido tan mal —dijo Autumn en un susurro. Al ver que no respondía, lo miró de reojo—. ¿Sigues enfadado conmigo?

—No. —Metió la llave en el contacto.

—Pues ese suspiro ha sido muy... sonoro.

Jason puso los ojos en blanco y apoyó el dorso del brazo en el volante.

—No estoy enfadado —repitió, aunque él sabía que eso no era del todo cierto. Aun así, quería limar asperezas con Autumn; se suponía que esa había sido su intención al invitarla a comer—. Tan solo estoy cansado. Tengo mucho trabajo.

—¿Más casas que enseñar?

El vehículo comenzó a moverse.

—No, casi nunca me encargo ya de eso —explicó y dudó antes de seguir hablando—. Ahora me ocupo de proyectos más grandes o asociaciones.

—¿Asociaciones?

—Sí, una de las reuniones de hoy, por ejemplo, era con Michael Clark, de la constructora «Clark e hijos», no sé si la conoces. —Ella negó con la cabeza—. La idea es encargarme de la venta de unas propiedades residenciales que han empezado a construir, pero en este caso tengo que ganármelos.

—¿Qué quieres decir?

Él chasqueó la lengua.

—Son una empresa muy familiar. A algunas personas se las gana por la parte económica y a otras por lo personal, que es el caso de Michael Clark.

—Pues ojalá todas se fijasen en lo segundo.

—¿De verdad lo crees? —Arqueó las cejas.

—Sí, me parece más importante valorar eso que el dinero —dijo con sinceridad y luego se fijó en la avenida por la que circulaban—. ¿Vamos hacia Haight-Ashbury?

—Habíamos quedado para comer, ¿recuerdas?

Autumn asintió. Había dado por hecho que, después de lo ocurrido, él la dejaría directamente en la tienda. Sonrió más animada, se inclinó hacia el asiento trasero para coger la gorra que béisbol que Jason había lanzado antes y volvió a ponérsela en la cabeza mientras él la miraba consternado.

—Pero ¿qué haces? Eh, con cuidado.

—Me gusta cómo te queda —admitió.

Jason terminó sonriendo divertido al tiempo que subía el volumen de la música. No fue una sonrisa encantadora y forzada, sino una de verdad. Sonaba *Don't Look Back In Anger* y Autumn no pudo evitar tararearla por lo bajo.

—Me encanta esta canción —susurró.

—Entonces creo que a Mike le caerás bien. Este disco es suyo —explicó—. Y hablando de ellos, tendré que presentártelos algún día. Luke vendrá dentro de un tiempo a San Francisco y nos reuniremos todos. Sería una buena ocasión.

—Dicho así da un poco de miedo.

—Son simpáticos. De todas formas, aún falta para eso y antes tendrás que pasar el escollo de conocer a mi familia. Ahí sí que no me hago responsable de lo que pueda ocurrir. Mis hermanos... bueno... son insoportables.

—¡Seguro que no es para tanto!

Jason frunció el ceño y ella rio al ver el gesto. Una parte minúscula, tanto que ni siquiera estaba segura de querer admitirlo, tenía ganas de saber más cosas sobre él y eso incluía conocer a su familia y a sus amigos. Autumn sentía la curiosidad despertando lentamente en su interior; empezaba a prestar atención a las cosas que le gustaban, a sus gestos y a sus reacciones. De pronto, la idea de acompañarlo a ver un partido de béisbol no le parecía tan horrible como si ese mismo plan se lo hubiese planteado cualquier otra persona. Pero se dijo que era de lo más normal tener interés por una persona que, a fin de cuentas, iba a formar parte de su vida durante años.

—Entonces, ¿cuándo conoceré a tu familia?

Jason tamborileó con los dedos sobre el volante. Siempre hacía eso cuando estaba intranquilo o pensativo: dar golpecitos con la punta de los dedos sobre una superficie.

—¿Tienes algo que hacer este sábado por la noche? —Ella negó—. Pues podrías venir a cenar. Te recogería en la tienda, mis padres viven en una urbanización.

—Vale. Ah, y gira a la derecha en la siguiente calle. Ya casi estamos.

Él siguió sus indicaciones y atravesaron Haight-Ashbury dejando atrás algunas bonitas boutiques de aire nostálgico, cafeterías de ecléctica decoración y fachadas multicolores que le daban al barrio un toque bohemio y desenfadado. Aparcaron unos minutos después tras alejarse de la zona más céntrica y salieron del coche.

Apenas habían recorrido un par de metros a pie por la acera repleta de gente cuando ella soltó un grito de emoción y se agachó entre un grupo de turistas que estaban fotografiando un escaparate de un comercio de artesanía. Lo primero que Jason pensó fue que se había caído al suelo. Cuando la vio, la ayudó a incorporarse, preocupado.

—¿Estás bien? ¿Qué ha pasado?

—Más que bien. —Sonrió feliz y abrió la mano frente a él—. ¡He encontrado cinco centavos! ¡Cinco! Si llega a ser un dólar, me da un infarto.

—No hace falta que lo jures.

—¿No te alegras? —Arrugó la nariz—. No me digas que eres uno de esos tipos que si ve una moneda en la calle ni siquiera se para a recogerla.

Jason contuvo su frustración y la miró serio.

—Exacto, no lo hago, no cojo mierda del suelo.

No dijo que él sí había estado a punto de sufrir un infarto al verla desaparecer así entre la gente, ni que le molestaba la idea de empezar a preocuparse por ella. Se quedó mudo en cuanto advirtió la mueca de dolor que cruzó su rostro. Confundido, alzó la mano dispuesto a alisar la arruga que había aparecido en el entrecejo de Autumn, pero volvió a dejarla caer antes de rozarla siquiera. Quizá había sido un poco brusco.

—Quiero decir, son cinco centavos...

—Tienes razón, es una tontería. —Ella tragó saliva y retomó el paso—. El local es ese de allí, el del letrero rojo, pero si no te gusta la comida tailandesa podemos buscar cualquier otro sitio.

Negó con la cabeza mientras cruzaban a la otra calle. El sitio era pequeño, tan solo tenía cinco mesas, pero era agradable. Se sentaron al fondo, al lado de una figura de buda de piedra. Autumn posó las manos sobre la mesa de madera oscura y él volvió a deslizar la vista por el tatuaje de su muñeca.

—¿No vas a decirme qué significa?

—Significa lo que pone. No está en chino.

—«Todo o nada» —susurró e inclinó la cabeza hacia ella; algunos mechones rubios escapaban del borde de la gorra granate—. Lo que quiero saber es por qué esa frase y no cualquier otra como «si tú me dices ven, lo dejo todo». —Ella soltó una carcajada y Jason respiró aliviado al verla reír tras el extraño percance con la moneda—. O «carpe diem», «hakuna matata», ya sabes.

Se acercaron a tomarles nota y, entre los dos, eligieron varios platos para picar: tallarines *Pad Thai*, ensalada de papaya, arroz con curry verde y *tom yum*. Cuando la camarera se marchó, ella inspiró hondo, consciente de la pregunta que se había quedado en el aire. Quería responderle, pero jamás le había hablado a nadie de esa noche que pasó en la casa azul, sola y asustada, y no era su intención empezar a hacerlo ahora; las únicas personas que se habían interesado por ella habían sido Tom, Abigail y Nathaniel y, por suerte, los tres se habían limitado a aceptarla y acogerla en sus vidas.

—Un día me ocurrió algo... algo malo. Y pasé una noche complicada. Pero fue también un gran momento para mí. —Bajó la voz al ver que él la miraba confuso y atento—. Porque ese día me di cuenta de que valía la pena arriesgar si así conseguía ganar. Me dije que «todo o nada». Me lo repetí mil veces. —Hizo una pausa—. Ahora lo quiero todo. Y si no puedo tenerlo... entonces prefiero esperar.

Él tomó una bocanada de aire e hizo un esfuerzo para no empezar a hacerle preguntas sobre lo que le había ocurrido aquel día.

—¿Y qué pasa con la escala de grises?

—No me interesa. No en ciertas cosas.

—¿Qué cosas? —preguntó.

—En el amor o en la amistad, por ejemplo. Ahí no busco medias tintas. —Cogió el plato antes de que la camarera pudiese dejarlo sobre la mesa—. ¡Qué buena pinta! Me muero de hambre.

Jason la observó mientras cogía los palillos y se llevaba un buen puñado de tallarines a la boca. Irguió la espalda en la silla y alargó el brazo encima de la mesa para probar también el *Pad Thai*. Sabía bien, a cacahuete y una salsa dulce. Se relamió los labios mientras seguía dándoles vueltas a las últimas palabras de Autumn.

—¿Has tenido muchas relaciones?

—No, solo líos esporádicos. ¿Y tú?

—Alguna, pero nada importante.

No iba a confesarle que había salido con chicas increíbles, pero que terminaba aburriéndose de todas ellas tras las primeras semanas de relación. Era demasiado personal, porque le frustraba la idea de no poder enamorarse. Sentía amor por su familia, por sus amigos y por la vida en sí, pero era incapaz de amar a una mujer. Nunca había perdido la cabeza, nunca había mirado a una chica como Mike miraba a Rachel o como su padre lo hacía cada vez que su madre le sonreía. Era como si estuviese anestesiado. A veces se decía que tal vez había conocido a tantas mujeres a lo largo de los últimos años que era imposible que ninguna lo sorprendiese.

Cuando les sirvieron los demás platos, ambos los probaron y la conversación se limitó a valorarlos, como si fuesen dos respetados chefs.

—En esta sopa hay picante para matar a media ciudad —bromeó Jason y ella se rio con la boca llena y tuvo que llevarse una mano a los labios. Él bajó la voz, divertido—. En serio. No estoy exagerando.

—¿Pero te gusta la comida?

—Sí, más de lo que esperaba.

—Uhm, hablando de comida. —Dejó los palillos y se limpió las manos con la servilleta antes de abrir la cremallera del bolso marrón con flecos que llevaba—. He pensado que quizá te podría interesar... Estamos recaudando dinero para el centro de alimentación de la zona, ya sabes... A pesar de las ayudas estatales a veces no hay suficiente presupuesto para dar de comer a todos los sintecho. Necesitaríamos que firmases aquí y escribieses al lado la cantidad del donativo.

Jason levantó la vista de los papeles hacia ella.

—¿Existe algo que no te preocupe?

—No si se trata de una causa perdida.

Él sonrió y se sacó la cartera del bolsillo trasero del pantalón vaquero. Dejó un montón de billetes encima de la mesa y le quitó el bolígrafo de la mano.

—¿Dónde dices que tengo que firmar?

—¡No puedes donar todo ese dinero!

—¿Por qué no? —Arrugó la frente.

—No funciona así, Jason. Se supone que tienes que hacer una donación pequeña, cinco o diez dólares, no sé. Los vecinos del barrio me conocen y suelen dejarme en la tienda todo tipo de asuntos de este estilo.

—¿Cuál es el problema? Ya que hago algo, lo hago bien.

—Pero... —Cerró la boca al verlo trazar su firma con precisión—. Gracias.

—No hay de qué.

Autumn apenas habló durante el camino de regreso a la tienda; tan solo se limitó a responder cuando le preguntó si no tenía un horario fijo de trabajo. Lo cierto era que no, no lo tenía. Abigail y ella se entendían bien y nunca habían tenido ningún problema al respecto; si una semana Jimmy cogía la gripe, a Autumn no le importaba encargarse de la tienda, y lo mismo ocurría cuando ella se iba con la furgoneta unos días en busca de objetos que comprar.

Se compenetraban a la perfección.

Él asintió distraído tras su larga explicación y Autumn se concentró en su perfil, en las líneas rectas de su nariz y en su marcada mandíbula. Tenía las pestañas largas y la piel inmaculada, como si quisiese gritarle al mundo que era un «chico bueno», algo que no encajaba con esa mirada más fría y astuta.

Tragó saliva, intranquila.

Si él no hubiese sido un destructor de casas azules, ni se esforzase constantemente por ser correcto y perfecto o sacase a relucir cada dos por tres ese tono de voz un tanto prepotente... Si él no fuese todas esas cosas... entonces, quizá habría podido entender que el corazón le latiese más rápido cuando estaba cerca.

# 7

—¿Por qué no podemos conocerla hasta que lleguen Luke y Harriet? No es justo. —Rachel le dedicó un mohín, pero él negó con la cabeza.

—No te esfuerces, eso no funciona conmigo.

—Es una pena, Mike cae siempre. —Sonrió y se giró para comprobar que el aludido seguía en los servicios de aquel pub del centro en el que habían quedado—. Tendrías que haberte hecho una fotografía con ella, aunque me hago una idea de cómo es.

—¿Ah, sí, listilla?

—Eres muy predecible, Jason.

—¿De qué habláis? —Mike se sentó junto a Rachel en el reservado que habían ocupado y se llevó a la boca la guinda de su bebida.

—Del prototipo de Jason.

Él permaneció callado e intentó no sonreír.

—Rubia y alta —recitó Mike.

—Y de aspecto inalcanzable —añadió Rachel.

—Fría y con cara de estar oliendo mierda.

—¿Qué cojones...? ¡Eso no es verdad!

—Mike tiene razón. La última relación seria que tuviste fue hace casi tres años. ¿Cómo se llamaba...? Ah, sí, Claudia, la agente inmobiliaria. Pasé cinco minutos con ella cuando me la presentaste en aquella cafetería y A) me amenazó para que dejase de ser tu amiga porque era una rival para ella y B) hizo que me sintiera como una foca por pedirme una magdalena de chocolate.

—Eso fue una excepción. Pero os equivocáis totalmente con Autumn, chicos. No es rubia, ni alta y os aseguro que no parece que esté oliendo mierda, se pasa el día sonriendo. O protestando, en su defecto.

—¿Sonríe? ¿Te tiraste a una chica que sonríe? ¡La hostia! —Mike hizo una mueca cuando Jason le dio una patada por debajo de la mesa.

—Ya basta. Suficiente lío tengo con ella como para aguantar esto. Mañana conocerá a mi familia y es una situación complicada para todos.

Mike decidió que lo mejor era cambiar de tema.

—¿El trabajo bien? —le preguntó.

—Sí, aunque «Clark e hijos» se me sigue resistiendo.

—Solo tienes que darles lo que buscan para contentarlos. —Jason sonrió, porque esa era la frase que él solía decir siempre—. Y los tendrás comiendo de la palma de tu mano.

—Eso es lo que hago con él —bromeó Rachel señalando a su novio.

—No te vengas arriba, pecosa.

Ella repitió el mohín que había hecho instantes atrás, pero en esa ocasión sí surtió efecto: la mirada de Mike se tornó tierna y deslizó un brazo por su espalda para acercarla más a él. Jason aprovechó aquel momento para levantarse.

—Yo pagaré la ronda —dijo.

Rachel miró la hora en su teléfono.

—¿Ya te vas? Todavía es temprano.

—Estoy cansado. Nos vemos el domingo.

En realidad, no tenía ganas de regresar a su silenciosa casa, pero, al verlos allí, tan unidos y compenetrados, se sintió de repente fuera de lugar. Y no por ellos, sino por él, que desde hacía unos días había empezado a preguntarse cómo sería tener al lado a una persona que le importase de verdad, alguien a quien quisiera besar a todas horas y que le hiciese reír sin esfuerzo. El problema era que ese «alguien» no tenía voz ni rostro y Jason llevaba tanto tiempo buscándola que ya no estaba seguro de que existiese.


El teléfono lo despertó a la mañana siguiente. Jason se dio la vuelta en la cama y escondió la cabeza debajo de la almohada, pero un minuto después volvió a sonar. Gruñó antes de alargar un brazo hacia la mesita de noche y descolgar la llamada. Era Autumn.

—¿Qué quieres?

—Vaya, buenos días a ti también.

—Son las ocho de la mañana y este sábado era mi día de fiesta del mes.

—Puedo llamarte más tarde.

Jason se incorporó, apoyando la espalda en el cabezal de la cama.

—Da igual. Ya me has despertado.

—Está bien, entonces... —titubeó—. Te llamaba porque no sé qué ponerme esta noche. Quiero decir, ¿vaqueros y una camiseta es demasiado informal? ¿Mejor un vestido? No quiero que tus padres piensen que intento impresionarlos, pero tampoco que crean que no me importa lo que opinen de mí porque, bueno, van a ser abuelos, así que sí me importa. Es más, estoy empezando a ponerme tan nerviosa que tengo arcadas, pero no estoy segura de si es por el embarazo o por la situación y... espera un segundo.

Todavía medio dormido, Jason parpadeó confundido y se apartó el teléfono de la oreja cuando se dio cuenta de que había colgado. Esa chica iba a volverlo loco. Apenas podía entenderla cuando hablaba tanto y tan rápido, casi como a trompicones. Esperó preocupado e impaciente hasta que ella volvió a llamar.

—¿Te encuentras bien? —preguntó.

—Sí, solo era una falsa alarma, hace días que no vomito. Pero volviendo al tema de antes, ¿qué ropa me pongo? ¿Tu madre se parece a ti? Me refiero a si también busca la perfección, tú ya me entiendes, porque en ese caso creo que debería irme al centro comercial más cercano y gastarme todos mis ahorros en uno de esos trajes de chaqueta que usan las ejecutivas en las series de televisión. Dame alguna pista.

Jason contuvo una sonrisa.

—Mi madre es muy normal, lo único que hará será intentar cebarte como a un pavo de Navidad. Mi padre te preguntará alguna cosa relacionada con tu trabajo y será amable. Y mis hermanos... en fin, ignora que existen —explicó—. Lo único que tienes que hacer es ser tú misma. Vístete como cualquier otro día normal.

—Es que... es la primera vez... —Hubo una pausa al otro lado del teléfono—. Lo que quiero decir es que nunca he estado en una cena así, con tanta gente y todos de la misma familia.

En aquel momento, él sintió algo extraño y cálido en el pecho. No sabía cómo definirlo y tampoco estaba muy seguro de qué era, pero lo único en lo que podía pensar era en la idea de tranquilizarla. Quería eliminar de su cabeza todos esos miedos e inseguridades y conseguir que se sintiese mejor.

—Confía en mí, Autumn. No tienes nada de qué preocuparte.

Sus palabras parecieron surtir efecto, porque Autumn se relajó y empezó a hablar por los codos. Él aprovechó para levantarse y dirigirse descalzo al piso de abajo. Abrió la nevera y se sirvió un vaso de leche para desayunar sin dejar de escucharla parlotear. Estaba diciendo algo sobre una piedra de la suerte incrustada en un anillo que había encontrado años atrás dentro de una cómoda de estilo imperio. Jason dejó el vaso un instante en la encimera, abrió la puerta principal y cogió el periódico que descansaba en los escalones de la entrada. Distraído, se dirigió de nuevo a la cocina.

Respondió un par de preguntas más que Autumn le hizo sobre su familia y pensó en lo difícil que habría sido para ella ir de una casa a otra, sin tener un hogar propio. Contrariado, sacudió la cabeza. Sujetando el teléfono con una mano, abrió el periódico y pasó un par de páginas. Leyó algunos titulares por encima sin mucho interés hasta que, de repente, apareció ante él la sección de los horóscopos. Por algún impulso absurdo, terminó echándole un vistazo al suyo, que, como siempre, no auguraba nada bueno, y luego buscó el de Autumn. «Así de bajo he caído», se dijo antes de hacer de tripas corazón e intentar animarla con esa tontería.

—Hay algo que te gustará saber. Según el horóscopo de hoy, es un buen día para los Escorpio. Espera, lo leo en voz alta. —Se aclaró la garganta—. «Estás viviendo un periodo de cambios, pero no temas, porque se avecinan grandes cosas. El amor está más cerca de lo que crees y, aunque es escurridizo, llegará a ti. Eso sí, no es el momento de embarcarte en una nueva actividad deportiva».

—¿De verdad estás leyendo el horóscopo?

Jason distinguió una nota aguda en su voz.

—Sí. Muy a mi pesar. —Ella soltó una alegre carcajada—. ¿Quieres seguir riéndote? Puedo leerte el mío, no sé quién escribe esto, pero desde luego tuvo alguna mala experiencia con un Tauro. Dice: «Es época de tomar decisiones y de dejar atrás prejuicios de los que te está costando desprenderte. Recuerda que la ambición no siempre es la respuesta a todos tus problemas». ¿Qué te parece?

—Que tiene toda la razón —Rio.

—¿Estás de su parte? —bromeó.

—Gracias por esto, Jason —susurró.

No supo si fue por el tono sincero de la voz de Autumn, pero de repente sintió la necesidad de colgar el teléfono y terminó poniendo la primera excusa que se le ocurrió para poder hacerlo. El resto del día se esforzó por borrar de su cabeza cualquier cosa relacionada con ella o con ese bebé en el que evitaba pensar. Mató las horas adelantando trabajo pendiente en el despacho que tenía en el último piso de su casa.

Cuando el cielo empezó a oscurecerse y pasó por la tienda para recogerla, aún sentía el rastro de esa sensación que le había embargado mientras hablaban; era una mezcla entre agitación e incertidumbre. Y no disminuyó ni un ápice al verla caminar por la calle hacia su coche, sino más bien todo lo contrario.

—¿Qué te has hecho? —Recorrió con la mirada su menuda figura en cuanto se acomodó en el asiento del copiloto—. No llevas trenza.

—Ya lo sé, quería arreglarme un poco. —Dubitativa, se mordisqueó el labio inferior y Jason reprimió el impulso de pedirle (o rogarle) que dejase de hacer eso—. ¿Estoy horrible?

—No, joder, no...

—¿Y por qué me miras así?

—No te miro de ninguna forma. —Jason apartó la vista de ella y se concentró en volver a poner el coche en marcha. Respiró hondo. Lo único en lo que podía pensar era en las ganas que tenía de hundir los dedos en su cabello oscuro y lacio para atraer su rostro hacia el suyo y besarla hasta dejarla sin aliento. Y eso, evidentemente, no estaba nada bien. Carraspeó para aclararse la garganta—. Mis padres están deseando conocerte, no estés nerviosa.

—Eso es fácil de decir. Al final solo me he cambiado de ropa seis veces. Y, por cierto, no me has dicho nada del vestido. Es apropiado, ¿no? ¿Te gusta? Y lo más importante, ¿les gustará a ellos? Lo compré en una tienda de segunda mano a precio de ganga, pero espero que no se den cuenta de eso.

Jason no apartó los ojos de la carretera.

—Es perfecto.

—¡Ni siquiera lo has mirado!

A regañadientes, le echó un vistazo al vestido gris de punto que se ajustaba a su silueta. No soportaba la atracción que sentía hacia ella ni las ganas que tenía de dejar la mente en blanco y permitir que Autumn la ocupase durante unos minutos, imaginando cómo sería tenerla de nuevo entre sus brazos... y esa opción estaba más lejos que nunca.

—Perfecto, lo que he dicho.

—Gracias. —Ella le sonrió—. Había pensado en llevar algún detalle a tus padres, pero luego me he puesto a darle vueltas y he creído que era mejor no hacerlo. Por ejemplo, se me ocurrió regalarle una cajita de bombones a tu madre y ya estaba a punto de ir al supermercado a buscarla cuando me dije que quizá podría pesar trescientos quince kilos y estar a dieta. No quería molestarla. Y lo mismo con tu padre y esa botella de vino que estaba de oferta, porque no sé si él...

Jason se echó a reír y negó con la cabeza.

—No es gracioso. Llevo todo el día pensándolo.

—Estás como una regadera —dijo divertido.

Autumn le dio un golpecito en el hombro, pero después toda su atención se concentró en la casa que él le señalaba. Era muy bonita y de aspecto familiar, con una valla blanquecina y unos maceteros de cerámica, con geranios, rosas y margaritas, que delimitaban el camino de la entrada iluminado por dos pequeñas farolas. Jason la animó a avanzar por ese mismo sendero en cuanto bajaron del coche. Ella cogió aire.

La puerta se abrió unos segundos después de que el timbre sonase y apareció en el umbral una mujer que rondaba los cincuenta y que tenía una melena rubia que le llegaba hasta los hombros. Sus ojos eran de un azul pálido similar a los de Jason y su sonrisa era tan grande que ocupaba casi la totalidad de su ovalado rostro. Abrió los brazos y acogió a Autumn entre ellos.

—¡Qué alegría! —exclamó—. Teníamos muchas ganas de conocerte.

—Lo mismo digo, señora Brown.

—Oh, no, nada de eso. Llámame Helga. —Dio un paso atrás para poder mirarla—. Mi hijo no me dijo que eras tan guapa. Pero vamos, entrad, no os quedéis ahí parados.

—Huele muy bien —alabó Autumn.

—He preparado pollo relleno de huevo, beicon y pistachos. De segundo una ensalada de queso y lechuga con salsa de nueces y pistachos. Y de postre un pastel de chocolate con crujiente de pistachos.

Avanzaron por el pasillo hacia el salón y Jason percibió el desconcierto de la joven. Se inclinó para poder susurrarle al oído mientras la señora Brown seguía hablando del tiempo de cocción del pastel.

—Cuando me preguntó qué te gustaba comer, no se me ocurrió nada más y, por lo visto, se tomó la sugerencia de los pistachos al pie de la letra.

Una puerta de madera oscura daba paso a un acogedor salón. La mesa estaba a un lado, decorada con un mantel rojo y servilletas a juego, y enfrente se encontraban unos sofás de color beis y una enorme televisión de plasma. Tres cabezas masculinas se elevaron al mismo tiempo y le dirigieron a Autumn una atenta mirada.

—Este es mi marido, George, y mis dos hijos, Tristan y Leo.

—«Encantadores» hijos —matizó Leo con una sonrisa.

—Eso quería decir —agregó Helga entre dientes.

Autumn saludó primero al señor Brown y aceptó su cálido apretón de manos. Era un hombre alto, con el cabello salpicado de algunas canas y una mirada franca y agradable. Nada que ver con las miradas de los dos mellizos, que eran traviesas y escurridizas. Después, sin saber muy bien cómo, terminó encajada en el sofá entre ambos.

—En menos de quince minutos estará lista la cena —canturreó Helga antes de salir del salón e indicarle a su marido con un gesto que la siguiese.

En cuanto estuvieron lejos de las miradas de sus padres, Tristan le mostró a Autumn una sonrisa ladeada y Leo le pasó un brazo por encima del hombro antes de hablar:

—Y parecía tonto mi hermano...

—¿Quién iba a imaginarse que tendría tan buen gusto? —Tristan alzó una ceja.

—Una palabra más y no viviréis para contarlo —masculló Jason.

—¡Solo están bromeando! —Autumn rio.

—¿Qué pasa contigo? —Leo se mostró feliz por tener algo con lo que cabrear a su hermano mayor—. Ni que fuese de tu propiedad. Por cierto, Autumn, he oído que ahora mismo estás soltera. ¿Eres de relaciones largas o te van más las noches locas? ¡Auch! ¡Joder, Jason, suéltame la oreja! ¡Vale, retiro la pregunta! ¡La retiro!

—Eso está mucho mejor.

El grito de su madre llamándolo atravesó el salón y Jason inspiró hondo antes de salir de la estancia tras dirigirles a los mellizos una amenazante mirada. En cuanto desapareció, Leo puso los ojos en blanco y se llevó los dedos a la boca fingiendo que vomitaba.

—Pues menos mal que no salís juntos o me hubiese ahorcado aquí mismo, en el salón, encima del pollo relleno. —Autumn ahogó una carcajada—. ¿Sabes jugar a los zombis? ¿No? Pues te enseñaremos. Ten, coge el mando.

Prestó atención a sus indicaciones y, cuando la partida comenzó, las voces de ambos se entremezclaron con «¡gira a la derecha!», «¡no, por ahí no, vuelve atrás!» o «¡mierda, vas a morir!». Asustada, Autumn chilló y dejó caer el mando de la videoconsola al suelo cuando un terrorífico zombi apareció en la pantalla. Leo y Tristan se echaron a reír a carcajadas.

Jason regresó al comedor.

—La comida ya está. Moved el culo.

—¿Qué mosca te ha picado hoy? Quiero decir, eres desagradable el noventa por cierto del tiempo, pero esta noche estás rozando el noventa y nueve —dijo Leo.

—Noventa y nueve, coma nueve, nueve...

Tristan cerró la boca en cuanto su padre entró en el salón con una bandeja en la mano. La señora Brown lo seguía sonriente y complacida por la reunión de aquella noche. Todos tomaron asiento alrededor de la mesa; Autumn se acomodó al lado de Jason y enfrente de sus padres, dejando los extremos para los mellizos.

—Tiene una pinta estupenda —dijo con sinceridad.

—Dame tu plato, te serviré la primera.

—No es necesario, de verdad...

—Insisto, esta noche eres nuestra invitada.

Helga le sirvió una porción considerable y, cuando le preguntó si quería más patatas, Autumn asintió con la cabeza consiguiendo que Leo y Tristan la mirasen asombrados antes de que este último dijese que era «la primera novia de Jason que soportaba comer más de cien gramos». Ella arrugó la nariz.

—No soy su novia —corrigió.

—Es verdad. Por eso nos caes bien —admitió Leo—. Y también porque «Miss Perfecto» te dejó preñada. No te ofendas, pero eres la única mancha de su expediente.

—¡Leo! —bramó la señora Brown dirigiéndole una mirada colérica—. ¡Si vuelves a abrir la boca en lo que queda de cena, te echo de casa! Estás avergonzando a tu hermano y ofendiendo a Autumn. Discúlpate.

—No me he ofendid...

Jason atrapó su mano bajo la mesa y ella se calló de inmediato, nerviosa ante el contacto. Él tenía la mandíbula en tensión cuando fijó la vista en Leo.

—Hazlo. Ahora —gruñó.

—Está bien; lo siento, Autumn.

—Ya basta, vamos a disfrutar de la cena. Cariño, pásame las patatas —intervino el señor Brown antes de centrarse en ella—. Por lo que nos han contado, trabajas en una tienda de antigüedades. ¿No es complicado tener conocimientos sobre un campo tan amplio?

—Mucho, pero Abigail, la dueña, me enseñó lo más básico y durante los siguientes años he seguido leyendo y estudiando por mi cuenta.

—Oh, nuestro Jason también fue un buen estudiante —agregó Helga—. ¿No te ha dicho que se graduó en el instituto con dos matrículas de honor? Luego, en la universidad, se despistó un poco al principio, pero terminó siendo uno de los mejores de su promoción.

Autumn miró de reojo a Jason, que parecía incómodo.

—¿En serio? Yo saqué tres.

—¿Tres qué? —preguntó.

—Tres matrículas de honor.

Los señores Brown se deshicieron en halagos y Tristan comentó algo como que «no tenía pinta de empollona», pero Jason tan solo se quedó callado sin apartar los ojos de ella. Cuando su familia se distrajo porque Leo acababa de soltar una de las suyas, se inclinó hacia Autumn y le susurró al oído.

—No hace falta que intentes impresionar a mi familia, creo que ya les caes bien. Te dije que bastaría con que te limitases a ser tú misma.

Jason volvió a concentrar toda su atención en el plato y Autumn tragó para deshacer el nudo que se le había hecho en la garganta al comprender que él daba por hecho que se había inventado lo de sus notas. Se sentía dolida y eso era lo peor de todo, porque no debería afectarle darse cuenta de que él la veía desde un prisma cuadriculado. Que, aunque parecía querer conocerla, ya la había juzgado de antemano.

Hizo un esfuerzo por mostrarse sonriente, porque lo cierto era que la familia Brown le parecía encantadora, pero le costaba ignorar la incómoda sensación que sentía en el estómago. Por suerte, Leo y Tristan se pasaron el resto de la cena haciéndola reír e interrumpiendo a sus padres cada vez que intentaban preguntarle algo.

Aunque era muy consciente de que Jason apenas había hablado en toda la noche, Autumn disfrutó de la velada y siguió a Helga hasta la cocina cuando llegó la hora de servir el postre.

—Gracias por el detalle de los pistachos.

—No fue nada, Jason me dijo que te encantaban.

—En realidad, tengo antojo de ellos desde hace unas semanas —admitió.

—¡Antojos! —Helga rio al tiempo que abría la nevera—. ¡Siéntete afortunada! Yo me obsesioné con la calabaza asada. Había días que me levantaba a las tres de la madrugada y me ponía a cocinar. Tendría que haberme dado cuenta de que aquello era una señal de que los mellizos me darían guerra. En cambio, cuando me quedé embarazada de Jason casi ni lo noté. No tenía náuseas ni ningún malestar y fue un parto tranquilo, sin contratiempos. Un poco como es él —añadió tras dejar el pastel sobre la encimera y empezar a quitarle el film trasparente que lo cubría—. Ya lo irás conociendo, pero, aunque pueda parecer lo contrario, Jason tiene un corazón inmenso y es dulce como este pastel.

—¿Dulce? —Frunció el ceño, divertida.

—Mucho. Pero es como una manzana de caramelo, muy duro por fuera hasta que consigues romper esa primera capa. Cuando eso ocurra, no encontrarás a nadie más fiel y cariñoso que él, te lo aseguro. Por muy gruñón que se muestre con sus hermanos, haría cualquier cosa por ellos. Él es así.

—Entonces creo que aún no he roto el caramelo de la manzana —bromeó, recordando que lo primero que pensó de Jason fue que era un tipo frío y pragmático, nada que ver con la imagen que su madre describía.

—Dale tiempo, cielo. Es una situación muy complicada para los dos y a él le cuesta abrirse y relajarse, pero confía en mí cuando te digo que sé que será un padre maravilloso. —Titubeó al mirarla—. Y nosotros... bueno, nos encantaría poder tener una relación estrecha con ese bebé y contigo, por supuesto, siempre que tú quieras... Me estoy poniendo nerviosa y diciendo tonterías, pero...

Ella se apresuró a tranquilizarla.

—Para mí es un regalo que mi hijo vaya a tener unos abuelos como vosotros y estoy muy contenta por haber podido conoceros hoy.

Helga dejó escapar un sollozo y se llevó una mano a la boca con gesto tembloroso. Autumn sonrió y no pensó demasiado en lo que hacía cuando le dio un abrazo a la mujer. La señora Brown pareció agradecer el gesto porque la estrechó con más fuerza y respiró hondo contra su hombro tras susurrar un «gracias» algo ahogado.

Se separaron lentamente.

—Quiero que sepas que Jason me habló de tu situación familiar y que puedes contar conmigo para cualquier cosa que necesites. Si algún día te apetece que te acompañe al médico, de compras o... lo que se te ocurra, aquí me tienes.

—Gracias, Helga.

—No me las des. Y será mejor que volvamos al salón antes de que se pregunten si nos hemos fugado con el postre. —Le sonrió aún con los ojos acuosos—. Lleva tú los cubiertos, cielo, yo me ocupo del resto.

Cuando volvieron a sentarse a la mesa, lo hicieron con una mirada cómplice. Leo estaba discutiendo con Tristan la calidad de los gráficos de un videojuego y Jason hablaba con su padre sobre lo difícil que le estaba resultando asociarse con «Clark e hijos». Helga cortó el pastel y sirvió una ración para cada uno.

—Uhm, ¡delicioso! —exclamó Autumn.

Jason observó de reojo cómo se relamía los labios y apartó la mirada de ella para centrarla en su propio plato. Esa noche estaba especialmente guapa y él se sentía muy raro al estar con ella allí, en la mesa que tantas veces había compartido con su familia, evitando fijarse de nuevo en las curvas que le marcaba el vestido gris de punto o en lo suave que parecía el cabello oscuro que resbalaba por su espalda.

—¿Te encuentras bien? —le preguntó su madre.

—Sí, muy lleno —dijo y, deseando escapar de allí, se levantó tras engullir el último trozo de la tarta—. Yo me ocupo de los platos, no hace falta que te levantes.

Sin embargo, apenas había puesto un pie en la cocina cuando se dio cuenta de que su madre lo había ignorado y lo había seguido. Puso los ojos en blanco e inspiró hondo, preparándose para tener una de esas conversaciones que él siempre intentaba evitar.

—Es maravillosa, cariño —dijo.

—Describiría de muchas maneras a Autumn, pero «maravillosa» no entra en la lista de las primeras diez palabras que usaría —ironizó—. Mamá, ¿no crees que estás exagerando? Relájate. Ni siquiera es mi novia. No es nada mío.

—Creo que aquí el único que debería relajarse eres tú, porque te he notado muy tenso durante toda la noche. —Suspiró y alargó una mano para alisarle el entrecejo de la frente a su hijo, que la miraba ceñudo—. Siento si he sido muy expresiva, pero ya me había hecho a la idea de que vendrías acompañado por una chica poco cariñosa y seria.

—Ya empezamos... —masculló.

—Pero ella es guapa, simpática y lista.

—Y está chiflada... —susurró.

—¿Cómo puedes decir eso? —replicó indignada.

—No lo decía... literalmente. —Puso los ojos en blanco al ver el reproche que revelaban los labios fruncidos de su madre—. Es solo que, no sé, es extraña, y hace y dice cosas raras. El otro día, sin ir más lejos, se lanzó al suelo como si la vida le fuese en ello para recoger cinco centavos.

—No subestimes cinco centavos.

Negó con la cabeza, frustrado, y suspiró.

—Mamá, déjalo. No tardaremos en irnos.

—Vale, pero quiero que la invites a tomar el té alguna tarde. Me gustaría seguir conociéndola, parece muy especial. Por lo visto, tus hermanos opinan lo mismo, lo que es todo un acontecimiento, ¿no crees?

—Sí, y hablando de ellos, les queda una semana para encontrar trabajo.

Su madre lo retuvo agarrándolo del brazo antes de que pudiese salir de la cocina.

—Cariño, hoy no. Ya se lo dirás otro día.

Aunque no estaba de acuerdo, Jason asintió.

Media hora después, los dos se despedían de su familia entre abrazos, risas y alguna que otra broma típica de los mellizos (le metieron a Autumn una cucaracha de plástico en el bolso y terminó dando saltitos en medio del jardín al verla). Ya en el coche, ella se relajó, apoyó la cabeza en el respaldo mullido y lo miró sonriente.

—¿Crees que les he caído bien?

—Más que bien —admitió aliviado. Días atrás había pensado que aquello sería caótico y complicado y, por el contrario, todos se habían comportado como si se conociesen desde hacía años. Su madre hasta le había dejado un pañuelo antes de irse para que se lo pusiese alrededor del cuello y no se resfriase.

—Me encanta tu familia.

Quizá fue por el anhelo que arrastraba su voz o porque podía recordar lo cálido que era su cuerpo, pero en ese instante Jason deseó abrazarla. Fijó la mirada al frente, confundido, intentando poner toda su atención en las líneas de la carretera. No dijo nada mientras ella hablaba sin cesar sobre lo adorable que era su madre, lo interesante que resultaba hablar con su padre o lo divertido que había sido conocer a los mellizos.

—Y son geniales, no sé por qué eres tan exigente con ellos. Quiero decir, tienen veinte años, irán madurando poco a poco y... ¡eh, para ahí!

Casi antes de que pudiese frenar y estacionar el vehículo a un lado, Autumn abrió la puerta del copiloto y bajó corriendo. Él la siguió hasta un callejón que estaba unos metros más allá y en el que había dos jóvenes que parecían estar borrachos; uno llevaba una lata de cerveza en la mano mientras el otro sostenía un palo en alto delante de un perro que gemía agachado en el suelo.

—¡Dejadlo en paz! —gritó Autumn.

—¡Piérdete! —escupió uno de ellos sin mirarla.

—A menos que quieras unirte a la fiesta... —añadió el más alto mientras se tambaleaba—. Seguro que nos lo pasaríamos bien.

Jason dio un paso al frente, furioso.

—Largo de aquí. —No alzó la voz, pero el tono amenazante fue suficiente para que la tensión se hiciese palpable y los chicos decidiesen que no querían meterse en problemas con alguien que les sacaba una cabeza y que estaba sobrio y enfadado.

En cuanto se marcharon, ella corrió hasta el animal y se arrodilló frente a él.

—Pobrecito —dijo mientras le acariciaba la cabeza con suavidad.

—No parece que esté herido. Llegamos a tiempo.

—Está temblando —susurró ella antes de abrazarlo.

—Vamos, Autumn, tenemos que irnos.

—¿Qué? ¡No! ¡No pienso dejarlo aquí! Lo han abandonado, mira, tiene todavía la marca de un collar. No es justo.

—Ya lo sé, pero creo que deberíamos...

En medio de la oscuridad del callejón, ella se puso en pie.

—¿Cómo puedes ser así? ¿Acaso no te importa nada ni nadie?

—Me importa mi gente —replicó de inmediato.

—¿Y qué pasa con los demás? ¿Qué pasa con todas esas personas que no están dentro de tu perfecto y cerrado círculo? Míralo. —Señaló al perro—. Está asustado y muy solo, puede que tú nunca te hayas sentido así, pero no por eso es menos real. Existe. No desaparece si miras hacia otro lado.

Jason dio un paso al frente cuando entendió que no solo estaba hablando del perro, sino también de ella misma, aunque quizá ni siquiera era consciente de ello.

—Autumn... Yo solo...

—Me lo llevo. No se hable más.

Dándole la espalda, se inclinó hacia el temeroso animal y lo animó a ponerse en pie. El perro era grande, tenía el pelo de color canela y un hocico ancho. Sus patas robustas se movieron con cierta torpeza siguiendo a Autumn, que le dirigía palabras cariñosas sin dejar de acariciarle el lomo.

Jason tuvo que ayudarla a subirlo en el coche, porque el animal se resistía. Una vez dentro, se pasó la mitad del camino gimiendo asustado y la otra mitad dándole lametones a Autumn en la mano que le tendía desde el asiento delantero. Cuando llegaron a la tienda, Jason quitó la llave del contacto.

—No hace falta, puedo sola —dijo ella bajando del coche.

—Creo que deberíamos bañarlo. No sabemos dónde ha estado, puede tener pulgas o cualquier cosa. Te ayudaré.

—No es necesario, ya lo haré yo.

Salieron, pero antes de que ella pudiese abrir la puerta trasera, él la arrinconó contra el coche. La calle estaba desierta y apenas iluminada por unas cuantas farolas. Nerviosa, Autumn tragó saliva ante su cercanía y la calidez de su aliento.

—Lo siento. A veces puedo ser un poco...

—Olvídalo, no importa.

—Sí importa. Perdóname.

—No has hecho nada malo.

—Esto está siendo complicado.

Y no hizo falta que añadiese nada más para que Autumn comprendiese que se refería a ella, a tener que dejarla entrar en su vida, a verse obligados en cierto modo a conocerse así, casi a la fuerza. Cerró los ojos cuando él posó los dedos en su mejilla y la acarició con suavidad.

—Quiero que seamos amigos. Tenemos que serlo —susurró Jason.

Ella rehuyó su contacto al escuchar aquellas palabras. Agradeció la oscuridad de la noche, porque así él no pudo ver la decepción que asomaba en sus ojos.

—No es una obligación, puedes estar tranquilo, bastará con que acordemos unas normas básicas cuando el bebé nazca. —Ignorando el exasperado suspiro que él dejó escapar, ella abrió la puerta trasera del vehículo y el perro salió rápidamente sin dejar de mover la cola. Se giró una última vez—. Y, por cierto, sí que saqué tres matrículas de honor. No me lo estaba inventando para impresionar a tu familia. Buenas noches, Jason.

No miró hacia atrás antes de encajar la llave en la cerradura de la tienda y entrar con el perro pisándole los talones. Encendió las luces, comprobó que las persianas del escaparate estaban bajadas y subió a la segunda planta.

—Vamos, bonito, no tengas miedo.

No parecía tener heridas externas, aunque si ese idiota había llegado a golpearlo con el palo probablemente estaría dolorido. Autumn lo metió con delicadeza en la bañera, calmándolo con sus caricias cada vez que se ponía nervioso. Estaba asustado y perdido; nadie mejor que ella entendía la confusión que generaba vivir un día en una casa y al siguiente encontrarse en otro lugar distinto. La incertidumbre. El miedo. La sensación de ser una carga para todo el mundo y de caminar sobre arenas movedizas.

Recordó un poema de Hermann Hesse que decía: *¡Qué extraño es vagar en la niebla! / En soledad piedras y sotos / No ve el árbol los otros árboles / Cada uno está solo.* Y sin saber muy bien por qué, Autumn empezó a sollozar y apagó el grifo del agua. Arrodillada en el suelo, se sujetó al borde de la bañera y dejó escapar todo lo que sentía. El perro intentó lamerle la cara como si buscase consolarla, algo que la hizo reír entre lágrimas. Se limpió las mejillas con el dorso de la mano, respiró hondo y volvió a abrir el agua caliente.

—Pórtate bien, no te haré daño.

El animal tan solo gimoteó inseguro un par de veces mientras ella lo bañaba con cuidado. Le limpió concienzudamente las patas manchadas de barro, frotó su lomo y finalmente logró tranquilizarlo para usar el secador. Cuando terminó, el perro tenía el pelo brillante y suave y parecía tan satisfecho como ella.

—Ven, sígueme. —Lo guio hasta su pequeña habitación, le dejó una manta doblada al lado de su cama y la señaló con el dedo—. Siéntate aquí. Vuelvo enseguida.

Autumn se desvistió y se dio una ducha. Dejó que el agua caliente resbalase por su piel mientras pensaba en Jason y en lo cerrado que se mostraba a veces, como si mirase el mundo a través de una lupa, cuando se trataba de un lugar demasiado grande y ambiguo como para observarlo solo a través de ese prisma tan limitado.

A veces pensaba que estaban empezando a entenderse. En ciertos momentos había sentido un atisbo de compenetración y eso había derivado en curiosidad y en esa extraña sensación que surge cuando notas que estás abriéndote y dejando que alguien se cuele poco a poco en tu interior. Pero si

Jason pensaba traspasar esa puerta con unas gafas de sol puestas, ella prefería que siguiese quedándose fuera.

Quizá todo aquello le venía grande.

Se secó el pelo antes de regresar a la habitación y sonrió al ver que el animal estaba justo donde lo había dejado. Le acarició la cabeza con cariño y susurró un «buen chico» antes de abrir el paquete de jamón de pavo que había cogido de la nevera y dárselo. Puso un cuenco lleno de agua a su lado y luego se subió a su cama y apoyó la espalda en el cabezal, que estaba hecho con unas maderas de color azul.

Con las manos temblorosas, se dividió el cabello en tres partes y empezó a trenzarlo mientras recordaba cómo lo hacía Roxie años atrás. Cuánto la echaba de menos. Ya casi no podía recordar su sonrisa deslumbrante ni sus ojos claros, esos que la miraban como si ella no fuese un centavo, sino una brillante y valiosa moneda de oro. Esos que se cerraron para siempre la madrugada de una noche de invierno en un motel a las afueras de la ciudad.

$\mathcal{8}$

El timbre de la puerta no dejaba de sonar.

Maldijo entre dientes antes de levantarse de la cama. Estaba hecho polvo y lo último que le apetecía era ver a nadie, pero conocía lo suficiente bien a Rachel como para saber que, si no abría la puerta pronto, terminaría llamando a la policía o tirándola abajo.

—¿Se puede saber qué te ha pasado? Tienes un aspecto terrible. ¿Te atropelló un camión anoche? —preguntó mientras entraba en la casa cargada con varias bolsas del mercado agrícola y se dirigía hacia la cocina. Lo miró por encima del hombro—. Oh, no, no me digas que la cena fue un completo desastre.

—¿Me das un minuto?

—Claro. Espera, ¿qué es eso que tienes ahí? ¿Te metiste en una pelea? —Antes de que pudiese alejarse, ella inspeccionó su cuello—. ¡Pero si es un chupetón!

—Rachel... —suspiró.

—¿Es de Autumn?

Jason negó con la cabeza y le recordó ese valioso minuto que le había dado antes de escabullirse escaleras arriba. Un minuto que, evidentemente, él iba a convertir en casi media hora. Cogió ropa limpia y se metió en el cuarto de baño. Se quitó la camiseta blanca de manga corta que vestía y apoyó las manos en el lavabo. La imagen de un chico desconocido le devolvió la mirada a través del espejo.

¿Qué le estaba ocurriendo?

La pasada noche, tras ver desaparecer a Autumn por la puerta de la tienda, se había subido al coche y se había quedado allí un buen rato, furioso sin saber por qué, con la mirada fija en la luz que resplandecía tras la ventana de la buhardilla. No estaba enfadado con ella, pero su presencia seguía siendo una sombra que se había colado en su vida sin invitación. Y quizá por eso, o porque últimamente se sentía confundido y lejos de parecerse a la persona que siempre había creído ser, había buscado en su teléfono el último mensaje que Caroline le había enviado hacía unas semanas preguntándole si le apetecía pasar un rato con ella y rememorar viejos tiempos.

Él se había sentido fascinado por Caroline la primera vez que coincidió con ella años atrás en una gala benéfica. Era una mujer de negocios, segura de sí misma, inteligente y con una sonrisa deslumbrante. Seguía teniendo esa misma sonrisa cuando le abrió la puerta de su casa unas horas después, casi entrada la madrugada. Y besaba igual. Intenso. Absorbente. Como si intentase marcarlo con cada beso. Jason entró en su apartamento y cerró los ojos cuando ella empezó a desabrocharle los botones de la camisa. Un pensamiento fugaz lo atravesó al imaginar que era Autumn la que deslizaba la tela por sus hombros antes de dejarla caer al suelo y se obligó a mirar a la chica que tenía enfrente. No dejó de hacerlo en ningún momento. Mientras resbalaba dentro de ella con brusquedad, se cercioró de ser muy consciente del cabello rubio que mantenía sujeto entre sus dedos, de los labios pintados de rojo que gemían su nombre y del tono de esa voz, que no era aguda ni vibrante, sino serena y elegante.

Y ahora estaba allí, observando a través del espejo del baño los arañazos que sus uñas habían dejado en su espalda y el chupetón que tenía en el cuello sin dejar de preguntarse por qué se sentía exactamente igual de vacío y confundido que antes de acostarse con ella.

Se dio una ducha rápida y bajó.

Rachel ya había guardado en la nevera la compra que le había traído y se había preparado una tostada de aguacate y un zumo de naranja.

—Te he dejado un poco.

—Gracias. ¿Dónde está Mike?

—En la cama. Anoche salimos a cenar y luego nos fuimos a tomar una copa y una cosa condujo a otra cosa y terminamos...

—No me cuentes los detalles.

—Ah, de eso también hubo, pero iba a decir que terminamos empapados porque nos tumbamos en un parque y se encendieron los aspersores, así que ahora está resfriado. No tardaré en irme, pero tenía que ir a comprar naranjas de todos modos.

Jason se sirvió un vaso de zumo y se sentó a su lado en el taburete que quedaba libre. A eso se refería él cuando afirmaba que jamás había perdido la cabeza por ninguna mujer. Nunca había salido por ahí a cenar y había acabado con la ropa mojada caminando de noche por las calles de la ciudad. Sus citas seguían un esquema fijo.

—Pero no te preocupes, lo he dejado durmiendo, así que tengo tiempo de sobra para que me cuentes cómo ha llegado ese chupetón a tu cuello y por qué ahora mismo tienes pinta de odiar al mundo en general.

Jason tamborileó con los dedos sobre la madera.

—Estoy siendo un idiota con ella —susurró.

—¿La chica que te hizo eso? —Señaló la marca.

—No. Con Autumn —dijo antes de suspirar hondo—. Resulta que la cena con mi familia fue genial y eso solo consiguió que me sintiese peor. A todos les pareció adorable. Joder, hasta a mí me parece adorable a veces, pero...

Rachel apoyó la barbilla en las manos.

—Ni se te ocurra parar ahora. Sigue.

—Pero es demasiado imprevisible.

—¿Debo suponer que eso es malo?

—Muy malo, Rachel. Sabes que me gusta tener las cosas bajo control. Esa chica es impulsiva y desorganizada y creo que el lema «vive como si fuese tu último día» se creó pensando en ella. Hay momentos en los que pienso eso, que es adorable, y al minuto siguiente está sacándome de quicio. Me descoloca.

Rachel alzó una ceja en alto.

—¿Y? Eso es lo que siento con Mike el noventa por ciento del tiempo, no entiendo por qué te parece tan raro. Es más, me atrevería a decir que es incluso algo positivo que no tengas la necesidad de reprimirte cuando estás con ella. ¿No sería peor al revés? Siempre me he preguntado cómo era posible que pudieses soportar ser tan agradable con todo el mundo.

—Eso es porque tú odias a la mitad de la población.

—¡Y tú también lo haces! No intentes disimular conmigo, te conozco desde que tenías siete años y sé perfectamente cuándo te cae mal alguien; la única diferencia entre nosotros es que yo me permito exteriorizarlo y no me siento culpable por ello.

—Vale, no importa. Déjalo.

—¿Cuál es el problema, Jason?

Él se frotó las sienes, cansado.

—Necesito que seamos amigos.

—No suena demasiado difícil. Mi propuesta es la siguiente: acércate a la cafetería más cercana, pilla dos cafés para llevar y aparece por sorpresa en su casa. Admite que has sido un poco idiota con ella e intenta empezar desde cero.

Jason asintió distraído, pero, diez minutos después, tras despedirse de Rachel en la puerta, eso fue justamente lo que hizo. Con los dos cafés en el coche, condujo hacia la tienda. Apenas habían pasado unas horas desde que la había visto por última vez, pero pensó que había sido una eternidad cuando la vio salir por la puerta con las llaves en la mano. Contrariado, Jason bajó del vehículo y la alcanzó en la calle.

—Eh, ¿adónde vas?

—¿Qué haces aquí?

Jason se metió una mano en el bolsillo.

—Traigo café. Y una disculpa. Siento haberme pasado toda la noche a la defensiva y siento... estar un poco irascible a veces. ¿Borrón y cuenta nueva? ¿Qué me dices?

Autumn se quedó mirándolo sorprendida, porque lo último que había esperado era que Jason, tan orgulloso él, le ofreciese una disculpa.

—Está bien. Te lo agradezco, pero ahora... —Tragó saliva, nerviosa—. No es un buen momento, lo siento.

—¿Puedo ayudarte? Dime qué ocurre.

—No, es solo... —Jason acortó la distancia que los separaba y apoyó una mano en su hombro y ella no supo si fue por el contacto, o por la situación, pero terminó por derrumbarse—. Hacía días que intentaba contactar con él, pero no me cogía el teléfono, y esta mañana lo ha hecho y... balbuceaba, o no lo sé, no entendía nada de lo que decía y tengo que ir a buscarlo.

—¿De qué estás hablando?

—Vive en Tenderloin.

Jason se mordió la lengua antes de contestar que ni de coña iba a dejarla pisar aquel sitio sola. Tenderloin era uno de los barrios más peligrosos; siete de cada diez avisos que la policía recibía en toda la ciudad eran de esa zona y, probablemente, «drogas» y «prostitución» eran las dos palabras que más se usaban para definirlo.

—Te acompañaré. Yo conduzco.

—¿Estás seguro? —Él asintió con la cabeza. Si tenía alguna duda se esfumó en cuanto advirtió su inquietud—. Siento tener que meterte en esto...

Le tendió su café tras subir al coche.

—Pero quiero que me lo cuentes.

—Jason, es una historia muy larga...

—Tenemos tiempo de camino hacia allí.

Autumn se lamió los labios, que los tenía secos, y observó el perfil de Jason. Sus ojos se detuvieron en la marca rojiza que había en su cuello y se le encogió el estómago al imaginar unos labios desconocidos sobre su piel, unas manos ajenas alborotándole el pelo y acariciándolo. Apartó la mirada de allí y la fijó en la ventanilla del coche.

—Se llama Hunter, tiene problemas con las drogas y está pasando un mal momento. Era uno de los tres niños con los que viví de pequeña en la casa de los Moore. Estaban él, Roxie y Pablo. Eran mi familia. Y ahora no queda nadie.

—¿Qué pasó con los otros?

Autumn tardó en responder.

—Pablo desapareció.

—¿Y Roxie? —preguntó.

—Está muerta. Se suicidó.

Jason desvió la vista hacia ella y la vio tomar una brusca bocanada de aire tras pronunciar aquellas palabras, como si algo se le hubiese quedado atascado en la garganta.

Unos minutos después, cuando llegaron a su destino, avanzaron por las calles llenas de sintecho que se alineaban a un lado de la acera. San Francisco era la única ciudad de todo el país que daba de comer gratis a las personas sin hogar y esa era una de las razones por las que había un número tan elevado.

—Creo que es ese edificio rojo de allí, pero no estoy segura. La última vez que vine fue hace tiempo y porque Hunter había olvidado una cosa... —Se llevó las manos a la cabeza—. Él no me deja venir aquí. Ha apagado el móvil y no sé cómo voy a encontrarlo.

Jason la rodeó por la cintura cuando un hombre se acercó para preguntarles si buscaban hierba y la condujo con suavidad hacia el edificio que ella había señalado. Le susurró que confiase en él y que todo saldría bien antes de entrar en aquel lugar y pedirle que no se separase de él.

Era un edificio muy antiguo y sucio que tenía pinta de llevar abandonado unos años. Las paredes estaban llenas de grafitis y en el suelo se acumulaban papeles y todo tipo de desechos que dejaban un rastro desde la entrada hasta las estrechas escaleras que conducían a los pisos superiores. Había una persona tumbada en el primer rellano, pero Autumn negó rápidamente con la cabeza dándole a entender que no era Hunter. En ese momento, Jason se planteó la idea de volver sobre sus pasos y pedirle a ella que se quedase en el coche, pero sabía que el esfuerzo sería en balde. La mantuvo a su espalda tras llamar a una de las puertas, que tenía la madera hecha trizas y la marca de varios puñetazos.

Abrió un tipo moreno que vestía una camiseta oscura de tirantes y llevaba un cigarro sin encender colgado de los labios.

—Estamos buscando a Hunter.

Casi antes de que terminase de hablar, el hombre señaló la puerta que había enfrente y cerró de un portazo. Jason se dirigió hacia allí y llamó con los nudillos. Al cuarto intento, una chica de aspecto enfermizo abrió. Tenía las mejillas hundidas, la piel pálida y los ojos muy redondos. A lo lejos se escucharon voces y gritos.

—¿Está Hunter aquí? —preguntó.

—Yo... supongo que sí...

Jason cogió con firmeza la mano de Autumn y entró sin preguntar. Dentro olía a pis y a algo podrido. Atravesaron lo que tiempo atrás debía haber sido un comedor y que ahora solo contenía un colchón y dos sofás llenos de agujeros y suciedad. El suelo estaba repleto de colillas y papelinas vacías. Una mujer de mediana edad dormitaba en una esquina y enfrente había un par de jóvenes que fumaban y reían sin ninguna razón.

—Eh, ¿quiénes sois vosotros?

—No contestes —ordenó Jason.

Tiró de Autumn sin dejar de caminar por un pasillo oscuro y estrecho. Cuando abrió la segunda puerta, supo que Hunter era el tipo que estaba tumbado boca arriba en la cama deshecha y vieja, porque ella dejó caer su bolso al suelo y corrió hacia él tras emitir un gemido ahogado.

Lo zarandeó por los hombros.

—¡Hunter! ¿Puedes oírme? ¡Hunter!

Jason avanzó pisando la ropa que había en el suelo y cogió su brazo inerte para presionar con los dedos sobre la pálida piel de la muñeca. Las pulsaciones eran lentas, muy lentas.

—Llama a una ambulancia, Autumn.

Mientras ella marcaba el número en el móvil con manos temblorosas y les indicaba la dirección de aquel lugar, Jason se arremangó la camisa y giró el cuerpo del chico para dejarlo de costado, por si vomitaba. Encendió la luz de la mesilla de noche, ignorando la jeringuilla que reposaba en una esquina. Después salió de la habitación y tropezó con la muchacha que les había abierto la puerta; parecía asustada, pero reaccionó cuando le dijo que buscaba una manta. A pesar de no contestar, la chica entró en la habitación de al lado y regresó con una. Jason la cogió y lo tapó con ella.

—¿Por qué haces eso? ¡Está sudando! —exclamó Autumn nerviosa.

—Confía en mí. —Se abstuvo de decir que, a pesar del sudor, Hunter estaba helado y tenía las uñas y los labios azulados. Jason no estaba muy seguro de cuánto tiempo aguantaría si la ambulancia no llegaba pronto. Se acercó de nuevo a él y le levantó un poco la cabeza para evitar que se le obstruyesen las vías respiratorias—. ¿Te han dicho cuánto tardarían?

—No, solo que vendrían lo antes posible.

Autumn sollozó y Jason deseó poder consolarla, pero no había nada que pudiese decir y no quería darle falsas esperanzas.

Volvió a tomarle las pulsaciones al chico.

—Sigue estable —dijo.

—Hunter, por favor... —Autumn se arrodilló frente a la cama y acunó la mejilla fría en su mano, deseando que abriese los ojos, deseando volver atrás en el tiempo y escucharle decir que siempre la cuidaría, que jamás la dejaría sola. Se preguntó dónde estaban todas esas palabras. Quería cazarlas, guardarlas, que fuesen reales.

El cuerpo de Hunter comenzó a convulsionar justo cuando se oyeron las pisadas del equipo médico que subía por las escaleras. Jason le pidió a Autumn que fuese hasta la entrada para guiarlos a la habitación lo más rápido posible. Él intentó sujetarlo en esa postura hasta que entraron y le pidieron que se apartase a un lado para proceder.

# 9

Autumn apoyó la cabeza en el respaldo de la incómoda silla del hospital. Llevaban allí un buen rato, pero nadie les había dicho nada todavía. Le escocían los ojos y estaba agotada; no podía apartar de su cabeza la imagen de Hunter encima de esa camilla.

—Iré a la cafetería a por algo de comer —anunció Jason mientras se levantaba.

—No, no tengo hambre.

—Solo medio sándwich. Ahora vuelvo.

Ella asintió y lo vio marchar. Se agarró con las manos a la parte baja del asiento, nerviosa y enfadada. Tenía ganas de entrar en la sala y gritarle a Hunter por lo que había hecho hasta quedarse sin voz y, al mismo tiempo, en lo único en lo que podía pensar era en abrazarlo y no soltarlo jamás.

Jason regresó diez minutos después y le tendió un sándwich vegetal antes de acomodarse de nuevo a su lado. En la sala de espera había algunas personas más y las enfermeras y los demás trabajadores del hospital cruzaban el pasillo de enfrente caminando de un lado a otro, pero ninguno se había acercado todavía para decirle que «todo estaba bien», que «Hunter se encontraba perfectamente». Y eso era lo único que Autumn deseaba oír en aquellos momentos.

Él le dio un codazo suave.

—Vamos, come un poco.

Mordisqueó distraída la corteza del pan de molde mientras pensaba en Hunter y en todos los momentos que habían pasado juntos. Autumn estaba convencida de que los recuerdos y las vivencias eran como hilos de tejido que terminaban trenzándose y creando a la persona que uno era en el presente. Y él era uno de los hilos más importantes. El que, junto a Roxie, le había enseñado a confiar en sí misma. El chico que le había dedicado una sonrisa inmensa el día que llegó al hogar de los Moore diciendo: «Me llamo Autumn; tengo siete años, nací en otoño, odio los guisantes y soy como una moneda de un centavo». El que siempre la había defendido en el colegio delante de los otros niños y el que la acompañaba a por golosinas cuando a los demás les podía la pereza.

—¿Estás llorando? Autumn... —Jason le quitó el sándwich de las manos—. No llores, por favor. Verte llorar es... —Tragó saliva, confuso.

Ella alzó la barbilla hacia él.

—Todo está mal —gimió—. Tantos problemas y tan pocas soluciones y siento que da igual lo que haga porque nunca será suficiente. Tengo un perro encerrado en la buhardilla de una tienda y no puedo moverme del hospital y llamé esta mañana a la protectora y están desbordados y si Hunter no sale de esta creo que... entonces...

Autumn tomó una brusca bocanada de aire.

—Si me das las llaves de la tienda, me llevaré al perro. —Su voz sonaba tranquila y serena y ella quiso aferrarse a él porque de pronto parecía una roca segura—. Tú te quedarás aquí. Puedo traerte ropa limpia y cualquier otra cosa que te haga falta.

Ella lo miró con los ojos aún húmedos.

—¿Te llevarás el perro? ¿Adónde?

—A mi casa. Dime qué más necesitas.

Agradecida, abrió la boca sin saber muy bien qué decir y, justo en ese instante, un doctor entró en la sala de espera y pronunció su nombre, que era el que habían dado al llegar. Le temblaron las rodillas al levantarse, pero, al ver la expresión tranquilizadora del hombre, el alivio la embargó de golpe. Respiró hondo.

—Está estable, aunque casi no llega a tiempo.

—¿Puedo pasar a verlo? ¿Está despierto?

—Todavía no, pero puedes entrar.

La habitación del hospital era pequeña y confortable. Hunter estaba tumbado boca arriba y su pecho subía y bajaba al compás de su respiración. Autumn cerró la puerta a su espalda, avanzó hasta él y le cogió la mano. Seguía estando frío y varios cables colgaban del gotero que le suministraba suero y calmantes. Le apartó de la frente los mechones negros de cabello y observó su rostro delgado y pálido, preguntándose en qué momento había vuelto a caer en aquello o si realmente lo había dejado alguna vez.

Hunter había abandonado el hogar de los Moore al cumplir los dieciocho años, tal como ocurría en casi todas las familias de acogida. De un día para otro, se había visto solo en la calle, sin trabajo, sin familia y sin dinero. Por lo que Autumn supo de él en aquella época, cuando tan solo se veían si iba a recogerla al instituto por sorpresa y la acompañaba a casa, había terminado encontrando una habitación en un piso de estudiantes y trabajaba en horario nocturno en una hamburguesería. Sin embargo, en algún momento eso se torció. Su lugar de trabajo cerró, Hunter terminó de nuevo en la calle y se juntó con un grupo de jóvenes sintecho que se hacían llamar los «Dirty Kids», aunque pronto acabó también por abandonarlos y seguir su camino solo. Así era como había estado siempre. Solo.

Por desgracia, no era una situación aislada.

El Estado vivía una crisis a causa de ello. El coste de la vivienda se había disparado en los últimos años por el auge tecnológico y, además, California tenía la mayor cantidad de niños sin hogar de todo el país. Niños que, en muchos casos y tras cumplir la edad adulta, pasaban a formar parte del otro bando porque, sencillamente, tenían menos probabilidades de poder valerse por sus propios medios, sin ayuda, y acceder a un techo de precios desorbitados que no reflejaban a la población media.

Autumn se inclinó y le dio un beso en la frente antes de salir de la habitación y regresar a la sala donde la esperaba Jason, que se levantó en cuanto la vio. Ella se paró frente a él y alzó la cabeza para mirarlo.

—¿Todo bien? —preguntó.

—Sí, está dormido. Me quedaré aquí.

—De acuerdo, dame las llaves de la tienda.

Sin pensar en lo que hacía, Autumn se lanzó hacia él y lo abrazó con fuerza. Jason la retuvo junto a su cuerpo sujetándola por la cintura e inspiró hondo cuando distinguió el aroma afrutado de su cabello.

—Gracias, gracias, gracias por todo.

—Ya me lo cobraré —contestó.

—Haré cualquier cosa. Lo que quieras. En serio, te agradezco mucho que me acompañases hoy y todo lo que has hecho después y lo que vas a hacer ahora con el perro. Te prometo que te recompensaré por esto, aún no sé cómo, pero...

—Autumn, estaba bromeando. —Sonrió y cogió las llaves que ella acababa de sacar de su bolso—. Te llamo en un rato. Y recuerda comer algo.

Jason salió del hospital con la sensación de haber estado allí días en vez de unas horas. Lo último que había esperado aquella mañana, al ir a verla en son de paz y con un café en la mano, era que terminaría metido en una situación semejante. No estaba muy seguro de querer analizar lo que había descubierto sobre el pasado de Autumn y lo que significaba. Ahora sabía que no era solo una chica alocada e impulsiva, sino una chica que había estado media vida sola, dando tumbos de un lado a otro, perdiendo a las pocas personas que la habían acompañado en el pedregoso camino. Y, lo peor de todo era que, mientras estaban en aquella habitación sucia y oscura, lo único que Jason había deseado era arrancarla de aquel lugar, sacarla de allí, borrar esa parte de su pasado. Y ese sentimiento era tan complicado e inesperado que lo enterró rápidamente.

No supo si fue casualidad o no, pero, casi sin darse cuenta, Jason se encontró conduciendo por la avenida que desembocaba en la casa azul donde se habían conocido. Durante unos minutos se quedó allí, con el vehículo parado al lado de la acera y los ojos fijos en aquella ruinosa vivienda de dos plantas y pintura desconchada. Suspiró hondo, bajó del coche y se apoyó en la carrocería con los brazos cruzados. Recorrió con la mirada la verja de la puerta oscura, el sendero lleno de hierbajos y el tejado a dos aguas. Dudaba mucho que una familia de acogida hubiese vivido en una propiedad tan grande, porque los terrenos de aquel barrio no eran económicos.

Se preguntó por qué le importaría tanto.

Y luego negó con la cabeza, enfadado consigo mismo, porque era estúpido que estuviese allí, de pie, deseando descubrir algo que seguro que era una tontería.

Volvió a subir al coche. Una vez en la tienda, que al ser domingo estaba cerrada, metió la llave en la cerradura y entró. Había esperado encontrarse al perro en la puerta nada más llegar, pero nadie fue a recibirlo. Contrariado, se guardó las llaves en el bolsillo y fue a la habitación de Autumn. El animal estaba tumbado en una manta que había en el suelo, al lado de la cama. Gimió ante su presencia, pero en vez de intentar atacarlo o defenderse, tan solo se quedó allí, encogido y asustado. Jason se agachó frente a él y extendió la mano con cuidado para dejar que lo oliese y que supiese que no estaba allí para hacerle daño. El perro acercó el hocico hasta rozarle los dedos.

—Tranquilo, colega —susurró.

Jason volvió a ponerse en pie con un suspiro y miró a su alrededor. Aquella estancia, de algún modo, era un reflejo de la personalidad de Autumn. Todo lo que había allí parecía representarla: los vestidos coloridos colgados en el perchero que estaba al lado del armario pintado a mano; los cuadros abstractos y modernos que contrastaban con los de campos repletos de flores; el libro de poemas que había sobre su mesita y la cajita abierta repleta de bisutería.

Se inclinó con cautela al ver la fotografía que estaba apoyada en la tapa y la cogió.

La instantánea tenía los bordes desgastados, como si alguien la hubiese toqueteado mucho. En ella se distinguía el rostro alegre y dulce de Autumn cuando era una niña. Llevaba el cabello recogido en una trenza, al igual que la chica rubia que había tras ella y que la abrazaba por los hombros mientras miraba a la cámara. A su derecha, dos críos de sonrisa traviesa habían quedado inmortalizados para siempre junto a ellas y no era difícil deducir que el niño de piel dorada era Pablo y el otro, más despierto y alto, Hunter.

Dejó la fotografía en su lugar y, diez minutos después, el perro y él se encontraban en el *parking* de un supermercado, porque necesitaba comprar pienso y un par de cosas más. Cuando volvió a entrar en el coche, el perro le intentó lamer la mejilla desde el asiento trasero y Jason masculló una maldición por lo bajo.

Como de costumbre, su casa estaba silenciosa y muy limpia, ya que pagaba a una asistenta dos veces por semana para que la mantuviese impoluta. Jason depositó las bolsas encima de la barra americana de la cocina, le dio al perro un poco de comida y luego le puso alrededor del cuello la correa que acababa de comprar. Tuvo que tirar un poco de él para que se animase a salir y seguir sus pasos.

Recorrió un par de calles mientras el perro olisqueaba felizmente todos y cada uno de los adoquines de la acera. Se preguntó cuánto tiempo haría que nadie lo sacaba a dar un paseo y, entonces, se dio cuenta de que hacía mucho que él tampoco salía a caminar sin dirigirse a ningún sitio en concreto, sino tan solo por el mero placer de dar una vuelta. En la vorágine de su rutina diaria siempre tenía algo importante que hacer. Hacía una eternidad que no malgastaba unos minutos de su vida en algo poco práctico, como cuando estaba en la universidad con Luke y las tardes y los días parecían deshacerse a su alrededor como si cada uno de esos minutos no fuesen valiosos.

Suspiró, incómodo, y decidió que había llegado la hora de regresar a casa. El animal no se resistió. Una vez dentro, Jason le quitó la correa, señaló el sofá y dijo «no», señaló las cortinas y dijo «no», señaló la carísima alfombra y dijo «no». El perro emitió un ladrido, como si hubiese entendido todas sus indicaciones, y se quedó allí, quieto, en el límite que marcaba la alfombra, sentado en el suelo con la lengua fuera.

Veinte minutos después, tras bajar de darse la segunda ducha del día y quitarse el olor de aquel edificio abandonado, Jason descubrió que el perro seguía exactamente en el lugar donde lo había dejado antes. Ladeó la cabeza, sorprendido, y se acomodó en el mullido sofá de color claro. El animal no se movió. Jason encendió la televisión y cambió de canal un par de veces antes de emitir un suspiro resignado e inclinarse para palmear el suelo de la gruesa alfombra con la mano.

—Está bien, ven aquí. Buen chico.

Se acercó lentamente, se sentó allí y apoyó con timidez el hocico sobre su rodilla. Jason terminó acariciándole la cabeza con gesto distraído mientras respondía al teléfono. Era su madre. Helga le hizo un interrogatorio sobre la noche anterior, que fue desde si el pollo había estado demasiado hecho o con exceso de pistachos, hasta si Autumn había comentado algo sobre la familia al salir de la casa. Jason respondió a todas las cuestiones con un «sí» o un «no», cosa que terminó por enfurecer a su madre.

—Jason Brown Diller —siseó—, nunca pensé que tendría que llegar a decirte algo así, pero no te estás tomando este asunto con la suficiente seriedad. Tú, con lo responsable que siempre has sido. Aún puedo recordar la envidia de todas las madres desde el día que pusiste un pie en la guardería. Eras tan encantador...

—Mamá, por favor, no seas ridícula.

—... ¡y ahora vas a ser padre! Pero es evidente que no pareces haber asimilado la idea, porque, de haberlo hecho, hubieses evitado pasar toda la velada con cara de mapache a punto de sufrir una indigestión.

Jason pestañeó confundido.

—¿Te estás escuchando?

—Recuerda lo que acordamos.

Se cambió el teléfono de oreja.

—¿Y lo que acordamos es...?

—¡Que la invitarías a tomar el té!

—Ah, eso, sí.

Jason colgó tras escuchar un sermón de diez minutos sobre la importancia de ser consecuente con sus actos. Desde que tenía uso de razón, siempre se le había exigido que fuese así. Recordaba las tardes en su casa, cuando los turnos de trabajo de sus padres coincidían y él no podía ir a jugar con Mike, Luke y Rachel porque debía quedarse al cuidado de los mellizos. Una vez, casi a comienzos de verano, Jason había ignorado la voz de su conciencia que absorbía las palabras que su madre siempre le decía, como «tienes que darles ejemplo a tus hermanos» o «tú eres el mayor y, por tanto, el responsable», y se había dejado llevar cuando Leo, con apenas siete años, propuso que cogiesen las bicicletas y fuesen a un descampado con una pronunciada pendiente que a todos los chicos del barrio les encantaba frecuentar. Jason acababa de cumplir los trece y pensó que, si al regresar se daban una ducha y guardaban las formas, sus padres jamás llegarían a enterarse de que habían salido de casa.

Sin embargo, todo salió mal. Estuvieron un rato deslizándose por la pendiente, entre risas, arrastrando las bicicletas al subir y, después, disfrutando al sentir el aire en la cara al descender a toda velocidad. Cuando casi había llegado la hora de regresar, Tristan frenó en el borde, miró hacia abajo, sonrió y dijo que iba a tirarse «sin manos». A Jason no le dio tiempo a reaccionar antes de que su hermano se lanzase por la cuesta y soltase el manillar. La rueda delantera de la bicicleta golpeó una piedra grande y se desestabilizó lanzando a Tristan por los aires y provocando que se rompiese la pierna derecha.

Jason cargó con él hasta su casa, sin saber muy bien cómo ni de dónde sacó la fuerza, llevándolo en brazos. Cuando llegó, las luces de la cocina estaban encendidas y su madre salió a recibirlos a la puerta con las manos en la cabeza, alterada y enfadada.

Fue la primera y la última vez que le gritó.

Aquel día, Jason se dio cuenta de que dejarse llevar podía ser placentero y divertido, pero también peligroso. Las horas que pasaron en el hospital, mientras atendían a Tristan, fueron probablemente las más largas de su vida. Se sentía culpable. Muy culpable. Y entendió en ese momento que prefería mil veces gastar todas sus energías en no cometer más errores que volver a sentir esa sensación angustiosa en la boca del estómago, esa sensación de saber que podría haber evitado lo que había ocurrido y no lo había hecho.

Quizá por los recuerdos, o porque todavía sostenía el teléfono en la mano con la que no acariciaba al perro, Jason buscó entre sus contactos e ignoró que era domingo antes de darle al botón de la llamada y llevarse el aparato a la oreja.

—Miles, tengo un trabajo para ti.

# 10

Durante los últimos dos días, Autumn había estado pegada a la cama de Hunter. Tan solo había salido tres horas del hospital para darse una ducha y cambiarse de ropa. Al volver, él ya había recuperado la consciencia, pero se pasó todo el día medio dormido y aletargado. Sin embargo, el martes por la mañana, parecía el de siempre, pero destilaba apatía.

—Bebe un poco más de agua —insistió Autumn.

—No tengo sed. Lo que quiero es salir de aquí.

—Tienes que estar bromeando.

Hunter se puso en pie y cogió los viejos pantalones vaqueros que estaban colgados en el respaldo de la silla y se los puso antes de quitarse la bata del hospital. Autumn observó su estómago cóncavo; estaba muy delgado, tenía varios cortes y moretones y un par de tatuajes nuevos de los que ella no recordaba saber nada.

Tragó saliva, nerviosa, y se puso delante de él.

—¡No puedes irte! Hunter, escúchame. Has estado muy mal, el médico dijo que apenas faltó nada para... que por poco no...

—Dilo. Que por poco no muero.

—¿Por qué te comportas así?

—¡Porque tendrías que haber dejado que pasase, joder! ¡Tendrías que haberme dejado morir! ¿No lo entiendes? Hace tiempo que no tengo nada por lo que luchar. Por más que me paro a pensarlo, no consigo encontrar una puta razón por la que deba seguir estando en este mundo. Y no puedo salir de esta... no puedo —susurró.

Autumn le rodeó la cintura con los brazos y pegó la cabeza a su pecho, reteniéndolo e impidiendo que pudiese seguir vistiéndose. Tenía la piel fría. Ella cerró los ojos.

—Si vuelves a decir algo así te juro que no te lo perdonaré jamás.

Él respiró profundamente, acogió las mejillas de la chica entre sus manos y dio un paso atrás para poder encontrar sus ojos humedecidos. Le acarició el pómulo con el pulgar, despacio, y su mirada se perdió unos segundos en los labios entreabiertos de ella antes de obligarse a apartar la vista con brusquedad.

—No quería decir esto, pero... —dijo, y se detuvo un instante para inspirar hondo—, ha llegado el momento de que tomemos caminos separados, Autumn. Tienes que alejarte de mí.

—No puedes estar hablando en serio.

Hunter quitó uno a uno los dedos de Autumn que se aferraban a su cintura y se dio la vuelta para coger la camiseta nueva que ella le había comprado el día anterior tras decidir que la que traía puesta merecía ir directa a la basura. Se la puso y luego empezó a buscar las zapatillas deportivas. No era capaz de alzar la vista hacia ella. No era capaz. Y Autumn lo conocía lo suficientemente bien como para saberlo.

—Al menos, mírame. —Tras debatirse unos segundos, los ojos de Hunter encontraron los suyos y el contraste entre ambos fue más patente, la luz frente a la oscuridad—. No lo entiendo. Entonces, ¿por qué me llamaste el domingo?

Hunter se quedó callado un instante.

—Quería despedirme, Autumn.

El rostro de ella se tiñó de dolor.

—¿Y a esto te referías cuando prometías cuidarme? ¿Esto era lo que significaba que siempre estarías para mí? —Vio su figura borrosa a través de las lágrimas y, aunque intentó resistirse, no pudo hacer nada para evitar que Hunter la estrechase entre sus brazos y la abrazase muy fuerte—. ¿Por qué me estás haciendo esto? Peor aún, ¿por qué te lo estás haciendo a ti? Podrías tener todo lo que quisieses, Hunter. Sé que es difícil, pero valdría la pena el esfuerzo. Y yo confío en ti.

—Enana, no lo estás entendiendo. —Hunter habló contra su cuello con la voz ronca y ella estuvo a punto de decirle que no se atreviese a utilizar ese apelativo cariñoso con el que la llamaba cuando era una niña—. No aporto nada a tu vida. Solo resto, no sumo. Vas a ser mamá, joder. Estoy orgulloso del camino que elegiste; tú nunca tomaste la bifurcación más fácil, pero yo solo arrastro problemas y mierda y más problemas. Y te quiero demasiado como para seguir haciéndote daño.

—Me haces daño ahora. Me haces daño con esto.

—Autumn, no me lo pongas más difícil.

—Está bien, no te llamaré ni te molestaré. Pero al menos prométeme que acudirás a nuestra cita al final de mes. Solo eso. Una comida. No podré vivir con la preocupación si no sé nada de ti y tú lo sabes mejor que nadie.

—Ya veremos. Ahora... no puedo pensar...

Hunter parecía estar ablandándose y ella aprovechó el momento de debilidad.

—Tan solo quieres apartarme de tu lado para no tener que rendir cuentas ante nadie. Yo soy como esa mosca fastidiosa que se interpone entre lo que te apetece hacer y lo que realmente debes hacer. Empiezo a entenderlo todo.

—No es así, no es eso.

—¡Deja de mentirme!

Hunter se giró hacia ella furioso.

—¡Tienes razón! ¿Es eso lo que quieres oír? ¡Tienes toda la jodida razón! Cuando te miro solo veo todo lo que podría tener y no puedo alcanzar, todo lo que fui y ya no soy. ¡No me queda nada, Autumn! Estoy vacío. Ni siquiera sé por qué te importo, por qué sigues empeñada en salvarme. ¡No hay nada que puedas rescatar! —Cogió de la mesita las pocas pertenencias que llevaba en los bolsillos al llegar al hospital y volvió a guardárselas. Luego alargó una mano hasta atrapar la lágrima que se escurría por la mejilla de Autumn, se inclinó y le dio un beso en ese mismo lugar—. Olvídate de mí, enana. Haz tu vida y sé feliz.

Unos segundos después, la puerta de la habitación se cerró con un portazo seco y ella se quedó sola, con la mirada clavada en el suelo grisáceo. Quería seguir llorando eternamente, encaramarse a esa cama y quedarse allí, hecha un ovillo, pero su propia filosofía de vida se lo impedía, así que dedicó los siguientes minutos a meter en su bolso las cosas que había sacado fuera, como unas toallitas para las manos, un par de caramelos de fresa y un libro de poemas de Walt Whitman. Se lo colgó del hombro y salió del hospital.

Abigail le echó un vistazo rápido en cuanto llegó a la tienda y se fijó en sus ojos enrojecidos y en las ojeras que asomaban bajo ellos.

—Tienes un aspecto terrible.

—Sí, estoy un poco cansada.

—¿Todo ha ido bien? —Dejó a un lado el trapo con el que estaba sacándole brillo a un bonito mueble de madera que tenía unos apliques de color dorado—. Deberías descansar. Quiero que te des una ducha de agua caliente y te metas en la cama. Luego vendré y te traeré algo de comida para cenar.

—No te preocupes, todo va bien.

Abigail no parecía muy convencida, pero no dijo nada al verla huir escaleras arriba porque siempre había respetado su intimidad y sabía que Autumn a veces necesitaba tiempo para abrirse. Cuando ella bajó un rato después, le pidió que la dejase ordenar las vitrinas porque necesitaba con urgencia tener las manos ocupadas en algo y evitar pensar en Hunter. Así que se pasó dos horas organizando algunos artículos y revisándolos meticulosamente. Abigail estaba unos metros más allá, tras el mostrador, con el móvil en la mano y las mejillas ligeramente sonrosadas.

—¿Con quién estás hablando?

—¿Yo? —Abigail se puso aún más colorada—. Con nadie. Un proveedor.

—Ah, ¿qué proveedor?

La mujer suspiró hondo.

—Es... Hablaba con Tom.

Autumn agradeció aquella inesperada distracción y metió en la vitrina una última figurita de bronce antes de cerrarla con delicadeza y acercarse a ella.

—¿Qué está pasando?

—Como sabes, ayer por la tarde se quedó al cuidado de los chicos y, cuando llegué, pensé que lo mínimo que podría hacer era invitarlo a cenar. Y antes de despedirnos en la puerta...

—¡Ni se te ocurra dejarlo en lo mejor!

—Tranquila, no hubo beso, si es lo que estás pensado. —Abigail emitió una risita propia de una adolescente y Autumn sonrió—. Pero me pidió una cita. Quería que saliésemos hoy porque sabe que estrenan esa obra de teatro de la que llevo meses hablando. ¿Te puedes creer que recordase ese detalle? Es encantador.

Autumn rodeó el mostrador.

—La cuestión es, ¿por qué no estás ahora mismo dándote un baño de espuma, relajándote o eligiendo un vestido? Eso es lo que hace la gente cuando tiene una cita, ¿no? A mí no me preguntes, no es mi fuerte, pero...

—Le he dicho que no.

—¿Que has hecho qué?

—Llevas dos días durmiendo en el hospital y tienes que descansar. No pienso dejar que te pases la noche cuidando de esos dos diablillos.

—¡Llámalo ahora mismo y dile que sufriste una especie de pérdida de memoria a corto plazo o algo así! Sabes que para mí no es ningún problema, al contrario. Me quedaré a dormir en tu casa, con Nathaniel, si eso te hace sentir mejor. Adoro ese bendito colchón. Pero, por lo que más quieras, Tom ha tardado seis años en decidirse a pedirte una cita. Si le dices que no ahora, vas a destrozarle el corazón al pobre hombre. ¡Dame el dichoso teléfono! ¡Dámelo!

Las dos empezaron a reírse a carcajadas al tiempo que seguían luchando por el móvil de Abigail. Por suerte, a nadie se le ocurrió entrar en la tienda en el instante en el que Autumn le hacía cosquillas a la mujer y conseguía llevarse el teléfono escaleras arriba. La otra la siguió, pero cuando llegó al descansillo de la buhardilla se dio de bruces con la puerta cerrada con pestillo.

—¡Autumn! ¡No hagas ninguna tontería!

—¿A qué hora te viene bien...?

—¡Autumn!

—¿A las seis? —Abigail no contestó y ella interpretó el silencio como un «sí»—. Entonces quedaría así: «Querido Tom, olvida todo lo que hemos hablado; en realidad, me encantaría salir contigo (aunque admito que estoy un poco nerviosa). ¿Te viene bien recogerme en casa sobre las seis? Besos, Abigail».

—Te prometo que te la devolveré.

Sonriente, Autumn abrió la puerta.

—¿Devolverme el qué?

—¡La traición! ¿Cómo has podido?

Abigail bajó por las escaleras y ella siguió sus pasos.

—¿Yo te he traicionado? Te recuerdo que llevas años diciéndome que no te gustaba Tom y ahora resulta que, ¡sorpresa!, tenía razón todo el tiempo.

—Es que no me gusta... —Tragó saliva, nerviosa—. Bueno, quizá un poco sí. Un poquitín de nada. Pero es un amigo de la familia desde hace mucho tiempo y no quiero que algo así fastidie la relación que tenemos. Nathaniel lo adora. Yo llevo muchos años sola y no estoy acostumbrada a tener escarceos amorosos. De hecho, creo que ya ni siquiera recuerdo cómo se besaba.

Autumn se rio, alzó el dorso de su mano a la altura del rostro y fingió que le daba clases sobre cómo besar a un chico tras decir: «es algo así y, si piensas ir más allá, necesito un plátano para enseñarte cómo se pone un preservativo». Abigail estalló en carcajadas y la golpeó en el brazo con los papeles de las cuentas que acababa de coger.

—¡Mira que eres payasa! —bromeó—. Quizá tienes razón, deberíamos haber comprado un plátano hace... unos dos meses y medio.

—Eso... fue diferente...

Al verla sonrojarse, Abigail sonrió.

Nunca habían tenido una relación maternal. Desde que Autumn había puesto un pie en el hogar de los Smith, y a pesar de tener tan solo quince años, ella y Abigail se habían hecho amigas. Primero fueron las conversaciones de madrugada, cuando ninguna de las dos podía dormir, luego siguieron los tés a media tarde y las charlas mientras preparaban la cena en la cocina. Para Autumn, su madre de acogida había sido la mejor confidente que pudiese desear; jamás la presionaba ni la juzgaba, pero era honesta con ella.

—¿Y puedo saber qué tuvo de diferente? —insistió.

—Ya te lo dije, fue... muy intenso.

—Intenso —repitió—. ¿Besaba bien?

—Muy muy bien. Demasiado bien —admitió, y luego su mirada se centró en una veta irregular que había sobre la superficie de madera.

Rememoró los besos de Jason. La manera profunda y cálida con la que su lengua se internaba en su boca, la suavidad de sus labios y esa firmeza que poseían sus manos al sostener su rostro entre ellas como si temiese que fuese a alejarse de él...

Autumn suspiró hondo cuando a ese recuerdo le siguió la imagen de la marca que él llevaba en el cuello dos días atrás. Durante las horas muertas en el hospital se había descubierto imaginando cómo sería la chica con la que había estado. Seguro que perfecta, como una moneda «Eagle Gold, Capped Bust» o una «Dime, Liberty Seated». A fin de cuentas, tenía sentido. Por más vueltas que le daba, seguía sin encontrar una razón lógica que justificase lo que había ocurrido en la casa azul. Era evidente que ella a él no le gustaba. Y en cuanto a ella, las emociones relacionadas con Jason eran como nudos en su cabeza que no le apetecía desenredar, porque le daba miedo lo que pudiese encontrar el día que decidiese liberarlas. A veces tenía ganas de gritarle. Otras, como el domingo en el hospital, lo único que deseaba era abrazarlo. Y a menudo, al mirarlo, era consciente del pequeño cosquilleo que notaba en el estómago, como si todas esas contradicciones sobre él se agitasen dentro de una enorme batidora.

—¿Qué voy a ponerme? ¿Crees que unos pantalones claros pegan con esa blusa naranja que me compré el mes pasado? —Abigail estaba más nerviosa que nunca—. Y no tengo nada preparado para la cena, debería irme ya a casa y ver si puedo hacer algo rápido...

—Cálmate. Pediremos pizza.

Abigail abrió la boca para protestar, pero volvió a cerrarla. Ya que Autumn iba a quedarse cuidando de Jimmy y Nathaniel, pensó que sería buena idea dejarlos disfrutar de una velada divertida. Le sonrió, la abrazó y le dio las gracias.

## II

Jason cerró los ojos. Caroline usaba un perfume de aroma dulzón que, por alguna misteriosa razón, le resultaba desagradable; era demasiado fuerte. Mientras los dedos de ella se movían sobre su torso buscando los botones de la camisa, pensó en lo bien que olía Autumn. Y no por la colonia, pues ni siquiera estaba seguro de que usase una, sino por el champú. Bendito champú. Su cabello desprendía un olor afrutado y suave.

Cuando advirtió que estaba preguntándose cuál sería la marca de ese champú mientras una chica preciosa intentaba desnudarlo, se dio cuenta de que tenía un problema. A decir verdad, ni siquiera estaba muy seguro de qué hacía allí, en el apartamento de Caroline, pero tras recibir un mensaje en el que le decía si le apetecía pasarse un rato, Jason había respondido con un rotundo «sí». Y ahora se arrepentía. Si acostarse con ella una vez no le había ayudado a aclarar las ideas, tampoco iba a conseguirlo ahora.

Y el problema era que no estaba confuso por Autumn, sino por él.

Como si la suerte estuviese escuchando sus pensamientos y se hubiese puesto de su parte, su móvil empezó a sonar justo cuando Caroline terminaba de desabrocharle la camisa. Le dijo que era algo importante y descolgó mientras se alejaba del dormitorio y se dirigía al comedor. Toda la casa estaba decorada en tonos malvas, grises y blancos.

—¿Estás ocupado? —Su voz, ligeramente aguda como siempre, lo envolvió.

—No, ¿cómo estás? ¿Sigues en el hospital?

—Hunter... se fue esta mañana. —Hubo una pausa que para él resultó bastante significativa, pero decidió dejar las preguntas para otro momento—. Quería saber qué tal está el perro. He vuelto a llamar esta tarde a otra protectora que conozco, pero nada, también están saturados. Ahora, en verano, hay muchos abandonos, así que pondré un anuncio en internet para ver si alguien lo adopta.

—Está bien. Mientras tanto, me lo quedaré.

—¿Harías eso? —preguntó sorprendida.

—Sí. Es... bastante obediente —admitió.

En realidad, era jodidamente obediente. El mejor perro del mundo. Durante esos dos días, Jason había deducido que venía de algún lugar en el que lo habían domesticado usando la ley del miedo. A veces lo miraba con cierta desconfianza, como si temiese acercarse a él y llevarse una reprimenda, así que Jason había intentado no forzarlo a hacer nada que no quisiese, pero el perro sabía perfectamente el significado de palabras como «siéntate», «quieto», «ahí» o «no». El único momento en el que parecía relajarse un poco era durante los paseos. Y Jason lo entendía, porque a él también le resultaba liberador salir a caminar sin ningún destino, tan solo recorriendo la urbanización o, como habían hecho el día anterior, bajando hasta la playa y disfrutando del atardecer.

—Gracias por todo. Otra vez —dijo Autumn.

Se escuchó a alguien hablando de fondo.

—No me las des. ¿Dónde estás ahora?

—Hoy hago de canguro, porque Abigail tiene una cita. Así que esta noche creo que toca película, juegos y pizza.

—Suena bien —contestó.

Jason se movió incómodo por aquel comedor que parecía un poco frío e impersonal. Le molestó pensar que, semanas atrás, Autumn había opinado eso mismo de su casa. Se llevó la mano al pelo y se lo revolvió. Tenía a una tía increíble esperándolo encima de la cama y él estaba ahí, pensando en la decoración de un puto salón.

—Sí. Bueno, no sé...

—¿No sabes qué?

—Iba a decir que, si estás aburrido o no tienes nada mejor que hacer, puedes pasarte por aquí. Hay pizza de sobra y...

—Está bien. Mándame la dirección.

Antes de que ella dijese nada más, colgó.

Jason tomó una bocanada de aire y regresó al dormitorio. Tal como había previsto, Caroline estaba tumbada sobre la colcha, desnuda, pasando con parsimonia las páginas de una revista de moda que tenía en la mesita.

Alzó la mirada hacia él.

—Espero que fuese algo importante.

—Lo es. En realidad, tengo que irme...

Caroline puso los ojos en blanco y le lanzó la camisa blanca. Jason la cogió al vuelo y empezó a ponérsela al tiempo que ella se levantaba y se anudaba una bata a la cintura.

—¿Quién es la afortunada?

—Nadie —respondió secamente.

—Vamos, conozco tu tono de voz cuando se trata de un asunto de negocios.

—Déjalo. Es solo una amiga.

Así quería verla. Alguien con quien tuviese confianza, casi como si fuese parte de su familia porque, a fin de cuentas, el bebé que llevaba en su interior lo era. Pero sin sentir ningún tipo de deseo por ella. No parecía tan difícil.

«No *es* tan difícil», se convenció.

Caroline lo acompañó hasta la puerta.

—¿Quieres que vuelva a llamarte?

Jasón dudó, con los ojos fijos en el dintel de la puerta.

—Ya lo haré yo. Quizá. Ahora mismo...

—Eso imaginaba. No te preocupes.

Ella sonrió, coqueta. Y él se preguntó por qué demonios no podía enamorarse de alguien como Caroline. Tan perfecta, tan lista y sensata. Eso era lo que Jason había deseado años atrás, encontrar a una chica así, compartir su vida con ella, dárselo todo. Y lo hubiese hecho sin pensárselo ni un segundo si sintiese «algo», cualquier cosa, por mínima que fuese. Pero, como siempre, solo encontró vacío.

Una vez dentro del coche, Jason le echó un vistazo al mensaje que Autumn le había enviado. Debajo de la dirección había un montón de emoticonos: una carita sonriente con gafas de sol, una porción de pizza, ¿un unicornio?, y algo similar a confeti de colores. Sonrió, negó con la cabeza y condujo hacia allí. Las luces que delimitaban la bahía de San Francisco pronto quedaron atrás. Cinco minutos más tarde, un chico con gafas le abría la puerta de una acogedora casa y lo miraba de arriba abajo.

—Encantado de conocerte. Me llamo...

—Ja-Jason —dijo, apartándose a un lado y dejándolo encontrar—. Jimmy ha metido las manos en un bo-bote de pintura y Autumn me dijo que abriese porque ella está arriba.

—Entonces tú debes de ser Nathaniel. —Jason sonrió y le tendió una mano. El chico pareció sorprenderse ante el gesto y se la estrechó ilusionado—. ¿Puedo subir a buscarla?

—Claro. Sígueme.

Nathaniel ascendió los peldaños de la escalera de dos en dos. Al fondo se escuchaban risas infantiles y, cuando Jason asomó la cabeza por la puerta del baño, se encontró a Autumn canturreando una canción para que Jimmy cooperase y le dejase lavarle las manos por cuarta vez consecutiva. Ella levantó la vista, sonriente.

—Joder, qué mal cantas —se rio.

—¡Ha dicho jod...! —Autumn le tapó la boca al niño con la mano antes de que pudiese terminar de pronunciar la palabra. Jimmy tenía el cabello cortado a capas y de color caramelo, lo que le daba un aire inocente que contrastaba con su mirada traviesa—. Se me están arrugando los deditos... —se quejó, con la mano aún bajo el grifo del agua.

Autumn intentó contener una sonrisa, lo secó con la toalla y el niño desapareció escaleras abajo agitando las manos en alto y gritando algo incomprensible. Nathaniel lo siguió, dejándolos a solas. Ella aprovechó que estaba frente al lavabo para lavarse la cara.

—Pareces cansada —susurró Jason.

—Han sido unos días difíciles.

—¿Cómo está Hunter? ¿Mejor?

—Algo así. Vivo, al menos.

Su voz estaba teñida de decepción.

Jason la acompañó al piso inferior y no dijo nada mientras ella dejaba un montón de servilletas en la mesita auxiliar que estaba frente a los sofás. Él se sentó en uno de ellos.

—Así que estabas aburrido —tanteó ella.

—Eso parece. —Se encogió de hombros.

Autumn se inclinó un poco y le rozó la línea del mentón con los dedos antes de frotarle la zona con el pulgar. Jason contuvo la respiración, con el corazón acelerado, hasta que ella se apartó de golpe, tal y como se había acercado.

—Tenías restos de pintalabios —explicó, y él pudo ver la decepción en sus ojos. Pero en seguida desapareció, pues Autumn volvió a vestirse con su entusiasmo habitual—. ¿Tienes hambre? He pedido una pizza de cuatro quesos, que es la preferida de Nathaniel, y otra de barbacoa. Pero si te gusta cualquier otra...

—Me gustan todas las pizzas del mundo.

—Genial. Espera aquí. Iré a por la bebida.

Autumn se dirigió a la cocina. Abrió uno de los armarios superiores y sacó cuatro vasos. Tragó para deshacer el nudo que tenía en la garganta y regresó al comedor, donde Jason la estaba esperando. Le sonrió. Era raro verlo sentado en el sofá de la casa de Abigail, como si no encajase en aquel lugar y fuese la pieza perdida de un viejo puzle que, sin saber muy bien cómo, había ido a parar allí.

—¿Jimmy también es hijo de Abigail?

—No, no. Él es... como yo. —Carraspeó y vació un poco de agua en dos vasos—. Un niño sin hogar. Cuando me mudé, Abigail siguió ejerciendo como madre de acogida.

—¿Lo abandonaron en el hospital?

—¿A Jimmy? No, su madre está en la cárcel por tráfico de drogas y su padre murió no hace mucho, aunque ya le habían retirado la custodia años atrás.

—Joder. —Jason frunció el ceño.

—No es tan raro. —Bebió un trago de agua y, al bajar el vaso, sonrió con tristeza al ver su expresión de total desconcierto—. Lo que quiero decir es que nadie que tenga una familia normal o adecuada termina al cuidado del Estado. Cada caso es diferente: algunos son huérfanos, a otros los abandonan en el hospital, y luego están los que tienen padres que no pueden hacerse cargo de ellos, ya sea por circunstancias económicas u otro tipo de problemas, desde adicciones, violencia, abusos...

—¿Qué soluciones hay?

—¿Soluciones? Más bien serían «mejoras», pero, créeme, llevo años intentando hacer algo, cualquier cosa, y es como chocar contra una pared.

Jason se inclinó hacia delante, atento.

—¿Qué tipo de cosas? Explícamelo.

Tomó aire antes de hablar. Se sentía un poco insegura allí, compartiendo con él algo que le importaba tanto, algo que, de algún modo, era íntimo y doloroso para ella.

—Human Rights Watch publicó hace poco un informe que se titulaba «Mi supuesta emancipación: de hogares de acogida a personas sin hogar». Eso ya dice mucho de cómo funciona actualmente el sistema. No hay una transición hacia la independencia. Las ayudas se cortan abruptamente. Cumples los dieciocho y ya, ahí se acabó todo. Se supone que el Estado tendría que proporcionar apoyo financiero, igual que lo harían unos «padres», que es la figura que sustituye, pero no es así. —Cogió aire—. Cada año se «independizan» más de cuatro mil jóvenes en California y más del veinte por ciento se convierte automáticamente en un sintecho.

Jason se frotó el mentón sin dejar de darles vueltas a sus palabras.

—¿El cambio no debería ser algo paulatino?

—Ese es el objetivo que queremos conseguir. La idea es que esa ayuda no desaparezca de un día para otro, sino de forma gradual, para que la persona pueda ir encontrando una estabilidad, un trabajo y un techo bajo el que vivir. Pero es complicado. Eso implica dinero y, claro, no les resulta algo muy atractivo. Para que te hagas una idea, no hace mucho tiempo se presentó un proyecto de ley en el ayuntamiento para declarar el estado de emergencia a nivel estatal y que, de esa manera, se destinasen fondos públicos para la construcción de nuevos centros para los más desfavorecidos. La propuesta la apoyaron seis de los once miembros de la Junta de Supervisores del Ayuntamiento. Pues bien, cuatro horas después, el alcalde la rechazó. Al menos, en otras ciudades, como Los Ángeles, Oakland, Portland y Seattle, sí han declarado el estado de emergencia para garantizar así fondos destinados a nuevos albergues. —Suspiró hondo—. Lo siento, te estoy aburriendo. Es que, en este tema, tengo un par de cosas que decir —bromeó y justo entonces sonó el timbre y ella se puso en pie, deseosa por escapar de la mirada profunda de Jason—. Vuelvo en seguida.

Jason se quedó callado mientras escuchaba la voz del repartidor de pizzas a lo lejos. No podía dejar de pensar en todo aquello. Era consciente de que el precio de la vivienda en San Francisco se había incrementado mucho en apenas unos años y también sabía que era una de las ciudades con más sintecho, pero nunca se había parado a verlo desde esa perspectiva. Se le encogió el estómago al imaginar que Autumn podría haber tenido la mala suerte de terminar en la calle, sola y sin nadie...

Se puso en pie y sacudió la cabeza.

No quería seguir pensando en eso. No quería pensar más, de hecho. Era más fácil así.

Cogió las cajas de cartón con la cena cuando ella entró en el comedor seguida por los chicos y las dejó encima de la mesita auxiliar para cortarlas en varios trozos. Nathaniel fue el primero en robar un triángulo y llevárselo a la boca, a pesar de que estaba ardiendo.

—¡Te vas a quemar! —protestó Autumn.

—Lo soportaré —contestó abriendo la boca.

Jimmy lo imitó de inmediato y Jason se rio al ver el desafío que había en sus ojos. Se pasaron media cena hablando de *La princesa sin corona y el príncipe que perdió su capa,* y explicándole al detalle todas las misiones que habían cumplido los protagonistas de las novelas. Después, Nathaniel les contó lo que había hecho el día anterior en la escuela de verano a la que asistía, radiante porque lo habían dejado batear.

—¿Te gusta el béisbol? —preguntó Jason.

—Me en-encanta, aunque a mi madre y a Autumn no.

—Eso quizá se solucione pronto —contestó dirigiéndole a ella una mirada significativa—. ¿De qué equipo eres?

—¡De los Giants!

—Yo también.

—¿En serio?

—Sí. —Jason le dio un bocado a su trozo de pizza y masticó pensativo—. ¿Sabes una cosa? Podríamos ir juntos a ver un partido. Todos —añadió.

—¡Yo quiero! —gritó Jimmy.

—¡Eso sería es-estupendo!

Autumn intervino, incómoda.

—Chicos, no os emocionéis.

—¿Por qué no? —Jason la miró.

—Las entradas son caras. Y, no sé...

—Tengo un pase, le pediré a Mike el suyo y, al resto, yo invito.

Ella no puso más pegas y dejó que Nathaniel y Jimmy le hicieran preguntas y hablaran con él sobre béisbol. Cuando terminaron de cenar, se levantó, guardó en la nevera las sobras y tiró las cajas vacías a la basura, sonriendo al pensar en lo tranquilo que parecía Jason con los chicos. Una sonrisa que se afianzó en cuanto regresó al comedor y vio que Jimmy estaba sentado sobre sus piernas observando con atención cómo Jason y Nathaniel jugaban a piedra, papel o tijera. Naz pareció contrariado al volver a perder, pero le dirigió una mirada desafiante y le pidió la revancha, algo a lo que Jason accedió de inmediato extendiendo la mano y sacando piedra justo cuando el otro gritaba «papel».

—¡Gané! —exclamó Nathaniel orgulloso.

—¡Yo también quiero jugar! —dijo Jimmy.

Y él se enfrentó entonces al niño, mientras Autumn se sentaba en el sofá con las piernas cruzadas e intentaba desviar la atención del mentón afeitado y suave de Jason, ese sobre el que unos segundos atrás había una marca de pintalabios. Una parte de ella, una parte muy pequeña y escondida, deseaba no haberlo visto para no saberlo, para no preguntarse cómo sería ella, si lo haría feliz, si él cerraba los ojos cuando se besaban...

—¿En qué estás pensando?

—¿Qué? —Alzó la mirada hacia él.

—Estabas en tu mundo. ¿Juegas?

No pudo negarse ante esa sonrisa relajada. ¿Cuánto tiempo hacía que no lo veía así? Probablemente desde el día que habían comido juntos en el restaurante tailandés, cuando él había bajado las defensas y había disfrutado de la comida como lo haría cualquier persona que no tuviese la costumbre de preocuparse constantemente por todo. Y antes de eso, solo le venía a la mente la noche que habían pasado juntos en la casa azul. El resto del tiempo, en sus cortas quedadas, en el ginecólogo, en casa de sus padres, siempre había estado envuelto por un aura de tensión, como si se mantuviese alerta, intranquilo.

Extendió la mano mientras recitaba «piedra, papel, tijeras»: ella sacó papel y, él, tijeras. Le dirigió una mirada divertida al tiempo que volvía a esconderse el puño en la espalda. Nathaniel se rio animado viendo la competición hasta que, tras cinco minutos en los que todos perdieron la cuenta de quién iba ganando a quién, los dos chicos se largaron escaleras arriba para aniquilar plantas carnívoras en un juego de ordenador.

Jason giró la cabeza para mirarla.

—¿Necesitas que te lleve a casa?

—No, le dije a Abigail que me quedaría a dormir aquí porque era la única manera de convencerla para que fuese a esa cita y se quedase tranquila.

—¿Sale con un buen tipo?

Ella rio al descubrir su faceta más cotilla.

—Sí, Tom es el mejor hombre que he conocido. Fue el asistente social que me trajo aquí cuando tenía quince años y se encargó de mi caso hasta que cumplí los dieciocho. Al final, terminó convirtiéndose en un buen amigo de la familia.

Contemplando aquel comedor lleno de juguetes, libros y cojines de diferentes colores sobre los sofás, Jason intentó hacerse una idea de cómo habría sido su vida en aquella casa, antes de que decidiese mudarse a la tienda. Parecía un lugar cálido, agradable.

—¿Por qué no fuiste a la universidad?

Ella bajó la mirada ante la pregunta y él recordó la decepción que había leído en sus ojos el día que dio por sentado que no era una de esas chicas que sacan matrículas de honor con facilidad. Ni siquiera sabía por qué la había juzgado. Por prejuicios, quizá. Porque ella parecía alocada y distraída.

—Yo... bueno, no lo sé... —Autumn se concentró en un hilito que tenía en el borde de la camiseta morada—. Imagino que me habrían concedido una beca, pero no se lo dije a Abigail porque quería ayudar en la tienda. Sabía que me necesitaba, aunque fuese incapaz de pedírmelo. En realidad, ni siquiera me lo planteé.

—¿Qué te habría gustado estudiar?

A ella se le iluminó el rostro.

—Trabajo Social, o Derecho, o Ciencias Políticas... —recitó meditando en voz alta—. En realidad, algo que me hubiese ayudado a la hora de intentar cambiar las cosas o mejorarlas, ¡sueno como una chiflada!

—O como una idealista.

Ella sonrió y estiró las piernas sobre la alfombra antes de llevarse una mano a la barriga y deslizarla suavemente por la superficie. Jason se percató del gesto y siguió con la mirada el movimiento de los dedos femeninos, que se detuvieron de golpe en cuanto ella advirtió la tensión que empezaba a adueñarse de sus facciones. Autumn dejó la mano quieta sobre la camiseta y se humedeció los labios.

—Nunca hablas de ello —le dijo.

—¿De qué? —Jason alzó una ceja.

—Del bebé. ¿Sabes? Ahora mismo su tamaño es como el de una uva, lo que no está mal teniendo en cuenta que la semana pasada era como una alubia.

Autumn lo vio suspirar hondo.

—Una uva... —susurró.

—Sí. Ya se puede oír el latido de su corazón y se supone que, aunque no pueda saberse todavía, su sexo ya está definido. ¿Tú qué piensas?

—¿Sobre qué, exactamente?

Y necesitaba ser consciente de esa «exactitud» porque, en realidad, lo único en lo que podía pensar en aquel momento era en lo mucho que necesitaba salir de allí. Tenía un nudo en la garganta.

—En si es un chico o una chica.

—No lo sé. —Apartó la mirada—. Es tarde, creo que debería...

—Yo creo que es una chica; no puedo explicarlo, tan solo lo siento así. Soñé con ella hace unos días y era... era el bebé más bonito del mundo. —Sintió que el corazón le latía más rápido al recordar aquel sueño: el rostro luminoso de una niña de cabello rubio que correteaba descalza por la hierba, su risa vibrante...—. Desde entonces, he estado pensando en algunos nombres. Por ejemplo, me encanta Aaliyah.

—Por encima de mi cadáver.

—¿No te gusta? ¿Y qué te parece Makayla?

Jason frunció el ceño con lentitud.

—¿De dónde has sacado esos nombres? Son como los de la mala de la película. Si fuese un director de cine, llamaría así a la animadora del instituto con tendencias homicidas. «La venganza de Makayla», ¿lo ves? Suena bien, tiene gancho.

—¿Qué propones tú?

—No lo sé, pero algo más normal, como Natalie, Molly o April. Son nombres de «buenas personas», suenan dulces.

—Son muy típicos. Aburridos.

—¿Quieres que en el colegio le cuelguen el cartel de «rarita» antes de entrar? Tener un nombre común y corriente no significa que sea menos interesante.

—Tampoco si es más especial.

—Cuando dices «especial» quieres decir «estrafalario», ¿verdad?

Los dos se rieron y ella se dio cuenta de que, probablemente, era una de las primeras veces que lo hacían juntos. Sacudiendo la mano, le quitó hierro al asunto.

—No importa, tenemos tiempo para decidirlo.

—Sí. —Jason se puso en pie y ella lo imitó—. Voy a subir para despedirme de los chicos. Te llamaré esta semana, aunque creo que estaré bastante ocupado.

—¿Mucho trabajo? Puedo acercarme algún día para sacar al perro, si quieres.

Él negó con la cabeza mientras se arreglaba un poco metiéndose la camisa por dentro de los pantalones vaqueros, aunque la llevaba arrugada y algo suelta. A Autumn le gustaba verlo así, más desordenado y relajado.

—No te preocupes por eso. Y sí, la relación con «Clark e hijos» está en un punto muerto, pero este sábado acuden a una fiesta a la que también estoy invitado, así que espero que se me ocurra algo si quiero... —Se quedó callado de golpe sin apartar la mirada de Autumn y luego ladeó la cabeza y sus ojos adquirieron un brillo fugaz—. ¿Tienes algo que hacer ese día?

—Creo que no.

—¿Y te parecería muy raro si te pido que me acompañes a esa fiesta y finjas que somos una pareja feliz y enamorada a punto de tener un hijo? —preguntó y al terminar de pronunciar la última palabra se arrepintió de lo que acababa de decir; en primer lugar, porque aquello era impropio de él y, en segundo lugar, porque no auguraba nada bueno la sonrisa pícara que curvó de inmediato los labios de Autumn.

—¡Hecho! ¿Podré hablar con acento ruso durante la fiesta?

—Mejor no. La idea es caerles bien.

—¡Si lo hago genial! Mira: *buegnas noshes a togos, estoy encantada de estag aquí...*

—Autumn... —dijo en tono de súplica.

—Está bien, está bien. —Puso los ojos en blanco—. Me comportaré como una señorita. No sufras, «Míster Perfecto».

# 12

La fiesta se celebraba en una mansión frente al Océano Pacífico. La velada tenía como finalidad recaudar dinero para la investigación contra el cáncer. Aunque se había organizado por una buena causa, Autumn solo podía pensar en lo incómoda que se sentía en aquel lugar mientras cruzaban el jardín, como si fuese la nota discordante de una melodía.

Tiró del brazo de Jason.

—No sé si quiero entrar.

—¿Qué te ocurre?

Ella desvió la mirada hacia otra pareja que avanzaba por el camino principal y dos hombres vestidos de etiqueta que charlaban animados.

—Todo el mundo me mirará. Llevo un vestido de veinticinco dólares, que probablemente es menos de lo que cuesta el pintauñas de esa señora de allí, y no me gusta este sitio. Por favor, Jason, sé que quieres impresionar a ese tal Clark y que te dije que te ayudaría, pero...

Antes de que terminase de hablar, él se inclinó y su aliento le rozó la mejilla.

—No digas tonterías. Estás preciosa. —Y a ella se le secó la boca al notar que estaba siendo sincero; bajó la mirada hasta su vestido rojo con vuelo—. Vamos, deja de preocuparte. Dame la mano.

Dudó unos segundos, pero al final entrelazaron sus dedos. Autumn tomó aire cuando llegaron al salón principal. Casi todo el mundo parecía estar pasándoselo bien. Había un servicio de *catering* que se encargaba de ofrecer bandejas con canapés que los presentes degustaban mientras hablaban entre ellos. Antes de que ella pudiese sentirse todavía más incómoda al no conocer a nadie, Jason la guio hasta un grupo de cinco personas y la presentó ante todos.

Una de las chicas, que era cirujana plástica, la entretuvo contándole las operaciones más extrañas que le habían solicitado en su clínica. A Autumn le encantaban ese tipo de datos, los morbosos y de poca utilidad, y empezó a sentirse mejor. Sonrió cuando le relató lo difícil que había sido convencer a un chico de que no podía operarlo para que se pareciese a Justin Bieber.

—Tengo mis principios —dijo tras darle un sorbo a su copa de *champagne*—. Por desgracia, ten por seguro que muchas otras clínicas accederán. Es difícil marcar límites.

Ella le habló después sobre algunos de los clientes que frecuentaban la tienda de antigüedades, aquellos dados a llevarse cosas estrafalarias o raras, a pesar de que, a esas alturas, Autumn les había cogido cariño a todos. Dejó una frase a medias cuando Jason apareció y le rodeó la cintura con un brazo.

—¿Interrumpo algo importante? Quiero presentarte a alguien.

—No, pero espero que luego volváis para que termines de contarme esa historia del hombre que solo os compra jaulas para pájaros —apuntó la mujer antes de despedirse con un gesto rápido.

Autumn se rio y luego acompañó a Jason hasta el otro lado del salón, donde un matrimonio de expresión afable parecía estar esperándolos.

—Clark, Sandy, os presento a Autumn.

—Encantada de conocerte. —Clark le tendió una mano y ella se la estrechó con firmeza, sorprendiéndolo—. Vaya, buen agarre. ¿Por eso la tenías tan escondida, Brown?

—Entre otras cosas —bromeó.

—Gracias a Dios, pensé que nunca sentaría la cabeza. —Sandy se adelantó un paso y le sonrió—. Conocemos a Jason desde hace años y es, sin lugar a dudas, un hueso duro de roer. Enhorabuena por el embarazo, la noticia nos ha pillado a todos por sorpresa.

Autumn vio la oportunidad y la aprovechó.

—¿Tienen negocios juntos? —preguntó.

—Estamos en ello, ¿no es cierto, Brown? —Clark le palmeó la espalda con cariño y luego la miró a ella—. Nos gusta que los cimientos sean sólidos.

Sandy chasqueó la lengua y sonrió.

—Lo que mi marido quiere decir es que somos una empresa muy familiar. No solo nuestros cinco hijos trabajan en ella, sino también tres sobrinos y cuatro hermanos. Cuando nos asociamos con alguien, nuestra intención es que esa relación sea lo más duradera y estable posible.

—Es una filosofía de trabajo brillante.

Estuvo un buen rato hablando con Sandy, preguntándole sobre sus cinco hijos y escuchando anécdotas familiares de todo tipo. Mientras tanto, a medio metro de ellas, Jason parecía relajado mientras hablaba con el señor Clark. A pesar de que ella seguía prefiriéndolo con vaqueros y camiseta, tenía que reconocer que aquel traje le sentaba muy bien, quizá por el color oscuro que contrastaba con la palidez de sus ojos y el cabello rubio o porque, sencillamente, empezaba a ser incapaz de recordar todos esos defectos que tan poco le gustaban de él.

Apartó la mirada, cohibida.

—Oh, aún recuerdo lo que sentía cuando era joven y miraba a Clark así, como si estuviese muy cerca, pero también muy lejos. —Hubo un brillo en los ojos de Sandy—. Luego el corazón se calma, pero, en cierto modo, pasa a ser todo más real, más sincero.

Autumn iba a preguntarle de qué demonios estaba hablando, pero justo en ese instante los dos hombres aparecieron para decirles que iban a ausentarse un momento para saludar a unos conocidos que estaban en el otro extremo del salón. Clark se inclinó hacia su mujer y le dio un beso suave y casto. Y Jason... Jason hubiese hecho exactamente lo mismo, de no ser porque, en el último instante, antes de que sus labios se rozasen, ella giró la cara nerviosa y confundida, y se llevó una mano a la sien.

Él se separó de golpe, sin dejar de mirarla.

—¿Tienes dolores de cabeza? —preguntó Sandy—. No te preocupes, es muy normal. A mí me ocurrió durante el segundo y el tercer embarazo.

—Nos vemos luego —le dijo Jason.

En cuanto se fue, Autumn empezó a ponerse nerviosa, no solo porque se sentía muy sola y perdida, sino también por ese «casi beso» que ella había impedido. Incluso aunque los Clark se hubiesen despedido así, había otras muchas formas de hacerlo, como... dar un beso en la frente, por ejemplo, o un apretón en el hombro, ¡a saber!

Y luego estaba el pequeño tirón inesperado...

El deseo. Las ganas. El cosquilleo...

Distraída, estuvo hablando con Sandy unos minutos más, pero, cuando otro matrimonio se unió a la conversación, Autumn se excusó diciendo que tenía que ir al servicio y cruzó la sala principal hasta conseguir salir de allí. Deambuló por la casa, ignorando el ajetreo de los trabajadores del servicio y del *catering* que se movían de un lado para otro. Al final, resignada y aburrida, se sentó en el segundo peldaño de la inmensa escalera que conducía hacia la segunda planta. Suspiró, miró su móvil y volvió a guardarlo en el bolso de mano. Se fijó de repente en el mueble que estaba pegado a la pared de enfrente y sobre el que había dos bonitos ramos de rosas blancas puestas en agua. A pesar de la escasa iluminación, le resultaba muy familiar. Casi tanto como los tiradores que colgaban de cada una de las cuatro puertas de madera oscura.

—¿Qué estás haciendo tú aquí?

Autumn se quedó boquiabierta.

—¿Señora Grace? —logró decir.

—Te he dicho mil veces que me llames Grace, a secas. —La evaluó mientras ella se ponía en pie y asintió con la cabeza—. Bonito vestido, por cierto.

—Gracias. La verdad, es un alivio ver una cara conocida por aquí porque estaba a punto de empezar a buscar algo para ponerme a hacer ganchillo. No te ofendas, es... una fiesta estupenda. Maravillosa —añadió poniéndose nerviosa.

Grace sonrió. La mujer llevaba el cabello rubio recogido en uno de sus habituales moños y vestía un traje de chaqueta de color azul y de corte recto.

—¿No has venido acompañada?

—Sí, pero esta noche está un poco solicitado. Por cierto, el mueble queda genial ahí, es precioso. Toda la casa lo es. —Tenía la boca seca—. No dejarás de venir a la tienda por lo que he dicho sobre hacer ganchillo, ¿verdad? Porque Abigail me mataría.

—Por supuesto que no, Autumn. ¿Te apetece que te enseñe cómo han quedado los otros muebles de la biblioteca? Quizá así puedas hablarme un poco más sobre ese misterioso acompañante tuyo, porque imagino que será uno de mis invitados...

Un grupo de tres mujeres salió del salón principal y las interrumpió.

—¡Grace! ¡Estás aquí! Le decía a Linda que este año se lleva el color mostaza y que, como siempre, te has adelantado. Las nuevas cortinas quedan de fábula.

—Gracias, Linda. Si no os importa, estaré con vosotras dentro de un rato.

—Oh, no, no. —Se apresuró a decir Autumn—. Podemos visitar la biblioteca en otro momento. Además, creo que saldré a tomar el aire y a ver el jardín.

Grace apretó los labios en un rictus tembloroso e inclinó la cabeza para despedirse de ella y regresar al salón junto a sus amigas. Y tal como había dicho, Autumn salió a descubrir el jardín.

Los setos estaban recién podados y había un sinfín de rosas. Autumn caminó a paso lento, rodeando la propiedad, e inspiró hondo cuando llegó a una terraza trasera, llevándose consigo el aroma de los jazmines que se enredaban por las vigas de madera. Advirtió entonces que el susurrante sonido que se escuchaba era el mar chocando contra las rocas que había abajo, a tan solo unos metros de distancia. Apenas se veía nada por culpa de la oscuridad, pero, con las manos en la valla e inclinada hacia delante, notó el viento fresco y el olor a salitre que arrastraba.

Se giró alarmada cuando escuchó un ruido.

Jason apareció entre las sombras.

—Me has asustado —protestó.

—Algo que no ocurriría si no estuvieses sola, aquí, en plena noche —dijo mientras se acercaba y se paraba muy cerca de ella—. ¿Qué te ocurre?

—Nada. Estaba aburrida —contestó.

—Te has apartado... —susurró él.

Autumn se sonrojó al recordar el «casi beso» que nunca había llegado a ser, pero que todavía parecía estar flotando entre ellos envuelto en una neblina confusa.

—He pensado que sería violento.

Un músculo se tensó en la mandíbula de él.

—Ni que fuese la primera vez...

—Ya lo sé —suspiró hondo.

—Y no era para tanto.

—Eso también lo sé, pero...

Cuando se le atascaron las palabras, Autumn tragó saliva y Jason observó el movimiento de su garganta al hacerlo, antes de deslizar la mirada un poco más arriba y fijarla en esos labios ligeramente separados y tentadores que, sin saber muy bien cómo, acabaron entre los suyos unos segundos después. Sorprendida, ella gimió en su boca.

Jason respiró agitado.

La estaba besando. La estaba besando y ni siquiera sabía por qué. Incapaz de resistirse, se pegó más a ella, hundió la lengua entre sus labios y buscó la suya mientras la sujetaba por la nuca. Estaba excitado. Y tenso. Y enfadado consigo mismo. Todo al mismo tiempo. Con un gruñido, la besó una última vez antes de separarse de golpe.

Autumn lo miró, todavía respirando agitada.

—Lo único que quería era demostrarte... —empezó él, pero no supo cómo seguir antes de suspirar y revolverse el pelo, nervioso.

Ella puso voz a lo que creía que pensaba.

—...que no era para tanto. Ya lo sé.

«Sí, eso era. Justo eso», se dijo él intentando engañarse a sí mismo, aunque sabía muy bien que no iba a conseguirlo. No quería demostrarle nada. Sencillamente había deseado besarla. Un impulso. Un tirón intenso. Un momento de debilidad. Otro más.

Pero no la corrigió. No disipó sus dudas. No le dijo la verdad.

Era mejor así. No había nada sobre lo que estuviese más seguro.

Ignoró la mirada fría que Autumn le dirigió al apartarse de la valla y luego, cuando habló, su voz aguda sonó distante, pero bajo el tono sereno él pudo distinguir el ligero temblor que sacudió sus últimas palabras antes de que lograse reponerse del todo:

—Pues es verdad, tú tenías razón. —Ella tragó con fuerza—. Será mejor que volvamos dentro. ¿Qué tal te ha ido con Clark? ¿Has conseguido lo que querías?

A Jason le costó reaccionar, porque aún estaba intentando encajar todo aquello. Carraspeó antes de centrarse en lo que le decía y responder.

—Me acerco, aunque su filosofía de trabajo es una gilipollez.

—Puede, pero es lícito. Tiene derecho a decidir con quién asociarse y tener sus propias razones para hacerlo, ¿no crees? —Lo miró como si fuese la primera vez que lo veía de verdad—. Es curioso que «el chico bueno» esté dispuesto a mentir para ganar.

Jason se inclinó y le rozó la oreja.

—Quizá no sea tan bueno...

—Eso pensaba —contestó.

Se miraron en silencio unos instantes y luego Autumn se apartó y dejó atrás el sonido del mar y el olor de los jazmines. Jason la siguió y, cinco minutos después y sin pararse a despedirse de los demás invitados, los dos estaban dentro del coche, rumbo a la tienda. Autumn se entretuvo mirando por la ventanilla, con la mirada fija en las luces de la ciudad. Él le había preguntado si prefería irse a casa antes de cruzar el vestíbulo y ella no había dudado ni un segundo. Lo único que le apetecía era meterse en la cama. Eso y que el silencio tenso que los envolvía se disipase.

Se miraron durante un semáforo en rojo.

—¿Estás enfadada? Háblame.

—No, ¿por qué iba a estarlo?

—No lo sé, pero nunca estás tan callada.

—Estoy cansada —dijo, aunque «estaba» muchas más cosas. Estaba confundida. Estaba asustada. Estaba decepcionada. Y estaba intentando olvidar el sabor de sus labios—. Necesito descansar. El lunes miraré a ver si tengo en la agenda de la tienda el teléfono de Grace. No debería haberme ido sin avisar.

—¿Grace? ¿La conoces?

—Sí, es una clienta. Quería enseñarme cómo habían quedado los muebles de la biblioteca y le prometí que la acompañaría más tarde.

—Grace Sullyvan es un buen contacto. Su marido, Charlie, era uno de los consejeros del ayuntamiento y la mano derecha del anterior alcalde. —La miró de reojo, mientras conducía—. ¿No lo sabías? Es viuda desde hace unos años, pero sigue siendo relevante y su opinión aún se tiene en cuenta.

—No tenía ni idea. Ella visita la tienda a menudo, compra lo que le gusta sin preguntar el precio y se marcha. ¿De qué la conoces tú?

—He vendido algunas de sus propiedades.

Autumn estuvo a punto de abrir la boca para preguntar por la casa azul, pero la única duda que tenía al respecto era saber cuándo la tirarían abajo. Quizá así podría acercarse unos días antes, echarle un último vistazo y despedirse de todas las horas que había pasado observando a Miranda, Caleb y Levi.

¿Qué habría sido de ellos? ¿Habrían cumplido sus sueños? ¿Serían felices? ¿Estarían unidos? ¿Seguirían adorando los sándwiches de mermelada de fresa...?

Se llevó una mano al cuello y se toqueteó distraída el colgante con forma de caballito de mar que, años atrás, había pertenecido a Miranda. Qué irónico era que para ella las vidas de los Bennet fuesen tan relevantes y que, en cambio, ellos ni siquiera supiesen que existía. A veces nos marcan las personas, los momentos, las cosas que menos esperamos que lo hagan. Y otras, aparentemente importantes, se convierten en polvo de recuerdos que desaparecen tras la primera ráfaga de viento.

Autumn bajó del coche en seguida.

—Buenas noches, Jason.

—Buenas noches.

Él se quedó esperando hasta que ella entró en la tienda y cerró la puerta con llave. Después, todavía inquieto, marcó el número de teléfono de Mike para preguntarle qué estaba haciendo. Aún no era muy tarde y, aunque lo hubiese sido, su amigo habría estado despierto, porque tenía tendencia a pasarse las noches en vela y a dormir cinco horas diarias como mucho. Tal como esperaba, descolgó al segundo tono.

—¿Estás haciendo algo importante?

—Depende de lo que consideres «importante». —Se rio—. Estoy lanzando cacahuetes al aire e intento cazarlos con la boca. Adivina cuántos llevo seguidos sin que se me caigan.

—¿Nos vemos en veinte minutos?

No le hizo falta insistir. Poco después, ambos estaban frente a la barra del local en Mission Street que solían frecuentar. Jason se pasó la noche escuchando y hablando de cosas sin importancia, porque cualquier distracción era válida para no recordar que la había besado. «Aunque solo fue para demostrarle que no era tan jodidamente difícil», se repitió una y otra vez, mientras tamborileaba con los dedos sobre la superficie de madera.

Cuando se despidió de Mike, bien entrada la madrugada, caminó un par de calles hacia su coche. Había poca gente por los alrededores y estaba empezando a chispear, así que sus pasos se volvieron más largos y rápidos.

Y entonces lo escuchó.

Primero fue un sonido apenas perceptible, muy bajo, y luego insistente y claro. Paró de andar de golpe y clavó la mirada en los contenedores de basura que acababa de dejar unos metros atrás.

Jason negó con la cabeza y siguió su camino, al menos hasta que el sonido volvió a repetirse. Se giró y se pasó una mano por el pelo, apartando las gotitas de agua.

—No me jodas —masculló.

Regresó sobre sus pasos hasta el contenedor.

Allí, dentro de una caja de cartón, había dos simpáticas bolas de pelo que lo miraban fijamente. Jason ni siquiera estaba seguro de que un gato pudiese ser tan pequeño, porque esos eran diminutos, redondos y parecían muy despiertos. Uno era negro, con una mancha blanca en el hocico, y el otro completamente blanco.

—Joder. Joder. Joder.

Jason inspiró hondo y apartó la mirada.

Reprimió el impulso de darle un golpe a la pared que tenía enfrente y se limitó a colocarse bien los puños del traje mientras valoraba sus opciones. En resumen, tenía dos. La primera, coger esa caja y subir al coche. La segunda, (mucho más coherente), sentir lástima por lo injusto que era que los hubiesen abandonado, pero seguir su camino; eso era lo que hubiese hecho tiempo atrás, con la conciencia tranquila al pensar que «seguro que otra persona los encontraría y se los llevaría a casa».

Muy a su pesar, mientras gruñía por lo bajo, cogió la caja. Los gatos se removieron inquietos a causa del movimiento y de la lluvia que había empezado a ser más abundante.

Intentó calmarse de camino a casa.

Pero no podía. No podía dejar de pensar en los gatos que maullaban con insistencia, en el perro que lo esperaba en su preciosa propiedad de Sea Cliff... y en aquel beso. Porque había bastado un solo roce de sus labios para recordarle por qué estaba a punto de ser padre. Y, llegados a ese punto, si una cosa tenía clara, era que debía mantenerse alejado de ella.

# B

—He pasado de vivir solo a convivir con un perro y dos gatos que son el diablo. Te necesito. Si no vienes ahora mismo, te juro que voy a cometer alguna locura. Como fingir mi propia muerte y pirarme del país. O algo así.

—Cálmate, no es para tanto.

—Rachel, sí es para tanto.

—Está bien. Dame cinco minutos para terminar el capítulo que estoy escribiendo, me visto y voy. No desesperes.

Jason colgó y suspiró. Lo bueno de que su mejor amiga fuese escritora era que podía organizar su horario de trabajo y siempre tenía un hueco para él. Era la única persona en la que podía confiar abiertamente. Sabía que también podía contar con Mike y Luke, pero estaba seguro de que si los llamaba diciéndoles que tenía un zoo en su casa seguirían gastándole bromas sobre el tema hasta el día de su funeral. Y no tenía ganas de que empezasen a llamarlo «Noe» o algo peor, pensó mientras observaba cómo los dos diminutos gatos intentaban mordisquearle al perro una de las patas delanteras. Ese animal era un santo.

—¡Dejadlo ya! —protestó, apartándolos, y luego cogió al gato blanco del pescuezo y lo alzó en alto—. ¿Qué cojones pasa contigo?

El gato agitó sus pequeñas garras en el aire y Jason volvió a dejarlo junto a su hermano. O hermana. No estaba demasiado seguro, pero tampoco tenía intención de averiguarlo. Apenas había dormido por culpa de la fiesta nocturna que esos animales habían organizado subiendo y bajando las escaleras. Por el ruido que hacían, cualquiera diría que había acogido en su casa a una manada de elefantes.

Por suerte, Rachel no tardó en aparecer.

Cuando lo hizo, soltó un gritito de entusiasmo, se arrodilló sobre la alfombra y los acarició a todos. Se apartó el cabello pelirrojo tras el hombro y alzó la mirada hacia él, que estaba sentado en el sofá.

—¿Estos son los gatitos demoniacos?

—Los mismos. Necesito que te los lleves.

—¿Qué? ¡No puedo hacer eso! Ya tengo dos.

—Por eso, ¿qué importa doblar la cantidad?

—¿Estás perdiendo la cabeza? No pareces tú.

—Dame un respiro. Estas semanas han sido complicadas. Esos gatos son el mal, se suben por las cortinas, lo muerden todo, incluido al perro.

Cogió a uno de ellos y lo achuchó contra su pecho.

—Puedo hacerles una foto con el móvil para ponerlos en adopción. Con lo bonitos que son seguro que nos los quitan de las manos.

—No, de eso nada. Fue lo mismo que me dijo Autumn del perro y, míralo, sigue aquí y hoy hace justo una semana. Necesito tu ayuda, Rachel.

—¡Deja de mirarme como si fuese una traidora! —suspiró—. Está bien, llamaré a mi amiga Jimena a ver si la convenzo para que se los quede; siempre que viene a casa se pasa la tarde con *Mantequilla* o *Mermelada* en el regazo. Le enseñaré estas fotos, pero dame al menos una semana de margen y deja de estar tan quejica.

—¿Quejica? ¿Tú has visto en lo que se ha convertido mi vida?

—No, no veo nada raro. No te estás muriendo. Vas a ser padre.

Jason estuvo a punto de contestarle que no hacía falta que se lo recordase, porque lo tenía presente, muy presente. Desde el momento en el que había conocido la noticia, todo había cambiado. Autumn había llegado como un huracán.

—Es domingo, ¿me acompañas al mercado?

—Te recuerdo que tienes un novio muy majo que...

—... está durmiendo porque anoche lo llamaste a las tantas.

—Tengo que ir a casa de mis padres. Y no me fío de dejar a los gatos a solas con el perro. Podrían terminar con él en un minuto. —Rachel soltó una carcajada—. Va en serio.

—Pues cógelo, así dará una vuelta. Vamos.

Terminó cediendo. Le puso la correa al perro (le había comprado otra nueva y mejor el jueves pasado, de color rojo brillante) y subió a su coche, porque decidieron ir en vehículos separados para que Rachel pudiera volver directamente a su casa. Jason bajó la ventanilla y apoyó el codo en el borde con gesto distraído. Avanzaron por «el camino del mar» y luego cruzaron el puente Golden Gate. Miró a su alrededor, con las gafas de sol puestas, disfrutando de las vistas. Pensó en lo agradable que sería perderse algún día por allí; hacía siglos que no daba una vuelta por Sausalito, la ciudad de las casas flotantes en el área de la bahía. En realidad, hacía siglos que no conducía sin más, dejándose llevar, tan solo robándole kilómetros a la carretera.

Poco después, llegaron al mercado agrícola de Marin, en San Rafael. Aparcaron lejos y fueron caminando hasta un lugar repleto de casetas, de toldos blanquecinos en su mayoría, donde los productores del Condado de Marin y Sonoma vendían todo tipo alimentos orgánicos y artesanales: queso, miel, verduras, frutas, carne de las mejores granjas y ranchos y pescado fresco. Era también uno de los lugares más frecuentados por los chefs locales y por ello había numerosos puestos de comidas.

Rachel compró huevos, lechuga y salmón.

Al pasar frente a una caseta en la que vendían todo tipo de frutos secos, le dio un codazo.

—Deberías comprarle nueces a Autumn. He leído que son buenas para el embarazo.

—Yo no voy a coger nada para... —Se quedó callado al ver los enormes pistachos que había en una de las cestas—. Espera aquí un momento. Ten, sujeta la correa.

Cuando regresó, lo hizo con una bolsa de pistachos en la mano. Rachel alzó una ceja, divertida, y él le dirigió una mirada de advertencia.

—Ahórrate cualquier comentario.

—Mis labios están sellados.

Pasaron el resto de la mañana entre los puestos de comida y, después, se tomaron un café en una terraza, mientras el perro se dedicaba a olisquear cada centímetro de suelo que había a sus pies. Sobre la hora de comer, se despidieron y Jason condujo hacia la casa de sus padres con un propósito en mente muy claro. De hecho, en cuanto entró, fue directo hacia el comedor mientras su madre lo seguía por el pasillo, limpiándose las manos en un trapo de cocina.

—¿Se puede saber qué estás buscando?

—¿Dónde están los mellizos?

—Durmiendo. Quería decírtelo, pero...

—¡Son las doce de la mañana! —exclamó. Dejó al perro en el salón, subió las escaleras y abrió la puerta de la habitación de golpe—. Id levantando el culo, se os ha acabado el chollo. Os di un mes y el plazo ha terminado, así que mañana mismo empezaréis a trabajar para mí.

Tristan bostezó cuando Jason abrió la ventana y la luz del sol penetró en la habitación que, por cierto, olía a rayos. Los dos estaban en calzoncillos, tirados sobre sus respectivas camas.

—Déjanos dormir. —Leo bostezó.

—Eso. ¿Mamá no te lo ha dicho?

—¿Decirme el qué? —gruñó.

—Tenemos trabajo —anunció Tristan.

Jason se mostró sorprendido solo un segundo antes de atrapar al vuelo el sobre que Leo acababa de lanzarle. Lo abrió. Estaba lleno de billetes.

—¿Qué coño significa esto?

Tristan se desperezó y lo miró sonriente.

—La explicación larga es que ya somos autosuficientes. Si todo va bien, dentro de unas semanas le pediremos al bueno de nuestro hermano mayor que nos busque un apartamento. Así que ya puedes ahorrarte ese tostón que nos das en cada comida sobre lo importante que es madurar, ser responsable y blablablá. La explicación corta es que somos *strippers* y nos pagan de puta madre por mover estos cuerpos que el señor nos dio —concluyó Leo mientras Tristan reía.

Jason se tomó unos instantes para asimilarlo.

Conocía lo suficiente bien a sus hermanos como para saber que no se trataba de ninguna broma.

—Sois *strippers* —repitió.

—Eso mismo. Y antes de que digas nada, a mamá le parece genial con tal de que nos vayamos de casa. —Leo se levantó, se puso una camiseta y sonrió burlón dándose palmaditas en el estómago—. ¿Sabes lo mejor? Lo nuestro se mira, pero no se toca. Esa habría sido una buena táctica para evitar dejar preñada a Autumn.

—¡Te voy a matar!

Se subió a la cama y lo persiguió por la habitación, dispuesto a estrangularlo. Los mellizos estallaron en risas antes de lograr escapar escaleras abajo a toda prisa para resguardarse bajo las faldas de su madre. Jason entró en la cocina y Helga lo señaló con una espátula.

—Quieto ahí. No sé qué está pasando, pero...

—Como te vuelva a oír pronunciar su nombre, te juro que habrá un *stripper* menos en el mundo.

Leo se rio, todavía tras su madre.

—No hay nada mejor que picarlo.

—¿Otra vez discutiendo? —Su padre entró en la cocina y le dio a Jason un apretón en el hombro—. Tengamos la fiesta en paz. Y, por cierto, ¿de quién es ese perro que está en el comedor? Apenas se mueve, es como una estatua.

—Es mío —masculló Jason.

«Temporalmente», añadió en su cabeza cuando se dio cuenta de lo firmes que habían sonado sus palabras. Pensaba encontrarle un hogar, aunque fuese lo último que hiciese. Se dio la vuelta, regresó al salón y se pasó la comida intentando controlarse cada vez que alguno de sus hermanos abría la boca.

—Las despedidas de solteras son lo más.

—Tenemos que apartarlas para que dejen de meternos billetes en los calzoncillos.

—Jason, ¿has visto la película *Magic Mike*? Pues nosotros lo hacemos mejor.

—Es el trabajo más increíble del mundo.

—Aún no sé por qué nos pagan.

—¿Por qué no ha venido Autumn? —preguntó Tristan de repente, y Jason levantó entonces la mirada de su plato y lo hizo con el ceño fruncido.

—¿Por qué iba a venir?

—Ahora es casi como de la familia —contestó Leo—. Además, mamá nos dijo que ella no tiene a nadie más. Podrías haberla invitado.

—Métete en tus asuntos.

Intentó relajarse durante el resto de la comida y disfrutar del puré de patatas. Cuando terminó, ayudó a su madre a secar los platos, estuvo un rato comentando el último partido de los Giants con su padre y luego se marchó.


No supo nada de Autumn a lo largo de la siguiente semana. Y, aunque pareciese retorcido, fue como si, de nuevo, no hubiese piedras a la vista en su vida, que volvió a convertirse en una línea recta sin contratiempos. La rutina lo calmó. Apagar el despertador, levantarse, darse una ducha rápida, desayunar, trabajar, trabajar, trabajar. Pausa para un café o para comer. Y luego más trabajo. Tras terminar la jornada, fue dos tardes al gimnasio y el jueves quedó con sus amigos para tomar una copa.

Pero a pesar de todo, a pesar de la armonía que ahora reinaba en su día a día, sentía una especie de ansiedad en el pecho cada vez que pensaba en ella, en el beso que le había dado y en la situación en la que se encontraban. No tenía ni idea de cómo conseguir un equilibrio en su relación con Autumn. Pero lo que tenía claro era que, mientras tanto, necesitaba mantenerla lejos, muy lejos, porque ella era como uno de esos hilos de lana que empiezan siendo pequeños, pero que, cuando intentas cortarlos dándoles un estirón, terminan por alargarse y dejarte un agujero irreparable a la altura del corazón.

Suspiró hondo y revisó de nuevo el correo electrónico que acababa de escribir. Estaba tan distraído que era la tercera vez que lo redactaba, así que, tras enviarlo finalmente, se puso en pie y guardó en el maletín algunos documentos que tenía sobre el escritorio y que necesitaba para seguir avanzando en casa durante el fin de semana. Estaba a punto de salir del despacho cuando Miles apareció frente a él con una sonrisa satisfecha en la cara.

—¿Cómo va eso? Casi no te pillo —dijo con su habitual tono de voz algo ronco. Luego, le tendió un sobre de color marrón. Jason conocía bien su contenido—. Aquí lo tienes. Ha sido un trabajo... interesante. Espero que sea lo que estabas buscando.

Jason frunció el ceño.

—Gracias, Miles.

Avanzaron juntos por el pasillo hacia el área de la inmobiliaria que estaba abierta al público. Jason se despidió de un par de empleados antes de irse y le preguntó a Miles qué tal estaba su hija mientras cerraba la puerta a su espalda.

—Bien, a punto de marcharse a la universidad.

—Eso es bueno. —Jason le palmeó el hombro.

—Sí. En fin, no te entretengo más. Cualquier cosa que necesites, ya sabes, dame un toque. —Se despidió haciendo el gesto de la llamada.

Jason inspiró profundamente.

Caminó calle abajo con el sobre en la mano dejando que el aire cálido del verano lo envolviera. De pronto, empezó a sentirse agobiado y culpable. Montó en el coche que había aparcado a unas manzanas de distancia, se desabrochó los botones superiores de la camisa y se quitó la dichosa corbata antes de quedarse ahí, quieto, observando el andar despreocupado de los transeúntes que cruzaban la calle de enfrente.

Volvió a mirar de reojo el sobre. Y luego recordó las palabras de Rachel, esas que hablaban sobre confianza y paciencia. Maldijo por lo bajo, se inclinó para abrir la guantera y metió ahí el sobre con tanta fuerza que por poco no rasgó el papel de uno de los laterales. Después, luchando por eliminar la idea de abrirlo, arrancó y subió el volumen de la música con la intención de acallar su propia voz interior.

Mató las últimas horas de la tarde del viernes adelantando trabajo en el despacho de su casa y revisando algunos presupuestos. Al acabar, miró de reojo al perro, que estaba a los pies de su escritorio, y estiró el cuello a un lado y a otro, intentando disipar la tensión que se asentaba sobre sus hombros. Le hizo un gesto chasqueando los dedos.

—¿Vamos, chico? —El perro alzó las orejas.

No le hizo falta añadir nada más. En cuanto se puso en pie, el animal salió de debajo de la mesa y lo siguió por las escaleras. Antes de colocarle la correa, Jason se cambió de ropa y se puso unos pantalones cómodos de deporte y una sudadera gris. Al cruzar el comedor, les echó un vistazo rápido a los gatos que descansaban sobre la gruesa alfombra; por suerte, Rachel le había asegurado que, en dos días, pasaría por allí con su amiga Jimena y se los llevaría tras haberla convencido de que eran mimosos y dóciles. Desde luego, las manos marcadas de arañazos de Jason indicaban lo contrario.

Caminó con el perro por las calles de la urbanización sin prisa, dejando que olisquease cada rincón con su ancho hocico. Al principio había limitado los paseos a unos diez o quince minutos porque pensaba que suponían una «pérdida de tiempo». Pero durante la última semana, casi de forma inconsciente, había ido alargándolos más y más, hasta el punto de anhelar que llegase ese momento de la tarde. Era relajante. Sin metas. Sin esfuerzo. Solo andar, disfrutar del aire cálido del verano y descender sin prisa por las escaleras de madera que conducían a la playa.

Apenas había bajado allí un par de veces por su cuenta desde que había alquilado esa casa, poco después de que Luke, con quien había compartido piso, se enamorase de Harriet y decidiese que por ella valía la pena mudarse a otra ciudad. Lo irónico era que, a pesar de haberla elegido por su arquitectura y por el increíble entorno, todavía no había disfrutado de él; nunca encontraba el momento oportuno, siempre tenía algo que hacer. O eso se decía a sí mismo cada vez que pensaba en ello.

Sonrió al ver que no había nadie y le quitó la correa al perro que, fiel y tranquilo, permaneció a su lado como si siguiese atado. Avanzó por la orilla, sintiendo cómo el viento le revolvía el cabello y arrastraba el olor a mar y salitre del océano que se extendía frente a él.

Casi se sorprendió ante sus propios movimientos cuando se sentó en la arena y exhaló un suspiro. El perro se acomodó a su lado, con la lengua fuera. El agua se mecía bajo el brillante sol del atardecer que teñía el cielo de colores malvas, rojos y naranjas. Era casi como ver desangrarse el mundo a su alrededor, despidiéndose del día, perdiéndose tras la línea del horizonte. Intranquilo, se revolvió el cabello y sacó el teléfono móvil del bolsillo de su pantalón. Buscó entre los contactos hasta encontrar el nombre de Autumn, pensando en lo raro que resultaba de repente llevar seis días sin escuchar su voz aguda, esa que al principio lo sacaba de quicio y que ahora empezaba a echar de menos. Estaba a punto de darle a la tecla de la llamada, cuando un pensamiento lo asaltó como si llevase mucho tiempo contenido en su cabeza. Lo vio. Lo vio ahí mismo, unos años después, junto a él, correteando por la arena e intentando acercarse hasta la orilla para tocar el agua con la mano. Cerró los ojos y la imagen del niño pequeño desapareció como si nunca hubiese estado allí, como tenía que ser, como «necesitaba» que fuese en ese momento. Lo asimilaría. Más adelante. En unos meses, quizá. Ahora no quería pensar en eso.

Y volvió a guardarse el teléfono en el bolsillo.

# 14

Abigail cerró la caja registradora y apoyó la mano en la mesa de madera antes de emitir un suspiro lleno de palabras no dichas. Luego, con las mejillas ligeramente arreboladas, volvió a centrarse en el tema que había ocupado la mitad de sus conversaciones durante la última semana y media. Tom. Tom y la forma angulosa de sus manos, lo bonitos que eran sus dedos. Tom y lo atento y lo paciente que era cada vez que ella le pedía que fuesen despacio, paso a paso. Tom y su increíble sentido del humor...

—Y su sonrisa... Dime que te has fijado, Autumn. Se le iluminan los ojos. Ese hombre sonríe con la mirada. Y me encantan las arruguitas que se le forman en los laterales cuando lo hace, es... es...

—¿Una descripción exacta de lo que significa estar enamorada?

—No, no he llegado a ese punto todavía.

—Creo que a ese punto llegaste hace tiempo y ahora lo has cruzado y ha quedado tan atrás que apenas se ve en la distancia —bromeó—. ¡Vamos, estás coladita por él!

—No es verdad —insistió Abigail, escondiéndose detrás de su muro de protección.

Autumn se ablandó al verla así, cerró la libreta de cuentas y se acercó a ella para darle un beso en la mejilla. Sabía lo mucho que había sufrido tras el abandono de su marido, no solo porque la había dejado por otra mujer, sino, sobre todo, porque había decidido borrar de su vida a Nathaniel. Abigail ni siquiera había tenido el valor para decírselo claramente y, durante años, le había asegurado al chico que «estaba muy ocupado» o que «pronto volverían a verlo». Un día, tras una de sus habituales evasivas, Nathaniel había mirado muy serio a su madre antes de decirle que no era necesario que siguiese mintiéndole, que ya sabía que su padre jamás volvería.

A pesar del dolor, Autumn se había sentido tan orgullosa de él que se le llenaron los ojos de lágrimas y, ante la figura todavía confundida de su madre, los dos se habían abrazado con fuerza en medio de la cocina. Por eso, comprendía perfectamente las reservas de Abigail, esa desconfianza y el miedo que a veces se pega a la piel como una segunda capa y no nos deja ver más allá.

—No sufras, él no te hará daño —le aseguró.

—¿Cómo lo sabes? —Arrugó la nariz.

—Porque es un buen hombre, de esos que no solo se preocupan por los suyos y su propio ombligo, sino que de verdad empatiza y es incapaz de apartar la mirada hacia otro lado ante el dolor. —Tragó saliva al pensar en Jason. En él y en lo cerrado que se mostraba a veces, como si tras sus sonrisas hubiese un candado que impidiese ver todo lo que escondía más allá—. Tom me entendió y me ayudó cuando no tenía a nadie más y siempre nos ha tratado de maravilla sin pedirnos nada a cambio. ¿No te parece eso suficiente?

—Tienes razón. —Abigail dejó escapar el aire contenido.

—¿Lo has invitado a cenar esta noche?

—No, pero ahora lo haré. —Sonrió.

Satisfecha, Autumn imitó el gesto.

Como era sábado, cerraron la tienda un poco antes. Ella subió a darse una ducha y a arreglarse mientras Abigail se encargaba de actualizar el inventario y anotar los nuevos productos que habían llegado a última hora de la tarde y que no habían tenido tiempo de colocar. Tras vestirse y hacerse una trenza frente al espejo antiguo de estilo isabelino, miró de reojo el libro de poemas que la noche anterior había dejado en la mesita y lo abrió por la página que tenía marcada. Volvió a leer aquellas frases, las memorizó: *Tristeza, escarabajo / de siete patas rotas, / huevo de telaraña, / rata descalabrada, / esqueleto de perra: / aquí no entras / (...) La tristeza no puede / entrar por estas puertas / Por las ventanas / entra el aire del mundo, / las rojas rosas nuevas.* Cerró el libro, comprobó de nuevo que no tenía ninguna llamada perdida y bajó.

Una lasaña de verduras, la especialidad de Abigail, coronaba el centro de la mesa. Entre risas, Tom se sirvió una ración más mientras Nathaniel y Jimmy le hablaban de una de sus películas preferidas. A Autumn le gustó la estampa. Los cuatro parecían felices y eso era bueno. Y a ella le hubiese encantado unirse a esa felicidad, pero era difícil teniendo en cuenta que seguía sin saber nada de Hunter. Y por si eso fuera poco, también estaba lo que había ocurrido en la fiesta en casa de la señora Grace.

Eso y sentirse lejos de Jason. El beso. La confusión. Todo.

Llevaba exactamente una semana sin saber nada de él. Al principio había estado enfadada. Los primeros días lo había odiado por hacer que se acostumbrase a su presencia para luego desaparecer de su mundo así, de un plumazo, como si nunca hubiese estado ahí. Pero, después, ni siquiera había podido aferrarse a ningún resquicio de rencor y había deseado llamarlo, aunque tan solo fuese para parlotear sin parar mientras él la escuchaba al otro lado del teléfono y respondía con un par de monosílabos. El jueves por la noche, tumbada en la cama mientras se acariciaba la tripa y pensaba en la vida que estaba creciendo en su interior, se dio cuenta de que lo echaba de menos. Y eso la asustó.

—¿No vas a comerte lo que queda de la la-lasaña?

Autumn alzó la vista hacia Nathaniel y le sonrió.

—¿La quieres? Toma, estoy llenísima. —Le tendió su plato y bebió un poco de agua. Cuando dejó el vaso en la mesa, advirtió que Abigail la estudiaba con atención.

—¿Te encuentras bien, cielo?

—Sí, solo un poco cansada.

—Iré a por los postres.

—Te acompaño —dijo Tom.

Justo cuando los veía desaparecer por el pasillo con los platos vacíos, su móvil emitió un pitido. Autumn sintió que se le aceleraba el corazón, pero esa emoción se disipó en cuanto miró la pantalla. No era él. Era un mensaje de una pareja que decía estar interesada en el perro del anuncio. Autumn sonrió más animada y estaba a punto de responder que todavía estaba en adopción cuando pensó que quizá sería mejor avisar a Jason para comentarlo con él. Se levantó, le dio un beso a Nathaniel en la cabeza y fue a la cocina. Allí, contra la encimera, Tom mantenía acorralada a Abigail entre sus brazos mientras ella reía acalorada por algo que él acababa de decirle al oído.

Se separaron en seguida. Ella alzó una ceja.

—Vaya, vaya, como dos adolescentes —Rio.

—No te pases de listilla —bromeó Tom.

Abigail seguía con las mejillas encendidas cuando ella la interrogó en cuanto Tom abandonó la cocina para llevar las natillas caseras a la mesa. Tras pedirle que bajase la voz y estallar en risas al preguntarle ella si de verdad necesitaba saber más sobre el truco del plátano, terminó admitiendo que sí, que probablemente llevaba enamorada de Tom desde mucho antes de atreverse a dar el paso y tener una cita con él.

—¡Lo sabía! —exclamó Autumn.

—Toma, coge tus natillas.

Autumn metió el dedo en el bol que acababa de tenderle y se lo llevó a la boca. Estaba riquísimo. Regresó sobre sus pasos y disfrutó del resto de la velada guardando para el recuerdo palabras, gestos y momentos. Ella siempre se había sentido un poco así, una coleccionista de instantes.

De algún modo, eso era lo que había hecho cuando iba a la casa azul, quedarse para ella los recuerdos de los Bennet: la sonrisa traviesa de Caleb, la infinita paciencia de Levi, la forma en la que se curvaba el cabello de Miranda en pequeños caracoles de oro o las miradas cariñosas que se dirigían sus padres mientras tomaban el té de la tarde en la terraza.

Y ahora, ahí estaban ellos. Nathaniel colocándose bien las gafas sobre el pequeño puente de su nariz chata, Jimmy intentando lamer el bol de las natillas, Abigail luchando por limpiarle la boca sucia con la servilleta y Tom mirándolos a los tres con una sonrisa bobalicona en los labios.

Autumn se contuvo para no llorar de felicidad.

Si era cierto que la vida estaba hecha de pequeños momentos, ella se quedaba con todos esos, con los más insignificantes, aunque también los más reales; con los que no estaban planificados antes de disparar el *clic* de una cámara de fotografías, los espontáneos. Porque, cuando echaba la vista atrás y se permitía perderse entre retazos del pasado, no recordaba escenas memorables ni frases grandilocuentes de esas tan perfectas que parecen formar parte del guion de una película, sino que recordaba las trenzas de Roxie y su voz dulce, los caramelos de fresa en las manos de Hunter, lo suave que era la piel tostada de Pablo o cómo los tres se comían de su plato los guisantes que a ella tan poco le gustaban cada vez que la señora Moore giraba la cabeza para mirar el televisor.

Suspiró hondo y se levantó de la mesa.

—¿Ya te marchas? —preguntó Abigail.

—¡Es muy pronto! —se quejó Nathaniel.

—Vendré esta semana a verte.

—P-prométemelo.

—Te lo prometo.

Se despidió de todos y salió a la calle mientras se ponía la chaqueta fina que usaba cuando refrescaba por las noches. Las gotas de lluvia caían con timidez y se estrellaban contra el suelo sin apenas hacer ruido. Montó en la furgoneta y se quedó unos segundos con la vista fija en el cristal mojado. Tras volver a pensar en ello, decidió que, al menos, lo justo era mandarle un mensaje a Jason para avisarlo de que una pareja estaba interesada en el perro. Sin darse más tiempo para pensar, lo envió. Estaba a punto de girar la llave en el contacto cuando su móvil se iluminó.

Estaba nerviosa al descolgar la llamada.

—Hola —susurró insegura.

—Hola, Autumn. —El silencio se filtró entre ellos—. Siento no haberte llamado antes. Esta semana... he estado ocupado y...

—No hagas eso. No tienes que excusarte.

Él inspiró hondo al otro lado de la línea.

—¿Tú te encuentras bien?

—Sí, todo va genial.

—Me alegro. En cuanto al anuncio, ¿quiénes son? ¿Los conoces? —Ella contestó que no—. Entonces deberíamos estudiarlo bien.

—Claro, solo quería avisarte.

—¿Dónde estás ahora?

—En la furgoneta.

—¿Conduciendo?

Su voz sonó alarmada

—No. Acabo de cenar en casa de Abigail.

Durante los siguientes instantes, ninguno de los dos dijo nada y ella se apresuró a despedirse, incómoda por la tensión que parecía envolverlos de repente, justo cuando una semana atrás por fin empezaban a entenderse por momentos...

—Espera, Autumn, ¿sigues ahí?

—No, le habla el contestador...

Casi pudo imaginar su sonrisa.

—¿Quieres venir a tomar algo? —Ella murmuró que «era tarde» y él se apresuró a añadir—: Es sábado. Y resulta que el perro es ahora el menor de mis problemas, pero no pienso contarte por qué a menos que te acerques a descubrirlo. Ah, y otra cosa más...

—Dime, «Míster Perfecto» —bromeó.

—También tengo pistachos.

—Dame quince minutos.

# 15

Cuando tropezó con su mirada azul, se sintió como si llevase meses sin verlo. Y ahí estaba, frente a ella e invitándola a entrar, con el cabello rubio ligeramente despeinado y ropa cómoda y deportiva. La nuez de su garganta se movió y Autumn se preguntó si él también estaría nervioso por aquel encuentro tras la extraña semana de ausencia y silencios. Pero si así era, no lo demostró.

—¿Cuál es el misterioso problema? —preguntó ella.

—«Cuáles», en realidad.

Autumn se agachó un instante para acariciar al perro cuando este apareció por el pasillo moviendo la cola y luego siguió a Jason hasta el comedor. Y allí, encima del sofá y mirando hacia la puerta, estaban dos gatos diminutos. Ella tuvo que contenerse para no gritar de emoción antes de cruzar la estancia y sentarse al lado de los animales. Uno de ellos, asustado, le bufó.

—¡Qué bonitos! ¿De dónde los has sacado?

—Estaban junto a un contenedor. —Incómodo, Jason se rascó la nuca—. ¿Qué te apetece tomar? Me has dicho que has cenado, ¿no?

—Sí, solo un poco de agua.

—¿Y pistachos? —preguntó.

—Vale. —Ella le sonrió.

Estuvo jugando con ellos hasta que él regresó poco después con un bol de cristal lleno de verdosos frutos secos y una botella pequeña de agua sin abrir. Autumn quitó el tapón y le dio un trago mientras veía cómo los gatos se escabullían bajo la mesita auxiliar.

—Tendremos que ponerlos en adopción.

—No es necesario, ya tienen dueña. Una amiga de Rachel vendrá el lunes a recogerlos.

—¡Eso es genial! —exclamó animada, y luego buscó el mensaje que había recibido esa misma noche para enseñárselo a Jason—. Al menos, escriben sin faltas de ortografía, eso siempre me da buena espina.

Él torció el gesto.

—¿Buscan perro porque se han mudado a una casa con jardín en las afueras? Sería más útil que se comprasen una alarma. Dame el móvil. —Se lo quitó de las manos sin previo aviso—. Yo mismo les diré lo que deberían hacer...

—¿Qué haces? No estás siendo razonable.

Le devolvió el teléfono un minuto después, justo antes de levantarse para ir a la cocina. Consternada, Autumn leyó el mensaje en la bandeja de enviados en el que, efectivamente, les aconsejaba una marca de alarmas y les decía que el perro ya no estaba disponible. Cuando él regresó con un botellín de cerveza en la mano y se sentó en el sofá como si no acabase de hacer algo totalmente impropio en él, ella se quedó mirándolo en silencio, sin saber qué decir. Ya ni siquiera podía ponerle una etiqueta concreta. Empezaba a pensar que Jason era una capa, dentro de otra capa y de otra y otra capa más. Puede que jamás llegase al fondo, que no la dejase entrar.

—¿Quieres quedarte al perro?

Él frunció el ceño tras dar un sorbo a su cerveza.

—¡Pues claro que no! Esperaremos hasta que contacte alguien mejor, solo eso —masculló—. Y, joder, ya es casualidad que encontrase a los gatos después...

—¿Te cuento un secreto? —Autumn sonrió y cogió el bol de los pistachos—. No es casualidad, sino una cuestión de perspectiva. Una vez, hace años, llevé un perro a la protectora y le dije eso mismo a la chica que estaba allí, porque unos días antes me había encontrado a otro animal abandonado. Lo que me contestó se me quedó grabado para siempre. No era que de repente todas las «cosas malas» se estuvieran cruzando en mi camino. Sencillamente se me había caído la venda de los ojos y ahora veía lo que ocurría a mi alrededor y era incapaz de ignorarlo.

—Yo nunca he tenido una venda —protestó.

—Me temo que sí. Y sigues teniéndola, pero no solo tú, sino también yo y todos en cierto sentido. La diferencia es que algunas vendas son más gruesas que otras. ¿No lo entiendes? La mente humana no puede asimilar tanto dolor; estamos programados para ignorarlo porque es la única manera de poder ser felices. Vemos diariamente escenas terroríficas en las noticias y las olvidamos un minuto después, cuando nos levantamos para volver al trabajo o para buscar en el armario una camiseta que conjunte con los pantalones que llevamos puestos. Es una forma de protegernos. ¿De verdad crees que fuiste la primera persona que pasó por ese contenedor y vio a los gatitos? Es una posibilidad. Pero estoy segura de que no fue así, de que mucha gente los vio, pero siguió su camino, a pesar de sentir lástima o desear que la realidad fuese diferente. No es que sean malas personas por eso, es que necesitan aislarse de ese dolor.

Jason la miró, la miró fijamente durante lo que pareció una eternidad y, después, como si no hubiese escuchado nada, le dio un trago al botellín de cerveza.

—¿Sabes algo de Hunter? —preguntó.

—No —contestó en voz baja, sorprendida por el cambio de rumbo de la conversación. No quería pensar en Hunter ni en qué estaría haciendo en esos momentos, porque si lo hacía sentía la inmediata necesidad de ir corriendo a buscarlo.

Un trueno estalló en lo alto del cielo y rompió el silencio. Estaba siendo un verano con muchas lluvias y no demasiado caluroso en comparación al de años anteriores. Ajenas a las fechas que eran, las gotas de agua se estrellaban contra los cristales del ventanal del comedor.

—Estos pistachos están muy buenos, por cierto.

—Los compré en el mercado de Marin.

Autumn se dio cuenta de que aquello significaba que los había comprado el domingo, después de la fiesta en la casa de Grace. Sonrió más animada y empezó a relajarse.

—¿Sabes? Tengo más propuestas de nombres.

Mirándola de reojo, él alzó una ceja.

—A ver, sorpréndeme... —replicó divertido.

—Este es bonito: Brooklyn.

—Claro. O Staten Island.

—Maiara, Crisbell, Jazzlyn, Sharlotte...

—¿En serio? ¿Sharlotte? ¿No puede ser «Charlotte», de toda la vida? Son horribles. Además, hay un cincuenta por ciento de probabilidad de que sea un chico.

—Lo dudo mucho. Pero, si fuese un chico, me gustan nombres como Maverick, Rowdy, Taron o Yumalai.

—¿Yumalai? —Él frunció el ceño.

—Significa «libre como la furia».

—¿No te gusta ningún nombre normal como John, Jack, Jared...?

—¿Por qué tiene que empezar por «J»? —preguntó ella.

—«Jason» empieza por «J» y es perfecto.

Autumn se rio y luego negó con la cabeza.

—En realidad, no importa. Será niña. Lo sé.

Él puso los ojos en blanco, pero no escondió la sonrisa que asomó a sus labios mientras se inclinaba y cogía el periódico que estaba sobre la mesita auxiliar. Le robó a Autumn uno de sus pistachos y, después, con gesto distraído, buscó entre las páginas.

—Hablando de cosas sin sentido... —dijo—. ¿Quieres saber lo que dice el horóscopo?

—Ay, ¡no me digas que te has aficionado a leerlo!

—No, claro que no, tan solo intento comprender qué problema tiene con los Tauro la persona que escribe esto. Nos odia. Y no le hemos hecho nada —aseguró mientras ella reía—. Mira, dice: «Estás a punto de embarcarte en un viaje sin retorno, pero no esperes que los demás te indiquen el camino correcto, pues debes recorrerlo solo. Es posible que tu salud se resienta a lo largo de esta próxima semana, ¡cuídate! E intenta sonreír más. Recuerda que la sonrisa es tu mejor carta de presentación».

—No me parece tan malo —bromeó ella.

—Espera, mira el tuyo. A ver, Escorpio, aquí está. «Ha llegado la hora de recoger los frutos que llevas años cosechando, el trabajo bien hecho siempre es recompensado. También es el momento de permitir que los astros te guíen para alcanzar la plenitud del amor. Tu media naranja está cerca y lleva años buscándote. Sabrás que es la persona indicada porque estará dispuesta a regalarte trece locuras, ¡déjate enamorar!».

—Dame eso. ¿Trece locuras? ¿A qué se refiere?

Autumn le quitó el periódico de las manos y él pestañeó confundido. Se giró en el sofá y su rodilla rozó la de ella, pero no hizo nada por evitar el contacto.

—¿No creerás en serio toda esa basura?

—No, pero... —Lo releyó—. Suena bien.

—¿El qué, exactamente? ¿La idea del amor?

—Eso también, sí. —Ella dejó el periódico y alzó la vista hacia él, que la miraba fijamente—. ¿Por qué no? Algún día lo encontraré.

—¿Al chico de las trece locuras? —se burló.

—Puede ser. No es tan difícil. No hace falta que sean grandes gestos de amor; puede ser cualquier tontería, como regalarme una margarita, bailar bajo la lluvia o, no sé, planear juntos un viaje a París, por ejemplo. La gente hace locuras por amor todo el tiempo, locuras de esas del día a día que al final marcan una relación y se quedan en el recuerdo.

Jason no dijo nada. Pensativo, fijó la vista en la pared de enfrente, donde estaba el televisor de plasma apagada, y se bebió lo que quedaba de la cerveza antes de dejar el botellín vacío en la mesa. Suspiró hondo. Cuando giró la cabeza hacia ella, bajó la mirada hacia las manos adornadas de anillos y de aspecto suave que descansaban sobre su tripa.

—No se nota nada... —susurró, casi como si las palabras se le escapasen de la garganta.

—Es la semana once de embarazo, ahora empiezan los cambios, aunque ya me siento un poco más hinchada. En este momento, el bebé ya tiene hígado, riñones y un estómago del tamaño de un grano de arroz, ¿no te parece increíble?

«Tan increíble que aún me cuesta asimilarlo», pensó. Pero, en cambio, se limitó a recordar las partes prácticas y teóricas del embarazo.

—¿En dos semanas tenemos la ecografía?

—Sí. —Autumn se incorporó—. Debería irme ya.

—¿Ahora? Está lloviendo.

—Iré en coche, no me mojaré.

—Llueve mucho, ¿por qué no te quedas? —Él, ya de pie, la miró fijamente—. Tengo varias habitaciones de invitados. Se suponía que era para cuando Luke y Harriet viniesen de visita, pero... —Se frotó el mentón—. Quédate. No deberías conducir con esta tormenta. Podemos ver algo en la televisión antes de irnos a dormir. No suena tan mal, ¿no?

Él no pudo descifrar, por su expresión, qué era lo que ella iba a contestar, porque, en realidad, Autumn estaba tan confundida que no sabía muy bien qué pensar; la idea de dormir allí, a unos metros de distancia de Jason, la ponía nerviosa. Además, la lluvia que caía hacía que aflorasen en su interior los recuerdos de la noche que habían pasado juntos en la casa azul. En su casa azul.

Se colocó tras la oreja un mechón de cabello que había escapado de la trenza, indecisa. Se sentía absurda por las vueltas que le estaba dando a algo tan sencillo. «Tenemos que ser amigos», le había dicho unas semanas atrás y era cierto, tenía razón. De algún modo, debían encontrar un equilibrio, complementarse y que su relación fuese fluida, natural; no podían dejar que volviese a ocurrir algo como aquel beso o que sus diferencias les afectasen. Había algo, alguien, más importante que ellos.

—Supongo que podría quedarme —aceptó.

Jason sonrió, volvió a sentarse y le tendió a ella el mando de la televisión tras decirle que pusiese lo que le apeteciera. Autumn terminó eligiendo una película ambientada en la Segunda Guerra Mundial y se acomodó entre los cojines del sofá. Apenas hablaron mientras las escenas se sucedían unas detrás de otras, aunque ella era más que consciente de su cercanía y del aroma de la colonia masculina que le impregnaba la piel. Se obligó en más de una ocasión a apartar la mirada de él y centrarse en la película. Cuando acabó, Jason bostezó y estiró los brazos. Se levantó y movió las cortinas a un lado para descubrir que seguía lloviendo.

—El tiempo se ha vuelto loco —susurró Autumn.

—Eso parece. Vamos, te enseñaré tu habitación.

Lo siguió escaleras arriba y permaneció en silencio cuando él encendió las luces y la invitó a entrar en un dormitorio que era casi igual de grande que todo el espacio del que ella disponía en la buhardilla. Las paredes estaban pintadas de un tono grisáceo y lo único que las decoraba era un cuadro que vestía una de ellas; si a Autumn le hubiesen pedido que describiese con una sola palabra qué le trasmitía la pintura, hubiese elegido «vacío», sin dudar. La mesita de noche era sencilla y la colcha de color beige. Él la observó con cautela, como si estuviese evaluando su reacción. Autumn carraspeó para aclararse la garganta.

—Acabo de recordar que no tengo ropa, así que quizá debería...

—Te dejaré algo —la cortó—. Vuelvo en seguida.

Respiró hondo en cuanto él salió.

Apartó la colcha a un lado y se sentó en el borde de la cama antes de quitar la goma que aseguraba la trenza y empezar a deshacerla; los mechones de cabello oscuro, ahora con una ligera ondulación, resbalaron por su espalda. Dejó sobre la mesita los anillos que llevaba en los dedos, menos el de Roxie, porque ese nunca se lo quitaba, y sacó de su bolso el libro de poemas tamaño bolsillo que solía llevar siempre encima.

—¿Qué libro es? —preguntó Jason.

Ella se giró sorprendida y aceptó las prendas de ropa que le dio.

—Neruda. Una edición bilingüe.

—¿Por qué te gusta la poesía?

—No lo sé. Es delicada. Y, en la poesía, cualquier detalle importa, no hay ninguna palabra puesta al azar, ¿me entiendes? Todo tiene sentido y encaja.

Jason asintió con gesto pensativo.

—Espero que te sirva la ropa. —Se frotó la nuca—. ¿Te dejo dormir mañana? Es domingo, imagino que no tendrás que madrugar...

—Vale. —Autumn sonrió.

Un minuto después, tras asegurarse de que la ventana estaba bien cerrada, Jason se despidió de ella con un «buenas noches» y salió de la habitación, dejándola a solas. Ella encendió la luz de la mesita de noche, se desvistió, se puso la camiseta de manga corta que él le había dejado y se acurrucó bajo las sábanas. Y entonces lo percibió. A él. Su olor. Impregnaba la camiseta que le había dado. Hizo un esfuerzo por no pensar en eso y se dedicó a leer algunos poemas para distraerse. Después apagó la luz y se quedó ahí, a oscuras, acariciándose la tripa con las manos, preguntándose cómo sería cuando naciese, si tendría los ojos de él, su sonrisa perezosa o esa costumbre de tamborilear con los dedos sobre cualquier superficie que encontrase. Y, entonces, un pensamiento desconcertante la asaltó. Se imaginó apartando las sábanas a un lado y caminando descalza y sin hacer ruido por el suelo de madera hasta la habitación de Jason. Se imaginó allí, en la puerta, debatiéndose sobre si dar un paso al frente o no. Y, finalmente, se imaginó dándolo, colándose en su espacio, en su vida, en su cama. El corazón empezó a latirle con fuerza y ella emitió un suspiro. ¿Qué significaba aquello? ¿Por qué se sentía tan sola en esa habitación? Cerró los ojos. El sonido de la lluvia se colaba por la ventana y se obligó a contar para relajarse y dormirse: «un centavo, dos centavos, tres centavos, cuatro centavos, cinco centavos...»

# 16

Apenas había amanecido cuando abrió los ojos, los fijó en el techo de la habitación y supo que no podría volver a dormirse. Aun así, Jason se quedó un rato más en la cama hasta que se cansó de dar vueltas y decidió levantarse. Al pasar por delante del dormitorio que ocupaba Autumn, desvió la mirada casi de forma inconsciente hacia la puerta entreabierta. Y entonces la vio. La vio con las sábanas revueltas a sus pies y vestida tan solo con su camiseta. Dejó de caminar de golpe y respiró profundamente. Sus ojos se detuvieron en las piernas desnudas y fueron ascendiendo hasta su rostro y el cabello oscuro que se escurría por su espalda y la almohada. Como un fogonazo, deseó de inmediato tocarla, tocarla por todas partes. Y perderse en ella, lamer el pequeño lunar que tenía en el muslo derecho, dejar un rastro invisible en su piel con la punta de los dedos...

Tragó saliva. Luego, con el corazón agitado, se obligó a apartar la mirada de ella y a bajar las escaleras. Agradeció la distracción que supuso tener que dar de desayunar al perro y a los gatos, pero, cuando abandonaron la cocina y lo dejaron a solas preparándose un café, su cabeza volvió al piso de arriba y se quedó allí, perdido entre sus piernas suaves y en la línea inferior de la camiseta que dejaba ver el borde de la ropa interior...

Cansado, se frotó los ojos.

Terminó de beberse el café y subió a su despacho; al pasar por la puerta de la habitación en la que ella seguía durmiendo, evitó mirar en esa dirección. Se sentó frente al escritorio y las siguientes horas las pasó entre papeles y trabajo. Casi a media mañana, Autumn llamó a la puerta con los nudillos antes de abrirla sin esperar respuesta. Jason dejó de respirar un segundo al ver que seguía llevando tan solo su camiseta.

—¿No deberías vestirte? —gruñó.

Ella bajó la mirada hasta sus piernas.

—Es como llevar un vestido.

—Un vestido muy corto.

—¿Puedo darme una ducha?

—Hay toallas limpias en el primer armario.

Autumn le dio las gracias antes de salir del despacho y él tardó casi cinco minutos largos en volver a concentrarse en lo que estaba haciendo. Informes, ella en su ducha, presupuestos, desnuda, ventas, mojada, proyectos...

El teléfono sonó. Era su madre. Jason se aclaró la garganta antes de descolgar. Se mantuvo en silencio mientras ella le explicaba lo que había hecho el día anterior (acercarse con su padre al muelle y dar un paseo tranquilo), y aquella mañana.

—Así que ya tengo el pastel de carne en el horno —concluyó satisfecha.

—Mamá, no sé si hoy podré ir a comer...

—¡Pero si es domingo! ¡Y es tu plato favorito!

—Ya, pero tengo mucho trabajo —replicó.

Su madre resopló.

—Está bien, no creo que a tu padre le moleste que nos acerquemos a tu casa en un momento para llevarte la comida. A ver, ¿qué hora es? Las once. El pastel estará listo en diez minutos y, además, teníamos que ir a comprar leche, así que supongo que llegaremos allí sobre...

Jason parpadeó, confuso.

—Espera, espera, ¿aquí?

—¿Acaso estás en otro lugar?

—No, pero... —Repiqueteó con la punta de los dedos sobre la mesa—. No vengáis. Autumn se acercó anoche y se quedó a dormir. No es buena idea.

—¡Qué alegría! —Su madre casi explotó de felicidad al otro lado del teléfono. Jason cerró los ojos e inspiró hondo al deducir lo que había dado por hecho—. No sufras cariño, no os molestaremos, puedes estar tranquilo.

—No es lo que estás pensado.

—Y, entonces, ¿por qué duerme en tu casa?

—Joder, porque somos amigos —respondió cortante—. Quítate la idea que tienes en la cabeza, es imposible. Autumn sería la última chica del planeta con la que tendría algo.

Helga permaneció callada unos segundos.

—Si tú lo dices... —dijo—. Está bien. Entonces supongo que puedo invitarla a comer, ¿no? ¿Te importaría pasarle el teléfono?

Él puso los ojos en blanco y resopló por lo bajo.

—No será necesario. Iremos los dos.

—Oh, ¡eso es fantástico, Jason!

—Sí. Una cosa más, mamá.

—Dime, cariño —lo animó.

—Ni se te ocurra meterte en esto.

El tono acerado de su voz fue suficiente para que Helga asegurase que no sabía de qué le estaba hablando y colgase a toda prisa con la excusa de que el pastel de carne se le estaba quemando. Jason volvió a concentrarse en los papeles que tenía sobre la mesa y consiguió relajarse, pero por poco tiempo, ya que ella apareció instantes después.

—¿También trabajas los domingos?

—Solo revisaba algunas cosas.

Ella entró en el despacho, vestida con sus vaqueros y con una camiseta de algodón atada al cuello que dejaba sus hombros al descubierto. Miró los papeles que había sobre la mesa mientras él tomaba una última anotación.

—¿Ya se sabe qué ocurrirá con la casa azul?

Dubitativo, Jason fijó la vista en ella.

—¿De verdad quieres saberlo?

—Supongo que es mejor que la incertidumbre —contestó con un nudo en la garganta.

—Está bien, pero, antes de nada, mi madre nos ha invitado a comer, ¿te apetece? —Ella asintió y luego fijó los ojos en los planos que él acababa de sacar de una carpeta para mostrárselos—. Es uno de los primeros bocetos, porque todavía estamos esperando algunos permisos y el proyecto seguirá un poco en el aire hasta que eso ocurra, pero la idea es hacer algo así: casas bajas, no demasiado grandes, con espacios muy abiertos y los materiales más competentes que existen en el mercado.

Autumn observó el boceto casi sin respirar.

Su preciosa casa azul... convertida en un montón de escombros para construir algo tan frío que ni siquiera podría considerarse un hogar. Repasó con la punta del dedo las líneas rectas, mientras él seguía a su lado, incómodo.

—No están mal —mintió—. Iré a por mi bolso.

Jason quiso decir algo, pero ella desapareció tan rápido de su despacho que apenas le dio tiempo a abrir la boca. Cogió los papeles y volvió a guardarlos en su sitio. Luego, salió de allí y le puso la correa al perro para darle un paseo antes de ir a casa de sus padres. Ella parecía la misma de siempre cuando bajó con su bolso, así que él decidió no sacar de nuevo el tema. Cuando le propuso ir a dar una vuelta por la playa con el perro, ella accedió sonriente.

Apenas hablaron durante el paseo y tampoco lo hicieron después, cuando, tras dejar al animal en casa, subieron al coche y se pusieron en marcha. Jason empezó a notar que la tensión que se asentaba en sus hombros cada vez que Autumn estaba cerca se disipaba lentamente. Eso era lo que quería conseguir: calma, estabilidad. La miró de reojo mientras estaban parados en un semáforo. Volvía a llevar el cabello recogido en una trenza y, con los ojos clavados en la ventanilla, parecía distraída y pensativa. Él deseó preguntarle qué la mantenía tan ausente, pero no lo hizo, porque de pronto recordó la conversación que había mantenido con su madre.

Era cierto. Jamás tendría nada con Autumn. Lo supo esa misma mañana, tras verla durmiendo vestida con su camiseta y desear estar dentro de ella como no recordaba haber deseado nunca nada más. Habría sido fácil. Habría sido perfecto. Podría haberse acercado a la cama y apartarle con el dorso de la mano los mechones de cabello que se escurrían por su mejilla para después darle un beso ahí, y otro un poco más abajo, hasta llegar a sus labios entreabiertos a la espera de que la boca de Autumn lo buscase y se apretase contra la suya. Y entonces la hubiese devorado. Porque cuando se trataba de ella tan solo podía pensar en dejar la mente en blanco y en *necesidad.*

Pero Jason era reflexivo, y le había dado un par de vueltas al asunto antes de llegar a la conclusión de que involucrarse en algo así con Autumn no era una opción. Su relación ya era difícil de por sí sin añadir más problemas. Y el sexo siempre acababa siendo un problema. Algunas de las chicas con las que Jason había pactado mantener algo meramente físico habían terminado exigiéndole más. Pero él nunca podía darles ese «más» porque era incapaz de sentir nada. No pensaba correr el riesgo de averiguar si Autumn era como esas mujeres. Por mal que sonase, todas ellas habían sido personas «de paso». En cambio, le gustase o no, Autumn iba a quedarse en su mundo para siempre. No era algo temporal, no era una extraña con la que pudiese terminar mal y, sencillamente, dejar de coger sus llamadas. Autumn iba a ser la madre de su hijo.

—Estás muy callada —le dijo.

—Me siento un poco cansada.

—Escucha, si no te apetece ir a casa de mis padres, puedo decirles que...

—No, qué va, me encanta tu familia.

Asintió sin estar demasiado convencido. No volvieron a decirse nada hasta que llegaron y, entonces, en cuanto Helga abrió la puerta y los invitó a pasar, todo se redujo a las voces de los mellizos, que hablaban casi a gritos mientras arrastraban a Autumn hacia el comedor, y al olor del pastel de carne y la familiaridad que se respiraba dentro de esas paredes. Jason se quedó en el umbral de la puerta, sonriendo al ver cómo ella se reía a carcajadas mientras Leo le mostraba el baile estrella del local donde trabajaban.

—Y entonces muevo las caderas así...

—Te haremos un pase gratuito —aclaró Tristan antes de quitarse la camiseta, hacerla girar en el aire un par de veces y lanzársela.

Jason se mordió el labio con gesto dubitativo cuando Leo sentó a Autumn en el sofá y los dos comenzaron a bailar a su alrededor haciendo el idiota. Su instinto controlador le gritaba que los cogiese del pescuezo, pero algo en la mirada divertida de ella lo frenó.

—¿Os habéis vuelto locos? —gritó su madre al entrar en el comedor. Luego, miró a Jason—. ¿Y tú cómo dejas que asusten así a Autumn? Vamos, ven, cariño, he pensado que quizá te apetezca comer algo especial, aunque tengo pastel de carne recién hecho...

—Eso estará bien —aseguró con una sonrisa.

—¡Mamá! Solo estábamos siendo considerados con ella; compartiendo nuestros dones, ya sabes —intervino Leo—. Hay gente que paga por esto. Paga mucho.

—¡Ponte la camiseta, Leo! —pidió su madre.

Él refunfuñó por lo bajo, pero acabó obedeciendo en cuanto sirvieron la comida. Todos ocuparon los mismos sitios que se habían asignado durante la anterior visita de Autumn, como si su presencia allí fuese ya una costumbre.

Jason se sintió cómodo y disfrutó de la conversación con su padre, de las bromas de sus hermanos e incluso de que su madre le sirviese una segunda ración a pesar de que un minuto antes había asegurado estar lleno.

Autumn, sentada a su lado, se comportó como siempre, como era ella, natural y sonriente, como si curvar los labios le costase menos que mantenerlos rectos. Todo fue... perfecto. Tan perfecto que Jason de pronto se dio cuenta de cómo en apenas dos meses sus vidas, tan opuestas, se habían ido acoplando como las piezas de un complejo engranaje. A esas alturas, él sabía que le había hecho daño, que la había juzgado antes de conocerla y que, en cierto modo, entendían la vida de una forma totalmente diferente. Pero habían sido capaces de enfadarse y después reconciliarse, y sin dramas, sin sacar las cosas de quicio. Además, cuando se trataba de su familia, Autumn casi parecía la hija que su madre siempre había deseado tener; la relación era fluida y agradable. Y en aquel momento, poco después de comer y de que todos comenzasen a jugar al *Monopoly*, Jason comprendió que ya no había vuelta atrás, no podía fingir que ella le era indiferente, ahora era alguien importante en su vida; tan auténtica, tan única, con sus anillos, sus poesías, la larga trenza que descansaba sobre su hombro, su voz aguda y escandalosa, su mirada brillante...

Tragó saliva al tropezar con esos ojos.

—¿Tiras tú los dados? —Autumn alzó una ceja.

—Sí, dame. —Jason se los quitó de las manos.

Las horas pasaron tan rápido como un pestañeo. Cuando se levantaron dispuestos a marcharse, Jason advirtió que hacía mucho tiempo que no se iba tan tarde de casa de sus padres; la mayoría de las veces se largaba poco después de terminar de comer y, en cambio, aquel día ya era casi media tarde. Su madre lo abrazó y le dio a Autumn una bolsa de fiambreras llenas de comida, a pesar de que ella se había negado una y otra vez a aceptarlas.

—¡Y llámanos si quieres pasarte por el local alguna noche! —Leo le dedicó una sonrisa ladeada antes de que ambos se metiesen en el coche.

Con las manos relajadas en el volante, Jason pensó que no le habría importado que el fin de semana se alargase un poco más y, teniendo en cuenta que por regla general a esas horas ya solía estar organizando mentalmente lo que haría al día siguiente (trabajo, reuniones, gimnasio), la idea lo sorprendió. Se limitó a conducir mientras la música de la radio los acompañaba y el cielo se teñía de color calabaza al atardecer.

—¿Puedo poner otra cosa? —preguntó Autumn pasado un rato. Él asintió y ella sonrió antes de abrir la guantera del coche en busca de algún disco—. A ver qué tienes...

—Mierda. Autumn, no mires ahí...

Pero fue precisamente el hecho de que dijese eso lo que provocó que Autumn frunciese el ceño y una mueca se dibujase en su rostro. Quiso detenerla cuando abrió el sobre y sacó los papeles que estaban dentro. Jason tomó aire y se desvió de la avenida por la que estaba conduciendo para buscar un sitio donde parar el coche.

—¿Cómo demonios se te ha ocurrido...?

—Autumn, déjalo... Ni siquiera he llegado a...

Se interrumpió al escuchar el grito que ella profirió y no solo por el grito en sí, sino porque aquella no era su voz aguda y alegre, sino un sonido cargado de dolor. Jason la miró de reojo, pero su atención se centró de inmediato en la carretera al darse cuenta de que estaba pisando las líneas del carril. Logró estacionar a un lado, sobre la acera, mientras Autumn empezaba a respirar con dificultad. Asustado, él se quitó el cinturón de seguridad antes de inclinarse hacia ella.

—¿Qué ocurre? ¡Joder! ¡Autumn, mírame!

—No puede... Dime que esto no es una broma...

Jason acogió su mejilla con una mano y le acarició la piel con el pulgar sin apartar sus ojos de los suyos. Notó que temblaba.

—Respira, pequeña, respira.

Ella se apartó al escucharlo.

—No me llames así. —Sus palabras fueron apenas un susurro, pero él sintió que se le clavaban en el pecho—. ¿Tú sabías esto...? ¿Lo sabías?

—Ni siquiera sé de qué me hablas.

Le estampó los papeles en el pecho y luego salió del coche dando un portazo y se alejó calle abajo. Jason masculló una maldición e intentó leer el contenido del documento que le había encargado a Miles. Y cuando encontró lo que ella había visto, tardó unos instantes en reaccionar, salir del vehículo y correr tras ella. La alcanzó en menos de un minuto. Agitado, se paró delante de su menuda figura para impedir que siguiese caminando.

—¡Te juro que no sabía nada! Te lo juro.

—¿Qué hacía eso en tu coche?

—Eso... eso es la prueba de que soy un idiota. No sé cómo pude pensar que sería una buena idea conocer mejor tu pasado... Lo siento mucho, Autumn, lo siento. No lo abrí. Nunca llegué a abrirlo porque, en el fondo, no quería hacerlo. Me bastaba con lo que sabía de ti, solo es que hasta ahora no me había dado cuenta...

Parada en medio de la acera, una lágrima se deslizó por su mejilla y Jason quiso borrarla con los dedos, calmar el dolor que leía en sus ojos.

Ella titubeó al hablar:

—¿Y crees que es verdad...? ¿Lo piensas?

—Miles es bueno. Muy bueno —contestó, eligiendo con cuidado cada palabra—. Si es lo que necesitas, si hará que te sientas mejor, puedo llevarte allí...

Le tendió una mano y esperó con el corazón en un puño que ella la aceptase. Pero no lo hizo. Se quedó quieta, mirando sus dedos extendidos y, finalmente, tras asentir, se giró y se dirigió hacia el coche. Jason cerró la mano y deseó poder dar marcha atrás y arreglar todo aquel lío, pero era imposible.

Solo había un camino que a Autumn se le había hecho más largo que aquel y fue el que tuvo que recorrer el día que se despidió de Adele y Owen, sus primeros padres de acogida, para ir hacia el hogar de los Moore. A pesar de que había ocurrido cuando era muy pequeña, recordaba muy bien la sensación de angustia que se había asentado en la boca del estómago, la certeza de saber que siempre sería un centavo y que nadie la vería como algo más, algo de valor, la incertidumbre ante lo que estaba a punto de pasar y el miedo, aquel miedo impregnando cada uno de sus pensamientos. Y Autumn no soportaba sentir miedo. Eso no. Con la cabeza apoyada en el respaldo del asiento, poco antes de llegar a su destino, giró la muñeca y apartó las pulseras que llevaba para leer el tatuaje. «Todo o nada».

Cerró los ojos e inspiró hondo.

La casa apareció entre los árboles que flanqueaban la entrada. Tras bajar del coche, Autumn ignoró la presencia de Jason a su lado, pero no tuvo el valor de pedirle que la dejase sola, porque estaba temblando de arriba abajo. Avanzaron por el sendero de gravilla de la entrada y, al llegar frente a la puerta, él llamó al timbre y esperaron hasta que abrió una mujer de aspecto afable y rostro redondeado. Jason dio un paso al frente, dispuesto a preguntar por la persona que buscaban, pero justo en ese instante ella apareció y sus ojos vivaces se desviaron rápidamente hacia la chica.

—Autumn, ¡qué sorpresa más inesperada!

Ella no esperó a que siguiese hablando. Con la mirada llena de dolor y rabia, le tendió los papeles que había llevado en el regazo durante todo el trayecto y que, a esas alturas, ya estaban un poco arrugados.

—¿Esto es verdad? ¿Es cierto?

Grace Sullyvan se llevó una mano al pecho.

Cuando habló, su voz sonó rota.

—Oh, mi dulce Autumn...

# 17

Autumn se quedó quieta en el umbral de la puerta cuando Grace la invitó a entrar. No estaba segura de estar preparada para hacerlo y ese pensamiento provocó que se estremeciese. ¿Por qué se sentía así? Ella, que se consideraba valiente. Ella, que jamás daba un paso atrás si no era para tomar impulso. Quizá se trataba justo de eso, de que dar un paso al frente, en esa situación, sí sería como abrir de nuevo ventanas del pasado que ya había cerrado. Notó que le temblaba la mano derecha y se la llevó a los labios.

Jason rompió el tenso momento.

—Vamos, Autumn, te acompaño.

Eso la hizo reaccionar. Su voz, su familiar voz, ese sonido suave que empezaba a colarse con frecuencia en sus pensamientos, le recordó que no podía seguir fiándose de él. No a ciegas, al menos; no después de todas las veces que le había fallado, de todas las piedras que Jason había colocado con sus propias manos en el camino que los unía.

Se giró hacia él y respiró hondo.

—No es necesario. Puedes irte.

Jason abrió la boca para protestar, pero vio algo en sus ojos que le impidió hacerlo. Asintió, incómodo, y dio media vuelta mientras Autumn entraba en la enorme casa y las puertas se cerraban tras ella. Caminó despacio siguiendo a Grace hasta un confortable saloncito en el piso inferior y se sentó en el sofá de color añil haciendo un esfuerzo para no echarse a llorar como una niña pequeña. Cuando la mujer regordeta que le había abierto la puerta le preguntó si quería tomar un té, logró asentir con la cabeza y, una vez salió hacia la cocina, el silencio entre ellas resultó casi doloroso.

Grace se sentó a su lado, con las piernas juntas, y acogió una de sus manos entre las suyas antes de que Autumn pudiese apartarse y rehuir el contacto. Cuando reunió fuerzas para alzar la mirada hacia la mujer, descubrió que tenía los ojos húmedos.

—Lo siento mucho, Autumn, muchísimo...

—Es que... no lo entiendo. ¿Por qué...?

—Es una larga historia, pero me encantaría poder contártela, siempre que tú quieras. No pretendo presionarte y sé lo difícil que debe de estar siendo esto para ti —dijo con voz temblorosa—. Lamento que las cosas no hayan sido de una forma diferente. Ojalá hubiese encontrado el valor suficiente, pero...

Grace presionó los labios temblorosos cuando la otra mujer regresó a la estancia y dejó una bandeja en la mesa que contenía dos tazas floreadas y una tetera. Tras verla desaparecer de nuevo, ninguna de las dos hizo el amago de servir el té. Autumn se empezó a sentir como si acabasen de abrirle un agujero en el pecho que, minuto a minuto, se iba haciendo más grande; el dolor, la decepción y la frustración parecían buscar un rincón en el que agazaparse. Quizá porque Grace pudo percibir que parecía estar hundiéndose, se apresuró a hablar antes de que la oportunidad se le escapase. Sus dedos juguetearon nerviosos con el collar de perlas que le vestía el cuello y su voz sonó endeble, como un montón de plastilina que teme que el puño de un crío la destroce.

—Hasta hace unos años, ni siquiera sabía que existías. No sabía que tenía una nieta maravillosa y dulce como tú. —Hizo una pausa—. Mi hija y yo nunca nos llevamos demasiado bien, nuestra relación era... complicada.

Autumn se llevó una mano al pecho.

—No sé si estoy preparada para esto.

—Si necesitas tiempo, esperaré lo que sea necesario. —Grace acarició con los dedos los anillos que ella llevaba en la mano antes de soltarla, tras darle otro apretón, para coger una de las servilletas de tela que descansaban junto a la bandeja del té; se limpió las mejillas empapadas por las lágrimas que se le habían escapado.

Autumn inspiró hondo. La miró. La miró intentando descubrir en ella algún rasgo que las acercase más, pero allí no había nada, ningún parecido que la hiciese sentir diferente. Hubiese sido más fácil no dejarse llevar por la curiosidad que parecía quemarle la piel; era como si una parte de sí misma necesitase con todas sus fuerzas conocer toda la historia, su historia, desde la primera a la última palabra. Pero la otra parte estaba deseando huir, salir corriendo sin mirar atrás...

«Todo o nada», se repitió. Cerró los ojos.

—Perdona, es solo que... —Tragó saliva—. Nunca había oído nada relacionado con mi madre, ni con nadie de mi familia. Yo... soy como una pincelada en medio de un lienzo en blanco, sin nada a mi alrededor, y ahora mismo estoy tratando de asimilar esto, pero no puedo... no puedo creer que sea real...

—Todo debería haber sido diferente.

—¿Pero por qué no me lo dijiste?

Entonces, cuando su voz aguda resonó en las paredes, Autumn se dio cuenta de que había gritado y estaba enfadada. Era como abrir una cueva que llevaba mucho tiempo cerrada; se había convencido de que las carencias de su vida ya no eran importantes, pero de repente se vio a sí misma frente a la casa azul, con una piruleta en la mano, observando desde la distancia a los tres niños que jugaban, a los dos padres que se amaban, aquella estampa familiar y diaria que se desarrollaba ante sus ojos y un deseo oscuro y furioso la embargó. En su mente, los muros de la casa azul cayeron, se derrumbaron, lo aplastaron todo a su paso dejando solo un montón de escombros y una nube de polvo a su espalda. Quizá era mejor así. Quizá...

—No llores, por favor... lo lamento tanto... —Ni siquiera se había dado cuenta de que lo hacía hasta que Grace le limpió la cara con manos temblorosas—. Sé que, probablemente, y más en tu estado, estarás deseando meterte en la cama y descansar después de un día tan duro, pero toda historia tiene su razón de ser, y necesito compartir la mía contigo. Quiero darte lo poco que puedo ofrecerte antes de que te marches.

El silencio de Autumn le dio alas.

Y Grace habló. Habló de los comienzos, de su juventud y de cómo conoció a su marido, Charlie, en una barbacoa que celebraron unos amigos. Fue un amor lento, que se alimentó de paseos al atardecer y citas para ir al teatro o al cine. Grace era una mujer con carácter y muy desconfiada, por lo que afirmaba sin dudar que valoraba más los hechos que las palabras y, en cambio, Charlie era un hombre soñador que se enamoró de ella en cuanto la vio entre las mesas del jardín ataviada con un bonito vestido azul. Por suerte, Charlie también era testarudo e implacable cuando quería algo y, desde aquel momento, supo que la quería a ella, así que no titubeó a la hora de darle a Grace lo que necesitaba, todas esas certezas, para que ocho meses más tarde aceptase el anillo que le regaló bajo el Golden Gate.

Se casaron una mañana de julio y la boda fue íntima y llena de sonrisas. Años después, Grace supo, con todo su corazón, que había encontrado en él al hombre de su vida, ese que sería su mejor amigo y un pilar seguro en el que apoyarse durante los malos momentos. Tras disfrutar de unos primeros años de matrimonio tranquilos y felices en los que ambos prosperaron en sus facetas laborales, Grace se quedó embarazada y, poco después, en un hogar lleno de amor, nació Bonnie Sullyvan.

Bonnie era una niña despierta y siempre estuvo muy unida a sus padres. Ambos tenían mucho trabajo, pero eran una familia unida. Charlie pronto ascendió en su carrera política y empezó a viajar a menudo, aunque siempre estaba deseando regresar a casa. Por su parte, Grace se especializó en la compraventa de arte moderno y llegó a amasar una gran fortuna gracias a su buen ojo a la hora de fichar a artistas que, más tarde, terminarían dando el salto a la fama. Sin embargo, sus apacibles vidas empezaron a sacudirse conforme Bonnie se fue haciendo mayor. Cada vez que Grace intentaba acercarse a su hija, esta se alejaba más. Cada vez que intentaba limar asperezas, lo único que lograba era que el muro que las separaba fuese más alto y consistente. Hasta que llegó un momento, cuando Bonnie cumplió la mayoría de edad y Charlie empezó a ausentarse con más frecuencia debido al trabajo, en el que ella y Grace se convirtieron en dos extrañas viviendo bajo el mismo techo, dos personas que apenas sabían nada la una de la otra y que no se comprendían. Cuando su madre intentó ponerle remedio de nuevo, ya era tarde.

Bonnie se marchó de casa un verano y pospuso su entrada a la universidad con la intención de recorrer el mundo con su mochila y el chico con el que salía desde hacía un par de meses. Sus padres intentaron impedirlo, pero lo único que pudieron hacer fue esperar y abrir el buzón cada día con la esperanza de recibir alguna carta. Al principio, Bonnie cumplió su palabra y les escribió con frecuencia; al hogar de los Sullyvan llegaron postales desde Kansas, Nueva York, Alabama y Canadá.

Y casi cuando Grace empezaba a sentir que, a través de aquellos breves textos, estaban más unidas que nunca, todo se torció. Bonnie les llamó una noche desde una cabina de teléfono, llorando, contándoles que estaba en medio de una carretera, sin dinero, y que el chico con el que salía la había dejado y se había largado tras una fuerte discusión. Su padre le pidió que les dijese dónde estaba para ir a buscarla, y Bonnie dudó, dudó mucho al otro lado del teléfono, pero al final sorbió por la nariz, le aseguró que se encontraba bien y que pronto tendrían noticias de ella. Luego, colgó. Lo hizo porque no sabía cómo pedir ayuda, porque se avergonzaba de sí misma, porque llevaba muchos años sintiéndose rota por dentro, pero, aun así, cada vez que alguien le tendía la mano lo único que hacía era ignorar el gesto. Y así, sumida en sus propios demonios, se dijo que, si lograba dejar atrás esa noche, lo que viniese después sería más fácil, como cuando un niño aprende a dar un paso y después otro y otro más...

A partir de ese momento, las cartas y las llamadas a sus padres se espaciaron cada vez más. Bonnie no tenía intención de regresar a casa ni de empezar la universidad. Charlie empezó a estar de mal humor. Grace convirtió aquella ausencia en dolor. Durante los siguientes cinco años, solo recibieron una visita suya, por sorpresa, y fue tan inesperada que a ambos les costó encajarla. Tres días después de presentarse, se fue sin avisar, tal y como había llegado. Grace lloró durante semanas y se encerró en su habitación. Charlie protegió su corazón con una segunda capa de hielo y se volcó en el trabajo.

Durante los siguientes quince años, apareció de vez en cuando, siempre sin anunciar su llegada y contándoles lo justo y necesario sobre su vida. Al principio, Charlie insistía y le hacía las mismas preguntas una y otra vez con la esperanza de encontrar alguna explicación, algo que aliviase lo decepcionado que se sentía consigo mismo cada vez que recordaba que era padre, «un mal padre», se repetía; por el contrario, Grace le rogaba que dejara de presionarla, porque creía que, quizá, lo mejor que podían hacer era conformarse con lo que Bonnie estaba dispuesta a darles y disfrutar de su compañía. Era lo único que les quedaba; resquicios de la vida que podrían haber tenido, una sucesión de fotografías inconexas que ni siquiera daba para rellenar un álbum completo. Y así, con la aceptación, las cosas se calmaron.

En cada una de sus apariciones, Bonnie estaba más delgada y consumida. «Es como si se le estuviera escapando la vida», le comentó Grace a su marido en una de esas ocasiones. Y como si fuese una especie de pálpito, la siguiente vez que los visitó, fue también la última. Bonnie nunca volvió a marcharse.

—Llegó sin apenas pertenencias y, en este mismo salón, me dijo que pensaba quedarse más tiempo. Casi no me lo pude creer. Recuerdo que salí corriendo de aquí y pedí que preparasen su habitación. —Grace sorbió por la nariz y se tomó unos segundos antes de seguir hablando—. Resultó que Bonnie, tu madre, estaba enferma. Tan enferma que, en realidad, apenas pude disfrutar de unos meses con ella. Lo más triste es que, de algún modo, durante ese tiempo, fue cuando nuestros caminos por fin se unieron; dábamos largos paseos, hablábamos de los años que habían quedado atrás y de todo lo que habíamos vivido. A menudo, se sentaba en uno de los taburetes de la cocina y, mientras yo preparaba algo, ella leía en voz alta esos libros de los que nunca se separaba. Y, una noche de invierno, se marchó para siempre. ¿Sabes...? Estaba tan acostumbrada a verla irse sabiendo que en algún momento regresaría, que, cuando ocurrió, una parte de mí no lo asimiló, seguía esperando que volviera a aparecer por la puerta de casa...

Autumn quería decir algo, cualquier palabra que pudiese servir de consuelo, pero tenía un nudo en la garganta tan grande que ni siquiera podía tragar saliva. «Bonnie», su madre se llamaba así y, ahora, de pronto, su cabeza empezaba a formarse una imagen de ella; un montón de borrones hechos a carboncillo que revelaban un rostro, una mirada, un timbre de voz, una forma de vivir, un entorno y una vida.

Las emociones se enredaban en su estómago.

Y se enfadó. Se enfadó por estar sintiendo tantas cosas que no quería sentir; con el dorso de la mano, se limpió las mejillas y arrastró las lágrimas lejos. Ella no conocía a todas esas personas, no habían estado a su lado, no sabía quiénes eran.

—Eso no explica nada sobre mí —replicó dolida.

Cuando Grace alzó la cabeza, había tanta ternura en su mirada que Autumn tuvo que apartar la vista, incapaz de soportarlo.

—Bonnie me lo confesó tres días antes de morir. Me dijo que había tenido una hija. Al parecer, regresó a San Francisco para buscar al padre, aquel chico con el que se marchó para recorrer el mundo, pero él no quiso saber nada. Al cabo de unas semanas, dio a luz a una niña preciosa, la llamó Autumn y decidió dejarla a cargo de los servicios sociales. Eso fue todo lo que me dijo, la única información que pude conseguir antes de despedirme de ella para siempre —susurró—. A partir de ese momento, dediqué cada segundo de mi vida a encontrarte. Y tu abuelo... —se le quebró la voz—, ojalá hubieses podido conocerlo, Autumn. Era un hombre bueno, muy bueno, e hizo todo lo que estuvo en su mano para dar contigo. No sabes cuánto deseaba conocerte...

Autumn se estremeció.

—¿Por qué me cuentas esto?

—Yo... solo quería que supieses...

—Es que me duele. Me duele mucho.

—Ya lo sé, Autumn. Es culpa mía. —Nerviosa, se frotó las manos surcadas de arrugas—. Tras la muerte de tu abuelo, me sentía tan desolada que moví todos los hilos posibles para acceder a tu partida de nacimiento, asegurando que era tu abuela. Por suerte, tenía algunos contactos. Al final te encontré: una niña llamada «Autumn» que había nacido diecinueve años atrás en pleno otoño y que había sido entregada a los servicios sociales. Ese día lloré. Y hacía tanto tiempo que no lloraba de alegría...

Autumn se puso en pie con lentitud.

—¿Por qué no me dijiste nada?

Grace la imitó y se paró frente a ella, en medio del salón.

El té seguía intacto y ya frío encima de la bandeja.

—Lo intenté —aseguró—. Cuando por fin averigüé dónde estabas, me levanté una mañana y me dije que ese iba a ser el día en el que me presentaría ante ti. Recuerdo que me puse mi traje favorito y me tomé un par de valerianas antes de salir de casa. Era una mañana lluviosa y horrible con un cielo de color ceniza, pero cuando entré en la tienda tú me sonreíste con todo el rostro, con los ojos, las mejillas y los labios, como si aquel fuese un día luminoso y cálido, y yo... yo te miré, temblando, y tan solo fui capaz de preguntarte si vendíais pinturas antiguas. Tú respondiste que no, pero que disponíais de muchas otras cosas y saliste de detrás del mostrador y empezaste a enseñarme toda la tienda. Si te soy sincera, no recuerdo nada de lo que dijiste aquel día, solo sé que no podía parar de mirarte y que fue como estar flotando a tu alrededor. Eras tan alegre, tan simpática... No te parecías en nada a Bonnie y, aun así, tuve la sensación de que podría haberte reconocido en cualquier otro lugar si nuestros caminos se hubiesen cruzado.

Autumn dejó que las lágrimas resbalasen.

—Tendrías que habérmelo dicho...

—Lo sé, Autumn. Pero fui incapaz. Lo intenté la siguiente vez que fui y la siguiente y la siguiente, pero nunca encontré el valor. Terminé llevándome a casa lámparas, soperas de porcelana, camafeos, sillas y baúles, pero no conseguí llevarme lo más importante, que eras tú. Parecías feliz y muy unida a Abigail. El tiempo fue pasando y yo me resigné, conformándome con verte una vez a la semana con la excusa de comprar cualquier cosa. Cuando un día miré el calendario y vi que había pasado un año desde esa primera mañana gris que te conocí, dadas las circunstancias, me limité a cambiar el testamento.

Volvió a acariciar el collar de perlas sin intentar esconder las lágrimas que habían estropeado su maquillaje. Y Autumn tan solo pudo pensar que no parecía Grace, la Grace que ella conocía, esa que siempre se paseaba impecable por la tienda. Ahora, de repente, era tan solo una mujer mayor, rota, muy rota, que escondía su dolor tras una perfección envuelta en ropa cara y perfume de marca. Al verla así, tan real y desnuda, por primera vez desde que había puesto un pie en su casa, sintió ganas de abrazarla, pero no movida por el afecto que podría tener hacia alguien de su familia, pues era incapaz de sentir ese vínculo con ella, sino por el impulso de consolar a otro ser humano, a alguien que está sufriendo.

—Me daba mucho miedo que me rechazases, Autumn. Tu madre me rechazó toda la vida y jamás he conseguido superarlo. Me sigue doliendo. Y cuando me enteré de que estabas embarazada... supe que tendría que volver a intentarlo. El otro día, al verte en la fiesta, pensé que era una señal, pero, de nuevo, perdí la oportunidad...

Se le quebró la voz y Autumn, como si unos hilos la manejasen, dio un paso al frente y rodeó con los brazos a la mujer. No dijo nada. Ninguna de las dos lo hizo. Grace lloró y Autumn le regaló aquel momento de consuelo hasta que se calmó. Entonces, se separó de ella. Tragó saliva y se humedeció los labios, nerviosa.

—Yo no te culpo. Sé lo que es el miedo y puedo entenderlo. Pero quiero que sepas que jamás te habría rechazado. —Luego dio un paso atrás, hacia la puerta.

—¿Vas a marcharte? —A Grace le tembló la voz.

—Sí. Ahora, necesito pensar. Y estar sola.

—Lo comprendo, pero... —Se calló, consciente de que no había nada más que pudiese decir, de que su momento había terminado y ya todo estaba en manos de la muchacha que tenía enfrente y que parecía rogarle con la mirada que no la presionase. Grace cuadró los hombros—. ¿Necesitas que pida un taxi? —Autumn negó con la cabeza—. Está bien. Si no te importa, te acompañaré hasta la puerta.

Ninguna habló mientras recorrían el largo pasillo que conducía hacia la entrada. Tras salir por la puerta, Autumn tomó una bocanada de aire al ver el cielo amarillento del atardecer y se giró hacia Grace una última vez. Intentó sonreírle, pero no pudo, y lo único que logró fue esbozar una mueca.

—Gracias por contármelo.

Grace parecía desear decir algo, pero, finalmente, le tembló el labio inferior y se limitó a asentir con la cabeza y a verla marchar. Y allí, aferrada con las manos al marco de la puerta, sollozó, porque aquella imagen reavivaba recuerdos dormidos: todas las veces que había visto irse así a Bonnie, caminando decidida por el sendero de gravilla. Y se odió por ser incapaz de impedírselo, como tampoco pudo impedir que su hija se alejase cada vez más. Si Charlie hubiese estado allí, habría intentado remediarlo, corregir los errores, y, quizá, ella hubiese sido más fuerte al poder apoyarse en él. Pero Charlie ya no estaba. Bonnie tampoco. Y Autumn seguía siendo un deseo inalcanzable.

# 18

Salió de allí a paso rápido, con la sensación de tener las piernas y el corazón entumecidos, como si el tiempo se hubiese paralizado mientras escuchaba la historia de su propia vida, esa que pensó que jamás llegaría a oír y de la que ni siquiera sentía que formara parte. Autumn ya se había resignado a ello, estaba convencida de que nunca aliviaría su curiosidad y, en cierto momento, lo había aceptado, lo había digerido y sabía que podría ser feliz a pesar de ese vacío que la rodeaba.

Y ahora, todo su mundo se tambaleaba...

Apenas había avanzado unos metros por la acera cuando vio el coche deportivo que estaba aparcado un poco más allá. Jason salió de él y se acercó a ella.

—¿Estás bien? Eh, mírame.

—No quiero ni mirarte, Jason.

Él se pasó una mano por el pelo.

—De acuerdo, entiendo que estés enfadada conmigo, pero todo esto ha sido complicado, como estar en una montaña rusa, y...

—Tú lo has hecho complicado —replicó—. Y no estoy enfadada, Jason. Es peor, porque estoy decepcionada. Y una persona solo puede estar decepcionada con otra cuando ha cometido el error de esperar algo que nunca va a llegar. Como la confianza, por ejemplo. O el estar dispuesto a conocer a alguien sin llevar encima un puñado de prejuicios.

Tragó saliva, angustiada.

Hacía mucho tiempo que no se sentía así. Habían pasado años desde la última vez que se vio a sí misma tan perdida, confundida y dolida, por todo y por todos; ni siquiera sabía qué porción de ese desencanto le correspondía a quién.

Su voz suave la acarició.

—Lo siento. De corazón.

Quizá fue por la mirada azul sincera o por los hombros llenos de tensión que esperaban una respuesta, pero Autumn aceptó su disculpa.

—Vale. Ya hablaremos.

—Espera. Deja que te lleve a casa.

—No, cogeré el tranvía, necesito...

—Estar sola, lo sé —dijo, terminando la frase por ella—. Pero aún tienes la furgoneta aparcada delante de mi casa, no hay una combinación directa para llegar hasta ahí y estás cansada porque este día ha sido muy largo. Así que, por favor, solo sube al coche. No te preguntaré nada. Ni siquiera hablaré, si eso es lo que quieres.

En aquel momento, ella estuvo a punto de dejarse caer, de permitir que él la sostuviese y se hiciese cargo de la situación, porque, de algún modo, necesitaba compartir el peso de lo que estaba sintiendo con otra persona. Cerró los ojos, inspiró hondo y, al final, lo siguió hasta el coche. Él parecía satisfecho y, tal como había prometido, no dijo ni una palabra mientras conducía hacia Sea Cliff. Y una vez allí, la acompañó hasta la puerta de la furgoneta.

—Ya sabes que, si necesitas algo, lo que sea, solo tienes que llamarme.

Ella se encogió de hombros.

—Estaré bien. Siempre lo he estado. —No supo si se lo decía a él o a sí misma. Quizá, a los dos. Abrió la puerta, pero, antes de meterse dentro, al recordar lo que había estado pensando durante el trayecto en el coche, se giró—. Creo que me iré unos días a finales de semana. Quería avisarte.

—¿Irte? ¿A dónde?

—Una de las escapadas que suelo hacer en busca de material —aclaró—. Hace tiempo que no lo hago y es justo lo que necesito ahora.

Eso era. Conducir, estar sola y pensar.

Jason frunció el ceño y la miró.

—Te acompañaré.

—No te he invitado.

Cerró la puerta de la furgoneta y, sin mirar atrás, se alejó de allí. De él. Subió el volumen de la música y condujo por la línea de la costa mientras el sonido de las notas de una guitarra se le metían bajo la piel. Y derramó todas las lágrimas que aún le quedaban, las que se habían quedado rezagadas en su orgullo, las que ella pensó que nunca debería dejar salir. Paró el vehículo en un desvío, recostó la cabeza en el asiento y se quedó mirando el mar mientras, de forma inconsciente, posaba una mano en su tripa. Observó cómo las olas chocaban con fuerza contra las rocas dejando un rastro de espuma a su paso, una señal de que, a pesar de ser efímeras, habían estado allí. Sorbió por la nariz y luego pensó en Darío, en sus letras, en esas que una vez leídas se quedaron con ella y ahora regresaban de repente: *La princesa está triste... ¿Qué tendrá la princesa? / Los suspiros se escapan de su boca de fresa, / que ha perdido la risa, que ha perdido el color. / La princesa está pálida en su silla de oro.*

Autumn agradeció que Abigail respetase su silencio durante la siguiente semana. Cualquier otra persona, en su lugar, le hubiese hecho un montón de preguntas tras conocer la historia completa, pero Abigail se había limitado a levantarse con los ojos enrojecidos y a darle un abrazo largo y cálido que fue como una inyección de fuerza y confianza en sí misma. Porque eso era algo importante para ella, ser consciente, muy consciente, de que seguía siendo exactamente la misma persona que unos días atrás. Cuando el lunes de buena mañana se miró al espejo mientras se trenzaba el pelo, se dio cuenta de que nada había cambiado; allí estaba esa peca a la izquierda de su barbilla, las cejas ligeramente arqueadas y la frente algo más amplia de lo que dictaban los cánones de belleza. Le gustó pensar que, en su interior, su corazón seguiría también intacto.

Por más que se repitiera que Grace era su abuela, casi como si intentase convencerse de ello o grabar a fuego la idea en su cabeza, no lo sentía así; para Autumn continuaba siendo tan solo la mujer elegante que compraba a menudo en la tienda. Hubiese deseado albergar de repente sentimientos hacia ella, pero no podía hacerlo. Igual que tampoco podía hacer lo contrario cuando se trataba de Jason; eliminar emociones.

No estaba segura de en qué momento había comenzado a ocurrir, pero él se estaba colando en su interior como volutas de humo que ella no podía atrapar por mucho que cerrase las manos intentando cazarlas. A veces lo adoraba, cuando sonreía y notaba su mirada azul pendiente de cada uno de sus movimientos, atento. O cuando veía el esfuerzo que hacía por cambiar, por abrirse; cuando se relajaba y se dejaba llevar. Y otras veces lo odiaba, como cuando se mostraba cerrado y testarudo, aferrado a sus ideas como si soltarlas significase caer al vacío. Y se dio cuenta de que quizá ahí estaba la clave que llevaba semanas buscando: Jason la hacía sentir. Cosas buenas, cosas malas, reír, llorar, pero... sentir, al fin y al cabo, en todas sus variables, como observar un cuadrado desde diferentes ángulos e ir descubriendo cada línea recta, cada arista, cada esquina, aunque algunas pinchasen.

Aquellos días llenos de dudas, preguntas que no se atrevía a responder e incertidumbre, Autumn se centró en los suyos, aferrándose a las pocas seguridades que poseía. El martes por la noche, tras mucho insistir, consiguió que Tom y Abigail se fuesen a cenar solos y ella decidió llevarse a Jimmy y a Nathaniel al cine a ver una película de dibujos animados. Allí, entre las butacas granates y comiendo palomitas de maíz, se rio, se relajó y disfrutó de la noche en la mejor compañía posible. Al salir, los tres dieron un paseo hasta la furgoneta comentando la película que acababan de ver.

—¡Yo también quiero tener un dragón! —gritó Jimmy.

—Si te portas bien, puedes tener uno de juguete.

El niño la miró enfurruñado.

—¡Pero quiero uno de verdad! —insistió.

—Los dra-dragones no existen —dijo Nathaniel.

—¡Claro que sí! Lo que pasa es que son invisibles para los que no creen en ellos.

Autumn presionó los labios para no reír y abrió la puerta de la furgoneta por la que rápidamente se coló Jimmy para ser el primero en elegir sitio. Ella se giró hacia Nathaniel, que seguía en la acera. Abrió la boca para preguntarle por qué no subía, pero él se adelantó al hablar, con la cabeza ladeada hacia la derecha y las gafas un poco torcidas.

—¿Por qué es-estás triste, Autumn?

Sintió que algo le apretaba el corazón al ver la expresión apenada que cruzaba el rostro de Nathaniel. Tragó para deshacer el nudo que tenía en la garganta.

—No estoy triste, ¿por qué piensas eso?

—Sabes que mentir no está bien.

Abigail se lo decía a menudo. «No mientras, Nathaniel», «no me digas que te has comido tres golosinas si en realidad has cogido cuatro», «no te escondas en mentiras y afronta las cosas si buscas el perdón». Porque ella era así, siempre muy clara y sólida. Creía que, con el ejemplo, él entendería las cosas mejor y más rápido. Así que Autumn fue incapaz de no hacer lo mismo. Suspiró hondo.

—Tienes razón. Estoy un poco triste por... por muchas cosas... —Nathaniel la miró fijamente y ella sintió el deseo de darle un beso en la punta de la nariz, como hacía cada noche antes de irse a dormir cuando aún vivían bajo el mismo techo—. Pero se me pasará, lo sé.

—¿Qui-quieres un abrazo? —preguntó y ella sonrió.

—Si son tuyos, quiero mil abrazos.

Y se dejó envolver por esos brazos que siempre estaban dispuestos a cobijarla. Nathaniel seguía usando una colonia un poco infantil y allí, aferrada a él en medio de la noche y envuelta por ese aroma suave, todos sus problemas se encogieron porque, de algún modo, nunca nada es «tanto» como se piensa tras el primer impacto. Podría asimilarlo, sí, podría afrontar aquello y encontrar la manera de encajarlo en su vida, unir las piezas viejas a las nuevas que estaba encontrando en el camino.

—Gracias, Naz. Necesitaba esto.

La voz de Jimmy se alzó tras ellos.

—¡Vamos! ¡Dejad de abrazaros!

Autumn soltó a Nathaniel y se giró hacia el renacuajo que los miraba cruzado de brazos. Se coló por la puerta de la furgoneta y lo abrazó entre risas tras decirle que no tenía por qué estar celoso. Jimmy se revolvió entre protestas y terminó soltando una carcajada cuando ella le hizo cosquillas en la barriga.

A la mañana siguiente, de nuevo en la tienda, todo parecía haber adquirido una calma que el día anterior no estaba allí. Ante la insistencia de Abigail, que estaba radiante tras su cita con Tom, ella se pasó casi todo el día en su buhardilla, sentada en la cama con las piernas cruzadas y un mapa enorme de California delante. Con rotuladores de diferentes colores, fue señalando la ruta en la que iba a embarcarse al día siguiente, justo después de la hora de comer. Marcó los sitios que quería visitar, los garajes que había visto anunciados y que parecían tener cosas interesantes, los mercadillos que quedaban de paso y los lugares en los que podía parar a dormir sin desviarse demasiado del camino que pretendía recorrer.

Le hormigueaba la piel de las ganas que tenía de empezar el viaje y perderse entre carreteras, mañanas llenas de sol y rincones desconocidos. Estaba señalando con un rotulador rosa un hostal muy económico del que había leído buenas opiniones, cuando llamaron a la puerta. Autumn alzó la cabeza y volvió a bajarla al ver que Jason entraba en la habitación.

—¿Qué estás haciendo aquí?

—Quería hablar contigo, pero no coges el teléfono. Abigail me ha dicho que estabas en la buhardilla y que podía subir. —Le echó un vistazo al mapa—. ¿Es la ruta?

—No es asunto tuyo.

—Dijiste que me perdonabas.

Ella suspiró hondo y le puso la tapa al rotulador, ignorando la tensión que escondían esas cuatro palabras.

—Te he perdonado... y ahora estoy tratando de olvidarlo.

—¿Qué más puedo hacer? Vamos, solo dímelo.

Y entonces ella explotó, dejó que las emociones saliesen sin control y la zarandeasen.

—¡Pensaba que empezábamos a entendernos! —Lo miró dolida—. Todo iba... mejor. Entonces, volviste a fastidiarlo en aquella fiesta. Y después... ver que ni siquiera tenías intención de conocerme, romper así la confianza...

—Sí que quería conocerte. Lo estoy haciendo.

Él se agachó frente a la cama para quedar a su altura. Cuando se atrevió a mirarlo, sintió que tenía la boca seca y le tembló la voz:

—Sé que no te gusta lo que ves...

—Joder, eso no es verdad. —«A veces, me gusta demasiado», estuvo a punto de decir, pero logró contener las palabras a tiempo. Alzó una mano hacia su rostro y le colocó tras la oreja un mechón de cabello oscuro—. Admito que somos muy diferentes, pero tú... tú haces que me divierta y quiera arriesgar, y plantearme muchas cosas. Y sí que me gusta lo que veo. No lo dudes ni por un segundo, Autumn. Estamos juntos en esto y lo vamos a hacer bien.

Ella lo miró insegura. Notaba que el corazón le palpitaba con fuerza y quiso controlarlo; quiso decirle que dejase de latir tan rápido.

—¿Lo estás diciendo en serio?

—Muy en serio. Te lo prometo.

Asintió con la cabeza, más convencida.

—Está bien, cuando vuelva... —Tragó saliva—. Cuando vuelva empezaremos desde cero. Otra vez. Sin secretos, sin prejuicios, ¿de acuerdo?

Jason ladeó la cabeza y se inclinó más hacia ella.

—Empecemos ya. Quiero ir contigo.

—No. Necesito unos días para mí sola, unos días para vaciar la mente y no pensar en todo lo que ha ocurrido durante estos últimos meses. Solo la carretera, música, alguna parada frente al mar y pasear por mercadillos; eso es lo que quiero.

Respiró agitada al terminar de hablar.

—Vale. Pues eso tendrás, pero conmigo.

Autumn puso los ojos en blanco y él la siguió cuando se levantó de la cama y se alejó para abrir la ventana de la buhardilla. Se giró con los brazos cruzados como si intentase así protegerse del chico que tenía enfrente.

—¿Por qué no puedes entenderlo?

—Por la misma razón por la que tú no entiendes que necesito hacer este viaje contigo. —Su voz se había convertido casi en un susurro—. Deja que te acompañe, por favor.

—Y si lo haces, ¿qué pasa con el trabajo?

—Soy mi propio jefe y nunca pillo días libres.

—¿Y el perro? Alguien tiene que cuidarlo.

—Ya he hablado con mis hermanos sobre eso.

—Vaya, veo que lo tenías todo pensado...

—Soy un tío precavido, ya lo sabes.

Dejó escapar un suspiro largo y se alejó de Jason para poder pensar con claridad, sin saber que, cuando se mordió el labio inferior, pensativa, él tuvo que contener las ganas de pedirle, rogarle, suplicarle, que no hiciese ese gesto porque, cuando la veía hacerlo, tenía que obligarse a dar un paso atrás y mirar hacia otro lado.

—Está bien. Pero es mi viaje y lo haremos a mi manera. No quiero que intentes controlarlo todo en cuanto ponga un pie en el acelerador.

—Me parece justo. —Él esbozó una sonrisa que llegó hasta sus ojos—. Entonces, ¿quedamos aquí mañana a primera hora?

—No. Tengo algo que hacer antes.

—¿Algo que pueda saber?

Ella dudó, pero al final se lo dijo.

—Desde hace años, siempre quedo con Hunter a finales de mes en una cafetería para comer. Ahora... ahora las cosas están un poco tensas entre nosotros, así que no sé si vendrá. Pero necesito comprobarlo antes de irme.

—Está bien, lo entiendo. —Alzó una ceja tras clavar la mirada en el mapa que aún seguía abierto sobre la cama. Iba a decirle que, quizá, sería más fácil que se guiasen con el GPS del móvil, pero recordó que era su viaje y que había prometido seguir sus normas—. ¿Puedo ver la ruta?

Autumn sonrió con timidez y, durante la siguiente hora, los dos revisaron el recorrido que harían. Y allí, sentados sobre la colcha azulada de su cama a juego con las paredes que los rodeaban, ella se olvidó de Grace, de la tristeza que la había acompañado durante esa semana y de todos esos problemas que no era capaz de solucionar.


El viernes, Jason se despertó a primera hora de la mañana, como siempre, cuando el sol todavía parecía estar desperezándose. Desayunó, se dio una ducha fría, sacó a pasear al perro y se preparó la maleta. Les había dejado unas instrucciones muy claras a Tristan y Leo sobre lo que podían hacer en su casa durante su ausencia (ver la televisión, quedarse a dormir, comer), y lo que no (montar una fiesta, básicamente). Rachel se había ofrecido a cuidar del perro, pero Jason deseaba saber si podía confiar en sus hermanos, principalmente porque se había dado cuenta de que, hasta la fecha, ni siquiera había intentado hacerlo. Lo pensó mientras hablaba con Rachel por teléfono.

—Prepárate para encontrar la casa hecha pedazos cuando vuelvas —le dijo Rachel.

—Están cambiado. Creo. Como mínimo se ganan la vida.

—Des-nu-dán-do-se.

—Me vale —admitió.

Había pensado en ello durante los últimos días. El domingo, cuando Autumn lo acompañó a casa de sus padres, él se había sentido tranquilo y muy feliz, como si tuviese todo lo que necesitaba allí, en el salón del hogar que lo había visto crecer. Y aunque sus hermanos a menudo lo sacaban de quicio, sabía que no los cambiaría por nada. Los quería tal y como eran.

—¿Y no vas a decirme qué significa este viaje? —preguntó Rachel.

—No quiero que vaya sola —contestó.

—Claro, no es porque tú lo necesites...

—Mira, no tengo mucha cobertura. Ya hablaremos cuando vuelva. —Y mientras la risa de Rachel le llegaba desde el otro lado del teléfono, él le dio al botón de colgar.

Condujo hasta la tienda y aparcó por los alrededores antes de entrar y dedicarle una sonrisa a Abigail, que parecía encantada de verlo. La mujer salió de detrás del mostrador y le dio un abrazo corto pero cálido.

—¡Qué alegría que vayas a acompañarla!

—Espero que volvamos con vida —bromeó.

—Oh, ¡qué divertido eres!

—¿Divertido? ¿Jason? —Autumn apareció tras bajar las escaleras y frunció el ceño—. ¿Y qué estás haciendo aquí? Te dije que no nos iríamos hasta el mediodía.

Jason la miró con inocencia.

—Pensé que quedaríamos antes.

Ella no supo si creerle, pero, ahora que ya estaba allí encandilando con su perfecta sonrisa a Abigail, no le quedó más remedio que aceptar que fuese con ella. Tras despedirse de la mujer, los dos atravesaron un par de calles caminando a paso lento y en silencio. Autumn estaba tan nerviosa que le sudaban las palmas de las manos y temía imaginarse qué haría si, al llegar a la cafetería, no había rastro de Hunter. Necesitaba verlo. Necesitaba saber que estaba bien. Si él pensaba que evitando sus llamadas le quitaría a ella un peso de encima, se equivocaba; era justo al revés. Hacía tiempo que Autumn había llegado a la conclusión de que la información, por dolorosa que fuese, siempre era mejor que la incertidumbre y las dudas. La información se podía masticar y digerir, se podía entender y asimilar. La incertidumbre siempre seguía siendo eso, desasosiego; no cambiaba de forma ni de color, tan solo se volvía más grande.

Antes de que girasen la última esquina, tomó una bocanada de aire y, casi temblando, fijó la vista en las mesas de la pequeña terraza bañada por el sol. Ahí estaba, apoyándose en los brazos de una de las sillas para ponerse en pie. Aquel día llevaba una camiseta negra y tenía tan buen aspecto que Autumn estuvo a punto de llorar de alivio en cuanto lo vio, porque supo que aquel era un nuevo intento, otro de tantos, sí, pero quizá el definitivo. Hunter se había afeitado y su rostro de líneas marcadas parecía un poco más lleno que la última vez. Ella casi tropezó cuando corrió hacia él y lo abrazó por la cintura hundiendo la cabeza en su pecho. Los brazos de Hunter la rodearon y la cobijaron contra él como en los viejos tiempos y ella estuvo tentada de darle las gracias por el esfuerzo que sabía que le habría supuesto aparecer así, tan entero, incluso cuando ambos sabían que Hunter no lo estaba y que se había pasado la vida recogiendo los pedazos y buscando un pegamento que fuese lo bastante fuerte para mantenerlos unidos; cayendo y levantándose y cayendo de nuevo.

—Estás estupendo —dijo y lo cogió de la mano antes de girarse hacia Jason con una sonrisa radiante—. Te presento a Jason. Estuvo conmigo la última vez que... que nos vimos. En el hospital, ya sabes.

Ninguno de los dos pareció sentirse cómodo al estrechar la mano del otro.

Se sentaron alrededor de la mesa y pidieron un par de empanadillas para picar y unos refrescos. Después, Autumn parloteó sin cesar, hablando de todo y de nada mientras ellos la escuchaban con atención. Y fue entonces cuando Jason advirtió el brillo en los ojos de Hunter; tan fijos en los labios de Autumn, tan ensimismados, tan llenos de ella...

Notó la boca seca. No soportaba sentir eso. No soportaba haberse *fijado* en eso. Ni el deseo y la debilidad que ella despertaba en él. Se irguió en la silla, intentando deshacerse de esos pensamientos. Contrariado, clavó la mirada en uno de los platos y apenas intervino mientras ellos hablaban de anécdotas de su infancia y de vivencias y momentos que les concernían solo a los dos. Hizo un esfuerzo por sentirse parte de todo aquello al darse cuenta de que la Autumn que él conocía era solo una estrella de ese enorme firmamento que Hunter sí podía ver cuando la miraba. Él no. Él se había pasado semanas pendiente solo de sus defectos y de sus diferencias, y ahora la sentía tan lejos... ahora que empezaba a ser alguien importante en su vida; una amiga, la chica de las trenzas y la sonrisa eterna...

Autumn se giró hacia él sin dejar de hablar:

—Hunter era el menos vago de los tres y el único que pasaba las mañanas de los fines de semana conmigo. A Roxie le encantaba dormir; no importaba cuánto la molestases, se daba la vuelta y no se levantaba hasta casi el mediodía. Yo siempre le decía que era como un oso hibernando.

Hunter se encendió un cigarro y sonrió.

—Y ella te llamaba suricato —replicó él—. Porque siempre estabas ahí, de pie, quieta como un palo y mirando esa casa azul tuya.

—¿La casa azul? —Jason levantó la cabeza.

—Es una historia larga —se apresuró a decir Autumn y Hunter pareció cazar al vuelo que no quería que hablase de ello, porque rápidamente cambió de tema y le comentó algo sin importancia sobre la tienda.

Y Jason tuvo que contenerse para no seguir preguntando, porque le jodió aquello, le jodió no tener acceso a esos recuerdos, a esos momentos, que no lo dejase entrar cuando, en cambio, Hunter tenía las puertas abiertas de par en par. Él, que siempre quería controlarlo y saberlo todo, se sentía excluido, apartado. Y no le gustaba. Tampoco le gustaba el tipo que tenía sentado al lado; para empezar, porque sabía que la estaba engañando y, además, representaba todo lo que no toleraba: lo incorrecto, lo fácil.

Se preguntó si Hunter también habría visto ese lunar que Autumn tenía en el muslo derecho o si el recuerdo de esa pequeña salpicadura en su piel era solo suyo.

Ella se levantó diciendo que iba al servicio.

El silencio los envolvió hasta que Hunter lo rompió tras sonreír burlón.

—No parecéis tener mucho en común —opinó.

—Eso lo hace aún más interesante —replicó Jason—. Por cierto, buena actuación en cuanto a lo de estar limpio. Muy creíble. Casi me lo trago.

—Hunter lo taladró con la mirada, pero no lo negó, tan solo tiró el resto del cigarro al suelo y lo aplastó con la suela de las zapatillas—. Si tanto la quieres... quizá no deberías haber venido aquí hoy.

—Tú lo has dicho. Quizá. Pero aquí estoy.

Jason se tensó; su voz se tornó gélida y baja.

—No la involucres en nada malo. No juegues con ella.

—Métete en tus asuntos.

—Ella es mi asunto ahora. —Mientras las palabras escapaban de sus labios, Jason sintió que algo se rompía dentro de él, pero no adivinó qué era, ni tampoco supo darle un nombre al agujero que parecía abrirse en su pecho.

—¿Tu asunto? —La mirada de Hunter se oscureció—. No tienes ni idea. No sabes nada sobre ella. Un tipo como tú no podría comprenderla ni aunque tuviese diez vidas para intentarlo. Y te juro que, si le haces daño, si se te ocurre hacerle algo...

Sus palabras se quedaron en el aire porque Autumn apareció.

—He estado a punto de preguntarle a la camarera de dónde es el jabón que tienen en los servicios. —Se llevó la muñeca a la nariz—. Huele como a lavanda, pero más dulce. Me encanta. Por cierto, ya he pagado la cuenta.

Jason tamborileó con los dedos sobre la mesa antes de levantarse.

—Será mejor que nos marchemos ya si queremos cumplir el itinerario.

Unos minutos más tarde, Autumn se despidió de Hunter con un abrazo y ellos se dieron un tenso apretón de manos. Después, mientras regresaban a la tienda, ella le contó un par de anécdotas de su infancia, como la vez que unos niños se burlaron de sus trenzas en el colegio y Hunter salió a defenderla, o el día en que Roxie le pintó mariposas en el brazo con rotuladores de colores y Autumn deseó no tener que bañarse nunca más porque le daba pena estropear algo tan bonito, pero Hunter y Pablo la metieron casi a la fuerza en la ducha.

—Es un buen tipo, solo necesita ayuda.

—Conozco de cerca un caso parecido y te aseguro que da igual la ayuda que le ofrezcas, no cambiará a menos que de verdad quiera hacerlo.

Autumn lo miró de reojo.

—No deberías ser tan duro.

—No soy duro, es solo que...

«No me gusta que esté cerca de ti; tan oscuro, tan dañino», pensó. Algo que la conectaba directamente con su pasado, ese que estaba tan lleno de sombras y soledad...

—¿Qué ibas a decir?

—Nada, olvídalo —contestó—. ¿Conduzco yo?

—¿Ya empiezas a mandar? —Lo miró divertida.

Él alzó una ceja y sonrió.

—Autumn, ¿me concedes el honor de conducir?

—Eso está mejor —repuso orgullosa y le tendió las llaves de la furgoneta.

# 19

Jason se relajó en cuanto puso un pie en el acelerador y comenzaron a alejarse juntos de aquellas calles y de todo lo que habían vivido durante los últimos meses. A su lado, Autumn inspeccionaba el gigantesco mapa, intentando darle la vuelta sin arrugarlo, hasta que sonrió al encontrar lo que estaba buscando y le indicó que tomase la siguiente carretera a la derecha. Obedeció y, sin apartar la vista del asfalto, le pidió si podía coger las gafas de sol de la mochila que había dejado en la parte trasera de la furgoneta. Autumn se quitó el cinturón antes de que el semáforo volviese a cambiar a verde y le tendió las gafas tras sacar también la gorra de béisbol y ponérsela con una sonrisa.

—Eh, ¿qué haces con mi gorra?

Ella lo miró feliz. Se sentía así. Haber visto a Hunter con las mejillas llenas le había dado esperanzas y, además, tenía el presentimiento de que aquel viaje realmente podía ser un nuevo punto de partida para su relación, tal como Jason había prometido. Hizo una mueca traviesa.

—Me queda mejor que a ti. Y, por cierto, recuerda desviarte por la segunda salida. Si mis cálculos no me fallan, deberíamos llegar a Gilroy en una hora y media.

—¿No sería más lógico pasar por allí a la vuelta?

—¡Deja de cuestionarlo todo! Lo prometiste —le recordó antes de doblar el mapa—. No, a ninguno de los propietarios de los dos trasteros que quiero visitar les venía bien quedar el lunes. Además, las cosas que me interesan son pequeñas y no ocupan demasiado.

Jason asintió y encendió la radio, pero, antes de que pudiese cambiar la emisora que estaba puesta, Autumn sacudió los brazos en alto, emocionada, y empezó a cantar la canción que estaba sonando, *The Dreamer*. Su voz aguda y alta flotó entre ellos y él terminó riendo y negando con la cabeza.

—Va a ser un viaje muy largo... —susurró.

—¿Qué has dicho? —gritó ella.

—Que cantas de maravilla, pequeña.

Ella inspiró hondo y frunció el ceño.

—¿Por qué me llamas así?

—¿Tanto te molesta?

—Todavía no lo he decidido.

Rio ante aquella respuesta al ver cómo arrugaba su nariz respingona antes de relajarse en el asiento. Por alguna razón, él siempre se la había imaginado así, como una «pequeña» suicida al volante, como un hada «pequeña» con ese andar despreocupado y grácil. La miró de reojo antes de que los coches que estaban delante arrancasen y deseó retener esa imagen en su cabeza, la de su rostro teñido de color caramelo por la luz del sol del mediodía. Tomó aire y se concentró en las líneas del asfalto, en la brisa, en la música que los envolvía y que ella tarareaba por lo bajo en un susurro que era casi una caricia...

—Me gusta cómo conduces —confesó Autumn pasada la primera hora—. Porque pareces... tranquilo.

—Cuéntame qué te interesa de esos dos garajes.

—Pues, del primero, un broche de 1900 con una pieza central de color verde agua; es precioso y una de esas piezas que tiene fácil salida. También me gustaron un par de camafeos. Del segundo garaje, me interesan unos juguetes de hojalata, que son un clásico, y también un lote de tres hojas de afeitar y...

—¿Hojas de afeitar? —preguntó.

—Sí, no es tan raro. Hay demanda.

—¿Te estás quedando conmigo? —Jason rio.

—Claro que no. Te sorprendería la de cosas extrañas que hemos vendido en la tienda.

Él la miró de reojo, sin dejar de conducir.

—¿Como qué?

—No sé... Por ejemplo, bichos disecados, mucha gente los colecciona. O un tirador de cisterna de porcelana con su cadena original. O una jeringuilla de cristal, en su caja; sin usar, obviamente —añadió al ver la expresión de Jason—. Al final te acostumbras.

—¿Te acostumbras a que el mundo esté loco?

—Algo así. —Autumn sonrió—. ¿Sabes? Pienso que para esas personas es importante. Quiero decir, que esos objetos, en cierto modo... no sé, siempre tengo la sensación de que están destinados a llenar vacíos. Por ejemplo, la señora Vania colecciona muñecas de porcelana y tiene hasta una habitación solo para ellas, pero yo creo... creo que lo hace porque se siente muy sola. Un día me contó que su marido murió en un accidente de tráfico cuando tenía veintiocho años, tres meses después de haberse casado con ella.

—Joder, Autumn... —Jason tragó saliva.

—¿Nunca te paras a imaginar cómo es la vida de la gente?

Él tomó una bocanada de aire sin soltar el volante.

—Antes lo hacía, de pequeño...

Recordó tener ocho años y estar sentado en el borde de una acera, con las piernas encogidas. Mike, Rachel y Luke estaban unos metros más allá, intentando escalar por las ramas de un árbol. Él había dejado de hacerlo después de caerse y rasparse las rodillas. Jason era así: si se tropezaba una vez, aprendía de ello. Los otros tres, en cambio, llevaban haciéndose arañazos toda la tarde, pero se habían empeñado en ver quién tocaba una de las ramas más altas. Aburrido, se fijó en los vecinos que paseaban por las calles de la urbanización: en el señor Dean y su mirada alegre y optimista, en la mueca adusta de la señora Talen y en su hija, Ginger, una niña que iba a su clase y que siempre parecía estar de mal humor. Se preguntó entonces cómo sería su vida, si sería feliz en su casa o si tendría problemas que no se atrevía a confesarle a nadie más. Quizá por eso, al día siguiente, él se acercó a Ginger en medio del pasillo y le preguntó qué le ocurría. Ginger le dijo que nadie quería jugar con ella y él la invitó a ir con él y sus amigos durante el recreo de aquel día. La sonrisa que ella le dedicó fue tan inmensa que pudo ver todos sus dientes recubiertos por el aparato que llevaba con gomas de colores. Ese día y durante las siguientes dos semanas, Ginger jugó con ellos. Después, desapareció de sus vidas porque sus padres y ella se mudaron a otra ciudad.

—¿Ya no lo haces? —insistió Autumn.

—Ahora no. Ya no —respondió.

—¿Por qué? —Lo miró con curiosidad.

Jason se encogió de hombros, incapaz de confesar en voz alta que, en algún momento, cuando creció, se dio cuenta de que meterse bajo otra piel, comprender y ayudar, era doloroso. Por eso se dijo que, si tenía que hacerlo, lo haría solo con las personas que a él le importaban, esas que siempre tendría cerca y protegería y cuidaría con toda su alma y por encima de todo. Así había creado el círculo, «su» círculo, ese lugar al que solo permitía la entrada a unos pocos. En cuanto a todo lo demás que ocurría a su alrededor... Jason prefería no verlo. No comprendía cómo era posible que Autumn pudiera enfrentarse a las tristezas del mundo sin que la sonrisa que llevaba pegada a los labios se desvaneciese en ningún momento.

—Estamos a punto de llegar —dijo Jason.

Un cartel en el que se leía «Gilrey» los recibió cuando entraron en el pueblo. Autumn se equivocó dos veces al darle las indicaciones, pero al final encontraron el garaje que estaban buscando. Llamó por teléfono a la propietaria, que apareció poco después con una sonrisa amable. Autumn empezó a hablar con ella y Jason las siguió en silencio, observando con detenimiento cómo hacía su trabajo. Media hora más tarde, los dos salieron con una caja pequeña de cartón llena de bisutería, y se dirigieron hacia la furgoneta que habían aparcado más allá. Jason metió la compra en la parte trasera y volvió a ocupar el asiento tras el volante.

—¿Contenta? —le preguntó.

—¡Más que contenta!

—Vaya, ya lo veo.

—¿Has visto todas esas cosas? —gritó Autumn emocionada—. ¡Los camafeos son preciosos! Y seguro que podemos venderlos a un buen precio. Ah, y gira a la derecha, el otro garaje está aquí cerca, creo que a dos manzanas.

Cuando llegaron, un hombre de aspecto amable, que se presentó como Matthew, abrió la puerta de la cochera revelando un montón de cajas de cartón apiladas junto a una motocicleta vieja cubierta a medias por una sábana. Señaló el interior con la mano tras ajustarse bien las gafas en el puente de la nariz.

—Por falta de tiempo, solo pude sacar fotografías a algunos objetos, pero todo está a la venta. Mis padres fallecieron hace unos meses y estas cosas... bueno, no sabemos qué hacer con ellas —explicó con la voz un poco acongojada.

—Lamento su pérdida —contestó Autumn—. Si le parece bien, podemos echarle un vistazo rápido a algunas cajas y, si encuentro algo que me interese, le hago una oferta.

El hombre asintió con la cabeza, distraído.

—De acuerdo. Tomaos el tiempo que queráis. Mi hijastra se ha retrasado, pero llegará en unos minutos y os ayudará con lo que necesitéis —dijo, y Autumn entendió el dolor que escondían esas palabras; el hecho de que no se sintiese capaz de abrir él mismo las cajas. Le dirigió una sonrisa cálida cuando se despidió, asegurándole que estarían bien.

Parado en medio del garaje, Jason la miró con los brazos cruzados.

—Está bien, tú eres la jefa, ¿por dónde empezamos?

—Yo voy abriendo cajas y tú te encargas de sujetar las cosas que te pase para luego ir metiéndolas otra vez y no causar mucho desorden, ¿de acuerdo?

—Perfecto. —Él asintió con la cabeza.

Y así, juntos, empezaron a escarbar en la vida de dos personas que ya se habían marchado para siempre. Bucearon en sus recuerdos, entre objetos que, quizá, para ellos lo habían significado todo y que ahora estaban cogiendo polvo.

Jason se dio cuenta de que, al pensar aquello, estaba conteniendo la respiración. Parpadeó confundido y se mantuvo callado mientras ella buscaba entre cientos de pertenencias y le tendía las cosas que iba descartando. Cuando le dio una vieja cajita de música con la tapa descascarillada, Jason sintió el impulso de abrirla y la música, suave y limpia, se coló en el garaje. Sacó el camafeo de flores que había en su interior y la cadena se deslizó entre sus dedos; movió la tapa a un lado y una fotografía apareció ante sus ojos. Le dio un vuelco el corazón. Allí estaban ellos, en blanco y negro, con apenas veinte años, con las cabezas muy juntas y sonriendo a la cámara que inmortalizaría ese instante para siempre. Y él no los conocía... no los conocía y no entendió por qué de pronto sentía que se quedaba sin aire...

—Necesito salir —masculló antes de dejarlo todo en el suelo y largarse de allí.

El sol del mediodía le hizo entrecerrar los ojos cuando dejó atrás la puerta del garaje y caminó por la acera. No era lo que había visto en sí... no era eso. Era darse cuenta de que en algún momento había dejado de fijarse en los detalles, en cosas así, en todo. Jason solo tenía una casa grande, cara y vacía. Si alguien fuese a rebuscar entre sus pertenencias, no encontraría nada, nada que hablara de él, que dijese cómo era, qué sentía, qué soñaba.

Respiró hondo al notar los dedos de Autumn enredándose entre los suyos, su mano tirando con suavidad para que bajase la cabeza y la mirase.

—Está bien, no hace falta que entres de nuevo.

—No es nada, solo necesitaba... aire. Vamos.

Ella negó. Y, aunque lo conocía lo suficiente para saber que solo era una fantasía, deseó que Jason se quedase así para siempre, con la mirada trasparente y sin muros a la vista.

—¿Sabes? Cuando hago esto, cuando voy a un garaje y me siento una intrusa entre las vidas de otras personas, siempre me reconforta pensar que, en cierto modo, esos objetos harán felices a otra gente. Que es como una cadena. Es lo que más me gusta de la tienda, saber que ahí no importa el tiempo que pase, porque alguien seguirá disfrutando de esa caja de música, por ejemplo. Y es... bonito. Triste pero bonito —aseguró—. Vamos a darle esa cadena a Matthew, seguro que le encantará tenerla.

Él soltó su mano. Y ella casi pudo ver cómo el muro se hacía más alto, ladrillo a ladrillo, como si ese momento de debilidad hubiese causado el efecto contrario.

—Sí, cuanto antes terminemos...

Dejó la frase a medias. Cuando se giraron para regresar al garaje, los saludó una joven de cabello oscuro que iba acompañada por un chico alto y de semblante serio.

—Perdón por el retraso —se apresuró a decir, antes de estrecharles la mano—. Había un pequeño atasco en la carretera y no hemos podido llegar antes. Me llamo Heather y espero poder ayudaros en lo que necesitéis. Matthew me dijo que teníais una tienda de antigüedades, ¿verdad? Qué interesante.

Autumn asintió y le comentó un poco cómo funcionaba el negocio y las cosas que más les interesaban y que tenían más salida. Heather le dijo que los objetos de los que habían subido fotografías en el portal de anuncios estaban apartados en unas cajas y que, en cuanto al resto, podían echarles un vistazo entre todos. Y allí, entre el polvo y el olor a ambientador de pino que envolvía el garaje, los cuatro inspeccionaron las pertenencias de aquella pareja de ancianos.

—Esto me interesa —dijo Autumn, alzando en alto un objeto de madera alargado y de color dorado.

—¿Qué es? —preguntó Heather.

—Es un relicario giratorio.

Nilak, el novio de la joven, ladeó la cabeza antes de añadir:

—Sí, y creo que es del siglo XVIII.

—Déjalo en esta caja de aquí y luego negocias el precio con Matthew —le pidió Heather—. ¿Cuántas quedan por abrir?

—Cinco —respondió Jason.

Inspeccionaron el resto de las cajas mientras la chica, que tenía una mirada penetrante y muy viva, les contaba que ellos estaban allí de paso, de vacaciones, para disfrutar de unos días de sol y tranquilidad ya que, durante el resto del año, vivían en un pueblo remoto de Alaska. Cuando tuvieron todos los objetos elegidos apartados, cruzaron la puerta del garaje que conducía hasta el interior de la casa y se sentaron en los sillones del comedor para negociar con Matthew. El hombre no solo les invitó a tomar té, sino que, además, estuvo a punto de regalarles casi todo lo que querían llevarse. Autumn no recordaba haber tenido nunca que discutir con alguien para que subiese el precio de las cosas que deseaba comprar. Al final, ella le dio un poco más de dinero, asegurando que era por las molestias y, tras ponerse en pie, dejó que colgase entre sus dedos la cadena con el camafeo que Jason había encontrado.

—Estaba en una cajita de música y pensé, pensamos, que quizá...

Matthew pestañeó para evitar llorar.

—Era de mi madre. Siempre lo llevaba puesto. Debió de quitárselo en algún momento y meterlo en esa caja; sufría alzhéimer —explicó y luego la miró agradecido—. Muchas gracias.

—No me las des.

Nilak y Heather les ayudaron a cargar las dos cajas en la parte trasera de la furgoneta y se despidieron de ellos antes de volver a entrar en la casa cogidos de la mano; Autumn retuvo esa imagen en su memoria, la del pulgar de él acariciándole con suavidad la mano. Luego, con el recuerdo a buen recaudo, sonrió y montó en el vehículo.

Jason mantuvo el semblante serio mientras dejaban atrás las calles de Gilroy, pero, poco a poco, conforme pasaban Castroville y Marina, su expresión se fue suavizando, calmando. Y como si se transformase a la vez, al paisaje se tornó más salvaje y comenzaron a dibujarse los vertiginosos acantilados que los acompañarían durante el viaje. Autumn pegó la nariz a la ventanilla. Era la primera vez que podía disfrutar de las vistas sin estar detrás del volante y memorizó todos los colores: el verde de los bosques, el azul del mar que se entreveía a los lejos, de un tono más oscuro que el del cielo repleto de nubes de algodón.

—No apoyes la cabeza en el cristal.

—¿Por qué no? —Arrugó la nariz.

—Podrías darte un golpe si tuviera que frenar de repente. —Puso los ojos en blanco al ver la expresión divertida de ella—. No me mires así. Si estás pensando en esa mierda del horóscopo... te equivocas. No soy protector. Solo pienso... cosas lógicas.

—Mientes. Estás acostumbrado a cuidar de la gente que hay a tu alrededor, de tu familia y de tus amigos. A protegerlos. —Dudó antes de seguir hablando, pero, al final, siguió adelante—. Y creo... por eso creo que serás un gran padre.

Jason no dijo nada, pero la nuez de su garganta se movió, y cambió de tema.

—¿Ya sabemos dónde vamos a dormir?

—En unas cabañas de madera cerca de Slates Hot Springs. Lo marqué con rotulador rosa en el mapa, luego miraré la dirección exacta.

—¿Y hoy solo tenemos que llegar hasta allí?

—Sí. Mañana nos levantaremos temprano y conduciremos unas cuatro horas hasta Santa Bárbara, donde quiero ver un trastero. Y luego, por fin, Los Ángeles, el plato fuerte.

—Así que tenemos el resto de la tarde libre...

—A ver, ¿qué es lo que estás pensando?

—¿No prefieres que sea una sorpresa?

—¡No! ¡Sí! No lo sé. Quiero decir, por una parte, hay sorpresas que luego terminan siendo una decepción porque uno se ha creado expectativas y espera algo que no llega. Pero, por otra parte, saberlo le quita un poco la gracia; aunque, pensándolo bien, si es algo bueno, también puede provocar el efecto contrario: que aumenten las ganas y que el recorrido hacia la sorpresa sea también parte del regalo, ¿me explico?

—¿Cómo puedes dar una respuesta tan larga para una pregunta tan simple? —Ignorando su ceño fruncido, él se echó a reír y subió el volumen de la música.

U2 los acompañó durante el resto del trayecto. Jason se relajó con el volante en las manos y condujo sin prisa hasta que Monterey, envuelta por el Pacífico, les dio la bienvenida. Pronto se internaron entre las calles y se dirigieron hacia la zona más céntrica de la ciudad. Al bajar del vehículo, él miró un mapa en el móvil y empezaron a callejear hasta llegar a una casa que se alzaba en medio de la calle, pintada de blanco y rodeada por un jardín.

—Qué bonito, ¿dónde estamos?

—Recordé que te encanta la poesía y pensé... —La miró de reojo—. Pensé que quizá te gustaría pasar por aquí antes de ir caminando hacia el muelle. Es la casa en la que vivió Robert Louis Stevenson en 1879.

Ella sonrió y se contuvo para no abrazarlo.

Se internaron en la propiedad y pasearon por el jardín, que era salvaje y estaba lleno de colores en aquella época del año. En aquel lugar se respiraba paz. Al cabo de unos minutos, se sentaron en un banco de piedra y se quedaron allí, callados. Y no fue uno de esos silencios incómodos que los había acompañado durante las primeras semanas, sino tan solo silencio. Bonito. Tranquilo. Ella se fijó en su mano apoyada sobre la piedra gris y sintió el deseo inesperado de posar la suya encima, de encajar sus dedos entre los huecos de los de Jason. Notó que se le calentaban las mejillas y apartó la mirada, fijándola en una campanilla violeta que se abría en una enredadera.

—¿En qué piensas?

Autumn percibió el sonido de su voz y giró la cabeza hacia él. Y por primera vez en mucho tiempo, mintió. O, más que mentir, contó solo una parte de verdad.

—En que me gusta que podamos estar así. Me gusta que seamos amigos.

—A mí también —susurró él, y ella sintió que su voz era tan suave, tan cálida...

# 20

Pasaron el resto de la tarde caminando por el muelle, observando a lo lejos los leones marinos y los pelícanos y las gaviotas que surcaban el cielo. Probaron el *clam chowder*, una especie de sopa de pescado, en uno de los pequeños puestos del paseo marítimo y llegaron hasta Cannery Row, una calle que antiguamente estaba dedicada a la pesca y que, ahora, se había reinventado y convertido en un lugar lleno de galerías, restaurantes y pequeñas tiendas. Y mientras recorrían la ciudad, Jason le habló de su familia, de sus amigos y de anécdotas de su infancia.

—Recuerdo que, una vez, mi madre compró unos caramelos, pero, cuando llegó a casa y vio que mis hermanos y yo teníamos la habitación hecha un desastre, nos castigó sin ellos. La seguí hasta su dormitorio, insistiendo, y ella los lanzó al techo del armario y me dijo que, si volvía a pedírselos, me dejaría sin ver la televisión una semana. Yo era muy... muy...

—¿«Muy» qué? —lo animó ella.

—Muy testarudo.

Autumn soltó una carcajada.

—¿Y ahora ya no lo eres?

Él ignoró el comentario con una sonrisa.

—La cuestión es que, si me decían algo, lo entendía y lo cumplía, sin más. Así que comprendí que, si no podía pedirle que me diese los caramelos, tendría que encontrar otra manera de conseguirlos. El primer día, intenté arrastrar la cama sin mucho éxito. El segundo día, apilé unas cajas de juguetes que tenía en mi habitación. Unas semanas después, todos se habían olvidado de los caramelos.

—Menos tú —adivinó Autumn.

—Exacto. Yo seguía... obsesionado por esos caramelos. Los quería. Cuando quiero algo, lo quiero —dijo, como si eso fuese de lo más razonable—. Así que, dos meses después, cuando mis padres se fueron a hacer una visita a los vecinos, bajé hasta el garaje, cargué con la escalera de madera hasta el segundo piso de la casa, la puse contra el armario y subí. Conseguí los caramelos. Lo malo es que me hice un esguince en el dedo pequeño al pillármelo con la escalera mientras la llevaba de nuevo a su sitio. Pero logré colocarla en su lugar y, cuando mis padres llegaron, les dije que me lo había hecho con la puerta del comedor. ¿Y sabes qué es lo mejor de todo?

—¿Puede haber algo mejor que tener ante mí la prueba definitiva de que estás loco? —preguntó ella entre risas, dando saltitos a su alrededor sin importarle que el resto de los turistas la mirasen.

—Lo mejor es que los caramelos estaban blandos y asquerosos. Ni siquiera Tristan consiguió comérselos y eso que él es capaz de engullir cualquier cosa. De hecho, una vez se tragó una pieza de Lego y dijo que «estaba rica».

Autumn volvió a soltar otra carcajada, esta vez más fuerte, y a él le gustó verla feliz, sentir que podía hacerla reír así, con esa libertad... y luego se enfadó consigo mismo por pensarlo.

—Deberíamos volver o se hará tarde.

—Vale. —Ella asintió.

Regresaron al coche y abandonaron Monterey. Un rato después, Jason conducía a lo largo de Big Sur por la serpenteante carretera, uno de los lugares más bonitos de toda la zona. Kilómetros y kilómetros de mar, acantilados y cielo sobre la costa que abrazaban las secoyas.

—¿Podemos parar a ver el atardecer?

—Buena idea —contestó él.

A medio camino de su destino, aparcaron junto a un mirador. Autumn casi corrió hasta la valla de madera que delimitaba la zona y Jason sonrió al verla así, tan alegre, con su gorra granate todavía puesta y los pantalones vaqueros cortos que dejaban a la vista unas piernas doradas por el sol.

—¡Es precioso! Es... no tengo palabras.

Él paró a su lado y apoyó una mano en la madera antes de contemplar el acantilado y el bosque que rodeaba la costa.

—Me gusta que mires el mundo así.

—«Así», ¿cómo? —preguntó ella.

—Como si lo vieses por primera vez.

Ninguno de los dos dijo nada más mientras el sol descendía lentamente por el horizonte y los tonos naranjas y rojizos del atardecer se reflejaban en el agua del mar. Había leones marinos entre las rocas de la playa y focas que se distinguían a lo lejos, entre las olas salpicadas de espuma. Y aquella despedida del día le trajo a ella el recuerdo de unas manos arrugadas y de un collar de perlas. Abrió la boca antes de darse cuenta siquiera de que lo estaba haciendo, antes de pararse a pensar...

—Grace me contó su historia —murmuró.

Jason la miró, sorprendido, porque ya casi había renunciado a la idea de que ella compartiese aquello con él. Clavó la vista en el horizonte, consciente de que estaban tan cerca que su olor se entremezclaba con el de la brisa salada del mar.

—¿Y eso fue suficiente? —preguntó.

—No lo sé. Yo la entendí. Puedo entenderla.

—¿Y también puedes perdonarla?

—Supongo que sí. —Se encogió de hombros.

—Entonces, las cosas están bien, ¿no?

Ella cogió aire y luego lo soltó de golpe.

—El problema es que no la quiero. Yo no la quiero. No sé quién es, no la conozco y un lazo de sangre no hará que eso cambie. Y me da pena mirar a esa mujer que es mi abuela y no sentir... nada. Solo vacío.

Jason la rodeó por los hombros y la apoyó contra su pecho, y ella deseó quedarse allí para siempre, cobijada entre él y el atardecer.

—Date tiempo, Autumn —le susurró, haciéndole cosquillas en el cuello.

No se movieron hasta que el sol se ocultó y empezó a oscurecer. De nuevo en la carretera, ella se relajó; estaba a punto de quedarse dormida cuando llegaron a las pequeñas cabañas de madera en las que dormirían esa noche, en medio del bosque y bajo un cielo cuajado de estrellas. Autumn bajó del vehículo con una sonrisa y sacó su maleta de la parte trasera de la furgoneta antes de tenderle a él su mochila y echar a andar hacia una casa grande y rectangular, rodeada por un inmenso porche de madera.

Al entrar, se encontraron con una pequeña recepción. Tras el mostrador había una chica que los atendió en cuanto los vio llegar; se encargó de gestionar el pago y, poco después, cada uno tenía su llave en el bolsillo. Les informó del menú que esa noche servirían en el pequeño comedor del hostal y se despidió de ellos tras indicarles la hora a la que deberían abandonar las instalaciones a la mañana siguiente.

La cabaña de Jason era la doce.

La de ella, la trece.

—Es una señal —dijo mirando el número grabado en la corteza de árbol que hacía de llavero.

—¿Sigues pensando en las trece locuras?

Como llevaba los dos equipajes, la acompañó dentro y dejó su maleta en el suelo. La habitación era diminuta y apenas había espacio para una cama de tamaño mediano y una mesilla de noche con una lámpara.

—Claro que lo pienso —contestó ella y luego se lanzó sobre la cama de espaldas como una niña pequeña—. Ya llegará. Ese chico, quiero decir.

—Sí, se habrá perdido —replicó él burlón.

A Autumn le hubiese gustado confesar que lo que dijese el horóscopo, en realidad, le importaba menos que nada, pero le encantaba ver cómo él se ofuscaba e intentaba ganar una batalla que no existía. Entendía la satisfacción que sus hermanos sentían cuando lo pinchaban, lo pinchaban, lo pinchaban y, al final, Jason explotaba con toda su fuerza, como un huracán que lleva demasiado tiempo contenido. Apoyó un codo en el colchón y lo miró sonriente.

—¿Por qué te molesta que crea en ello?

—¿Molestarme? ¿Estás bromeando?

—Pues de repente pareces enfadado...

Jason cruzó la habitación con dos zancadas y abrió la ventana, permitiendo que el aire templado se colase en el interior, que olía a madera y a cerrado.

—No lo estoy —dijo con un suspiro largo. Se dirigió a la puerta, pero, antes de abrirla y salir, se giró hacia ella—. Me apetece invitarte a cenar.

Autumn alzó una ceja, traviesa.

—¿Me estás pidiendo una cita?

—No, joder, no —respondió inquieto.

—Relájate, «Míster Perfecto». Solo bromeaba.

—¿Nos vemos en el comedor en media hora?

Autumn asintió y respiró hondo al verlo marchar. Se dio la vuelta en la cama y enterró la cara entre las almohadas que había sobre la colcha, ahogando un grito de frustración. Ella lo había dicho de broma... Sí, había sido una broma, pero su expresión... Decirle que iba a morir mañana probablemente le hubiese impactado menos. Su rostro, siempre tan imperturbable y sereno, se había trasformado en una mueca de espanto. Le dolía su rechazo, incluso aunque ella no buscase lo contrario. Autumn se giró y se quedó allí unos minutos, tendida boca arriba y con la mirada fija en el techo surcado por vigas de madera oscura. Y luego se levantó con el ánimo renovado, abrió la maleta y sacó una de sus prendas favoritas. Se enfundó en el vestido antes de soltarse el pelo de la trenza y dejar que cayese por su espalda tras peinarse con los dedos. Se calzó las zapatillas planas y cómodas que siempre solía llevar y no se maquilló, tan solo usó un poco de brillo de labios.

Quince minutos después, entró en el comedor.

Él alzó la cabeza y su corazón pareció saltarse un latido al ver cómo se acercaba y se sentaba a su lado con una sonrisa. Llevaba el vestido color melocotón... el dichoso vestido que él le había quitado en la casa azul, ese que era tan corto que casi revelaba el lunar que tenía en el muslo. Jason se obligó a coger aire y deseó poder eliminar las ganas y esa chispa que nacía en un estallido breve pero intenso y que parecía tirar de él hacía ella, tirar... y no soltarlo.

—¿Ya has pedido la cena? —preguntó Autumn.

—Te estaba esperando. ¿Vas a querer el menú?

—¿Pagas tú? —Él no pudo evitar reír.

—Sí, pago yo, pide lo que quieras.

—Vale, entonces sí, el menú completo.

—Joder, eres... —Pero las palabras se le quedaron atascadas. Quería decirle que era la chica más divertida, estrafalaria e imprevisible que había conocido en su vida. Y que ojalá alguien le hubiese dicho aquello en una cita, ojalá alguien le hubiese descolocado lo suficiente como para sacarlo de su letargo.

—¿Qué van a tomar? —preguntó un hombre delgado y alto tras acercarse a su mesa y colocar los cubiertos y las servilletas de papel.

—Dos menús. ¿Qué quieres beber, Autumn?

—Agua, gracias.

—Y una copa de vino.

El camarero asintió con la cabeza antes de marcharse y volver a dejarlos a solas. Hablaron sobre los planes del día siguiente y, luego, cuando les sirvieron la cena, los dos se concentraron en devorar la comida. Jason casi se había terminado la mitad de su plato cuando se fijó en que Autumn apartaba los guisantes del suyo con la punta del tenedor.

—¿No te gustan los guisantes?

—Los odio. Mucho. ¿Quieres?

—Dame el plato —aceptó él antes de trasladarlos al suyo; cogió unos cuantos guisantes con el tenedor y se los llevó a la boca—. ¿Qué más no te gusta?

Ella se encogió de hombros y la mirada de Jason se detuvo en los tirantes finos del vestido. Recordó aquella noche, cómo los había deslizado con suavidad hacia abajo para liberarla de la ropa poco después de desabrochar uno a uno los botones de la espalda.

—Los días de viento, por ejemplo.

—Yo tampoco soporto el viento.

—¡Vaya, ya tenemos algo en común!

Él esbozó una sonrisa. De postre, los dos pidieron pastel de chocolate. Mientras Autumn hablaba sin cesar sobre «por qué debería haber más zonas verdes en todas partes», Jason se permitió relajarse y, cuando ella hizo una pausa para beber agua, olvidó que estaba «prohibida» para él y no pensó en lo que iba a decir, en si podría tener consecuencias o no. Solo lo hizo.

—Estás muy guapa hoy —susurró.

—Gracias. —Autumn intentó no sonrojarse.

Las pupilas de Jason se dilataron de repente.

—Esa noche perdí la cabeza...

—¿Qué estás diciendo? —Lo miró divertida.

—La noche de la casa azul llevabas ese vestido. Y fue... increíble —admitió y luego cogió con la cuchara el último trozo de tarta y se lo llevó a la boca.

—Cierto, estuvo bien.

—¿Estuvo bien? —repitió él alzando una ceja.

—Sí, fue como, meh, bueno —dijo, y tuvo que hacer un esfuerzo para no echarse a reír al ver el asombro en el rostro de Jason. Pero lo disfrutó. Disfrutó de aquel momento, de bajarlo de su pedestal y de divertirse a su costa.

Él dejó el tenedor en el plato y la miró fijamente.

—¿«Meh»? ¿Qué coño significa «meh»?

—Significa aceptable. Entretenido.

—Te estás quedando conmigo.

—Qué poco modesto.

Ella casi pudo escuchar su respiración agitada, pero decidió ignorarlo mientras se terminaba su trozo de tarta, que estaba deliciosa. Masticó nerviosa, demasiado consciente de la mirada de él fija en sus labios, deslizándose hasta su garganta cada vez que tragaba. Pero aguantó. Aguantó porque le había dolido el rechazo de antes y porque una parte muy pequeña de ella quería que también pudiese sentirse igual.

Apenas hablaron tras abandonar el comedor y echar a andar por el sendero que conducía a las cabañas. La hojarasca del suelo crujía bajo sus pasos y rompía el silencio. Autumn sintió un nudo en el estómago cuando, tras llegar a la puerta número trece, alzó la cabeza y sus ojos se encontraron. Y fue por su expresión... Por ver algo contenido... Por las líneas duras de su rostro que parecían a punto de romperse...

—Deberíamos salir sobre las nueve de la mañana —dijo en voz baja.

Jason asintió y, tras despedirse con un «buenas noches», se alejó. Sacudió la cabeza, contrariado, y luego...

... luego regresó.

Volvió sobre sus pasos.

Llamó a la puerta con los nudillos, dando tres golpes secos, y ella abrió unos segundos más tarde y lo miró sorprendida al verlo allí de nuevo. Pero Jason no dejó que preguntara. Con el corazón latiéndole a trompicones, dio un paso al frente antes de rodearla por la cintura y alzarla hasta su boca con un gruñido ronco.

La besó. La besó con los labios, con los dientes y la lengua sabiendo que, aun así, no tendría suficiente. Era imposible, porque para eso habría tenido que dejar caer todas sus defensas y Jason no podía permitir que eso ocurriera. Los cimientos del muro se tambaleaban, pero aguantaban en su lugar, sólidos y seguros.

—Jason, qué significa... qué se supone...

Autumn habló contra sus labios, pero él la silenció con otro beso mientras cerraba la puerta. Ella sintió que se derretía entre sus brazos en cuanto su boca rozó de nuevo la suya con lentitud, con calma, como si estuviese esperando una reacción por su parte que obtuvo pronto, en cuanto los brazos de Autumn le rodearon el cuello. Jason le succionó el labio inferior y sus manos se deslizaron por sus muslos y ascendieron hasta el borde del vestido.

—Eres una mentirosa... —murmuró y luego la besó otra vez, perdido en su sabor y en esos labios que había deseado cada minuto de cada día—. Pienso en esa noche que pasamos juntos más veces de las que me gustaría reconocer en voz alta. En ti. Y en lo loco que me volviste. En el momento en el que te desabroché este mismo vestido y te quedaste desnuda delante de mí, solo para mí, toda para mí...

Ella tembló. Y le dio rabia ser consciente de lo que él despertaba en ella, porque bastaba un solo roce para hacerla caer. Quizá por eso, replicó:

—Creo que distorsionas un poco la realidad.

Jason sonrió. Una sonrisa letal, la misma que ella le había visto esbozar en la casa azul aquella noche. Se inclinó y la besó con furia antes de moverse por la habitación hasta que la espalda de ella chocó contra la pared. Le pidió que se diese la vuelta apenas con un susurro, una caricia entre el silencio de la noche, y Autumn lo hizo con el corazón latiéndole con fuerza y el deseo arremolinándose en la parte baja de su estómago.

Los labios de Jason se deslizaron por su cuello y lamieron la piel que encontraron a su paso mientras su mano acariciaba el borde del vestido y subía la tela de color melocotón con lentitud. Su aliento le hizo cosquillas en la oreja.

—Tendré que refrescarte la memoria —le susurró, y la promesa que escondían esas palabras le provocó un escalofrío. La mano de Jason se deslizó con calma por su pierna y subió trepando por su piel—. ¿No recuerdas que te tocase así? —Su otra mano acogió uno de sus pechos por encima de la tela del vestido y lo apretó con suavidad. Autumn ahogó un gemido y cerró los ojos—. ¿Tampoco recuerdas tener las manos contra la pared mientras te follaba de espaldas? ¿Ya lo has olvidado? —Siguió acariciándola cada vez más abajo, entre sus piernas, y Autumn se arqueó contra su pecho sólido. Estaba jugando con ella, tentándola—. Y antes de llegar a eso te toqué exactamente así, justo así... —Su mano se coló bajo la ropa interior y, mientras sus dedos encontraban el lugar exacto que provocaba que las piernas le temblasen, Jason se apretó más contra ella para que notase lo excitado que estaba. Hundió la cabeza en su cuello y la frotó con deseo y ganas de oírla gritar al correrse. Ella jadeó, sintiendo que estaba llegando al límite, tensándose contra él—. Sí, gemías justo así. Y yo solo podía pensar en hundirme en ti más fuerte, sin parar...

La sostuvo entre sus brazos cuando el orgasmo la alcanzó, apretándola contra él y deseando retener ese momento para siempre en su memoria, porque aún no había terminado y ya se estaba planteando cómo afrontarlo...

Se aferró a su piel, reacio a abandonar ese contacto, y le dio un beso en el cuello antes de apoyar la barbilla en su hombro.

Un beso de arrepentimiento, de culpa.

—Lo siento, Autumn, lo siento...

Todavía respiraba agitada cuando se giró hacia él. Jason la soltó y reculó ante aquella mirada tan clara y honesta. A ella le tembló la mano cuando la alzó para apartarse el pelo del rostro y luego señalarlo mientras levantaba el mentón.

—Ni se te ocurra, Jason, ni se te ocurra largarte...

—He vuelto a perder la cabeza...

—No te atrevas a salir por esa puerta.

Un músculo se tensó en la mandíbula de él.

—Esto no puede ocurrir entre nosotros.

Autumn sintió que le escocían los ojos cuando los dedos de él, esos que unos segundos atrás la habían conducido al límite, se alzaban hacia el pomo de la puerta. Y sintió rabia, dolor y deseo; todo a la vez. Sin pensar en lo que estaba haciendo, se quitó una de las zapatillas rosas de tela y se la lanzó, golpeando con ella el marco de la puerta.

Jason dio un paso atrás y pestañeó, alucinado.

—¿Acabas de tirarme una zapatilla?

Ella no contestó. Enfadada, caminó hasta la cama, cogió algunos de los almohadones que estaban sobre la colcha y, un instante después, siguieron el mismo camino que había trazado la zapatilla. Jason logró esquivar un par, pero el tercero le dio de lleno en la cara. Algo llameó en sus ojos azules, una pizca de furia y de sorpresa.

—Tratas así a todas las tías con las que tienes algo, ¿eh? ¿Te escapas corriendo? ¿Qué es lo que pasa contigo? Vienes aquí... vienes y después...

Ella tuvo que callarse porque le faltaba el aire.

—¡No, joder, no trato a nadie así!

—Ah, genial, eso me hace sentir mejor.

Autumn se dio la vuelta, confundida y enfadada consigo misma por haber perdido el control. Antes de que pudiese esconderse tras la puerta que conducía al pequeño servicio, notó unos brazos cálidos y fuertes que la rodeaban por la cintura y la obligaban a girarse. Quiso huir de aquellos ojos, pero se contuvo.

—No quiero irme, pero sé que si me quedo complicaré las cosas. Y eso solo hará que todo sea más difícil para los dos. La he jodido otra vez.

Ella levantó la barbilla, enfadada.

—¿Tan idiota piensas que soy? ¿Qué crees que espero de ti?

—No lo sé. A veces ni siquiera sé lo que espero yo mismo.

Autumn negó con la cabeza y se apartó.

—Lo sabes, claro que sabes que «Autumn sería la última chica del planeta con la que tendría algo». ¿No fue eso lo que dijiste por teléfono? Sí, te oí cuando hablabas en el despacho. Pero no te preocupes, no fue ninguna sorpresa. Yo también te imagino con alguien muy diferente cuando te miro, alguien más... tú, más... distinto.

—Basta ya, deja de hablar.

—¿Por qué? ¿Te molesta escuchar la verdad? Es así. Probablemente yo terminaré conociendo a algún chico de mi estilo y tú del tuyo, y acabaremos cuadrando horarios para disfrutar de nuestro hijo por separado, cada uno por su cuenta. ¡Soy muy consciente de cómo van a ser las cosas, Jason, así que puedes estar tranquilo, porque no voy a pedirte que me pongas un maldito anillo en el dedo!

—¡Joder, cállate, Autumn!

—¡No quiero callarme! ¡No me da la gana!

La agarró de la muñeca y tiró de ella hasta que sus cuerpos estuvieron muy cerca, tan cerca que los dos se quedaron quietos, escuchando la respiración agitada del otro. Jason se inclinó, se rindió y rodeó el cuerpo pequeño que tenía frente a él, cobijándola y abrazándola como no recordaba haberlo hecho con nadie jamás, como si el contacto lo llenase por dentro. Ninguno de los dos dijo nada cuando él la cogió en volandas, reteniéndola contra su pecho, y la llevó hasta la cama. Hundió los dedos en su pelo oscuro después de apagar la luz, dejarse caer a su lado y rodearle la cintura con un brazo para acercarla más a él.

Y allí solo fueron respiraciones pausadas.

Dos corazones temblorosos latiendo a la vez.

Y las ganas de dormir juntos, muy juntos.

# 21

Autumn parpadeó abriendo los ojos y, luego, volvió a cerrarlos con fuerza mientras el corazón parecía detenérsele durante unos segundos.

Él no estaba allí. No estaba.

Tomó aire y se tumbó boca arriba, intentando tranquilizarse. Ni siquiera sabía qué había esperado. Pero no aquello. O sí. Estaba tan confundida... Y las ideas vagaban por su cabeza desordenadas; tanto que, cuando intentó pensar en algún verso que la tranquilizase, ningún poema le vino a la mente, como si estuviese en blanco, vacía. Hasta que escuchó la puerta y, de repente, las palabras entraron a borbotones y la llenaron por dentro buscando huecos y esquinas en las que quedarse.

Jason la miró; su pecho subiendo y bajando al ritmo de la respiración tras la camiseta roja que se había puesto esa mañana. Llevaba en la mano un par de cafés y una bolsa de papel. Cerró la puerta a su espalda y avanzó hacia ella.

—Pensé que te habías ido... —susurró Autumn.

—Solo a por el desayuno —aseguró.

Dejó las cosas en la mesita de noche de madera y se acercó a la cama en la que ella seguía sentada. Se miraron en silencio. Autumn tembló cuando habló en voz baja:

—No quiero que me recuerdes como la chica que lanzaba zapatillas.

—Ni yo que me recuerdes como el idiota que siempre la cagaba.

Jason cruzó el espacio que los separaba y sus labios se encontraron a medio camino. Ella sintió un escalofrío trepando por su espalda cuando él acogió sus mejillas con las dos manos y su respiración le rozó la piel. Y pensó que aquel, quizá, era el único beso de verdad que se habían dado. Porque el primero, el de la casa azul, había sido calor y deseo, una explosión inesperada. El segundo, en la terraza trasera frente al mar, fue tensión, enfado. Y el de la pasada noche estaba cargado de orgullo, de necesidad y desesperación. Pero aquel, el beso que Jason le estaba dando en esos momentos, era tan solo un beso sincero y lleno de cariño. Un beso con el que parecía querer conocer todos los recovecos de su boca, como si intentase aprenderse su sabor para llevárselo consigo.

Cuando se separaron, ella tenía la mirada nublada.

—Quiero disfrutar de este viaje.

—Yo también, Autumn...

—Sin pensar —pidió contra su boca.

—Está bien. Sin pensar —repitió él.

Volvió a besarla, porque sentía que necesitaba más de ella, mucho más. Autumn se apretó contra él cuando el beso se volvió más profundo y tuvo que hacer un esfuerzo terrible para no tumbarla sobre la cama y hacerla suya en ese mismo instante, porque llevaba tanto tiempo deseándolo... tantos días imaginándolo...

—Espera. Tranquila —dijo, y posó un beso suave en su mejilla—. Ahora vamos a desayunar, tienes que comer algo. Nos hemos dormido y tenemos que salir de la habitación en menos de veinte minutos. Y luego... luego este viaje es nuestro.

—Me gusta cómo suena eso.

Jason le tendió el café que había dejado en la mesita antes de darle un sorbo al suyo. En la bolsa que había traído, había galletas de mantequilla que Autumn mordisqueó con una sonrisa en los labios; él no pudo evitar inclinarse y llevarse el sabor dulce con un beso. Cuando media hora más tarde montaron en la furgoneta y dejaron atrás aquellas cabañas en medio del bosque, ella observó la imagen por el retrovisor y pensó que parecía que había pasado un mundo desde que el día anterior al anochecer pusieron un pie allí; ahora, Jason tenía una mano sobre el volante y otra en su pierna, acariciándola distraído y relajado.

—Necesito que mires el mapa —le pidió al rato.

—¿Qué quieres saber? —preguntó ella mientras lo desplegaba sobre su regazo.

—Si vamos en la dirección correcta.

—Claro. ¿Acaso existe otra opción? Conduces tú y, por lo que yo sé, es imposible que te equivoques.

—¿Me estás vacilando? —Él la miró divertido.

—Vamos por buen camino —dijo y luego se echó a reír, pero se calló cuando la mano de Jason subió un poco más por su muslo. Tragó saliva—. Lo que dije anoche durante la cena... no era cierto, lo sabes, ¿verdad?

—Eres una pequeña mentirosa...

—Heriste mi orgullo —se defendió.

—¿Yo? —Jason miró de reojo cómo asentía—. Pues no era mi intención. A veces... quizá he sido un poco brusco contigo, pero porque... me descolocas.

—¿En qué sentido?

—En todos los sentidos.

Para Autumn las siguientes tres horas y pico pasaron como un suspiro. Cuando no hablaban, la música los acompañaba. En un momento, mientras avanzaban junto al mar, los dos cantaron *Hey Jude* al unísono; Jason lo hizo casi en susurros y Autumn a pleno pulmón, como si estuviese en un escenario frente a miles de personas. El camino fue tornándose cada vez más llano conforme se acercaban a la zona vinícola. Hacia el mediodía, acordaron parar para comer en Solvang, un pequeño pueblo de estilo danés situado en Valle Santa Ynez.

Al bajar de la furgoneta y avanzar por la calle caminando a su lado, Autumn deseó cogerlo de la mano. O besarlo. O tocarlo.

Respiró hondo, intranquila.

Todavía no estaba segura de en qué punto se encontraban. Durante el trayecto en coche, él le había dedicado alguna caricia y, en un par de ocasiones, lo había pillado mirándola cuando se humedecía los labios, pero la línea que acababan de cruzar era tan reciente que a ella le daba miedo quebrarla.

Solvang era un pueblo turístico creado por colonos daneses y sus calles eran preciosas, con coloridas casas de estilo nórdico entre restaurantes, cervecerías y pastelerías. Avanzaron por aquel lugar que parecía sacado de una postal hasta una calle en la que había un mercadillo de frutas orgánicas.

—¿Te ha gustado algún restaurante? —preguntó él.

—¿Y si comemos por ahí? —propuso Autumn—. Compramos un poco de fruta y algo de las pastelerías y seguimos por la carretera hacia Santa Bárbara hasta que encontremos algún lugar en el que nos apetezca parar.

Jason sonrió y, veinte minutos después, volvían a estar en movimiento. Terminaron desviándose por un camino secundario porque ella «tuvo un pálpito» y, por suerte, acertó. Autumn sacó una toalla de su mochila y la extendió sobre el prado, bajo un árbol de copa redondeada. Se quitó las zapatillas y dejó que sus pies descalzos se hundiesen en el suelo alfombrado de campanillas lilas y botones de oro entre las briznas de hierba. Luego se sentó en la toalla, junto a él, y comenzó a desenvolver lo que habían comprado: hojaldres rellenos de atún, fresas maduras y galletas danesas de chocolate con leche. Y cuando él la vio morder una de las fresas y lamerse el labio inferior, supo que estar allí, con ella, era mejor que comer en cualquier restaurante que pudiese conocer. Se acomodó en la toalla, con las piernas estiradas y la espalda un poco apoyada en el tronco del árbol y, mientras devoraba la comida, contempló lo apacible que era aquel lugar y lo bien que ella parecía encajar allí, como si fuese una pieza más.

—¿En qué piensas? —le preguntó.

Él siempre había deseado hacerle esa pregunta. Siempre. Desde el principio le había frustrado la idea de no poder entrar en su mente, de ser incapaz de leerla.

Autumn suspiró hondo antes de contestar.

—Pienso en el bebé. Y en el sueño que tuve.

—Cuéntamelo —pidió recostándose en la toalla.

—Lo que soñé... creo que era en un lugar parecido a este. La veía a ella, caminado descalza sobre la hierba, como he hecho antes, pero con pasos cortos y torpes. No podía distinguir su rostro, pero sí sus piernas y su risa... tenía la risa más bonita del mundo.

Jason no dijo nada, pero se giró hacia Autumn y la atrapó entre sus brazos hasta que ambos estuvieron tumbados. La observó y contuvo el aliento antes de inclinarse. Primero fue apenas un roce que le erizó la piel. Luego, sus labios encajaron de nuevo como si se necesitasen para respirar. Jason acogió su rostro entre las manos y gruñó en su boca antes de devorarla, de hundir la lengua en ella. Era tan fácil estar así... tan fácil besarla y dejarse envolver por el olor a hierba. Deseó que la vida real fuese también igual de sencilla. Que el mundo fuese un eterno respiro.

—No has dicho nada... —susurró ella cuando se separaron.

—¿Qué quieres que diga? —Se entretuvo observando sus largas pestañas y las pecas que le salpicaban sus mejillas y su nariz respingona. Quería besarla por todas partes.

—Sobre el bebé. ¿Por qué nunca quieres hablar de ese tema?

—Es complicado, Autumn.

—Dímelo. Lo entenderé.

Jason luchó contra sí mismo y se tumbó de nuevo boca arriba fijando la vista en las nubes que surcaban el cielo azul de aquel día de verano.

—Una respuesta a cambio de otra respuesta.

—Vale. Me parece justo. Pero tienes que ser sincero, totalmente sincero.

—Está bien. —Cogió aire. Imaginó que estaba dentro de una burbuja. Esos días viviría allí y no pensaría, no analizaría; solo sentiría—. Es solo que, cada vez que me viene a la cabeza, doy un paso hacia atrás. Y, a veces, me paro a imaginar, y solo veo vacío. Quizá lo provoco yo mismo...

Ella apoyó un codo en la toalla y lo miró.

—¿Y por qué crees que te ocurre eso?

—Es irónico, porque me he pasado la vida cuidando de los demás: de mis hermanos, de mis amigos... Pero ahora me da miedo no saber hacerlo bien con mi propio hijo —admitió con un nudo en la garganta—. ¿Y si es infeliz? ¿Qué pasa si todo lo hago al revés, si no puedo darle lo que se merece...? No dejo de pensar en eso, en si seré capaz. Y, joder, no lo sé y el problema es que se supone que sí debería saberlo, debería...

Ella lo interrumpió. Trepó por su pecho con lentitud, como un gato perezoso, y lo besó con una sonrisa que dejó sobre sus labios. Una sonrisa solo para él.

—Lo que te pasa es que tienes mucha presión. Siempre haces eso, exigirte demasiado a ti mismo. Mírame —le pidió acariciándole el mentón—, no tienes que ser un padre perfecto. Te equivocarás, aprenderás o incluso serás contradictorio a veces, pero es que eres humano. Y, aun así, lo harás bien, no lo dudes.

Jason clavó la vista en el cielo mientras Autumn le daba un beso en el cuello y sus palabras calaban en él lentamente, como si luchasen por traspasarle la piel para quedarse allí. Y, cuando consiguieron romper esa barrera, notó cómo el peso se iba volviendo más liviano, más llevadero. Apartó la mirada de las nubes para centrarla en ella y alzó las caderas con suavidad, arrancándole un gemido.

—Maldito seas, no hagas eso.

Jason la apretó más contra él.

—¿Me tienes ganas...?

—Son las hormonas —dijo riendo.

Se quedó quieto e intentó tranquilizarse, porque a ese paso terminaría desnudándola ahí mismo, en medio del prado, y después de la primera experiencia en la casa azul, él quería hacerlo despacio, quitarle toda la ropa y contemplarla entera, y luego repetir una y otra y otra vez, porque ya se había hecho a la idea de que no tendría suficiente.

Le apartó el pelo de la cara con la mano.

—Acabo de recordar que ahora te toca a ti responder.

Autumn inspiró hondo y rodó a un lado hasta tumbarse a su lado.

—Es verdad. Adelante.

—La casa azul —susurró él.

—Jason... —Había una nota de súplica en su voz.

—Es lo justo. ¿Por qué te afecta tanto?

—¡Porque no quiero que te rías de mí! —contestó y, antes de que consiguiese llevarse las manos a la cara, él se lo impidió y la miró a los ojos.

—No voy a reírme, Autumn. Te lo prometo.

Ella tardó unos segundos en valorar el peso de esa promesa.

—En esa casa, hace años, vivían los Bennet, que tenían tres hijos: Caleb, Levi y Miranda. Se pasaban las tardes jugando en el jardín, merendando o haciendo los deberes.

—¿Qué tiene que ver eso contigo?

Autumn tragó saliva antes de seguir:

—Yo los observaba... —confesó—. Estuve años haciéndolo. Pasaba allí muchas horas, detrás de la valla, mirándolos y deseando tener eso, justo lo que ellos tenían y yo... Sé que es estúpido y una tontería —concluyó casi sin voz, parpadeando, antes de que los recuerdos lo inundasen todo.

Jason la abrazó con un nudo en la garganta. No dijo nada, tan solo respiró cerca de su cuello y la sostuvo contra su cuerpo bajo el sol veraniego del mediodía. Solo se escuchaba el latir de sus corazones, el canto suave de algunos pájaros y el crujido de las ramas de los árboles que se mecían con el viento cálido.

Media hora después, de camino a Santa Bárbara, ninguno mencionó las dos respuestas. Esas dos respuestas que se habían regalado y que lo cambiaban todo, daban un nuevo sentido y dejaban comprender.

El paisaje se tornó menos frondoso y, una vez llegaron a su siguiente destino, Autumn se perdió entre los numerosos objetos del trastero que habían ido a visitar. Una pequeña caja adornada por gemas de colores, un plato de cerámica en relieve, un camafeo chapado en plata, un tensiómetro tan antiguo que era difícil identificarlo a simple vista, dedales de porcelana o un teléfono ferroviario francés fueron algunos de los objetos seleccionados.

Cargó dos cajas y no se llevó nada más porque sabía que, probablemente, en los mercadillos que visitarían al día siguiente podría encontrar algún mueble interesante y no quería quedarse sin espacio. Una vez lo tuvieron todo en la furgoneta, decidieron poner rumbo hacia Los Ángeles, su última parada, y disfrutar allí de la tarde y la noche que tenían libre. Autumn se acomodó en el asiento y, mientras él conducía, sacó uno de los libros de poemas que llevaba en el bolso. Lo había leído mil veces, pero volvió a hacerlo y esa vez le pareció que era diferente, como cada una de las anteriores, porque no estaba tumbada en la cama de la buhardilla, sino en mitad de la carretera con Jason al lado. Y porque conforme las palabras calaban en ella, lo hacía también su aroma masculino, su respiración. Y era agradable hacer pausas entre línea y línea y mirar otras líneas, como las de su rostro, esas que intentaba memorizar...

—Deja de mirarme —murmuró él.

—¿Por qué? Me gusta hacerlo.

Jason apagó la radio del coche.

—¿Quieres leer en voz alta?

—¿Te gusta la poesía? —preguntó.

—Me gusta oírte hablar.

Sus palabras sonaron firmes y Jason recordó que hacía apenas un par de meses no soportaba el timbre de su voz ni tampoco podía comprender cómo conseguía hablar tanto. Era curioso cómo los «defectos» terminaban adquiriendo valor, cómo una imagen que al principio parecía plana podía pasar a significarlo todo. Inspiró hondo.

—Este se titula «Vida» y es uno de mis preferidos: *Un pájaro de papel en el pecho / dice que el tiempo de los besos no ha llegado; / vivir, vivir, el sol cruje invisible, / besos o pájaros, tarde o pronto o nunca / Para morir basta un ruidillo, / el de otro corazón al callarse* —susurró y luego el silencio se filtró entre ellos.

—Lee más —pidió Jason.

Y ella no hizo preguntas ni indagó sobre por qué prefería aquello a seguir escuchando música; leyó mientras dejaban atrás el mar azul que salpicaba contra los acantilados y siguió leyendo cuando pasaron Thousand Oaks y el paisaje de Los Ángeles les dio la bienvenida: las playas doradas, el surf, el *glamour* y el sol, nada que ver con el estilo de vida de San Francisco, tan pausado y tolerante, con sus calles en pendiente, las terrazas bohemias y las casas victorianas de colores.

—¡Qué ganas de visitar la ciudad contigo! —exclamó Autumn con las manos apoyadas en la ventanilla del coche.

Cuando, un rato más tarde, llegaron al hotel, tuvieron que explicarle a la chica de la recepción que, debido a un cambio de planes, solo necesitarían una habitación. Dejaron el equipaje y, dispuestos a disfrutar de la tarde que tenían por delante, se dirigieron al muelle de Santa Mónica, donde, en una pequeña cafetería, Jason se pidió un café para llevar y ella un polo de menta.

Él se terminó la bebida en dos tragos y tiró el recipiente en una papelera cercana antes de seguir caminando junto a ella por el paseo marítimo. A lo lejos, bajo el cielo anaranjado del atardecer, se alzaba la famosa noria con las vagonetas rojas y amarillas que giraban con suavidad. Pasaron junto a los pescadores locales y continuaron avanzando, disfrutando del olor a mar y del ambiente relajado del lugar, aunque él era incapaz de quitarle los ojos de encima. Llevaba puesto un vestido corto con un estampado de flores diminutas y rojas, y unos tirantes finos que le cruzaban la espalda.

Cuando la vio lamer el helado, Jason la cogió de la muñeca, tiró de ella hacia atrás y buscó su boca; deslizó la lengua por sus labios, se llevó el sabor a menta y ella soltó una carcajada cuando él se relamió con la mirada brillante y el cuerpo tenso, muy tenso. Se inclinó para susurrarle al oído.

—Sabes lo que va a ocurrir esta noche, ¿verdad?

—¿Vamos a comprar un puzle para hacerlo en la habitación? Porque, entonces, me pido empezar por la esquina de la derecha —dijo ella burlona.

Jason sintió que se le disparaban las pulsaciones ante aquel rostro travieso y despierto. Mientras la gente seguía caminando a su alrededor, avanzando por el paseo, la atrajo hacia él, para poder demostrarle con un roce de sus pantalones las ganas que le tenía, y su aliento le hizo cosquillas. Notó sus labios cerca.

—Voy a lamerte entera como si fueses ese helado de menta. Y lo haré despacio, tan despacio que vas a tener que suplicarme.

—Jason... —Autumn tragó saliva, con el corazón agitado.

—Primero buscaré ese lunar que tienes en el muslo y después subiré más y más...

—Eh, ¿y tú cómo sabes que tengo un lunar en el muslo?

—Porque a cierta chica mala le gusta dormir en casas ajenas sin apenas ropa —siseó; casi le resultaba doloroso recordar la imagen... recordarla y no estar todavía en el hotel.

Autumn alzó la cabeza y le dio un beso largo y cálido que lo pilló desprevenido.

—A ver qué sabes hacer... —ronroneó.

—Joder, deja de mirarme así o no voy a poder seguir caminando.

Ella se rio y se alejó un poco de él, sin soltarle la mano.

—Piensa en otra cosa. Veamos... ¡verduras!

—¿Verduras? —Frunció el ceño.

—Sí. Las alcachofas me gustan.

—¿Por qué estás tan loca, pequeña?

—¡Los guisantes no! Aunque, pensándolo bien, son legumbres. —Le dio un golpecito en el hombro antes de seguir avanzando por el paseo marítimo—. ¿Qué es lo que menos te gusta a ti?

—Pimientos —respondió muy a su pesar.

—¿Ni siquiera los rojos?

—Los rojos, los que menos.

—¿Y cuál es tu preferida?

—Espinacas —dijo y sonrió al darse cuenta de que la tarea de distraerlo funcionaba a duras penas, porque no podía apartar la vista de la curvatura de sus hombros, ni de los labios rosados que se abrían sin dejar de hablar, ni del trasero que le hacía ese vestido...

Autumn consiguió que durante los siguientes diez minutos no pudiera pensar en nada, porque estuvo explicándole que «la cebolla es preferible consumirla cruda y es rica en vitamina C y zinc», que «la lechuga es un relajante natural» o que «los vegetales naranjas son ideales para el sistema cardiovascular y para proteger la vista, entre otras muchas cosas». Cuando llegaron a la zona de la feria, Jason se preguntó cómo podía no quedarse sin saliva y la calló con un beso suave para evitar volver al punto de partida que los había conducido hacia esa charla sobre verduras.

Juntos, subieron a la noria y disfrutaron de las vistas mientras el sol desaparecía y la luna asomaba sobre el Pacífico. Luego, pasearon por los puestos y jugaron a lanzar el anzuelo para ver qué atrapaban. Ella perdió en las tres ocasiones, pero él logró ganar una y, cuando el hombre de la atracción les dijo que podían escoger un muñeco, Autumn se lanzó hacia él para abrazarlo como si le acabasen de decir que había ganado la lotería.

—¿Cuál cogemos? —preguntó emocionada.

—Elige el que más te guste —la animó Jason.

Pero, entonces, sus ojos claros se detuvieron en una de las muñecas y dejó de escuchar la voz de Autumn a su alrededor. Dejó de escucharlo todo, en realidad. Solo silencio. Solo su corazón latiéndole con fuerza dentro del pecho. Cogió aire.

—¡El gusano, el gusano! —decía ella.

—No, espere. —Jason miró al hombre—. Nos llevamos esa de allí. La de la esquina.

—¿Pero qué demonios...? ¡Me has dicho que podía escoger! —protestó Autumn, aunque se calló en cuanto el hombre le tendió el premio y se quedó allí, parada frente a la atracción, con una pequeña bailarina en las manos. Llevaba un tutú de color rosa y dos trenzas que caían a cada lado de una cara sonriente. Y sabía que eso significaba... significaba que Jason pensaba que ese peluche debía de ser para *ella*, no para Autumn. Parpadeó rápido para contener la emoción y alzó la cabeza para buscar sus ojos—. Gracias.

Él no dijo nada, pero le dio un beso en la frente y la rodeó por los hombros antes de reanudar el paseo por el muelle. Terminaron eligiendo un restaurante tranquilo y pequeño en el que cenar, situado en una calle estrecha y que casi pasaba desapercibido. Hablaron, rieron y se divirtieron mientras degustaban una sopa de marisco y una ensalada de frutos secos (él dejó que Autumn se comiese todos los pistachos que encontró en el plato). Y durante el camino de regreso hacia el hotel, pasaron por Venice, y ella bailó en la calle, en medio de la noche, una canción que nadie más podía escuchar porque estaba en su cabeza. Una canción que hablaba de amor, de cosas efímeras y recuerdos que guardar...

—Van a pensar que estás chiflada —dijo Jason.

—¿Quieres ser un chiflado conmigo?

Jason se rio, con las manos metidas en los bolsillos y la mirada brillante, y ella pensó que jamás lo había visto tan guapo como esa noche, tan relajado y tan dispuesto a dejarse ver. Y antes de que pudiese decir nada más, él la sujetó por la nuca y la besó lentamente, metiéndose bajo su piel, y luego se movió con suavidad, llevándola consigo, hasta que ella se dio cuenta de que, a su manera, estaban bailando bajo las estrellas.

# 22

La tensión, cargada de deseo, se enredó entre ellos cuando subieron al ascensor del hotel. Él pulsó el botón del tercer piso y luego su mirada intensa atravesó la distancia que lo separaba de Autumn. Al notarlo tan cerca, sintió un escalofrío trepando lentamente por su espalda, que intentó disimular sonriendo.

—¿Estás pensando en lo divertido que es bailar sin música? —le preguntó.

—Ahora mismo solo puedo pensar en quitarte la ropa.

—Una mente limitada —apuntó Autumn.

—Muy muy limitada —reconoció él.

Las puertas del ascensor se abrieron y ella echó a correr entre risas por el largo pasillo enmoquetado. Jason la siguió. La acorraló delante de la puerta de su habitación y le dio un beso en la nuca mientras encajaba la tarjeta en la ranura y abría para que pudiesen entrar. Cerró la puerta a su espalda sin hacer ruido, con una delicadeza que contrastaba con las pupilas dilatadas que oscurecían el azul de sus ojos.

Parados en medio de la estancia decorada en tonos grises y blancos, se miraron unos segundos sin decir nada hasta que los dos dieron un paso al frente y se encontraron a medio camino, respirando al compás. Y entonces él la besó con todas las ganas que había reprimido hasta entonces, llevándose un jadeo y su sabor y su aliento, buscando sus labios una y otra vez. Ella enredó las manos en su cuello y disfrutó de aquel beso y del cosquilleo que notaba en el estómago.

Nunca antes había sentido algo así.

Era como subir a lo alto de una montaña rusa y luego descender a toda velocidad. Y con cada curva, una sacudida. Con cada acelerón, un estremecimiento. Autumn rodeó sus caderas con las piernas cuando él la levantó del suelo sin parar de besarla.

Jason la dejó delante de la cama. Alzó los brazos en alto y dejó que ella le subiera la camiseta para podérsela quitar por la cabeza y luego se quedó quieto mientras sus manos lo acariciaban, descendiendo con lentitud hasta la uve que se dibujaba sobre su pelvis y encontrando el botón de los vaqueros.

Él se inclinó hacia ella para susurrarle al oído y le mordisqueó el lóbulo con suavidad.

—Gírate, Autumn. Date la vuelta.

De repente, fue como si algo se le atascase en la garganta y le costó tragar saliva. Lo miró insegura. ¿Cómo decirle que no quería volver a sentir sus manos encima sin poder mirarlo? ¿Cómo hacerle ver que, hasta entonces, en todos sus encuentros él parecía haber evitado sus ojos? Se lamió los labios antes de hablar, consiguiendo que el corazón de Jason se acelerase aún más.

—Quiero verte. Que me mires. Que nos miremos.

Él comprendió lo que quería decirle. Jason alargó una mano hacia ella y le acarició con suavidad la mejilla, frotando la piel con los nudillos hasta que Autumn cerró los ojos. «Solo quería desabrocharte el vestido», la calmó. Y ella se relajó contra su cuerpo mientras él la abrazaba y recorría su espalda con las manos en busca de los botones. Cuando desabrochó los tres de la parte superior y deslizó lentamente la cremallera, el deseo lo recorrió entero. Jason cerró los ojos al sentir la mano de Autumn tocándolo por encima de los vaqueros y supo que, si quisiera dejarse llevar, podría terminar antes incluso de estar dentro de ella. No sabía por qué. No sabía por qué lo rompía así. Por qué conseguía con un simple roce hacerle perder el control como nadie había logrado hasta entonces.

Deslizó los tirantes del vestido por sus hombros y la tela cayó al suelo. Jason dio un paso hacia atrás para poder verla, para mirarla como se miran esas imágenes o momentos que deseas retener en tu memoria para siempre.

—Joder, Autumn... —Su voz sonó ronca y lejana mientras terminaba de quitarse la ropa y se acercaba hasta ella para volver a buscar la suavidad de su boca. Habló contra sus labios, alternando palabras entre beso y beso—. Te dije que te lamería como si fueses un helado de menta, pero te juro... te juro que voy a tener que hacer un ejercicio de autocontrol porque ahora mismo creo que podría correrme solo con mirarte.

Autumn dejó que él la tumbase sobre la cama.

El corazón le latía tan fuerte que ni siquiera se preguntó si él lo estaría escuchando; sabía que lo hacía, sabía que podía oír cada latido caótico.

—No quiero control —logró susurrar.

«Sí que lo quieres», pensó él.

«Lo quieres porque sin control ya estaría hundiéndome dentro de ti y pensando solo en placer y en deseo, y ni siquiera te habría pedido que te dieses la vuelta para desabrocharte los botones del vestido, porque te lo habría quitado de un tirón y me habría importado una mierda romperlo».

A Autumn se le secó la boca cuando se tumbó sobre ella y notó contra su estómago lo excitado que estaba. Deslizó una mano entre ellos y lo acarició con suavidad mientras la boca de Jason abandonaba sus labios y bajaba por su cuello hasta saborear la piel de sus pechos y arrancarle un gemido.

Conectaban. Esa era la palabra. Sus cuerpos conectaban ante cada caricia; algunas se hacían con las manos, otras con la mirada, pero todas eran mensajes que llegaban a su destino, a la piel. Jason deslizó las manos por sus muslos y su boca trazó un camino de roces y besos hasta llegar al pequeño lunar.

Joder, cómo había deseado aquello...

Lo lamió. Lamió el lunar. Su piel. A ella.

Ascendió hasta encontrar el deseo que latía entre sus piernas y acogerlo en su boca. Autumn se agitó mientras un grito escapaba de su garganta y sus dedos se aferraban a las sábanas. Sintió la sonrisa de él ahí, justo ahí, jugando con ella antes de que su lengua volviese a provocar que se retorciese de placer. Jason deseó que el momento durase para siempre; tenerla así, saborearla hasta cansarse, llevarla al límite. Y lamió. Y besó. Y quiso marcarla de algún modo con la boca, que ella recordase ese instante para siempre.

Cuando ese pensamiento lo asaltó, tembló.

La llevó al borde del precipicio y el cuerpo de Autumn se estremeció bajo sus caricias, contra sus labios, con un gemido que consiguió excitarlo aún más.

El corazón se le aceleró cuando se colocó sobre su cuerpo unos segundos después. No dijo nada. No pensó en nada. Tan solo se hundió en ella de una sola embestida mientras la miraba a los ojos. Tras el primer golpe de placer que lo sacudió, apretó los dientes y volvió a perderse en su interior. Las manos de Autumn lo rodearon, abrazándolo contra su cuerpo, y Jason quiso rogarle que no lo soltase, que lo retuviese así para siempre. Jadeó, con el anhelo erizándole la piel y el aliento de ella entremezclándose con el suyo. Y la penetró fuerte, profundo. Y se olvidó del control, de quién era supuestamente él y de quién era en teoría ella. Solo placer. Solo sus cuerpos meciéndose, agitándose. Solo sus bocas encontrándose. Solo ella fundiéndose en su piel. Solo él vaciándose en su interior con un gruñido ronco.

Cuando el cuerpo de Jason abandonó el suyo, tardó un buen rato en dejar de temblar antes de conseguir levantarse de la cama. Separada de su piel, rememoró lo que acababa de ocurrir. Y supo que no tenía nada que ver con lo que habían vivido en la casa azul meses atrás. Puede que, desde fuera, pudiese parecer lo mismo: dos cuerpos, deseo, un instante de unión física. Pero no. Había sido mucho más que eso

Se apartó el cabello del rostro y se miró en el espejo del cuarto de baño.

Tenía los ojos brillantes, vivos, y los labios enrojecidos por culpa de sus besos.

Ese pensamiento la hizo sonreír antes de salir de allí y regresar a la cama. Él estaba tumbado, con las sábanas blancas arremolinadas a su alrededor de forma caótica. Y le gustó verlo así, con el pelo despeinado y la mirada todavía turbia.

Se acostó a su lado. No supo cuánto tiempo estuvieron así, quizá tan solo fueron un par de minutos o más de un cuarto de hora, pero no le importaba. Estaba cómoda en aquel silencio compartido, con la vista clavada en el techo hasta que lo notó moverse.

Él la miró de reojo.

—¿Ha sido «meh»? —preguntó.

Autumn rio con los ojos cerrados.

—No. Ha sido... «boom».

—Eso va sonando mejor.

—Ya confesé que mentí cuando te dije eso... —Dejó de hablar al sentir otra vez los labios de Jason en su cuello, recorriéndole la barbilla y perdiéndose en su boca. Con un gemido suave, acogió sus besos mientras él volvía a trepar por ella y le alzaba la rodilla con suavidad para colocarse entre sus piernas. El estómago de Autumn se sacudió por el deseo cuando lo notó de nuevo duro y deslizándose en su interior.

—Te necesito más —susurró él.

Luego, la embistió con lentitud una y otra vez.

Y pensó que podría pasarse la noche entera haciendo eso. O toda la vida, hasta que su cuerpo dejase de necesitarla.

# 23

No podía dejar de mirarlo.

Cada vez que apartaba la vista de él, aunque solo fuera para darle un bocado a la tortita que había pedido de desayuno, sentía el deseo de volver a encontrarse con sus ojos, que estaban fijos en el periódico que sostenía en la mano. Autumn tomó aire. Tenía un montón de preguntas rondándole la cabeza. ¿Qué habría significado esa noche para él? ¿En algún momento había sentido algo? Algo más allá de deseo. Algo... «más» en todos los sentidos.

Esa misma mañana, tras despertarse entre sus brazos y con las piernas entrelazadas, Jason había vuelto a hacerle el amor, aún medio dormido y lentamente, como si quisiese retrasar lo inevitable y que el momento durase para siempre. Y ella le había respondido con besos, susurrándole su nombre al oído todavía con la voz ronca del despertar y las manos acariciándole la espalda.

—Según la persona rencorosa que escribe los horóscopos, «Tauro está a punto de embarcarse en un viaje complicado, lleno de obstáculos, pero que merecerá la pena». En cambio, veamos qué tenemos aquí... —dijo tras doblar el periódico para ver la página siguiente—. «A Escorpio le espera una época llena de felicidad y de dicha, aunque a la larga deberá replantearse cuáles son sus prioridades». Vaya, casi diría que me sorprende que no todo sea para ti un futuro de algodón de azúcar y arcoíris.

—Eres un envidioso —replicó Autumn.

Él sonrió. Y no solo con los labios, también con los ojos.

Tras desayunar sin prisa, se dirigieron hacia el mercado Downtown Flea en Historic Core, una antigua zona del centro. Allí, Autumn se perdió entre prendas de ropa de diferentes siglos, objetos curiosos e insólitos y cachivaches de todo tipo. Compró una máquina antigua de escribir, un pequeño baúl de madera con piedrecitas incrustadas y dibujos tallados, vestidos para muñecas que probablemente encandilarían a la señora Vania y algunas postales antiguas que eran preciosas.

Jason no dejó de observarla mientras iba de un puesto a otro, regateaba con insistencia o se emocionaba cuando lograba aquello en lo que había puesto el ojo. Apoyado en la pared de una cafetería cercana, con las manos metidas en los bolsillos del pantalón y el gesto relajado, suspiró al verla caminar hacia él con una sonrisa y besó esa curva de su rostro en cuanto la tuvo al alcance.

—¿Has encontrado lo que buscabas?

—Mejor aún —admitió—. Mira. Son bonitas.

Jason les echó un vistazo a las postales mientras retomaban el paso y avanzaban por el mercadillo bajo el sol reluciente de aquel domingo. La miró de reojo.

—Pero... están escritas.

—Esa es la gracia.

Él leyó por encima algunas frases. Había una en la que una madre le escribía a su hijo, que al parecer vivía en una ciudad lejana. Otras dos eran de amor, un amor intenso y lleno de promesas futuras que nunca sabrían si se habían cumplido.

—¿Por qué te gusta tanto esto?

—¿Las postales? ¿El mercadillo?

—Los momentos de otros. Los recuerdos de desconocidos. Cosas ajenas.

Un ceño fruncido sustituyó la sonrisa de su rostro.

—No lo sé. ¿Acaso importa?

Parándose en medio de la calle, Jason la rodeó por la cintura y la atrajo hacia él con suavidad. Ella tembló ante el contacto.

—A mí me importa. Cuéntamelo.

—¿Aquí? ¿En medio de la calle?

—Por ejemplo. —La abrazó ignorando el ruido del mercadillo lleno de gente—. Por si te preocupa, te prometo que no me reiré, ni me burlaré, ni pensaré que es una tontería...

—Ni siquiera sé muy bien por qué lo hago —admitió bajando la voz—. Solo sé que empezó en la casa azul, cuando era pequeña. Me gustaba la idea de guardar recuerdos, cosas de otras personas. Quizá si hubiese tenido los míos... entonces, no buscaría más. Todos los anillos que llevo, y las pulseras, los colgantes..., todos los he encontrado. Quiero decir, que antes pertenecieron a alguien. Y a una parte de mí creo que le gusta la idea de rescatarlos y evitar que caigan en el olvido, ¿lo entiendes?

—Creo que sí. Pero...

—No lo digas —pidió.

Porque intuía lo que iba a contestar y todavía no estaba preparada para asumir eso, así que se puso de puntillas para alcanzar su boca y lo silenció con un beso. Cuando se separaron, él guardó silencio, la cogió de la mano y continuó caminado entre los puestos. Para finalizar la mañana, se dirigieron hacia otro mercado más pequeño, el Melrose Trading Post, y, cuando salieron de allí, lo hicieron con la furgoneta cargada. Antes de dejar atrás las calles de Los Ángeles, compraron en un supermercado algunos sándwiches envasados y patatas fritas para comer durante el camino de regreso, aunque terminaron dejándose la mitad de la comida.

Ya en la carretera, Autumn empezó a sentir cómo la invadía la melancolía. Seguramente esa noche dormirían en algún hostal que les pillase de paso, volverían a hacer el amor y, al día siguiente, al mediodía, llegarían a San Francisco. Y ella volvería a ser *ella*. Y él volvería a ser *él*. Con sus caminos de nuevo separados por todas esas diferencias que a Autumn habían dejado de importarle y que, en cierto modo, casi había empezado a apreciar, a saborear y a valorar; esas distinciones que a veces acercaban más que alejaban. Si tan solo Jason pensase lo mismo... Si no fuese tan testarudo, tan cerrado, tan... cuadriculado. Entonces, quizá existiría un *ellos*.

—Deja de pensar. Te escucho desde aquí.

Autumn giró la cabeza buscando su voz.

—Ah, ¿y qué escuchas?

—Cosas. Muchas cosas.

—Mientes. Ya te gustaría.

Sabía que esos pensamientos seguían a buen recaudo en su cabeza porque, de no ser así, probablemente él hubiese conducido más rápido para evitar enfrentarse a eso. Incapaz de deducir aquello, Jason chasqueó la lengua, contrariado, y luego giró para tomar un desvío y se alejaron de la carretera principal.

Ella lo miró intranquila.

—Creo que te has equivocado —dijo.

—¿No habíamos quedado en que eso era imposible? —Jason soltó una carcajada cuando ella le dio un pequeño golpe en el hombro. Mantuvo las manos en el volante mientras avanzaban por un terreno bordeado de vegetación. El camino, asfaltado y recto, pronto se convirtió en un terreno menos liso y la zona más verde fue dando paso al acantilado y al mar azul e inmenso que se extendía a lo lejos.

—¿Dónde estamos? —Miró por la ventanilla.

—No lo sé. Pero espero que terminemos en la playa.

—Jason, ¿estás improvisando? ¿Te encuentras bien? Quiero decir, si tienes fiebre, solo dilo y buscaremos el hospital más cercano.

Jason puso los ojos en blanco. Llevaba la gorra de béisbol puesta y estaba tan guapo aquel día que Autumn sintió envidia hasta del chicle de fresa que masticaba con gesto distraído mientras conducía. Por suerte, tras diez minutos conduciendo cuesta abajo por aquel lugar que parecía desierto, llegaron a una zona sin asfaltar, frente al mar, y Jason aparcó allí la furgoneta. Se quedaron en silencio dentro del coche.

—No tengo bañador —dijo ella.

—Pero sí ropa interior, ¿no?

—No lo sé. Tendrás que averiguarlo.

Se echó a reír mientras él se inclinaba hacia ella con una mirada feroz y le quitaba la camiseta que llevaba, dejando a la vista un sujetador fino de color verde pálido. Autumn se despojó de los pantalones cortos tras darle un beso rápido y salió de la furgoneta antes de echar a correr hacia el mar.

La arena blanca le calentó los pies hasta que llegó a la orilla y se introdujo en el agua despacio. Estaba fría, pero era de un azul turquesa que invitaba a sumergirse

Cerró los ojos al sentir sus manos templadas rodeándole la cintura por detrás. Él le dio un beso en el hombro y se quedó junto a ella, entre las olas que los salpicaban de espuma, entre el agua que los abrazaba, respirando el aroma de su piel mezclado con la sal y la brisa del Pacífico. Jason pensó en esos días que habían vivido. Había sido como salir de su propio cuerpo, quitar candados, abrir ventanas... y no estaba muy seguro de cómo iba a poner todo eso en su lugar cuando regresasen, cómo iba a conseguir fingir que aquello no había ocurrido. La abrazó más fuerte.

Cuando Autumn se giró y lo miró, él contuvo el aliento observando las gotitas que perlaban sus pestañas y su piel besada por el sol. Rompió la calma del agua al inclinarse buscando sus labios, fundiéndose en un baile eterno de caricias. Jason la pegó más a su pecho, sujetándola contra él cada vez que una ola los sacudía.

Y allí, al ritmo lento del atardecer, le hizo el amor.

O el amor los atrapó y los hizo a *ellos*.

Estaba llena de arena, pero no le importaba. Ninguno de los dos se había molestado en coger una toalla tras salir del agua y dejarse caer cerca de la orilla. Mientras los últimos rayos de calor se debilitaban antes de extinguirse completamente, Autumn levantó la cabeza y contempló con aire soñador el torso masculino dorado por el sol y lo relajado que parecía ahí, tumbado a su lado, con los ojos cerrados y el cabello rubio todavía húmedo y despeinado.

Un recuerdo. Otro más.

Por primera vez en mucho tiempo, su «álbum de momentos» no dejaba de sumar nuevos instantes, nuevas sensaciones. Durante años se había conformado con coleccionar recuerdos de Hunter, Roxie y Pablo, de los Bennet, y luego llegaron Nathaniel, Abigail y Tom para llenar su vida de colores bonitos. Pero ahora... ahora era más, mucho más. Jason la hacía vibrar. Y deseó quedarse allí, tumbada junto a él en esa playa en la que sus diferencias no parecían tener importancia para ninguno de los dos.

Alzó la mano y le rozó la mejilla con los dedos, sonriendo al ver cómo se estremecía ante una caricia tan pequeña. Jason abrió los ojos.

—Quedémonos aquí... —susurró Autumn.

—¿Aquí? ¿Qué quieres decir?

—En la playa, esta noche...

—Autumn, es una locura.

—Por favor. No te pido trece, no te pido eso y lo sabes. Solo una. Y mañana estaremos de vuelta en la ciudad y todo volverá a la normalidad. Será... será como si esta noche jamás hubiese ocurrido.

Jason inspiró hondo. Esas palabras fueron «dolor».

—De acuerdo. —La besó intensamente.

La delgada línea de luz sobre el horizonte fue engullendo el día y el cielo comenzó a oscurecerse. Jason acercó la furgoneta hasta el borde delimitado por la arena; juntos, apilaron las cajas para dejar más espacio en la parte trasera, pero, al final, Autumn terminó extendiendo en el suelo la toalla que habían usado sobre el prado el día anterior y se sentó allí, con las piernas cruzadas.

Jason se acomodó a su lado en silencio.

Tenía cierta magia escuchar de fondo el sonido de las olas como melodía de la noche y contemplar sobre el agua el reflejo pálido de la luna. Autumn buscó su mano en medio de la oscuridad y sus dedos se acariciaron con suavidad y timidez, casi como si fuesen dos desconocidos tocándose por primera vez. Disfrutó de ese momento y de tenerlo al lado, del roce cálido y del aroma del mar.

Él la miró antes de hacer esa pregunta de la que siempre deseaba saber la respuesta cuando se trataba de ella.

—¿En qué estás pensando?

—En lo mucho que me gustaría congelar este momento.

—Congelarlo... ¿Y hasta cuándo?

—Hasta que me cansase del sonido del mar. —«O hasta siempre», susurró una voz en su cabeza, pero la ignoró sacudiéndola—. ¿No tienes hambre?

—Sí, espera aquí, iré a buscar la comida.

Jason regresó unos minutos después con los sándwiches que habían sobrado de la comida y el paquete de patatas fritas que Autumn se apresuró a coger. Cuando él le preguntó si quería que encendiese los faros de la furgoneta, ella dijo que no, así que cenaron en medio de una oscuridad rota por la claridad de la luna. Jason picoteó distraído mientras le hablaba de los años que había pasado en la universidad junto a Luke y de las aventuras que habían vivido juntos en aquella época. Y ella lo escuchó encandilada, feliz por no tener que arrancarle las palabras una a una.

Al terminar, se tumbaron sobre la toalla, con los pies rozando la arena. Autumn apoyó la cabeza en su pecho y él le rodeó los hombros con el brazo mientras fijaba la mirada en el cielo repleto de estrellas, tan lejanas, tan delicadas...

—Son como luciérnagas. Y purpurina.

—O cerillas encendidas —dijo Jason.

—Salpicaduras de mostaza.

—Como puntas de alfileres.

Autumn se rio e inspiró hondo.

—¿Sabes? A mí me parecen mágicas y siempre me recuerdan cosas importantes. ¿Cuando las miras no te sientes de repente muy pequeño, casi insignificante? Es como si, a veces, en medio del día a día, de la rutina y de estar pendientes de nuestro propio ombligo, olvidásemos lo que realmente somos. Y lo cierto es que somos menos que una lenteja perdida en un campo de fútbol —suspiró sin apartar la mirada del cielo—. Es como volver de golpe a la realidad, recordar que estamos aquí de paso, que moriremos y dejaremos de existir, y, en cambio, esas mismas estrellas seguirán allí, brillando. Qué suerte tienen.

El aliento cálido de Jason le hizo cosquillas en la sien.

—Hacía mucho tiempo que no pensaba en ello —admitió.

—¿En qué? —Distraída, Autumn acarició el dobladillo de su camiseta.

—En eso. En lo efímero que es todo. En el poco sentido que tiene que estemos aquí.

—Supongo que podemos darle el sentido que queramos.

—Dicho así, por ti y en esta noche, suena perfecto. —«Y más que suficiente», añadió para sí mismo; porque a veces basta un segundo, un momento feliz de plenitud, para sentir que la vida tiene todo el sentido del mundo, incluso aunque no sepamos por qué.

Autumn volvió a relajarse sobre su pecho, sin dejar de observar el cielo mientras las olas se escuchaban a lo lejos. Entonces, palabras familiares la sacudieron, se enredaron en su cabeza.

—¿Quieres saber cuál es mi poema favorito? —Él dijo que sí y le apartó el pelo de la frente—. Es el xx, de Pablo Neruda. Me lo sé de memoria.

—Déjame oírlo —susurró con la voz ronca.

—*Puedo escribir los versos más tristes esta noche / Escribir, por ejemplo "la noche está estrellada / y tiritan, azules, los astros, a lo lejos." / El viento de la noche gira en el cielo y canta / Puedo escribir los versos más tristes esta noche / Yo la quise, y a veces ella también me quiso / En las noches como esta la tuve entre mis brazos / La besé tantas veces bajo el cielo infinito / Ella me quiso, a veces yo también la quería.*

Autumn se calló al distinguir los latidos del corazón de Jason más fuertes, más contundentes justo donde tenía apoyada la mejilla. Cruzó una pierna sobre él y se tumbó encima, apoyándose con los codos en la toalla llena de arena.

—Todavía no sé si habla de amor o desamor —dijo él.

Sentada en torno a sus caderas, le quitó la camiseta.

—Yo creo que habla de las dos cosas.

—¿Es eso posible? —preguntó Jason mientras acariciaba su mejilla con suavidad e iba bajando poco a poco por su cuello hasta llegar a uno de sus pechos; lo acogió en la palma y luego la despojó también de la ropa.

—Tiene toda la lógica del mundo —contestó con los ojos cerrados, dejando que él la acariciase—. Hay mucho más en esas palabras, pero siempre me inquietó la comparación entre las estrellas y la noche, que serían lo inalterable, frente al amor y los sentimientos, que serían lo perecedero, lo voluble.

Jason se incorporó para alcanzar sus labios.

Y pensó que ella sabía a esas estrellas.

Ignoró el significado de aquella idea ridícula e intentó darse la vuelta para tenerla bajo su cuerpo, pero Autumn le pidió que no lo hiciese. Se quedó quieto, tumbado bajo la oscuridad, dejando que ella terminase de desnudarlos a los dos antes de que sus cuerpos volviesen a unirse y Autumn se moviese sobre él envolviéndolo y nublándole la mente hasta que Jason solo pudo pensar en el brillo de su piel bajo la luna, en las respiraciones entrecortadas que se mezclaban con la brisa del mar y en el placer que lo sacudió antes de abrazarla contra su pecho como si ese cuerpo pequeño y cálido fuese un ancla en medio del mundo que giraba y giraba y giraba.

# 24

Durante esos días fueron luciérnagas temblando en el cielo nocturno. Respuestas susurradas. Verano, luz, cielos azules. Kilómetros bajo el sol de la mañana y silencios rotos por miradas llenas de palabras. Piel con piel, poesía para el corazón. Vértigo. Pero, sobre todo, fueron besos, muchos besos; besos rápidos, besos con los ojos cerrados, besos durante la noche, besos con sabor a sal, besos en mitad de una sonrisa...

Y Autumn pensó que «todo» debía de ser aquello.

Sabía que era demasiado tarde. Sabía que ya no podía mirar por el retrovisor de su vida y dar marcha atrás, porque, para bien o para mal, ella era propensa a ir sin frenos, cuesta abajo y saltándose las líneas de la carretera.

# 25

Las calles de San Francisco los recibieron al caer la mañana del lunes. Autumn pensó en lo raro que resultaba que todo pareciese igual, como si nada hubiese cambiado cuando, en aquel viaje, había dejado un pedazo de ella (o de su corazón). Pero se sentía bien así. Sin ese trozo que faltaba. Completa de un modo diferente.

Jason aparcó delante de la puerta y el silencio se apoderó de todo. Autumn cerró los ojos cuando advirtió que ese silencio volvía a ser incómodo, denso. Se apresuró a salir de la furgoneta y a abrir la parte trasera para empezar a bajar las cajas. Él la imitó unos segundos después y, juntos, tras saludar a Abigail, metieron en la tienda lo que habían comprado durante esos días. Al terminar, sacudiéndose las manos, ella se obligó a alzar la cabeza para mirarlo, a pesar de que le temblaban las rodillas y de que sabía que necesitaba estar a solas para poder recomponerse.

—Gracias por todo —dijo.

—No tienes por qué dármelas.

Había una rigidez en los hombros de Jason que no había estado ahí antes de llegar a la ciudad, como si sostuviesen el peso de aquel lugar.

—¿Tienes cerca el coche? —preguntó ella.

—Sí, pero, Autumn, esto...

Ella negó con la cabeza y la mirada que le dirigió fue un ruego silencioso. No dejó que acabara. No quería oír excusas. No quería palabras de consuelo ni un vacío «ha estado bien». No quería que él ensuciase lo que habían sido aquellos días. Así que le dedicó una sonrisa triste y se puso de puntillas para darle un beso en la mejilla antes de dar media vuelta y desaparecer dentro de la tienda.

En cuanto la vio entrar, Abigail salió de detrás del mostrador, desde donde se había mantenido al margen, y le dio un abrazo cálido y reconfortante.

—Pasará. Todo pasa siempre —le dijo.

—¿Cómo lo has sabido? —preguntó.

—Lo gritan tus ojos cuando lo miras.

Autumn se apartó de ella y respiró hondo.

—No quería que ocurriese. O sí. No lo sé.

—El amor no nos deja decidir. Qué fácil sería si pudiésemos hacerlo; entonces, no habría llorado durante años por un hombre que me abandonó por otra persona. Y lo hice. Por aquel entonces, y antes de morir, mi madre me dijo una vez algo que me marcó: el amor es como tropezarse con una semilla desconocida. Algunas ni siquiera llegan a germinar por mucho abono que les tires, por mucho que las riegues y las cuides; pero otras, las que sí lo hacen y brotan, lo hacen cada una a su ritmo. La magia del amor es que no sabes de qué color serán sus flores, y quizá quieras que salgan rojas, pero acaben siendo blancas; tampoco puedes adivinar si ese tallo que ahora es pequeño terminará lleno de espinas afiladas o, si un día, de repente, se marchitará.

Autumn parpadeó para no llorar.

—Tu madre... era muy sabia.

Las dos rieron a pesar de la tristeza que empañaba aquel instante y volvieron a abrazarse. Después, Abigail le dijo que se encargaría de ir limpiando algunos de los objetos y la convenció para que descansase durante el resto del día.

Así que Autumn se duchó y luego, sentada en la cama, se trenzó el pelo mientras pensaba en lo bonito que habría sido tener a Roxie a su lado en esos momentos, poder compartir con ella el aleteo que sentía en el corazón. Suspiró, echándole un vistazo rápido a la fotografía en la que salían los cuatro, sonrientes y sin ser conscientes del destino que les esperaba tras ese *clic,* la manera en la que sus caminos terminarían alejándose. Le mandó un mensaje a Hunter, asegurándole que había llegado bien, aunque sabía que, probablemente y como siempre, él no le contestaría.

Al caer la noche, tumbada en la cama, clavó la vista en el techo. Solo habían pasado unas horas y parecía que hacía una eternidad desde que, en vez de mirar una pared, observaba las estrellas junto a Jason. Se acarició la tripa despacio, muy despacio, y, antes de dormirse, se levantó para coger la bailarina que le había regalado en el muelle de Santa Mónica y se acurrucó bajo las sábanas que olían a detergente y no a él.

Jason volvió a mirar el despertador.

Eran las dos y veinte de la madrugada. Suspiró.

Llevaba horas despierto, dando vueltas en la cama. Y había algo dentro de su pecho que parecía estar ahogándole a cada minuto que pasaba. Lo había sentido desde que la había visto desaparecer por la puerta de la tienda y él se había alejado hacia su coche. También cuando media hora después llegó a su casa y descubrió que estaba perfecta, como siempre, lo que significaba que Tristan y Leo no habían hecho nada raro. O eso supuso cuando los vio sentados en el sofá tecleando en sus móviles y el perro, feliz y animado, fue a recibirlo.

—Te ha dado el sol —comentó Leo.

—Eso demuestra que no es un vampiro —dijo Tristan y miró satisfecho a su hermano mellizo—. Así que me debes veinte pavos.

A Jason se le escapó una sonrisa mientras le frotaba el morro el perro, que no dejaba de agitar la cola de un lado a otro.

—¿Todo ha ido bien? —preguntó inseguro.

Tristan se levantó y estiró los brazos en alto.

—Como la seda. Por cierto, deberías ponerle nombre al pobre perro.

—Supongo que sí —admitió.

—*Thor* suena bien —propuso Leo.

—O *Hannibal*. —Tristan sonrió.

Jason miró fijamente los ojos oscuros del animal, que estaban clavados en él.

—Voy a llamarlo *Pistacho*.

—Estás de puta broma, ¿verdad?

—No. Está decidido. Y me lo quedo.

—Parece que estés drogado —dijo Leo.

—¿Os quedáis a comer? —preguntó ignorando el comentario de su hermano.

Leo se guardó el teléfono en el bolsillo del pantalón:

—Deberíamos irnos para descansar un poco, esta tarde tenemos una cita doble con dos gimnastas olímpicas, ¿no es genial? Si quieres les pregunto si tienen alguna otra amiga flexible. —Se calló ante la mirada de su hermano mayor—. Tú te lo pierdes.

Mientras los dos salían del comedor, Jason alzó la cabeza para mirar el vacío que reinaba allí antes de seguirlos por el pasillo y posar una mano en el hombro de Tristan.

—Pediré comida china. O pizzas. Lo que queráis.

—¿Qué coño te pasa? —Su hermano frunció el ceño como si no lo reconociese.

—¿Y desde cuándo te apetece pasar el rato con nosotros?

Él tragó saliva y se frotó el mentón antes de negar con la cabeza.

—Da igual, dejadlo, ha sido una tontería. —Sostuvo la puerta abierta frente a ellos, pero Leo dio un paso atrás y Tristan lo imitó, todavía con una arruga en la frente.

—No, la comida china suena bien.

—Sí, pide una ración doble de tallarines.

Jason les sonrió agradecido y luego se dirigió a la cocina para coger el folleto del restaurante chino. Tras la comida y un rato de charla, se dio cuenta de que no podía retenerlos más tiempo y los dejó marchar. Antes de que las paredes de la casa se le cayeran encima, le puso a *Pistacho* la correa y salió a pasear, pero evitó hacerlo por el paseo de la playa y se limitó a recorrer las calles de la urbanización hasta que los dos se cansaron de dar vueltas sin rumbo. Cuando regresó, el silencio reinaba en cada esquina y en cada habitación, como si viviese allí. Se dejó caer en el sofá, derrotado, y mató las siguientes horas del día llamando a su madre, a Rachel y a Mike (que colgaron a los diez minutos porque llegaban tarde a un concierto al que iban a ir esa noche), y a Luke (que estaba liado porque acababa de llegar a casa con su mujer tras su viaje a Ibiza). Así que, tras dejar el teléfono sobre la mesa auxiliar, la soledad lo envolvió y ya no pudo seguir llamando a nadie más para ignorar la realidad.

Y la realidad era que su cuerpo la echaba de menos.

No, peor aún, todo él la echaba de menos.

Seguía siendo así a las dos y veinte de la madrugada.

*Clac, clac.* Autumn se dio la vuelta en la cama. *Clac, clac, clac.* Abrió los ojos. *Clac.* Luego, con el ceño fruncido, se puso en pie al darse cuenta de que algo estaba golpeando la ventana de la buhardilla. *Clac, clac.* Y no era lluvia. Se cercioró cuando la abrió y descubrió la figura que había en la calle. Tuvo que pestañear un par de veces para convencerse de que sí, Jason estaba allí, debajo de la ventana.

—¿Te has vuelto loco? —habló en susurros, pero, aun así, tuvo la sensación de que su voz se había oído en toda la calle, porque solo se escuchaba el murmullo de algunos coches que circulaban a lo lejos—. ¿Qué estás... qué estás haciendo aquí?

Jason tenía las manos en las caderas y respiraba de forma entrecortada, inhalando y exhalando rápido como si el aire no llegase a los pulmones. Se frotó el mentón, allí, en medio de la noche de un lunes cualquiera para la ciudad dormida.

—Tenía que verte... —dijo en voz baja.

—Espera. Dame un segundo.

Dejó la ventana abierta y cogió una chaqueta fina mientras buscaba con la mirada las zapatillas antes de bajar las escaleras con el corazón latiéndole con fuerza. Abrió la puerta de la tienda y se dirigió a la farola en la que Jason estaba apoyado con gesto reflexivo. Paró antes de estar lo suficientemente cerca de él como para no poder contenerse ante la idea de tocarlo. Cuando el silencio se volvió desconcertante, ella suspiró hondo.

—Jason, son las tres de la madrugada y estás aquí...

—Lo sé. —La miró con angustia, contrariado.

—¿Y no piensas decir nada?

—No podía dormir.

—Vale. Sigue.

—Pensaba en ti... —Jason se apartó de la farola y dio un par de pasos por la acera alejándose de ella antes de volver a darse la vuelta y mirarla bajo la luz anaranjada que trazaba sombras en la calle—. Te echaba de menos. Quería que estuvieses allí. Así que se me ocurrió la idea... se me ocurrió que podría levantarme y coger el coche y atravesar la ciudad para venir a por ti y preguntarte si querías dormir conmigo.

Sin apartar los ojos de él, Autumn tragó saliva.

—¿Y eso qué significa? —preguntó.

—No lo sé. Significa lo que tú quieras.

—Eso es muy ambiguo —contestó.

—Lo de estos días lo ha sido. Y ha funcionado.

Insegura, ella se tocó la punta de la trenza.

—No quiero que finjas que no es importante...

—Te prometo que no lo haré. No nos mentiremos.

Jason recorrió su figura en silencio, fijándose en el pijama de nubes que contrastaba con la chaqueta roja abierta y las zapatillas rosas. Tuvo la tentación de sonreír al darse cuenta de que solo ella hubiese bajado así a la calle, sin pensar en si podía ser ridículo. Tomó una bocanada de aire antes de dejar atrás los pasos que los separaban y cubrir su boca con la suya. Y, joder, fue como si llevase una eternidad sin besarla, cuando tan solo habían pasado unas horas. La ironía de la vida, lo rápido que uno se acostumbra a las cosas que le gustan, lo mucho que luego cuesta olvidar un instante amargo de apenas unos segundos...

Autumn apoyó las manos en su mandíbula al separarse de él.

—¿Qué vamos a hacer si luego...?

—No lo pienses. Ahora no. Vamos a dormir.

Y, poco después, mientras cerraba los ojos con la cabeza de Autumn apoyada en su pecho, Jason no quiso recordar que cada vez que había sentido algo por alguien la llama se había extinguido pocos meses después. Tampoco quiso ser consciente de que nunca había hecho nada semejante por otra persona, como salir a buscarla en plena madrugada. O plantearse qué ocurriría cuando aquello llegase a su fin...

Respiró hondo, con la tranquilidad de tenerla cerca.

Luego, comprobó que los muros estuviesen en su sitio, revisándolos ladrillo a ladrillo. Y se durmió cuando se dio cuenta de que sí, ahí estaban, todavía intactos. Como él. Como su corazón, completo y sin ningún pedazo de menos. Todo aún suyo.

# 26

Autumn sonrió cuando él pasó a recogerla el viernes por la tienda, a la hora del almuerzo. Jason la besó con ganas en cuanto subió al coche, a pesar de que hacía apenas unas horas que se habían visto por última vez; esa misma mañana, cuando él la había dejado allí antes de irse al trabajo.

Se incorporó a la carretera.

—¿Nerviosa?

—Un poco. Mucho.

Era la semana trece de embarazo y tenían cita para la primera ecografía. Autumn no podía pensar en otra cosa que no fuera ver a su bebé en la pantalla por primera vez.

Se estremeció de la emoción cuando bajaron del coche un rato después y Jason la cogió de la mano al ascender los escalones que conducían a la clínica.

Estuvieron veinte minutos en la sala de espera.

Autumn se fijó en cómo Jason tamborileaba con la punta de los dedos sobre el brazo de la silla en la que estaba sentado y se dio cuenta de que, aunque no parecía dispuesto a admitirlo en voz alta, estaba tan nervioso como ella. Eso la hizo sonreír y la sonrisa la acompañó cuando la llamaron y cuando entró en la consulta.

La doctora se presentó y les dijo que la llamasen Debra cuando se dirigieron a ella por el apellido. Después, tras prepararse y tumbarse en la camilla, le pidió que se abriese la bata que le habían puesto. Les preguntó si tenían alguna duda.

—Alguna... o miles —respondió Jason.

Debra rio y asintió comprensiva.

—Es normal. No hay que agobiarse.

—Yo solo quiero saber si está bien. —A Autumn se le secó la boca mientras la doctora posaba el transductor sobre su barriga—. ¿Tardará mucho?

—No, intenta estar tranquila.

Autumn agradeció que Jason la cogiese de la mano en el mismo instante en el que las primeras imágenes aparecían en la pantalla. Trazos, sombras y esbozos que le encogieron el corazón de la emoción. Un latido. Parpadeó para contener las lágrimas.

—La gestación trascurre de forma normal —explicó Debra pasados unos minutos de concentración. Después, ladeó la cabeza, con la vista fija en la pantalla, y sonrió—. El feto está en una posición perfecta y se puede intuir su sexo, aunque no es todavía fiable al cien por cien. Pero si queréis saberlo...

—¡No!

—¡Sí!

Jason y Autumn se miraron.

—¿Por qué no? Llevas semanas convencida de que es niña —se quejó él.

—Ya, pero ¿y si me equivoco? Prefiero no saberlo.

—¿Hasta cuándo? —preguntó.

—No lo sé. Hasta que nazca, quizá.

—De ninguna manera. —Jason miró a la doctora, que parecía divertida ante la situación mientras anotaba un par de cosas en el expediente—. ¿Puede escribírmelo a mí en un papel?

—Claro, no hay ningún problema.

Cinco minutos después, salieron juntos de allí. Autumn, con la duda carcomiéndole las entrañas. Jason, con un sobre en el bolsillo que contenía una respuesta que deseaba conocer.

No hablaron demasiado durante el camino de regreso a la tienda. Él la observó mientras se quitaba el cinturón.

—¿Te recojo cuando termine de trabajar?

—¿Estás seguro? —preguntó.

—¿Por qué no iba a estarlo?

—Llevo cuatro días durmiendo en tu casa.

—Deberíamos dejar de contarlos —concluyó.

Autumn sonrió, se inclinó hacia él, lo besó y luego le lamió la cara entre risas. Jason maldijo por lo bajo ante aquel gesto inesperado.

—Maldita chiflada... —Negó con la cabeza.

Ella solo rio más fuerte y salió del coche.

Ocho días. Solo habían pasado ocho días desde que se había sentado tras el volante de su llamativa furgoneta para acompañarla en aquel viaje. ¿Y cómo la vida podía cambiar tanto en eso, ocho días, ciento noventa y dos horas? Sobre todo, la suya, que siempre había estado tan... recta, tan... clara. Decisiones, decisiones, decisiones.

Dejó de pensar en ello cuando distinguió la figura de Rachel en la puerta de la inmobiliaria, esperándolo. Pitó al pasar por su lado y bajó la ventanilla.

—¿Qué haces aquí? —preguntó, vigilando por el espejo retrovisor que no viniese ningún coche—. Vamos, sube. Si te esperas a que conteste unos correos, me da tiempo a comer contigo —propuso.

Rachel montó en el asiento de al lado.

—Llevas días sin contestar en el grupo.

No había mirado mucho el móvil, no.

—He estado ocupado. Más o menos.

—¿Más o menos? Sé más específico, Jason.

—Vale. La versión corta es que estoy con Autumn. La versión larga es que probablemente esté cometiendo el mayor error de mi vida dejándome llevar solo por lo que deseo como un puto crío egoísta en lugar de pensar en lo que es mejor para mí, para ella y para los dos. Así que el lunes, a las tres de la madrugada, fui a buscarla y... no sé, todavía no sé qué es lo que le propuse, algo así como, joder, no hablemos, no digamos nada, no pensemos, solo... hagámoslo. Y no me preguntes el qué, porque no tengo ni idea.

Rachel abrió la boca y luego volvió a cerrarla.

—Madre mía, es... es como... —«Si no fueses tú», estuvo a punto de añadir, pero evitó hacerlo. Carraspeó, aclarándose la garganta—. ¿Estás enamorado de ella? —preguntó y sabía que él le diría la verdad.

—No, eso no —admitió.

—Vale. ¿Y ella de ti?

—Espero que tampoco.

Pararon delante de una hamburguesería que habían frecuentado alguna vez y él se acomodó en el reservado y se entretuvo contestando los mensajes de trabajo que tenía que responder. Sonrió al ver que Clark parecía dispuesto a hablar de negocios con él durante la próxima semana y, luego, al terminar, apoyó las manos en la mesa. Rachel estaba muy seria, con el entrecejo fruncido, pensativa.

—No me mires así —pidió.

—No te miro de ninguna manera. —El camarero les sirvió dos refrescos y las hamburguesas—. Solo estoy tratando de entenderte y, por primera vez en mucho tiempo, me está resultando un poco complicado.

Él dejó escapar un suspiro antes de sincerarse.

—Es solo que... me gusta. Joder, me gusta mucho. —«Tanto que no quiero ni pararme a pensar en ello». Alejó esa idea de su cabeza—. Y he intentado evitarlo. Te juro que lo he hecho, porque sé que, a la larga, será un problema. Pero no pude.

Rachel pestañeó y se inclinó hacia él, confundida.

—¿Intentas decirme que ya sabes que lo vuestro terminará? ¿Pretendes anticiparte a algo así...?

Incómodo, él tamborileó sobre la mesa.

—Quizá me he explicado mal.

—No, te has explicado muy bien.

—¿Qué quieres que te diga?

—Que no estás pensando en el final antes de cruzar la línea de salida. Que estás dispuesto a arriesgar. Que lo pondrás todo de tu parte para que funcione.

—No puedo ponerlo «todo» —siseó.

—¿Por qué no? —preguntó extrañada.

—Porque no. Déjalo estar. La comida se está enfriando.

Rachel cogió la hamburguesa sin demasiadas ganas, le dio un bocado y masticó con los ojos fijos en Jason, preguntándose si ese chico que tenía frente a ella era solo lo que veía o más, mucho más. Le costó tragar ante los recuerdos que la inundaron; recuerdos de la infancia que habían pasado juntos o de lo mucho que él la había ayudado años después, cuando pasó una época difícil y llena de baches.

Siempre había estado ahí para ella, para ellos.

Se preguntó si al revés había sido igual.

—Jason, tú... ¿Tú estás bien?

Sorprendido, él alzó la cabeza y la miró.

—Claro, ¿por qué no iba a estarlo?

—No lo sé. Quizá... quizá no siempre lo estés. Ya sé que tienes una familia perfecta, y un trabajo perfecto, y unos amigos perfectos... —Sonrió ante esto último—. Pero solo quiero decirte que, si algún día necesitas hablar con alguien, estoy aquí. Tú siempre te has preocupado y has cuidado de nosotros y me preguntaba... me preguntaba si alguna vez también necesitas eso mismo, que alguien te cuide y se preocupe por ti —concluyó.

Jason se quedó un largo minuto mirándola fijamente. Luego, cuando apartó la mirada, estuvo a punto de decir algo, pero se lo pensó mejor y sacudió la cabeza para deshacerse de esas palabras.

—Estoy genial, Rachel. No te preocupes por mí.

Pasó el resto de la tarde en su despacho, trabajando y atendiendo algunos compromisos. Cuando se levantó de la silla de su escritorio y recorrió el pasillo que conducía hacia la sala abierta al público, se dio cuenta de que era la única persona que todavía no se había ido de la inmobiliaria. Suspiró y se encargó de cerrar antes de montar en su coche y pasar por la tienda de antigüedades para recoger a Autumn.

—¿Qué tal ha ido el día? —le preguntó.

—Bien, hemos vendido la máquina de escribir.

—Me alegro. ¿Qué te apetece cenar?

—¿Hacemos nosotros algo?

Jason pareció pensárselo antes de asentir.

Un poco más tarde, los dos estaban codo con codo frente a la encimera de la cocina, pelando cebollas y picando lechuga y tomate mientras los tacos de pollo se calentaban en una sartén. O, mejor dicho, los tres, porque el perro lo observaba todo tumbado debajo de la mesa. Jason le dio un beso rápido en la mejilla antes de moverse a un lado para lavarse las manos en la pila; cogió un trapo y se las secó mientras ella le contaba con todo lujo de detalles (y casi sin respirar) la última película que había visto.

Tragó saliva. Por alguna razón, en ese instante, su voz aguda pasó a un segundo plano y recordó la conversación que había mantenido con Rachel ese mismo día y las palabras que Autumn había dicho en esa cabaña... ¿Cómo eran...? Que sabía qué podía esperar de él. Que era muy consciente de que probablemente ella terminaría saliendo con algún chico normal y él encontraría a otra persona «más como él» con la que compartir su vida...

En teoría, parecía lógico, porque no tenían nada en común; porque cada vez que él decía derecha, ella decía izquierda; porque Autumn veía de color rojo algo que para él era morado; porque ella era calor y él frío; porque ella siempre buscaría locura y él control; porque ella sería sí y él no. Y sin embargo... sin embargo, apoyado en la isla de la cocina y mirándola, no podía imaginarse a ninguna otra mujer justo ahí, cortando verduras con una sonrisa, hablándole de cualquier cosa al final del día, compartiendo ese momento.

Se acercó sigilosamente por detrás y la abrazó.

—¿Qué estás haciendo? —Ella se echó a reír cuando él acogió sus pechos entre las manos—. Terminaré cortándome por tu culpa.

—Suelta el cuchillo. —Jason se lo quitó.

Y luego la giró hacia él y sus labios se encontraron en un beso cargado de deseo. Jason alargó una mano y apagó el fuego antes de alzarla para cogerla en brazos. La casa se llenó de carcajadas mientras él intentaba subir las escaleras con ella a cuestas. Ella trepó por su cuerpo cuando estuvieron en la cama, sin poder mantenerse seria mientras le quitaba la camiseta y le desabrochaba el botón de los pantalones. Jason se incorporó y la sujetó por la nuca para besarla una y otra y otra vez.

—Aún no sé de qué te ríes —dijo cuando se apartó.

—¡Eso es lo divertido! ¿Nunca te ha entrado la risa tonta? ¡Mira, si casi no puedes aguantar! —Arrodillada en la cama, fue a darle un empujón, pero él la esquivó sin dejar de sonreír y terminó sobre ella. Y al sentirlo así, tan cerca, dejó de reírse y su respiración se tornó más pesada a medida que las caricias de él iban bajando hasta perderse entre sus muslos con una lentitud demencial.

—Cierra los ojos —susurró.

—¿Por qué? —preguntó recelosa.

—¿No confías en mí?

—¿Debería hacerlo?

—Sí, siempre. Ciérralos.

Autumn lo hizo. Y no los abrió cuando él extendió sus manos sobre su cabeza y las sujetó contra el colchón, ni tampoco cuando sus labios húmedos dejaron un camino de besos y escalofríos por todo su cuerpo, provocando que se retorciese de impaciencia. Ni cuando le separó las piernas y se hundió en ella. Estar a ciegas parecía aumentar todos sus sentidos, provocando que se excitara por lo cálida que era su respiración contra su mejilla, por el agarre de sus dedos en torno a sus muñecas, el ritmo acelerado de las embestidas...

Entre besos, caricias y susurros, el placer los sacudió a los dos y los jadeos terminaron convirtiéndose en apenas un suspiro entrecortado. Jason la abrazó y se quedó allí, todavía dentro de ella, calmándose, intentando convencerse de que lo que sentía cuando la tocaba era algo normal. Muy normal. Notó los dedos de ella hundiéndose en su pelo.

—Necesito que hablemos, Jason —murmuró, y él supo a qué se refería. A ellos, a esos días perfectos que parecían desarrollarse en un limbo.

Conteniendo el aliento, se apartó de ella y la miró.

—¿No eras tú la que decía que había que dejarse llevar?

—En esto no. Por favor. Dime qué piensas.

Jason se mordió el labio inferior, se giró y contempló el techo de su dormitorio. ¿Lo que pensaba? *Pensaba...* no, *sabía* en la misma medida que *temía*, que no era fácil que aquello funcionase. Pero no podía ignorar que, a pesar de todas sus diferencias, encajaban. Y quizá eso fuese suficiente para mantenerlos unidos. Sobre el amor... sobre el amor no tenía una respuesta clara. Ni siquiera sabía qué era el amor, qué debería sentir, en qué instante sería consciente de que, joder, estaba enamorado. Puede que eso jamás ocurriese, pero de momento le bastaba con mirarla... mirarla y saciarse de ella y desearla y pasar a su lado cada minuto libre que tenía del día.

—Que tengas que pensarlo tanto es un problema.

—Deja de ser tan contradictoria.

Ella frunció el ceño y se incorporó.

—Eh, espera, pequeña. —Tiró de su mano hasta que sus cuerpos desnudos volvieron a encontrarse—. Lo que pienso es que me gusta esto. Me gusta estar contigo, tenerte aquí. Ahora solo tengo esa idea en la cabeza. Pero también me da miedo...

—¿Por qué? —preguntó con un hilo de voz.

«Porque me estoy enamorando de ti».

«Porque no habrá marcha atrás».

«Porque creo que te quiero».

Cualquiera de esas opciones hubiera provocado que el corazón de Autumn se acelerara, pero eran palabras de humo que solo vivían en su cabeza.

—Porque arriesgamos mucho. Si esto no funciona, si mañana uno de los dos se da cuenta de que no quiere seguir adelante, tendremos que encontrar la manera de no tener problemas, de hacerlo bien, porque hay cosas más importantes.

—Lo sé. Ya lo sé.

Jason expulsó el aire contenido.

—Ahora, ven aquí.

Y ella obedeció, a pesar de que quería gritarle que no era justo que ya estuviese pensando en qué ocurriría después de la palabra «fin». Deseó decirle que la mayoría de las historias terminaban justo ahí y el resto se dejaba a la imaginación. Si no le hubiese entregado ya un pedazo de su corazón, podría haberse enfrentado a él en ese momento, haberle pedido que etiquetase aquello que tenían, que se la jugase a todo o nada, pero se le erizó la piel cuando él apresó su labio inferior entre los suyos y, poco después, tras un ataque de cosquillas, terminó olvidando sus temores.

Era de madrugada cuando se despertó.

Jason se dio la vuelta en la cama y notó la ausencia de calor, de su cuerpo junto al suyo. Miró el despertador que estaba en la mesita y se levantó preocupado. Fue directo al baño, pero allí no había nadie, y luego bajó las escaleras con su habitual andar sigiloso. El perro, que estaba delante del último escalón, se percató al instante de su presencia, pero, fiel como siempre, no hizo ningún movimiento que lo delatase.

Parado en la puerta del comedor, la observó mientras abría los cajones del mueble y rebuscaba en ellos. Al verla girarse y empezar a levantar los cojines del sofá, Jason no pudo reprimir más tiempo la carcajada que escapó de sus labios.

—Cuando pienso que ya no puedes sorprenderme más...

Autumn se sobresaltó y se llevó una mano al pecho.

—¡No me asustes así!

—¿Yo te he asustado? Pensaba que habían entrado ladrones. Pero no, solo es mi... —«novia», terminó la frase en su cabeza—, una pequeña demente registrando la casa a las tres de la madrugada.

—Necesito encontrar...

—El sobre, lo sé.

—¿Ya lo has abierto? —Autumn se removió inquieta.

—No. Lo haremos juntos. Pero quiero saber qué te ha hecho cambiar de opinión. —La rodeó por los hombros mientras subían las escaleras y se dirigían a su despacho.

—¡Yo qué sé! Sabes que puedo cambiar de idea unas mil veces al día, ¿a ti no te pasa? Quiero decir, que un día te vuelva loco el helado de vainilla y de repente a la semana siguiente lo aborrezcas. O pensar en invierno que tu estación preferida es el verano y, luego, cuando llega, desear justo lo contrario. O levantarte un día con la firme decisión de empezar a ser vegetariano, ver el beicon del desayuno y no volver a valorar esa idea hasta años después.

Jason la miró divertido.

—Y en teoría es de lo más normal...

—Sí, claro. Tú no, «Míster Perfecto», pero nosotros, los humanos, cambiamos de opinión y nos contradecimos diariamente. Y somos hipócritas, en mayor o menor medida. Es la verdad, no me mires así.

A falta de otra silla, se sentó sobre sus rodillas y desvió la mirada cuando, al encender la lámpara de mesa, vio los planos, presupuestos y un montón de papeles que no quiso leer por si hablaban de «tirar abajo su casa azul». Se estremeció al pensar en lo irónico que era que le importase tanto la persona que se encargaría de hacerlo, el chico al que le había robado una camiseta del armario para dormir y que en ese mismo instante la sostenía contra su cuerpo rodeándola con un brazo mientras buscaba el sobre en el cajón del escritorio.

—¿Quieres abrirlo tú? —le susurró.

—Sí. No. —Tragó—. Hazlo tú.

Jason inspiró hondo. Y notó (o escuchó) los latidos de su corazón golpeándole con fuerza en el pecho. Sentía una mezcla de miedo, dudas y... felicidad. Ese cosquilleo lo acompañó mientras abría el sobre con Autumn acurrucada contra su pecho y sacaba el papel que había en su interior. La caligrafía revelaba una palabra. Jason expulsó el aire que había estado conteniendo y sonrió.

—¿Qué pone? Jason, por favor...

—Es una nena. —Algo se sacudió en su estómago al decirlo en voz alta. Fue vértigo, mucho vértigo, pero también emoción.

—¡Lo sabía! Lo... sentía.

La risa de Autumn se coló en cada rincón, en la piel de Jason, en esa casa que ella parecía ir llenando cada día. Y se silenció tan rápido como había llegado, como un estallido fugaz, cuando notó la mano de él acariciándole el muslo, repasando el lunar con los dedos antes de ascender por debajo de la camiseta que llevaba y acariciarle despacio la tripa. Con la cabeza apoyada en su hombro, Autumn cerró los ojos. Y pensó que jamás una caricia había significado tanto, porque sabía que esa caricia no era para ella, sino para su hija. Sintió los dedos de Jason curvándose con suavidad, las yemas rozándola, el aleteo de su corazón latiendo con fuerza.

Y su piel memorizó la ternura del gesto.

# 27

—¿Qué tal fue el domingo? —le preguntó Abigail mientras limpiaba un cuenco de color aguamarina que acababa de llegar a la tienda.

Todo en Autumn sonrió: sus labios, sus ojos, su corazón.

—Perfecto. La familia de Jason es... es increíble. A su madre solo le hizo falta una mirada para empezar a sospechar y, bueno, veinte minutos después, Leo nos pilló en la cocina dándonos un beso, así que... —Se encogió de hombros—. Quería escribir una pancarta antes de volver al comedor para dar la noticia en condiciones, pero le quitamos la idea de la cabeza. Y después, no sé, todo fue... normal, natural. Siento que con ellos las cosas siempre son así, fáciles...

No podría haberse sentido más acogida en ningún otro lugar. Recordó lo divertida que había sido la comida, con los mellizos esforzándose por sacar de quicio a su hermano mayor cada dos por tres y su madre intentando controlarlos inútilmente. No hubo rastro de tensión en los hombros de Jason y se mantuvo sonriente, colando la mano bajo la mesa de vez en cuando para buscar la suya. Al terminar de comer, jugaron al *Monopoly*, como habían hecho la última vez, hasta que empezó a oscurecer, y merendaron el bizcocho con trocitos de pistachos que Helga había hecho especialmente para ella. Autumn se dejó llevar y la abrazó al descubrir aquel detalle.

—¿Y cómo van las cosas con Jason?

—Bien, todo bien. Nos pasamos el fin de semana cocinando y viendo películas y paseando con el perro... —«Y haciendo el amor, hablando de tonterías, riéndonos de todo y de nada tirados en la cama o barajando más nombres para ella». Pero, por alguna razón, decidió guardarse esos recuerdos.

La mujer la miró emocionada.

—Me alegra que te haga feliz.

Autumn suspiró satisfecha y cogió el cuenco ya limpio que Abigail le tendió para guardarlo en una de las vitrinas. Mientras lo miraba, pensó en lo bien que quedaría entre toda la vajilla blanca e impoluta de Jason. Sería contraste. Color.

—¿Qué precio le has puesto? —preguntó mientras abría la puerta de cristal, pero ella no pareció oírla porque las campanillas de la entrada se agitaron y su voz se perdió tras el tintineante sonido.

Torció el gesto, pensativa, y terminó dejando el cuenco dentro de la vitrina. Se dio la vuelta y regresó hacia el mostrador, pero frenó en seco antes de llegar.

Grace estaba allí.

Llevaba una falda de color caramelo a juego con la blusa y las horquillas de su cabello. Al saludarla, le tembló un poco la voz y, tras un silencio incómodo, Abigail apareció para romper el hielo. Le preguntó a Grace por los últimos muebles que le habían vendido y, a pesar de que la conversación era poco fluida, logró que Autumn pudiese recomponerse.

—Eres muy amable —le dijo Grace a Abigail apartándose tras la oreja el único mechón de cabello que había escapado del moño—. No dudaré en pedirte lo que necesite por encargo, pero, en realidad, hoy venía a verla a ella...

Autumn notó que empezaban a sudarle las palmas de las manos.

—Yo... ahora mismo tengo que...

—Me preguntaba si te apetecería tomar un café conmigo. Sé que sueles almorzar sobre esta hora, así que pensé que, quizá, podría acompañarte.

Tragó saliva sin apartar la vista de la mujer que, aquel día, la miraba con determinación y coraje. Autumn quiso negarse, porque llevaba casi dos semanas evitando pensar en ella, pero no pudo hacerlo. Su cabeza dijo «no» al mismo tiempo que su voz se alzaba en la habitación y susurraba un «vale» algo asustadizo.

—Gracias. No te entretendré demasiado.

Vio cómo Abigail le sonreía dándole fuerzas antes de salir de la tienda y caminar por la acera junto a Grace, que olía a perfume caro y a algo más que no logró identificar. No fueron lejos; se sentaron bajo el sol en una terraza que había a dos calles de distancia. Autumn pidió un zumo de piña y Grace un café con leche y sin azúcar.

—Estos días he estado pensando mucho en nuestra situación —dijo sin andarse por las ramas mientras dejaba la cucharilla del café encima de la servilleta—. Y entiendo que para ti es complicado, Autumn. Pero también sé que, si me rindo y no hago lo que mi corazón me pide, me arrepentiré el resto de mi vida, como me arrepentí por no haber luchado más por mi pequeña Bonnie, por no haber sabido tenderle la mano de la manera adecuada...

—Tú no tuviste la culpa —se apresuró a decir Autumn.

—Quizá. No lo sé. Nunca lo sabremos. Lo único que tengo claro es que la vida nos ofrece posibilidades todos los días y que depende de nosotros cogerlas o dejarlas marchar. Nunca he estado muy de acuerdo con eso del «tiempo perdido», ¿qué quiere decir exactamente? Podría pensar que estos años viniendo a la tienda para verte, incapaz de confesarte la verdad, han sido «tiempo perdido», pero estaría mintiendo, porque también ha sido «tiempo ganado» en otras muchas cosas: en poder sentirme orgullosa de ti o en ver tu sonrisa cada día cuando te veía tras el mostrador. También de dolor, mucho dolor, y de aprender. Gracias a ello me he dado cuenta de que he sido una mujer cobarde, no he luchado lo suficiente, no he dado todo lo que tenía. Y cuando Bonnie murió, me quedé con lo que no le había entregado por miedo a su rechazo. ¿De qué me sirve tener ahora todas esas emociones que ella ya no puede conocer? No quiero que me ocurra lo mismo contigo, Autumn. No voy a dejar que pase.

Quizá fue por la firmeza de su voz o por la tensión que había en su cuello vestido de perlas, pero Autumn supo que ella nunca había sido tan sincera con nadie, tan visceral y honesta.

Y valoró el gesto, su mirada valiente.

—Te entiendo —admitió—. Pero no sé cómo resolver esto. No sé cómo sentir lo que *debería* sentir. No sé... no sé qué camino tomar...

—No quiero que tengas que tomar uno, Autumn.

—Entonces, ¿qué propones?

—Tan solo déjame formar parte de tu vida.

—¿En qué sentido?

—En el de una persona que desea conocer a otra persona. Sin etiquetas ni obligaciones.

Autumn expulsó el aire que estaba conteniendo.

—Me gusta cómo suena. Me gusta mucho.

La mujer asintió satisfecha y fingió que se le había metido algo en el ojo cuando cogió la servilleta de papel y se limpió el lagrimal. Durante la siguiente media hora, Grace le habló de cómo había empezado años atrás en el negocio del arte, de lo difícil que al principio había sido abrirse paso en un mundo en el que la mayoría de los agentes eran hombres y de que, según ella, el secreto residía en la emoción que guardaba cada cuadro.

—Quizá los trazos no fuesen perfectos o hubiese defectos en la pintura, pero cuando era capaz de ver el alma del artista plasmada entre los colores, entonces... entonces sabía que tendría futuro. Era instintivo. Nunca he podido explicar bien qué diferenciaba a unos de otros, incluso aunque su técnica no fuese mejor.

—Creo que lo entiendo —dijo Autumn.

—Algún día te enseñaré la colección que tengo en casa. No todos tienen un gran valor económico, pero para mí son especiales; mis preferidos.

Ella asintió mientras caminaban por la acera de regreso a la tienda y le aseguró que estaría encantada de verla más adelante. Cuando llegaron a la puerta, se despidieron hablando a la vez y terminaron sonriendo.

Autumn ya tenía la mano en el pomo cuando recordó algo y se giró hacia la mujer, que estaba a punto de marcharse calle abajo.

—Grace, si te sirve de algo, yo tampoco creo en «el tiempo perdido».


Jason tenía las piernas de Autumn sobre las suyas y le masajeó el pie derecho con suavidad mientras ella le contaba lo que había ocurrido esa mañana.

—¿Y eso es todo? —preguntó.

—Sí, ¿te parece poco? Casi me da un infarto cuando la he visto entrar en la tienda. Aún me cuesta creer que sea mi abuela. Da igual cuántas veces me lo repita, porque me sigue pareciendo igual de imposible.

—Te irás haciendo a la idea poco a poco.

Apartó sus piernas para tumbarse junto a ella en el sofá; hundió la cabeza en su cuello y respiró el aroma que desprendía, a champú, a algo afrutado e intenso. Desde hacía una semana, no habían pasado ni un solo día sin verse y, aun así, Jason sentía que no tenía suficiente. Le rodeó la cintura con un brazo.

—¿Y qué pasará si no lo hago?

—Nada, Autumn. No estás obligada.

—Ya lo sé. —Cogió aire y se giró hacia él, mirándolo fijamente a los ojos—. Es solo que me he pasado toda la vida evitando pensar en esa parte de mi historia, en que mis padres no me quisieron. Y tardé en asimilarlo, pero al final lo hice. Sin rencor. Sin odio. Tan solo aceptando que, por las circunstancias que fuesen, no era importante para ellos. Pero ahora, aunque sé que no fue culpa de Grace, es como si tuviese que abrir esas heridas llenas de cicatrices. Y me vuelven a doler. Porque en el fondo… en el fondo creo que me aferré a la casa azul porque siempre deseé eso que veía y me aterra no haber superado esa debilidad, seguir anclada allí…

Jason tragó saliva. Por alguna razón, las palabras que Hunter le había dicho aquel día regresaron y se colaron en su cabeza. «Un tipo como tú no podría comprenderla ni aunque tuviese diez vidas para intentarlo». Pensó en esa casa azul que pronto se convertiría en un solar, en todas las veces que él la había juzgado sin molestarse en ver más allá y en lo mucho que le dolía el pecho cada vez que ella hablaba de esos retazos de su pasado que él deseaba que jamás hubiesen existido. Pero ¿cómo borrarlos? Para ella, eran sus recuerdos.

Se limitó a abrazarla, tragándose la frustración, y luego habló contra sus labios diciéndole algo impersonal, algo vacío en comparación con los sentimientos que ella le había entregado en la mano, algo que le podría haber dicho cualquier desconocido.

—Ojalá las cosas hubiesen sido diferentes.

Autumn respiró hondo, apartando la mirada.

Y se dio cuenta de una cosa que ya sabía desde el principio: él no se lo iba a dar todo. Lo sabía porque podía ver en su mirada lo que no expresaba con palabras, podía ver la barrera que había impuesto entre ambos desde el principio y, cada vez que llegaba a ese límite en busca de «más», se tropezaba con ella y rebotaba hacia atrás.

No dijo nada al ver cómo él se levantaba para ir a la cocina y el perro lo seguía moviendo la cola; regresó con una bolsa de pistachos en la mano y la intención de poner una película. Autumn no comió ninguno, pero dejó que él la abrazase y miró la televisión a pesar de que su cabeza estaba en otra parte, lejos de allí.

—¿En qué estás pensando? —le preguntó él.

—¿Por qué siempre me preguntas lo mismo?

—Porque siempre quiero saberlo. Desde que te conocí. Si hubiese podido, te habría hecho esa pregunta la primera vez que te vi.

—¿Qué te lo impedía? —replicó.

—Pues… quizá que estabas encadenada a una propiedad privada, gritando que esa casa no tenía oro, pero valía un tesoro. Por ejemplo.

—Pensé que eras muy guapo.

Jason la miró divertido y sonrió.

—Al final resulta que me gustan tus ideas.

—Pero también que eras un idiota estirado.

—¡Eh! —Se llevó una mano al pecho, dolido.

—Y me miraste los labios antes de marcharte.

Sus ojos azules brillaron ante el recuerdo y volvieron a descender hasta su boca antes de inclinarse y cubrirla con un beso lento y cálido.

—¿Y luego? Por la noche, en la casa...

Autumn dudó. No porque tuviese ningún problema en compartir con él esos pensamientos, sino porque se había dado cuenta de que no era algo recíproco. Pero se planteó si todas las relaciones lo eran, si en todas se daba lo que se recibía, ya fuese en la amistad, en el amor o en la familia. Y decidió que le bastaba con lo que ella sentía, aunque no le fuese devuelto del mismo modo.

—Esa noche no pensaba en nada. Solo en ti.

A Jason se le aceleró la respiración y la colocó sobre sus piernas a horcajadas antes de deslizar la mano por su nuca y atraerla de nuevo hacia su boca.

—Un mes después. En mi despacho...

—Te odié —confesó—. Y tuve miedo.

—¿Por qué? —Le quitó la camiseta.

—Porque no te conocía, no quería compartir esto contigo. Me asustaba que tú no fueses una buena persona o que no consiguiésemos entendernos.

—Y mira si nos hemos entendido bien...

Ella se echó a reír cuando él dijo aquello mientras le acariciaba un pecho con una mano y bajaba luego hasta su cintura. Los dedos resbalaban por su piel al tiempo que iba quitándole la ropa y hablaba contra su mejilla.

—La comida en ese restaurante...

—La peor del mundo —confesó.

—Joder. Costó una fortuna. Quería causarte buena impresión.

—¿Buena impresión? Me mirabas como si fuese un bicho raro.

Jason cerró los ojos cuando ella se movió con suavidad sobre él y sus sexos se rozaron. Expulsó el aire entre dientes e intentó pensar... pensar en lo que estaban hablando cuando ella lo miró desafiante y divertida.

—Te conocí atrincherada antes de que fingieses ser una periodista para colarte en mi despacho. Y tu primera duda sobre mí fue saber qué signo del zodiaco era. Espero que eso responda a tus dudas sobre lo de mirarte un poco raro, porque te juro que si no dejas de moverte así... joder, pequeña...

Jason gruñó al tiempo que sus bocas volvían a fundirse. La aferró por la cintura y la alzó con suavidad antes de hundirse en ella levantando las caderas. Autumn le rodeó el cuello con las manos y se deslizó acogiendo su miembro, arrancándole un jadeo de placer. Y luego solo pensó en él, en cómo se acoplaban, en cómo sus miradas se enredaban en la penumbra antes de terminar en un estallido de placer que los sacudió mientras se abrazaban.

Autumn no dijo nada durante los siguientes diez minutos, tan solo trazó círculos con el dedo sobre el pecho desnudo de él y, luego, su voz lo llenó todo.

—Antes, cuando has hecho la pregunta, no te he dicho lo que estaba pensando en ese momento. Y pensaba... —Tragó para deshacer el nudo que tenía en la garganta—. Pensaba que a veces te miro y siento el deseo de retener esa imagen, guardar el recuerdo, porque hay algo... algo que me dice que dentro de un tiempo tú serás otra cicatriz.

Jason se estremeció y la apretó contra él.

—No digas eso. No es verdad. No lo seré.

Y lo decía en serio. Porque durante esos últimos días junto a ella se había dado cuenta de que, quizá, si no se acercaba demasiado al fuego, si no metía la mano dentro como un kamikaze, podría hacer que aquello funcionase; tenerla siempre y seguir teniéndose a él mismo. Tenerlo todo.

# 28

Era el segundo sábado que Jason se cogía libre en lo que iba de mes. No es que antes no hubiese podido hacerlo, sencillamente no lo necesitaba. No veía una gran diferencia entre quedarse en casa trabajando o acercarse hasta la inmobiliaria y hacerlo allí. Ese día sabía que tenía algunos mensajes que contestar y un par de asuntos que atender, pero le había resultado demasiado tentadora la idea de despertarse junto a Autumn y hundirse en ella aún medio dormido y luego seguir tumbado en la cama hasta que le apeteciese levantarse para hacer el desayuno.

—Pásame el cuchillo —le pidió.

Se lo dio y observó cómo cortaba en dos unas cuantas naranjas antes de enchufar el exprimidor y coger un par de vasos. Él vertió un poco más de líquido de tortitas en la sartén y, cuando la siguiente estuvo lista, la apiló junto a las demás en un plato.

Mientras ella ponía la mesa, Jason salió a por el periódico.

Diez minutos después, desayunaban el uno frente al otro. Por alguna razón que Jason no alcanzaba a adivinar, ella tenía el ceño fruncido desde que él le había pedido que sacase dos platos más para repartirse las tortitas. Suspiró, reprimiendo las ganas de preguntarle qué le ocurría, y abrió el periódico por la primera página mientras le daba un sorbo al zumo de naranja. Miró las noticias por encima y pasó a la sección de los horóscopos antes de empezar a leer en voz alta:

—«Los Tauro son persistentes, decididos y ambiciosos, pero intenta ser feliz con lo que tienes en este momento y compartir esa felicidad con los tuyos. Disfruta de la sombra de un árbol y hazle una confesión». —Sacudió la cabeza—. ¿De qué demonios habla? Alguien debería quitarle las drogas a quien sea que escriba esto.

—¿Qué dice de mí? —preguntó Autumn.

—«Escorpio: cuidado con este mes, porque algunos sucesos del pasado pueden perturbar tu presente. Recuerda que la tranquilidad, la confianza en uno mismo y una sonrisa son las mejores armas para mantenerse a flote».

—No es bueno. —Arrugó la nariz.

Jason dejó del periódico a un lado y la miró divertido mientras cogía la primera tortita y la cortaba con el tenedor. Se metió un trozo en la boca, distraído.

—¿Te gustan estos platos? —preguntó ella.

—Sí, ¿qué tienen de malo? ¿Son incómodos?

—No, no hablo de si son cómodos o prácticos, sino... ¿Te parecen bonitos?

Sin dejar de estudiarla, Jason se terminó el zumo.

—Vas a tener que ser más específica.

—Los platos son... clásicos. Sin gracia. Feos.

Él ladeó la cabeza, con el tenedor en la mano.

—¿Y llevas toda la mañana rara por eso? ¿Porque mis platos son «feos»?

—No exactamente. Es solo... sí, la cuestión son los platos. Que son tuyos. Que los veo y no me terminan de gustar. —Jason la miró alucinado desde el otro lado de la mesa—. Y el otro día vi en la tienda un cuenco precioso de color aguamarina y he pensado que quedaría perfecto aquí. Podría usarlo para los copos de avena del desayuno, por ejemplo. O para picar algo en el sofá. O incluso de decoración.

—¿Qué es lo que intentas decirme?

—Quiero saber si puedo traer un plato.

—Pequeña, puedes traer lo que te dé la gana.

Autumn dejó escapar el aire contenido, sin apartar sus ojos de él.

—¿En serio? ¿Puedo traer cosas? —insistió.

—No es que *puedas*, es que *debes*. Ya va siendo hora de que dejes de robarme mis camisetas. Y sí, esta... esta es ahora también tu casa, ¿no? —Jason tragó saliva. El corazón le latía con fuerza dentro del pecho—. Trae lo que quieras. Platos, o libros, o lo que necesites. Te dejaré espacio en el armario y en el cuarto de baño.

Autumn sintió las piernas temblorosas cuando se levantó de la mesa y la rodeó para sentarse en el regazo de Jason y besarlo por todas partes.

—Gracias, gracias, gracias.

—¿Por qué me las das?

—Por confiar en nosotros.

Él iba a contestar cuando sonó el timbre.

Se levantó con el ceño fruncido y se dirigió hacia la puerta. Cuando abrió, distinguió la cabellera pelirroja y el gesto resignado de su amigo.

—¡Tachán! ¡Sorpresa! —exclamó Rachel.

—¿Qué hacéis aquí? —preguntó con un gruñido.

—Lo siento, tío —se apresuró a decir Mike.

—Pues pasábamos por la zona y se nos ocurrió venir a verte, ya que últimamente pareces estar un poco ocupado. Y esto no tiene nada que ver con que llevemos semanas haciendo apuestas grupales con Luke y Harriet sobre cosas relacionadas con ella.

—¿Apuestas sobre ella? ¿Qué cojones...?

—Nada importante —intervino Mike—. Solo cosas como «si mide más de un metro setenta, Luke pierde cincuenta pavos». Admito que en esa jugaba con ventaja. O «si dentro de dos semanas, cuando Luke venga, parece a punto de morir al oírlo hablar sobre la destrucción inminente del mundo, Rachel gana veinte, Harriet treinta y yo he subido a cuarenta». Me vine arriba. —Se encogió de hombros.

—Son más de quince apuestas, ya te irás enterando —resumió Rachel—. ¿No piensas dejarnos entrar? Hemos traído magdalenas de chocolate con plátano.

Antes de que Jason pudiese decir algo poco agradable, Autumn apareció por el pasillo y les dedicó una sonrisa deslumbrante a sus amigos.

—Hola. He oído voces y yo... —Jason se dio cuenta de que era una de las pocas veces que la veía sonrojarse—. Soy Autumn. Imagino que vosotros...

—Sí, *eran* mis amigos —contestó Jason.

Mike soltó una carcajada y entró como si la casa fuese suya antes de darle un abrazo a Autumn, que lo correspondió sorprendida. Rachel imitó el gesto, algo más contenida que su novio. Seguidos por el perro, que apenas hacía ruido al moverse tras ellos, fueron al comedor y se sentaron alrededor de la mesa.

—¡Qué bien! ¿Has preparado el desayuno para nosotros? —Mike se rio al ver la mirada afilada de Jason—. No era necesario, tío. Pero gracias.

—Sí, me encantan las tortitas. —Rachel sonrió y se sirvió un par antes de fijar sus ojos almendrados en Autumn—. Teníamos muchas ganas de conocerte.

—Yo también. Jason me ha hablado mucho de vosotros.

Mike ladeó la cabeza curvando los labios.

—¿En serio? Espero que no te haya contado nada relacionado con ese cuerpo que enterramos en el viejo invernadero del señor Abbot.

Jason iba a decirle que no tuviese en cuenta el humor raro de su amigo, pero antes de que pudiese hacerlo, escuchó su risa vibrante. Estuvo un rato tenso e inquieto, apenas sin probar bocado, contemplando la escena como si fuese un espectador externo y no formase parte de ella. Autumn se tranquilizó en seguida y volvió a ser ella, la de siempre, con su buen humor, su mirada despierta y esa facilidad para llevarse bien con todo el mundo, aunque, desde hacía un tiempo, Jason se había percatado de que, en el fondo, no llegaba a profundizar demasiado con nadie. Un contraste. Algo curioso. Algo que él también tendía a hacer y sobre lo que nunca se había parado a pensar que era «un punto en común» entre ellos.

Se levantó para llevarse los platos a la cocina y, tras dejarlos en la pila, Jason ni siquiera se molestó en girarse antes de hablar, porque conocía tan bien a Rachel que no tenía ninguna duda de que ella se encontraba a su espalda en esos momentos.

—Di lo que sea que estés pensando.

—¡Me encanta! Jason... —Avanzó hasta él y apoyó un codo en la encimera—. Es adorable. Y divertida. Y lista. No se parece en nada a ninguna de las chicas con las que has salido hasta ahora. Además, te mira... adoro cómo te mira.

Intrigado, él alzó una ceja.

—¿Y cómo me mira?

—Como si en esa mesa solo estuvieses tú.

—Vale. No debería haber preguntado.

—¿Desde cuándo eres tan frío?

Jason sintió un pinchazo en el pecho.

—No es eso, no es... —Sacudió la cabeza.

—¿Ni siquiera te salen las palabras? —Rachel se ablandó y lo abrazó poniéndose de puntillas para poder colgarse de su cuello—. Déjalo. Yo soy la persona menos indicada para meterme en tus asuntos, solo quería que supieses que creo que es una suerte que esa noche ella se cruzase en tu camino.

Y él no pudo negar eso, porque era cierto.

Cuando regresaron al comedor, Mike estaba firmando un par de papeles porque Autumn le había convencido de que «salvar a los grillos de la zona de las especies invasoras era algo primordial» y de que «las bibliotecas eran el alimento de las ideas y el progreso». Le devolvió el último.

—¿Algo más? —preguntó Mike.

—¿Estás en contra de los transgénicos?

Mike pestañeó confundido y empezó a encogerse de hombros, pero Jason apoyó una mano en su hombro al pasar por su lado y hablarle.

—Te aconsejo que digas que sí.

—Sí. Mucho. Muy en contra.

—¡Genial! —Y sacó otro papel.

Después de que Rachel se interesase por el proyecto de la biblioteca del barrio de Autumn y decidiese que se pasaría por allí para ver si podía colaborar en algo por su faceta como escritora, terminaron hablando del embarazo y de lo bien que lo estaba llevando ella. En algún momento, a Mike le pareció buena idea sacar a relucir el tema de las apuestas y Autumn se lo tomó como algo divertido. Jason ni siquiera podía imaginarse cómo habría reaccionado cualquiera de sus exnovias ante eso; probablemente con una mirada furiosa, o poniéndose de morros, o arrugando la nariz.

Se despidieron de ellos un rato más tarde.

—Son geniales —dijo Autumn mientras fregaban los platos.

—Sí que lo son. Y gracias por ser tú misma con ellos. Por ser así —susurró él y le dio un beso en la mejilla que, por alguna razón, le resultó más íntimo y especial que muchos de los otros besos que habían compartido durante aquellas semanas.

En aquel momento Autumn tuvo claro que todo el amor de Jason estaba concentrado en unas pocas personas, en sus amigos y en su familia. Y ella deseó, anheló ocupar también ese lugar privilegiado de su corazón que estaba tan protegido. Tragó para deshacer el nudo que tenía en la garganta.

—No me des las gracias por eso —contestó.

—Espera aquí un momento. —Desapareció de la cocina y regresó un minuto más tarde. Había un poco de miedo en el azul de sus ojos, pero también decisión, ilusión. Alzó la mano y le mostró una llave brillante—. Es tuya. Sobre lo que hemos estado hablando esta mañana... no me preguntes, tú trae lo que quieras. Haz lo que te apetezca en esta casa. Al fin y al cabo, para ti ni siquiera lo es, ¿no? ¿Qué fue lo que dijiste...?

Autumn sonrió de oreja a oreja.

—Un museo. Parecía un museo.

Le quitó la llave de las manos y se lanzó hacia él para comérselo a besos mientras Jason la abrazaba contra su pecho, sintiendo los latidos de su corazón cerca del suyo, muy cerca, casi rozándose...

# 29

Finales de septiembre estuvo lleno de cambios.

Cambios como la barriga más abultada de Autumn bajo las camisetas cada vez menos veraniegas, el hueco del armario que Jason vació para que ella pudiese colocar su ropa o la mesita a la derecha de la cama que rápidamente se llenó de libros, caramelos sin azúcar o velas que nunca llegaba a encender porque, en el fondo, le daba pena gastarlas.

Durante la primera semana, aún aletargado, Jason observaba esos cambios casi desde la lejanía, todavía preguntándose qué significaba esa sensación de plenitud en el pecho que se incrementaba conforme ella iba llenando aquel lugar de color y vida y momentos.

Se acostumbró a llegar a casa y verla leyendo tumbada en la alfombra al lado de *Pistacho*. Se acostumbró a sus labios; a buscarlos constantemente, a encontrarlos un segundo después, a que fuesen suyos... Se acostumbró a oler su champú y a observarla mientras se trenzaba el pelo. Se acostumbró a oírla cantar fatal en la ducha o cuando cocinaba y ponía la radio. Se acostumbró a toda ella, sí, y también a colar la mano bajo su camiseta antes de dormir para acariciarle la barriga y sentir... solo sentir... sentirlo todo...

Durante ese segundo, las barreras caían.

Y después, al amanecer, volvían a alzarse.

# 30

Ese día, cuando Jason llegó a casa a última hora de la tarde, el silencio le dio la bienvenida. El perro salió a recibirlo y, distraído, él le acarició el lomo. Le había mandado a Autumn dos mensajes a lo largo del mediodía, pero no había respondido a ninguno de ellos. Contrariado, subió al piso superior mientras se aflojaba la corbata del traje que vestía tras la jornada llena de reuniones.

Y entonces lo escuchó. Un sollozo.

Se le encogió el alma al abrir la puerta del cuarto de baño y verla en la bañera. El vaho empapaba el espejo y Autumn estaba desnuda dentro del agua. Entró y cerró la puerta tras él para evitar que el calor se fuese antes de arrodillarse en el suelo.

—¿Qué te ocurre? Autumn...

Negó con la cabeza. Él vio los surcos negros de rímel que cubrían sus mejillas y la desolación y la frustración que escondía su mirada enrojecida.

—Me estás asustando. Por favor, pequeña...

—Es Hunter. Otra vez... otra vez... todo está mal.

Jason cerró los ojos e inspiró hondo, aliviado.

Aliviado porque no había dejado de temblar hasta saber que tanto ella como el bebé estaban bien. Aliviado porque no podía evitar ser egoísta en eso.

—Cuéntamelo, dime qué ha ocurrido.

Autumn tragó con dificultad. El cabello largo y oscuro resbalaba por sus hombros. Jason se arremangó la camisa y hundió la mano en el agua para buscar la suya. Ella estuvo un largo minuto en silencio, con un nudo en la garganta, como si las palabras no saliesen y, luego, de repente, lo hicieron a borbotones.

—¿Recuerdas que me llamó para decirme que no podía quedar el viernes pasado y que lo retrasásemos una semana? Pues fue para intentar... esconder lo que ocurría. Aunque dio igual, porque seguía teniendo el ojo algo morado y una herida en el pómulo y... A veces me gustaría odiarlo por ver lo que se hace a sí mismo. Ha vuelto a caer. Estaba pálido y ha perdido todo el peso que había ganado.

—¿Y las heridas? —preguntó en un susurro.

—Debía dinero. Le dieron una paliza.

—Joder... —Se mordió el labio para evitar decir algo más, porque no soportaba la idea de verla sufrir por él. No lo soportaba. Intentó calmarse trazando círculos sobre el dorso de su mano mojada—. ¿Ha ocurrido algo más, Autumn?

Ella negó con la cabeza, pero luego asintió.

—Le he dado dinero. Él no quería cogerlo... no quería... Y tuve que rogarle para que lo hiciese. Y sé que está mal, sé que eso no lo ayuda y que es lo último que debería haber hecho si quiero que salga de ahí, pero no soporto la idea de que puedan hacerle daño. Yo... me ahogo solo de pensarlo —dijo antes de que un sollozo la dejase sin palabras.

Jason se obligó a mantenerse sereno cuando notó que temblaba de rabia. Consiguió apartar los pensamientos que le carcomían por dentro y centrarse solo en ella, en ella y en lo que necesitaba de él en ese preciso instante. Alzó la otra mano y acogió su mejilla tras borrarle el rastro de rímel con los dedos.

—Me destroza el corazón verte llorar.

—Es que... no puedo. Estoy tan triste...

Y él se dio cuenta entonces de que le chocaba verla así porque no estaba acostumbrado a hacerlo. Esos labios que siempre estaban curvados, ahora temblaban. Esa mirada llena de luz, ahora estaba empañada de decepción.

Cogió aire. Nunca había sentido los sentimientos de otra persona casi como propios. Nunca había sufrido tanto al ver a alguien pasar un mal momento. Hasta entonces. Así, sin avisar, como un golpe que no ves venir y no puedes encajar.

—Siento mucho, muchísimo, lo que ha ocurrido.

—¿No vas a decirme todo lo que he hecho mal?

—No, joder. Solo... solo quiero que pares de llorar.

—¿Por qué? —Lo miró sin dejar de hacerlo.

—Porque me duele verte así. ¿Qué puedo hacer?

Ella sacudió la cabeza.

—Nada, ahora saldré.

Jason se levantó mientras tomaba una bocanada de aire. Estaba esa opción. Estaba la opción de salir de allí y dejarla sola y esperar en el comedor hasta que se calmase y regresase a sus brazos. Y estaba la otra opción, la de hacer algo, cualquier cosa, para conseguir aliviar ese dolor.

No supo en qué pensaba, probablemente porque no lo hacía, cuando se quitó los zapatos y luego se metió en la bañera. Vestido. Con el traje. Se sentó frente a ella. Autumn lo miró tan alucinada que no pudo decir nada hasta pasados unos segundos.

—¿Qué demonios...? ¿Te has vuelto loco?

«Loco por ti», pensó. Se quitó la corbata mojada.

Autumn estaba tan desconcertada que tardó en asimilar la escena. Y luego rio, primero suave, casi como un susurro, hasta que su risa se alzó con fuerza entre ellos y se mezcló con las lágrimas.

—¡Estás... estás fatal! Peor que yo.

—Todo se pega —replicó.

Respiró hondo al darse cuenta de que ya no lloraba. Y, después, cuando ella se incorporó en la bañera para acercarse a él y descansar el rostro contra su pecho, se sintió como si estuviese en la cima de una montaña contemplando un paisaje privilegiado, con las manos pequeñas aferrándose a su camisa empapada y su cuerpo sobre el suyo.

—Jason, te quiero —le susurró.

Y él no contestó, no pudo hacerlo, pero buscó el latido de su pulso en el cuello y la besó allí.

# 31

Era un día soleado, pero soplaba un viento fresco de principios de otoño y Autumn se abrochó la cremallera de la chaqueta que vestía sin apartar la mirada del campo de juego. Tal como había prometido tiempo atrás, Jason había invitado a Nathaniel y a Jimmy a un partido de los Giants y, con la excusa, Tom y Abigail habían aprovechado el día para irse a comer solos por una vez y disfrutar de unas horas de tranquilidad.

—Tengo hambre —se quejó Jimmy.

—¿Te gustan los nachos con queso? —le preguntó Jason y el niño sonrió y asintió con la cabeza—. Pues espera aquí, ahora vuelvo.

Jimmy, que estaba sentado en el regazo de Jason y no parecía demasiado dado a abandonar aquel lugar privilegiado, se aferró a su camiseta y Autumn se puso en pie en ese preciso momento, incapaz de no emocionarse ante la escena.

—No, no os mováis. Yo iré.

—Te a-acompaño —dijo Nathaniel.

Abandonaron las gradas cogidos del brazo y descendieron por las escaleras que conducían a la zona interior del estadio. Después de aquel día, Autumn jamás admitiría en voz alta que seguía sin encontrarle sentido a eso de lanzar una pelota, atraparla o correr por diferentes bases. Porque a veces el sentido no estaba tanto en disfrutar de algo, sino en ver a los demás haciéndolo; como, por ejemplo, poder ser testigo del rostro ilusionado de Nathaniel tras montar en el coche de Jason y que él bajase la capota para dejarlo descapotable. Nathaniel había aplaudido emocionado y se había pasado la mitad del viaje saludando a los peatones que pasaban cerca cada vez que paraban en un semáforo en rojo. Jimmy, en cambio, se había mantenido todo el tiempo un poco callado, pero no se había despegado de Jason ni un segundo en cuanto habían entrado en el estadio.

Y ella... ella todavía estaba intentando asimilar esos momentos de felicidad en contraste con *los otros,* como cuando todo parecía ir bien, pero de repente Jason se mostraba distante y frío. O cuando no podía aguantar las ganas y le susurraba de nuevo un «te quiero» cargado de verdad y él se quedaba sin aliento, pero evitaba mirarla. O cada vez que veía sus barreras, su contención, su afán por sacarle brillo a todo y apartar lo que no fuese exactamente como él deseaba: Hunter, su pasado, sus dudas, su dolor.

Menos aquel día en la bañera...

Ese día ella había visto amor en sus ojos, quizá no el amor desinteresado que hubiese querido ver, pero amor, al fin y al cabo, crudo y real. Él solo había deseado aliviarla. Y lo había conseguido. Verlo dentro del agua, con la ropa empapada y la mirada cargada de emociones, había reafirmado algo que ella ya sabía: estaba enamorada de él.

Y a veces, al mirarlo, sentía que lo tenía. A él. Todo.

Pero otras veces... sentía que lo estaba perdiendo.

A menudo, Autumn era incapaz de comprender esa dualidad, las contradicciones que Jason despertaba en ella desde el primer día; esa sensación de vivir al lado del chico correcto y reservado para, segundos después, ver tambalearse esa certeza y ser testigo del chico atrevido que estaba dispuesto a cometer locuras por ella. Porque, cuando llegaba la noche y le hacía el amor antes de abrazarla y quedarse dormido acariciándole la tripa, Autumn no podía evitar sonreír al pensar que ya llevaba cuatro. Cuatro locuras.

—Pe-pediremos extra de queso —dijo Nathaniel.

—Y extra de nachos —contestó Autumn sonriente.

—Extra de todo —siguió él animado.

Tras pedir los nachos y unos refrescos (el chico los miró alucinado cuando repitieron la palabra «extra» tantas veces entre risas), Autumn dejó que Naz acariciase con los dedos el caballito de mar que ella llevaba en el cuello; ese colgante de Miranda que había encontrado aquel día en la casa azul y que a él le fascinó desde que se conocieron.

—¿Te lo estás pasando bien? —le preguntó.

—Mucho. Quiero que todos los días sean así.

Autumn rio al escuchar su respuesta y le dio un achuchón. Después, regresaron a la parte abierta del estadio y vieron a lo lejos a Jason y a Jimmy gritando y animando al equipo que acababa de empezar una jugada. Autumn le tendió los nachos y dejó que Nathaniel se sentase al lado de los chicos antes de acomodarse en su butaca.

Al sentarse se fijó en su barriga cada vez más abultada y en la ropa ancha que le había cogido prestada a Abigail la semana anterior tras revolver un poco su armario. Sonrió satisfecha al escuchar la reconfortante risa de Nathaniel junto a ella por algo que Jason acababa de decir y le dio un sorbo a su refresco.

Cuando el partido terminó, dejaron a los chicos en su casa. Abigail les agradeció sin parar el detalle que habían tenido con ellos y le pellizcó a Jason la mejilla ante la mirada divertida de Tom, que observaba la escena con una sonrisa.

—Eres un encanto, Jason. Lo supe desde el primer día, ¿no te lo ha dicho Autumn? Le aseguré que tenías aspecto de ser un buen chico y, ahora, mira, no podríais hacer una pareja más perfecta. ¿Os apetece quedaros a cenar?

Jason notó un nudo en la garganta.

—No, quizá otro día, Abigail.

—De acuerdo, pero te tomo la palabra.

Se despidieron de todos en la puerta y, luego, el silencio los acompañó en el coche, de camino a un supermercado que abría los días festivos. Autumn lo miró de reojo. Ahí estaba otra vez: las manos tensas sobre el volante, el rostro inexpresivo... Una versión totalmente diferente del Jason que se había pasado la mañana disfrutando de un partido de béisbol en buena compañía y haciéndole carantoñas y bromas a los chicos sin parar.

Ella no dijo nada.

No dijo nada mientras entraban en el supermercado ni cuando caminaron por los pasillos llenos de productos con el carrito medio vacío.

Señaló una caja de galletas.

—¿Te apetecen?

—No. Pero cógelas.

—Solo si son para los dos.

—Autumn, cógelas para ti y punto.

—Pero es que... —suspiró—. Déjalo, da igual.

Avanzaron por la zona de la pasta y las conservas. Metieron en el carro un par de cosas más que necesitaban y luego pagaron y regresaron a casa. Una vez allí, ella intentó comportarse como él, reprimir todo lo que se agitaba dentro de su estómago porque, desde luego, era la mejor forma de no discutir, de callarse sus miedos y fingir que todo estaba bien y que no ocurría nada por lo que debiese preocuparse.

Quizá habría podido lograrlo si no empezara a ser cada vez más transparente a sus ojos. O si no hubiese golpeado con más fuerza de lo habitual los cajones mientras guardaba la compra. O si el silencio en la cocina no hubiese podido cortarse con un cuchillo.

Jason torció el gesto y la miró ceñudo.

—¿Qué te ocurre? Vamos, habla. Llevas un buen rato mosqueada.

—Es a ti a quien le ocurre algo. Te noto distante y frío y raro.

—Joder, sí que estoy *alegre* hoy.

—No bromees con esto. Es importante.

Él dejó la bolsa de la compra que tenía en la mano encima de la isla de la cocina y suspiró hondo. Luego, se giró y apoyó la espalda allí, con los brazos cruzados.

—¿Qué quieres que diga? Estoy bien, como siempre.

—Eso no es cierto. No *siempre* lo estás.

Los ojos de Jason se llenaron de frustración.

—¿Qué más quieres de mí? Te doy todo lo que tengo.

—No es verdad, te guardas cosas. Muchas cosas. ¿De qué tienes miedo, Jason?

—Autumn, déjalo ya —replicó enfadado.

—¡No! ¿Es porque piensas que esto que hay entre nosotros no funcionará a la larga? Porque si crees en ello, si lo haces tanto como yo, no entiendo de qué te estás protegiendo.

Un músculo se tensó en la mandíbula de él.

—Todos tenemos lo nuestro, Autumn. Todos.

—Yo creo que temes abrirte del todo porque entonces, si lo que tenemos entre nosotros no sale bien..., te dolerá. ¿Es eso? Porque no es justo que estés ya pensando y tomando medidas de prevención ante algo que, en teoría, no debería ocurrir. Es... es como si alguien empezase a preparar su propio funeral a los veinte, «por si acaso». Y si estoy tan segura de ello es porque sé cómo eres de verdad cuando estás relajado y sin muros por delante. Esos días en la carretera... eras tú, todo tú, y yo me enamoré de ese chico que se dejaba llevar y que durmió conmigo bajo las estrellas...

Jason dejó escapar un suspiro largo.

«Enamorada». Él sintió un vuelco en el estómago tan fuerte que tuvo que sujetarse con una mano a la encimera para lograr mantenerse de pie delante de ella y no salir corriendo. Justo la misma sensación que lo azotaba cada vez que ella le decía que lo quería, cada vez que le daba tanto pidiéndole tan poco a cambio...

Tenía la boca seca cuando respondió.

—Te entiendo... Pero las cosas no pueden ser así siempre, pequeña. Esto es el mundo real, un mundo con horarios y responsabilidades y sin noches bajo las estrellas. Y no puedo ser esa misma persona que no piensa en nada antes de lanzarse de cabeza a hacer alguna gilipollez. ¿Crees que a mí no me gustaría quitarme ese peso de encima? Para ti es fácil... para ti es... Olvídalo. Olvídalo todo y vamos a dejarlo estar.

—No, sigue, ¿por qué es fácil para mí?

—Todavía tenemos que guardar la compra.

Ella le cerró el paso cuando Jason intentó avanzar hasta la nevera. Sus manos pequeñas se posaron sobre su pecho un instante, pero las apartó para dar un paso atrás y mirarlo desafiante.

—Quiero saber lo que opinas.

Él se pasó una mano por el pelo antes de hablar.

—Está bien. Pienso que para ti es fácil porque actúas así, sin pensar en nada. Ya no es que no lo intentes, es que lo evitas; si al final del camino hay algún tipo de pregunta que debas responderte, tomas una bifurcación y ya está, a seguir viviendo, que son dos días.

—¿Por qué dices eso? ¡No es cierto!

—Estoy siendo lo más sincero que puedo.

—¡No! ¡Estás haciéndome daño a propósito por lo que te he dicho...!

—No es verdad. Eres así. Y no te culpo, sé que has tenido una vida difícil, pero hay cosas... joder, hay cosas que no puedes ignorar. Por ejemplo, ¿dónde pensabas vivir con el bebé si hubiese firmado esos papeles el primer día que apareciste en mi despacho y yo no formase parte de tu vida? ¿Dónde? ¿Sabes lo jodidamente complicado que es encontrar un piso en San Francisco? Sí, claro que lo sabes, todo el mundo lo sabe, ¿y qué haces al respecto? Fingir que no es algo importante, no pensar en ello. Puedes ocuparte de los problemas de todo el mundo, menos de los tuyos.

—Eso... eso no es...

Pero se calló. Lo hizo en cuanto se dio cuenta de que Jason tenía razón, de que esa verdad estaba ahí delante dibujándose ante sus ojos y, aun así, le daba miedo verla. No lo sabía. No sabía qué hubiese hecho.

—Y tú también tienes miedo —siguió diciendo Jason, ajeno al dolor que estallaba dentro de ella—. Me di cuenta no hace mucho porque, si te paras a pensarlo, ¿a cuántas personas has dejado entrar en tu vida durante los últimos años? ¿Cuántas, Autumn? Solo a mí, no hay nadie más. Todos los demás... llegaron cuando tenías quince años o antes. Y te aterra tanto que yo te demuestre que tienes razón, que no dejar que nadie pise tu mundo durante casi una década es de lo más normal...

—¡Cállate! Por favor... no digas nada más...

Jason se fijó en sus ojos húmedos y sintió un nudo en el estómago que lo instó a dar un paso al frente y estrecharla entre sus brazos con fuerza.

—Pequeña, lo siento. No llores.

—Es que tienes razón —sollozó.

—Tú también, Autumn —le susurró.

Y ahí estaban, desnudándose con ropa, desnudándose de otra forma más visceral y dolorosa que el acto de quitarse una prenda y después otra, porque desabrochar los botones del alma era abrir el corazón y dejarse ver con todas las debilidades, miedos y cicatrices.

Jason la cogió en brazos y la apretó contra él.

—Vamos a ver las estrellas. —Su voz se perdió entre los mechones oscuros de ella cuando le dio un beso en la cabeza antes de salir del techo que, algunos días llenos de nubarrones, parecía caerse sobre ambos. Avanzó por el sendero que conducía hasta la playa. Y allí volvieron a ser solo mar, arena y estrellas que temblaban en la oscuridad de la noche como si fuesen los latidos de un corazón asustado.

# 32

Autumn acarició con la yema del índice la piedra del anillo que Roxie le había regalado tantos años atrás. Su preferido. Tragó saliva mientras miraba las casas que se alzaban a ambos lados de la tranquila carretera.

—Pequeña, no estés nerviosa.

—No puedo evitarlo —gimió.

—Ya conoces a Rachel y a Mike.

—Pero no a Luke ni a Harriet.

Ella nunca había sido tímida ni insegura a la hora de relacionarse con desconocidos, pero aún recordaba el nudo que le apretaba la garganta el día que Jason le presentó a su familia y la tarde que pasó revolviendo su armario para encontrar algo adecuado que ponerse. Y ahora, con sus amigos... ahora que sabía lo importante que eran para él, quería que todo saliese bien. Se relajó al notar la mano de Jason sobre su pierna.

Cinco minutos después, aparcaron delante de una casa de color blanco con una enredadera que trepaba por un costado y dejaba a sus pies algunas hojas que habían empezado a caer tras despedirse del verano. Jason llamó al timbre y, mientras esperaban fuera, entrelazó sus dedos con los suyos para infundirle calma.

Una voz respondió al otro lado de la puerta.

—¿Contraseña? —preguntó.

Jason no pudo evitar sonreír.

—Luke, no seas capullo.

—Eso es como pedirme que no respire. Vamos, dame algo ingenioso y te dejo pasar.

Jason puso los ojos en blanco y suspiró hondo.

—¿Podrías ser el próximo presidente? ¿Te sirve eso?

—No lo has dicho convencido —replicó Luke.

—Abre la puta puerta —concluyó Jason.

Autumn se adelantó un paso antes de intervenir.

—Traemos pastelitos para el postre: hojaldres de chocolate y tarta de queso con salsa de arándanos.

—Haberlo dicho antes. —La puerta se abrió de inmediato y un chico de cabello oscuro clavó sus ojos verdes en ella mientras una sonrisa cálida se extendía por su rostro. Ella le tendió una mano, pero él la ignoró y se inclinó para abrazarla—. Me alegra conocerte al fin, Autumn. Eres... mucho más interesante de lo que imaginaba.

Se giró hacia Jason y los dos se miraron unos segundos con los ojos brillantes antes de darse el típico abrazo masculino acompañado por un par de palmaditas en la espalda. Luke dio un paso atrás para poder echarle un buen vistazo y asintió satisfecho.

—Vaya, te sienta bien la paternidad y follar a menudo.

—¡LUKE! —Una chica rubia y menuda apareció tras él y lo asesinó con la mirada antes de ponerse de puntillas para darle un beso a Jason en la mejilla. Luego, saludó a Autumn; tenía los ojos dulces y de color caramelo—. ¡Qué alegría conocerte al fin!

—Lo mismo digo —le sonrió.

Harriet señaló a su marido con la mano.

—No dejes que te intimide con esa boca que tiene. En el fondo es un osito de peluche.

—¡Eh! ¿A quién coño llamas «osito de peluche»? —protestó él, pero Harriet lo ignoró mientras le quitaba a ella una de las bandejas de pasteles y la acompañaba dentro.

En un primer momento y entre el caos que reinaba en la casa, Autumn se sintió un poco perdida sin Jason al lado, pero pronto se encontró cómoda en aquella cocina rústica. Mientras dejaba los pasteles en la encimera, un gato naranja apareció y comenzó a frotarse entre sus piernas con insistencia. Rachel le dio un beso en la mejilla con naturalidad, como si se conocieran de toda la vida a pesar de que solo se habían visto una vez, y le preguntó si quería algo de beber mientras la comida terminaba de hacerse en el horno.

—Un vaso de agua.

—¿Estás segura? Tengo zumos.

—¿De piña? —Rachel asintió—. Vale.

Harriet clavó los ojos en su tripa y sonrió.

—Ya se te nota muchísimo —dijo.

—Sí, son cuatro meses y medio.

Rachel abrió la boca para decir algo, pero volvió a cerrarla poco después. Limpió un plato que estaba sucio en la pila y, tras tomar una bocanada de aire, volvió a girarse hacia ella, dubitativa, con las manos apoyadas en la encimera.

—¿Puedo tocarlo? Quiero decir... verlo...

Autumn se echó a reír y se levantó el suéter.

—Claro que sí. Y no cobro, es gratis.

Rachel la miró agradecida y luego apoyó la mano en la tripa abultada y sonrió entrecerrando los ojos mientras Harriet la imitaba.

—Es que aún me cuesta creerlo... —dijo emocionada—. Cada vez que pienso que Jason va a ser papá, se me pone la piel de gallina. No puedo esperar a conocerlo.

—Conocerla —aclaró Autumn.

—¿Ya lo sabéis? —exclamó Harriet.

Autumn asintió con la cabeza y los chicos entraron en la cocina justo en el momento en que las otras dos celebraban la noticia y la anunciaban por todo lo alto. Luke y Mike se miraron y se echaron a reír. Jason les dirigió una afilada mirada.

—¿Cuál es el chiste? —preguntó.

—Nada, si ignoramos que vas a volverte loco.

—Mike, no te hagas el listillo —replicó Jason.

—Tiene razón. —Luke se rio—. Ya veo los titulares: «Padre sobreprotector acompaña a su hija al baile de fin de curso incapaz de aceptar que lo hiciese ninguno de los otros trescientos pretendientes. Una vez allí, ahoga en el ponche a dos compañeros de clase que cometieron el error de mirarle un tobillo a la pequeña princesa y luego...»

—Cierra el pico —masculló Jason.

Rachel ahogó una carcajada y se puso las manoplas antes de abrir la puerta del horno y sacar la bandeja de lasaña con queso gratinado.

—Qué bien huele —alabó Autumn.

—Gracias —respondió Rachel sonriente.

—Pecosa, no está bien mentirle a nuestra invitada. —Mike alzó una ceja y miró a Autumn—. Hemos comprado la comida precocinada. Ella podría provocar un incendio solo por intentar hacerse un huevo frito y yo me he declarado en huelga en la cocina durante una semana.

—Sigue oliendo bien —repitió.

Rachel la miró sin dejar de sonreír.

—Me encanta la gente práctica.

Se acomodaron alrededor de una mesa en el salón. La estancia era cálida y estaba pintada de un tono naranja muy suave a excepción de un lateral, que estaba cubierto por un papel estampado. El suelo de madera apenas se entreveía bajo la gruesa alfombra de pelo largo que ocupaban dos gatos grandes y perezosos. En vez de cuadros, vinilos de diferentes grupos de música decoraban las paredes.

Autumn se sentó al lado de Jason y respiró hondo y feliz al notar sus dedos acariciando los suyos bajo el mantel rojizo de la mesa. Trazó el contorno de la uña con la yema del índice, memorizó el tacto más áspero de su piel al rozar la suya...

—¿Cómo os conocisteis? —le preguntó Harriet mientras se servía una porción pequeña de lasaña en el plato—. Quiero decir, si no es entrometerme demasiado.

—Él... —Autumn dudó, pero luego decidió ser como siempre, sin filtros—. Él iba a tirar abajo una casa que es importante para mí, así que ese día estaba manifestándome para que no lo hiciese. Resumiendo: volvió por la noche porque había perdido sus llaves, yo no paraba de hablar y él me besó para que me callase. Y el resto ya lo sabéis.

Harriet empezó a reír bajito, igual que Rachel, pero al final las risas se extendieron por toda la mesa y Mike estuvo a punto de escupir la cerveza que acababa de beber.

Autumn se removió incómoda en su silla.

—No te preocupes. —Se apresuró a decir Rachel al percatarse del gesto—. Lo de Luke y Harriet es mucho peor. ¿Jason no te lo ha contado? Se conocieron y se casaron en Las Vegas, pero no volvieron a verse hasta casi dos años después. Y entonces...

—Me cazó —atajó Luke tras dar un bocado.

—¿Cazarte? —Harriet arrugó su pequeña nariz.

—¡Claro que sí! —Señaló a Autumn con el tenedor—. Me ató al cabezal de su cama, hizo brujería, me lavó el cerebro... y ahora ya no tengo escapatoria.

Harriet le dio un codazo antes de poner los ojos en blanco y echarse a reír.

Durante el resto de la comida, Autumn contestó a todas las preguntas de Luke, como «¿preferirías morir aplastada por una manada de elefantes o por culpa de los picotazos de una bandada de pájaros?». «Aplastada, por supuesto». Y luego le hizo el típico test de «¿frío o calor?», «¿playa o montaña?», «¿gatos o perros?»; al menos, hasta que Jason le dijo que se fuese a la mierda y Luke le dirigió una mirada divertida desde el otro lado de la mesa tras intercambiar un gesto con Mike que ella no supo descifrar.

Al terminar de comer, sirvieron café y los pastelitos que habían traído. Harriet, que era repostera, los cató como si fuese el jurado de algún concurso de cocina.

—Muy buenos. El hojaldre es perfecto.

—Sí. Hablando de eso, te comenté que hemos estado pensando en montar una pastelería aquí, en San Francisco, expandir el negocio, ¿no? —Jason asintió—. Lo que pasa es que, antes de planearlo todo, necesitaríamos lo más importante, un local adecuado. ¿Podrías echarnos una mano?

Jason se metió una cucharada de tarta de queso en la boca y miró a Luke.

—Podría —contestó—. Pero antes tengo que saber de qué presupuesto disponéis. ¿Cuánto tiempo vais a quedaros por aquí? ¿Una semana, dos...?

—Todavía no lo sabemos.

Luke les explicó que una chica se ocuparía de la pastelería hasta su regreso, pero que tampoco querían ausentarse demasiado; aunque, si finalmente abrían allí otro negocio, la idea era pasar un tiempo en cada ciudad para asegurarse de que todo funcionaba correctamente. Hablaron un rato del precio de los locales según las zonas y, cuando las chicas desaparecieron del salón para ir al despacho de Rachel porque Autumn quería ver los libros que había escrito, la mirada de Luke cambió y se tornó divertida.

—¿Por qué coño me miras así? —gruñó Jason.

—¿Quién lo iba a pensar? —Mike se rio—. El más listo, en teoría. El más tonto, en la práctica. Antes de que escupas fuego por la boca, te diré que ya era hora.

Jason tamborileó con los dedos sobre la mesa.

Mike fue a buscar unas cervezas y, al quedarse a solas, Luke apoyó un codo en la mesa y lo miró. Sorprendentemente, no lo hizo de forma burlona, sino serio; incluso un poco cauto.

—¿Recuerdas lo que me preguntaste hace poco más de un año? Querías saber qué se sentía al estar enamorado y yo te dije que era como ver en los ojos de otra persona la mejor versión de ti mismo. Y ahora, ahí lo tienes. La respuesta en carne y hueso.

—Luke... —siseó, porque tenía un nudo en la garganta y llevaba días evitando pensar en ello como para que ahora viniese él a removerlo todo.

Mike entró y dejó las cervezas en la mesa mientras cantaba «It's easy. All you need is love», pero Jason ni siquiera respondió con una mirada mordaz. Estaba demasiado ocupado intentando mantener la calma. Y eso fue lo que hizo durante las siguientes dos horas, mientras sus amigos disfrutaban de la animada reunión y cuando, tras despedirse entre besos y abrazos, regresaron a Sea Cliff. Puso la radio en el coche para intentar acallar sus pensamientos.

—Ha ido mucho mejor de lo que imaginaba —dijo Autumn al llegar, quitándose la chaqueta y colgándola del perchero que había en el recibidor.

—Sí. Ahora bajo, voy a darme una ducha.

Se encaminó hacia el piso superior. Dejó que el agua caliente arrastrase lo que sentía cada vez que ella le decía que lo quería, lo que llevaba dentro, lo desconcertante que era esa presión en el pecho, esa sensación de ahogo...

Y pensó que ella era como ese calcetín rojo que, un día cualquiera, sin que te des cuenta, se cuela en la lavadora de ropa blanca, en tu vida, y lo tiñe todo a su paso.


Autumn lo esperó sentada en la cama.

Le hubiese gustado ser una de esas personas pacientes que no corren detrás de los problemas, sino que los desmenuzan con calma, pero no podía seguir ignorando que algo no estaba bien y que la mitad del tiempo él... no era del todo él. A pesar de todo, a pesar de sus sonrisas, de que buscaba su mano cada vez que estaban juntos y de esa forma cariñosa que tenía de hablar cuando se dirigía a ella. Lo sentía. No tenía una forma de explicarlo, pero estaba segura de ello. Era como estar admirando un cuadro que todos los presentes pensaban que era perfecto, brillante, pero que solo ella podía ver en realidad, fijándose en esos trazos de colores que no encajaban bien, en esas líneas que rompían la armonía. Una armonía que solo existía si no se miraba en profundidad.

Jason era ese cuadro. Y Autumn una espectadora silenciosa de la galería de su vida que no sabía qué hacer para evitar que todo se desmoronase.

Él apareció en la habitación un rato después. Tenía el pelo mojado y solo llevaba puesta una toalla blanca sujeta a la altura de la cadera.

—¿Qué haces aquí? —preguntó.

—Quería hablar contigo.

Ella se puso en pie y él se acercó y acogió su rostro entre las manos antes de darle un beso largo y profundo cargado de intenciones. Descendió la mano hasta su trasero mientras lamía su labio inferior.

—Seguro que puede esperar...

—No. —Autumn se separó de él.

—¿Qué es lo que ocurre?

—Necesito saber que estamos bien...

Jason tardó un instante en responder.

—Lo estamos. Claro que lo estamos. —Distraído, él le quitó la camiseta y la dejó caer el suelo antes de depositar un beso suave en su hombro.

Autumn se estremeció y habló con el corazón.

—No es verdad. Estás... tenso. —Jason interrumpió las caricias y dio un paso atrás para poder mirar esos ojos llenos de reproches—. Lo noto cuando haces una pausa antes de hablar y meditas y analizas lo que vas a decir. Es un segundo, solo uno, pero un segundo que lo cambia todo. Porque si ese segundo no existiese, tú estarías aquí conmigo, relajado, al cien por cien. ¿Tanto miedo te da decir lo primero que se te pase por la cabeza? Yo lo hago. Y no pasa nada. Da igual si te equivocas, si dices alguna tontería o lo que sea que te preocupe.

—Mierda. Joder, no empieces...

—¿Sabes lo que pienso? Que sigues conteniéndote. Lo haces. Lo haces todo el tiempo. Es la manera que tienes de protegerte por si esto sale mal. No lo estás dando todo de ti, solo una parte, y yo me abrí en canal desde el principio. ¡Deja de ser tan correcto!

—Solo intento que esto funcione paso a paso.

—¡Pues olvídate de los pasos! ¡Da un salto!

—¿Tanto te molesta que analice las cosas? ¿Quieres que no sea tan correcto? ¿Es eso? ¿Prefieres que haga lo primero que se me pase por la cabeza, lo que me apetezca en cada momento sin pensar si te molestará o si es lo que esperas de mí?

—¡Sí, eso es justo lo que quiero! —gritó enfadada.

Jason masculló una maldición por lo bajo, cabreado con ella y con él, con los dos, y luego sus labios encontraron los de Autumn y se fundieron en un beso duro, lleno de deseo y rabia.

—¿Sabes qué es lo que deseo ahora mismo? Deseo que no seas nadie para mí, deseo que seas una chica más, sin nombre, sin emociones. Deseo follarte y no tener que mirarte después y sentir que me muero por dentro al verme en tus ojos.

Luego volvió a adueñarse de su boca, llevándose su sabor, hundiendo la lengua en ella y buscando la suya entre la frustración que lo sacudía. ¿Que por qué no podía dejar de contenerse? Porque si dejaba de hacerlo... si permitía que saliera todo lo que sentía... tenía la sensación de que se quedaría vacío y de que no podría asimilarlo. Era mejor darle la espalda. En todos los sentidos. A todos los niveles. Era más fácil.

Jason se quitó la toalla y se pegó a ella tras bajarle la ropa interior. Le lamió el cuello. Respiró sobre su piel. Cerró los ojos esforzándose por imaginar que no era ella, que no era nadie; sus manos se posaron en sus caderas y, antes de deslizarlas entre sus piernas, la acercaron a él para que pudiese sentirlo. Hundió los dedos en ella. Una vez. Otra vez. Se apretó más contra su cuerpo al notar su humedad. Quería recordar cómo era eso de pensar solo en el placer y no sentir que las emociones lo desbordaban; de solo follar y no hacer el amor. Pero tenía un nudo en la garganta...

Casi dejó de respirar para no percibir su olor.

Se obligó a parar cuando notó que le temblaba la mano, porque su piel reconocía la de ella, porque era incapaz de engañarse y fingir que era cualquier otra persona.

—No puedo... —susurró abrazándola—. Joder, no puedo.

Contuvo el aliento cuando tropezó con sus ojos llenos de lágrimas. Fue como si le apretasen el corazón en un puño. Con las pulsaciones palpitándole en el oído, la cogió en brazos y avanzó hasta dejarla sobre la cama. Se tumbó a su lado. Alzó una mano y arrastró con los dedos la humedad de sus mejillas. Tenía un nudo en la garganta.

Ella le dirigió una mirada penetrante.

—¿Por qué estás haciendo esto?

—Es que... Joder, es que me rompes.

Lo dijo con voz ronca y entrecortada, porque era cierto, porque eso era lo que ocurría cuando estaba cerca de Autumn, algo que nunca antes había sentido con nadie más. Se rompía. Un trozo y después otro y otro más. Él, que era tan entero con todos los demás, tan sólido y estable, sin grietas ni debilidades. Y entonces llegaba ella, que era todo lo que nunca había buscado, y se colaba por cada rendija, se deslizaba en su interior y lo iba resquebrajando todo a su paso tirando las paredes que él se había esforzado por alzar y construir, esas en las que había escrito lo que era correcto, lo que debía hacer en cada momento, lo que era aceptable y lo que no, las leyes de su vida.

—Perdóname, por favor. Perdóname.

Autumn tomó aire y luego deslizó la mano tras su nuca y lo atrajo hacia ella. Sus labios chocaron con suavidad en un beso lento, profundo y largo que a Jason le calentó el pecho y lo derritió por dentro. Ella se arqueó contra él, buscándolo. Y Jason se dejó encontrar sin apartar los ojos de los suyos. Se movió despacio, respirando sobre su mejilla, respirándola a ella hasta que sintió que su cuerpo se agitaba alrededor del suyo al mismo tiempo que él se perdía en su interior y jadeaba en su boca.

Luego la besó. Un beso. Otro. Y otro más.

—Te quiero... —Deslizó una mano por su cintura hasta encontrar la curva de la barriga; sus dedos trazaron círculos en la piel—. Os quiero a las dos. Os quiero jodidamente tanto que a veces creo que no puede ser real, que no se puede sentir algo así. Y no sé cómo, pero voy a hacer que esto funcione, voy a hacer que todo sea... *perfecto*.

# 33

Lamió la cucharilla tras meterse en la boca un trozo de la tarta de chocolate que habían pedido para acompañar el café. Después, miró sonriente a las dos mujeres que charlaban entre ellas sentadas alrededor de la mesa. Grace había tomado la costumbre de pasarse a menudo por la tienda a la hora del almuerzo y, aquel día, Abigail se había unido al plan tras cerrar y dejar un cartelito en la puerta avisando que volvería en media hora.

—¿Autumn? —Abigail la miró divertida—. ¡Vives en las nubes!

—No es verdad, ¿qué decíais?

—Hablábamos de las pruebas y el análisis.

—Ah, todo salió bien —respondió sonriente.

Con una mueca, Abigail se giró hacia Grace.

—Es que está enamorada —explicó.

—¡Mira quién fue a hablar! —replicó Autumn.

Grace entrelazó las manos, insegura. Hasta entonces, habían hablado de muchas cosas en general, pero todavía caminaba sobre cáscaras de huevo cuando estaba con su nieta, incapaz de atreverse a indagar más en su vida por si la veía como una intrusa o la agobiaba demasiado. Aquella mañana, aprovechando el comentario de Abigail, se decidió a tocar un tema más personal.

—Ese chico, Jason... —comenzó a decir—, parece un buen muchacho.

—Me dijo que habíais hecho negocios juntos.

—Sí. —Grace removió su café—. Se encargó de la venta de dos propiedades. Un tipo serio, muy trabajador y perfeccionista. Me gusta la gente competente.

Autumn rio ante la descripción de Grace, porque era exactamente lo mismo que ella había pensado al conocerle (excepto por lo de «estirado» y «capullo» y «superficial»). Sonrió al recordar aquello en comparación con los últimos días que habían pasado juntos.

Jason podía ser eso. Y también todo lo opuesto.

—Quizá podría decirle que viniese algún día a tomar café.

Grace la miró intentando ocultar la emoción.

—Nada me haría más feliz —respondió.

\* \* \*

Autumn estaba sentada en la isla de la cocina con un libro en la mano y las piernas colgando. Observó en silencio cómo Jason cocinaba: sus brazos tensándose mientras cortaba, los pantalones holgados, la sudadera del mismo azul que sus ojos que se ajustaba a sus hombros.

Él la miró y alzó una ceja.

—¿No piensas seguir leyendo?

Ella sonrió divertida y volvió a fijar la vista en el libro de Salinas.

—*Hoy estoy besando un beso; / estoy solo con mis labios / Los pongo / no en tu boca, no, ya no / —¿adónde se me ha escapado?— / Los pongo / en el beso que te di / ayer, en las bocas juntas / del beso que se besaron / Y dura este beso más / que el silencio, que la luz / Porque ya no es una carne / ni una boca lo que beso, / que se escapa, que me huye / No / Te estoy besando más lejos.*

Cuando levantó la mirada Jason estaba delante.

Sonrió. Acogió su rostro entre las manos. Y la besó.

\* \* \*

Jason la miró a través del espejo del cuarto de baño mientras se afeitaba. Ella estaba sentada en el borde de la bañera y una sonrisa curvaba sus labios mientras se tocaba la punta de la trenza y ladeaba la cabeza.

—Vuelve a decírmelo.

—Te quiero...

—Más despacio.

Él reprimió una carcajada y terminó de pasarse la cuchilla por la mejilla antes de coger la toalla y quitarse los restos de espuma de afeitar. Se agachó delante de ella y besó la prominente barriga cubierta por una holgada sudadera roja. Luego alzó la cabeza y le dio un beso en el mentón y otro en la oreja y volvió a susurrarle que la quería.

—No hagas eso.

—¿El qué? —preguntó ella.

—Bailar por la calle.

—¿A quién le importa?

—A mí me importa.

—No seas aburrido.

Lo ignoró. Ignoró su ceño fruncido mientras avanzaban por las calles de Sausalito, al otro lado de la bahía. Y siguió ignorándolo cuando lo vio apartar la mirada.

—Sabes que probablemente nunca volveremos a ver a todas estas personas, ¿verdad? ¿Crees que algún día, dentro de años, se acordarán de la chica que bailaba en la calle y del chico gruñón que iba a su lado? Me apuesto lo que sea a que dentro de una hora nadie vuelve a pensar en nosotros. ¿Por qué nos pasamos la vida temiendo que nos juzguen? ¿Por qué debería importarnos lo que esa señora de ahí piense de nosotros cuando ni siquiera sabemos cómo se llama...?

Jason inspiró hondo, negó con la cabeza y luego la atrajo hacia él. Ella tenía razón. Siempre tenía razón. Y le frustraba no poder eliminar a veces todos sus prejuicios, como cuando la semana anterior la había visto cantar a pleno pulmón en un karaoke al que habían ido con sus amigos y él no había podido evitar avergonzarse un poco. O como el día que abrió una galletita de la suerte y se puso a dar exclamaciones como loca porque, literalmente, decía: «Pronto alguien más se unirá a la familia».

—Tienes razón, soy idiota. —La abrazó, haciéndole cosquillas en la nariz—. Baila cada vez que te apetezca hacerlo. Baila siempre.

* * *

Cuando llegó a casa, Autumn estaba sentada en el sofá, con el perro al lado y la mirada ausente. Solo por el silencio que había a su alrededor, él supo que pasaba algo.

—¿Qué ocurre? —Dejó algunos trastos sobre la mesa auxiliar.

—He hablado con Hunter. Lo he llamado y me ha cogido el teléfono.

—Eso es bueno, ¿no?

—No lo sé. Está... raro.

—¿Acaso no es como suele estar siempre?

Jason no se inmutó ante la penetrante mirada que ella le dirigió.

—Necesita ayuda. Creo que debería ir a verlo.

—No quiero que hagas eso.

—¿Por qué no?

Él tomó aire con brusquedad.

—No es seguro. No quiero que te pase nada.

Ella no contestó. Tampoco fue capaz de mirarlo cuando le hizo prometérselo. Después, se levantó del sofá, le dijo que se encontraba mal y se metió en la cama. Cuando él se tumbó a su lado horas más tarde y la abrazó en la oscuridad, seguía despierta.

* * *

Autumn movió las manos y el agua se sacudió a su alrededor. Dentro de la bañera, con la espalda recostada sobre el torso de él, se pasó las manos por la tripa cada vez más abultada.

—Soy como una ballena.

—Una ballena preciosa.

Autumn se rio. Y luego la sintió.

—Se está moviendo...

—Déjame tocarla. —Jason sacó la mano del agua y la posó sobre ella. Contuvo la respiración al notar los movimientos, como un aleteo suave. Apoyó la barbilla en el hombro de Autumn y sus dedos se curvaron sobre su piel. Cerró los ojos. Y pensó que «morir de amor» debía de ser aquello: tener a Autumn entre sus brazos, *sentirla* dentro de ella, escuchar solo el golpeteo de algunas gotas que aún caían del grifo cerrado...

* * *

Autumn recogió los platos sucios que quedaban en la mesa y los llevó a la cocina, donde Jason estaba fregando. Aquel domingo, sus padres y sus hermanos habían ido allí a comer. Ella era cada vez más consciente de que esas paredes, que meses atrás le habían parecido carentes de vida, empezaban a encerrar recuerdos, momentos e instantes que no volverían a repetirse en ningún otro lugar. Aunque seguía siendo demasiado grande, ya no le parecía un museo; ahora solo pensaba que bajo ese techo Jason le había dicho que la quería y que cada habitación estaba llena de luz.

Media hora después, los dos estaban tumbados en el sofá, disfrutando del día libre bajo una manta, con las piernas entrelazadas.

—¿Y Carrie te gusta? —preguntó—. Es bonito.

—¿En serio? ¿Carrie? ¿No has leído a Stephen King?

—¿Y tú no conoces *Sexo en Nueva York*?

—Gracias a Dios, no —contestó él.

Autumn se incorporó un poco para mirarlo.

—Betty, Brenda, Bella, Bailey...

—No me gusta que empiece por «B»

—¡No te gusta nada! —se quejó Autumn.

—Y a ti te gusta todo —replicó.

—Vale, propón tú algo.

—Emma, Elisa o Hannah.

—Son muy típicos. Muy normales.

—¿La idea es buscar uno extravagante?

—No. —Autumn se echó a reír y lo abrazó.

Estuvieron un rato callados. Jason respiró hondo.

—Me encanta Phoebe —susurró con la voz ronca y ella no supo por qué, si fue por la calma que arrastraban sus palabras o por el tono cálido que usó al decirlas, pero de repente «Phoebe» sonó bien. Sonó muy bien, casi familiar.

—Creo que he tenido un flechazo —respondió.

\* \* \*

Jason miró el reloj de su muñeca y vio que era un poco tarde, pero, aun así, antes de terminar de desayunar y levantarse de la mesa, abrió el periódico y buscó la sección de los horóscopos. Ella sonrió desde el otro lado y negó con la cabeza.

—«Tauro: te espera una semana llena de luz y felicidad. Recuerda disfrutar de los buenos momentos y de seguir el camino que has trazado con esfuerzo sin desviarte a la mínima de cambio. Sé prudente» —Jason alzó una ceja—. Nada nuevo bajo el sol. Veamos qué dice de ti, «Escorpio: a pesar de su aroma y de su belleza, todas las rosas tienen espinas. Cuidado si vas sin guantes». Es lunes. Está claro que esto lo escribió el domingo con mucha resaca.

Autumn engulló una cucharada de copos de avena.

—Pues siempre acierta —dijo con la boca llena.

—Joder, te he visto hasta la campanilla. Y dime, ¿en qué ha acertado?

—El chico de las trece locuras, por ejemplo.

—¿Qué intentas decir? —Jason la miró con cautela.

—Tú. —Se echó a reír al ver cómo la tensión en los hombros de él se disipaba al instante—. ¡Tú eres el chico de las trece locuras! ¿Qué te pensabas?

—¿Y se supone que tengo que hacerlas?

—Empezaste hace tiempo —respondió felizmente.

Jason ignoró que llegaban tarde y ladeó la cabeza.

—¿Sí? Creo que me perdí ese capítulo de mi vida.

—La primera te la pedí, ¿recuerdas? Esa noche que dormimos en la playa. La segunda fue cuando apareciste debajo de mi ventana a las tres de la madrugada y tiraste piedrecitas contra el cristal. La tercera, el día que te metiste vestido en la bañera y conseguiste que dejase de llorar. La cuarta fue el partido de los Giants; que me regalases eso, pasar un día así con Nathaniel y Jimmy...

Jason le dedicó una sonrisa lenta.

—Así que me quedan nueve.

\* \* \*

Cuando escuchó la puerta de la calle cerrarse, Autumn cogió su teléfono móvil. Evitó pensar en la reunión que Jason tenía con la constructora del proyecto Lynn y le escribió un mensaje a Hunter: «¿Cómo estás? ¿Podemos vernos? Déjame ayudarte». No obtuvo respuesta. Dos horas después, lo llamó. Nadie descolgó al otro lado.

\* \* \*

—Tengo algo que enseñarte.

—¿Una sorpresa? —preguntó emocionada.

—Sí, aunque es una tontería. Pero pensé... pensé lo que dijiste en su día sobre las locuras, que no hacía falta que fuese algo grande. Y luego recordé que te gustan las palabras...

—¡Me encantan las palabras! —Sonrió mientras él la guiaba escaleras arriba tapándole los ojos con las manos.

—Y, como sabes, a veces no soy muy bueno en ese tema.

Ella prorrumpió en una carcajada.

—No, nada bueno.

—Así que me dije que podría buscarlas en algún otro lugar. Buscar las palabras que encajasen...

—Me estoy emocionando.

—Ya te he dicho que no es nada...

Apartó las manos de su rostro y Autumn pestañeó y recorrió con la mirada el dormitorio que compartían cada noche antes de darse cuenta de qué era lo que había cambiado. Pasaba casi desapercibido entre los montones de libros, las pulseras, los anillos, las velas y los caramelos... Pero allí, en su mesita de noche, había un marco apoyado en la pared. Ella lo cogió. Dentro, en vez de una fotografía, había un papel escrito a mano con la caligrafía curvada de Jason bajo el nombre de Charles Bukowski.

«Quiero estar contigo,

*es tan simple y tan complicado como eso».*

\* \* \*

Tenían las manos entrelazadas mientras caminaban por las calles de San Francisco. Acababan de comerse un gofre de chocolate en una cafetería y la noche caía sobre la ciudad. Autumn buscó cobijo junto a Jason hasta que notó las salpicaduras frías en la frente y alzó la cabeza hacia el cielo oscuro.

—¿Está lloviendo? —preguntó.

—Eso parece. —Le puso la capucha del abrigo marrón que vestía y la abrazó antes de susurrarle al oído—: ¿No era esta una de las locuras que deseabas? ¿Bailar bajo la lluvia? Supongo que este sería el momento perfecto para que uno de los dos empezase a cantar *I'm Singin In The Rain,* pero yo no me la sé, y tú... tú me quieres demasiado como para hacerme pasar por una tortura semejante. —Autumn se echó a reír, en medio de la calle, con los ojos cerrados, meciéndose junto a él bajo una lluvia tan débil que ni siquiera los mojaba. Y guardó el momento, la calma compartida, la felicidad.

Se puso de puntillas para alcanzar sus labios.

—Superada la locura número seis.

* * *

Era un miércoles cualquiera cuando Jason apareció en casa casi a la hora de cenar. Estaba nervioso. Tamborileó con los dedos en la repisa de la cocina tras darle un beso a Autumn, que estaba haciendo la cena con la radio encendida.

—¿Hace falta que te pregunte qué te pasa?

Él caminó hasta un extremo de la cocina y luego regresó y le tendió una bolsa pequeña que llevaba en la mano. Ella la abrió. Dentro, en una cajita de plástico, había un chupete. Un chupete blanco con un montón de mariquitas rojas y brillantes.

—Jason... es precioso —susurró.

—Todo lo es. Todo —aclaró.

—¿Qué quieres decir?

—Vale. Esta mañana he tenido que aparcar lejos del despacho y, ahora, al salir, mientras caminaba hacia el coche, he visto una tienda y, no sé, he entrado. Un impulso. Y estaba llena de cosas para bebés, cosas muy... cosas que cualquier persona desearía comprar. Todo... todo era perfecto para Phoebe. Todo quería que lo tuviese ella.

Autumn no puedo evitar soltar una carcajada.

—Joder, no te rías. Me he vuelto loco ahí dentro. La dependienta era una máquina de ventas que no dejaba de hablarme y de enseñarme cosas y al final... al final lo he dejado todo en el mostrador. Unas cuatro o cinco bolsas. Le he dicho que solo me llevaba el chupete y... no sé, ¿estoy jodidamente enfermo?

—No, eres jodidamente adorable.

* * *

Jason suspiró cansado sin apartar la vista de los papeles que tenía delante del escritorio. Acababa de salir de una reunión y ahora, allí, en la inmobiliaria, no pudo evitar repasar más a fondo lo que habían estado hablando. Abrió la carpeta y observó las fotografías hasta encontrar la que buscaba, un enfoque de la calle en la que se distinguía la casa azul. Ladeó la cabeza. Sus ojos se detuvieron en el extremo de la valla que, por lo que ella le había contado, había estado recubierta por una enredadera. Y odió imaginarla allí.

Odió la impotencia que le creaba ese recuerdo del que ni siquiera había sido testigo.

Sonaron tres golpes en la puerta antes de que se abriese y Autumn entrase en su despacho con una sonrisa. Jason cerró la carpeta y la apartó a un lado.

—¿Qué haces aquí? —preguntó mientras ella se acercaba a él y se sentaba en su regazo.

—He pensado que estarías libre a la hora de comer...

—Sí, acabo de terminar hace nada.

La besó. Un beso que empezó siendo tierno y se tornó intenso. Era incapaz de tenerla encima y no excitarse. Enredó su lengua con la suya, acariciándola despacio. Ella se movió contra él y gimió bajito al notarlo duro; deslizó la mano entre ellos y lo acarició por encima del pantalón. Habló contra su oído.

—¿Y sabes qué más estoy pensando ahora?

—¿En provocarme un infarto?

—Casi. —Sonrió y se agachó delante de él.

Empezó a desabrocharle el botón del pantalón.

—Eres consciente de que la puerta no está cerrada con llave, ¿verdad?

—Sí, pero he decidido que deberíamos compartir una de las locuras.

Y antes de que Jason pudiese pararse a analizar la situación, Autumn lo acogió en su boca y él dejó de pensar; solo encontró vacío y placer y su lengua rodeándolo. Probablemente no podría volver a mantener una reunión seria en esa mesa sin imaginársela como la estaba viendo ahora. Hundió los dedos en su pelo y clavó los ojos en ella mientras su respiración se volvía cada vez más irregular y notaba sus músculos tensándose ante sus caricias. Luego perdió el control, con una mano en su mejilla y la mirada nublada.

\* \* \*

Jason se despertó en mitad de la noche. Se levantó, bajó a la cocina para beber un vaso de agua y después regresó a la habitación. La miró en la penumbra, con el corazón encogido, preguntándose cómo era posible que enamorarse fuese así, vivir con un agujero en el pecho; sentirlo todo tanto en la misma medida que lo temía, desear que fuese eterno, necesitarla, estar dispuesto a hacer cualquier cosa por ella...

# 34

Subió los escalones llenos de suciedad evitando tocar la barandilla de aquel edificio abandonado. Cuando llamó a la puerta minutos después, lo hizo con el pulso latiéndole acelerado, temiendo que abriese la persona inadecuada o, peor aún, que él ni siquiera estuviese ya allí.

El alivio la embargó cuando Hunter apareció ante sus ojos, al menos hasta que él la miró con una mezcla de enfado y sorpresa antes de cerrar la puerta a su espalda y salir al rellano. La cogió del brazo y la guio de nuevo escaleras abajo.

—¿Cómo se te ocurre aparecer aquí?

—Tenía que verte. Necesitaba verte.

—¿Y él cómo cojones permite que vengas sola?

—No lo sabe —respondió—. Jason no quería...

—¿No quería? —Hunter la miró nervioso.

—No quería que viniese a buscarte.

Hunter asintió lentamente, tragó y apartó la vista de ella, porque le dolía demasiado. Paró un escalón por debajo de ella y tomó aire.

—Por una vez, tiene razón. ¿Qué haces aquí, Autumn?

—No puedo dejarte... —contestó con un nudo en la garganta—. ¿Es que no te das cuenta? Tú eres mi única familia. No hay nadie más. Sin ti, mi pasado solo sería un lienzo en blanco. Ya casi no hay recuerdos que pueda rescatar y yo... no soporto verte así.

—Enana, deja de complicarte la vida por mí...

—Tú no eres una complicación, Hunter. —Él se frotó la nuca, cansado—. Ya que he venido hasta aquí, deja que te invite a comer, al menos. Por favor.

Hunter terminó asintiendo y salieron a la calle. Caminaron en silencio, callejeando, mientras buscaban alguna cafetería en la que pudieran sentirse a gusto. Aquel día, el cielo era de un gris plomizo y las nubes parecían telarañas. Hacía frío. Autumn vestía unas mallas negras y cómodas y una chaqueta gris con las solapas de color azul. Se sentaron dentro de un local de aspecto bohemio, con lámparas en forma de espiral y cojines de un color diferente en cada una de las sillas. Hunter pidió un plato de pasta y ella unas verduras salteadas.

—¿Por qué no contestas los mensajes?

—No me quedaba saldo —se excusó.

—¿Y por qué no me coges las llamadas?

Hunter se frotó las mejillas y suspiró hondo.

—No entiendo por qué eres tan insistente.

—Ni yo por qué te rindes tan fácilmente.

—¿Fácilmente? —Sonrió con ironía—. Vamos, ¡mírame! ¿Qué coño te pasa? O vives en una realidad paralela a la mía o tienes un problema de percepción.

Se quedaron un rato callados mientras les servían los platos. Autumn cogió los cubiertos y picoteó un poco sin dejar de mirarlo de reojo, preguntándose cómo podía penetrar en él, conseguir abrirle los ojos, impactarle de algún modo...

—Si te esforzases un poco, solo un poco...

—Lo que ocurrió con Roxie debería haber hecho que entendieses las cosas.

—No la metas a ella en esto —pidió.

—Si fueses lista, no estarías ahora en este lugar, sino con tu maravilloso príncipe azul jugando a las casitas o lo que sea que haga la gente normal, joder. Mírate, estás... estás enorme. Y aquí, conmigo, perdiendo el puto tiempo. Tú has tenido suerte y te mereces ser feliz. Los demás... siempre hemos estado rotos.

—¡Eso no es verdad! —exclamó agitada.

—Todavía no has conseguido entender a Roxie, ¿no? Que le dolía vivir. Que estaba hundida incluso antes de saber qué significaba esa palabra.

—¡Pues no dejaré que ocurra lo mismo contigo!

Un silencio denso los envolvió cuando ella se dio cuenta de que había alzado demasiado la voz. Bajó la cabeza y negó con suavidad.

—Perdona, es que estoy... un poco nerviosa estos meses; tantos cambios y todo lo del embarazo y yo...

Dejó de hablar por culpa del nudo que le oprimía la garganta. Hunter deslizó la mano sobre la mesa y cubrió la suya en un gesto íntimo y cariñoso.

—Tú no fuiste responsable de lo que Roxie hizo. Y no eres tampoco responsable de mis decisiones. Quiero que te quites ese peso de encima —le susurró.

Autumn asintió. Sabía que no había sido culpa suya, pero no podía evitar pensar que, quizá, podría haberla ayudado. Roxie había terminado al cuidado de los servicios sociales cuando un amigo de la familia denunció que su padrastro abusaba de ella; pero su madre lo negó y se desentendió de su cuidado. La mañana que Roxie puso un pie en el hogar de los Moore, le pareció que había llegado al paraíso. Aquellos años al lado de Pablo, Hunter y Autumn fueron los mejores de su vida. Después, las calles, las decepciones y la soledad se llevaron por delante la poca esperanza que había conseguido reunir.

Y Hunter...

Hunter siempre había pensado que estaba maldito.

Él apartó el plato de tallarines a un lado.

—Háblame de algo alegre. Algo bueno —pidió.

Ella lo miró sorprendida antes de asentir.

—Vamos a llamarla Phoebe...

—Phoebe es perfecto. —Él sonrió.

Y hacía mucho tiempo que Autumn no encontraba ese brillo auténtico en sus ojos oscuros. Lo vio repiquetear con el pie en el suelo y le preguntó si quería salir a fumar. Hunter asintió y, una vez en la calle, se apartó de ella antes de encenderse un cigarro. Le dio una calada y expulsó el humo lentamente hacia el cielo grisáceo.

—Roxie estaría orgullosa de ti.

—No digas eso... —La entristecía demasiado.

—Es la verdad. Yo también lo estoy.

Lo vio inhalar de nuevo y sacudir la ceniza.

—Quiero que formes parte de su vida.

—Sabes que no puedo.

La melodía del móvil de Autumn comenzó a sonar. Al sacarlo, vio que la llamada era de Jason, así que lo metió en el bolso y evitó cogerla. Hunter la miró con curiosidad, pero no dijo nada antes de terminarse el cigarro y apagarlo con la zapatilla.

Volvieron al local. Él pidió café y ella una manzanilla. Apenas hablaron. Se quedaron mirando la televisión, por la que retrasmitían un concurso un poco ridículo, pero, a pesar de la tormenta, Autumn se quedó con ese momento de calma. Al despedirse, lo abrazó tan fuerte que él se quejó y ella se echó a reír.

—Cuídate, enana.

—Tú también.

Suspiró hondo mientras lo observaba alejarse. Después, un poco más tranquila por haber podido verlo, montó en la furgoneta y condujo hacia la que ahora era su casa.

Jason salió a recibirla alterado.

—¿Dónde demonios estabas?

—¿Se puede saber qué te pasa?

Se quitó la chaqueta y el bolso.

—He venido corriendo del trabajo, asustado. No cogías el teléfono. Llamé a Abigail y me dijo que te habías tomado la tarde libre. Autumn, mírame.

Ella pasó por su lado, esquivándolo.

Él la siguió hacia las escaleras.

—Tenía que ver a Hunter —dijo.

Jason deseó poder evitar que el corazón le latiese así, tan fuerte, tan descontrolado. Apoyó una mano en la barandilla, intentando tranquilizarse.

—¿Y pensabas ocultármelo?

—¡No tendría que hacerlo si no fueses así, tan...!

—¡Dilo, joder, dilo!

—¡Tan cuadriculado!

—¿Intentar protegerte es ser eso?

—¡Tú no tienes que protegerme de nada!

Jason tomó aire y se pasó una mano por el mentón antes de mirarla. Había decepción en sus ojos y enfado y reproches.

—¿Quieres que empecemos a tener secretos?

—No... —Se lamió los labios. Tenía la boca seca—. Pero me agobia que me digas que no puedo hacer algo. Tú no tienes derecho. No lo tienes. Necesitaba saber que estaba bien, solo eso. Así que he ido a buscarlo. Y volvería a hacerlo mil veces.

—¿Has ido hasta ese puto lugar?

Autumn estaba a punto de subir las escaleras, pero se giró.

—Sí, he ido hasta allí. Y mira, estoy viva, estoy perfectamente.

—¿Cómo se te ocurre meterte en un edificio lleno de *yonkis*? ¿Te has vuelto loca?

Ella lo miró temblando de rabia, incapaz de contenerse.

—¿Por qué te comportas así? ¿Por qué no puedes entenderlo? ¡Ni siquiera eres capaz de mantener una conversación conmigo cada vez que hablo de algo que no te gusta! O de mi pasado. De mis cicatrices. ¿Qué pasa, que solo quieres las partes bonitas? ¿Y qué hacemos con todo lo demás...? ¿Lo apartamos a un lado como si no existiese?

Casi no podía respirar. Se dio la vuelta, con el eco de sus gritos todavía retumbando en las paredes, y subió a la segunda planta. Entró en el baño y se desnudó. No podía llorar, porque no estaba triste, estaba enfadada. Se metió bajo la ducha.

Lo escuchó cuando la puerta volvió a abrirse y a cerrarse quince minutos más tarde. Él apartó el cristal de la mampara, entró y la abrazó por la espalda. Autumn dejó escapar el aire que estaba conteniendo y se apoyó contra su pecho cuando su voz ronca se entremezcló con el agua caliente que caía sobre ellos.

—Es que me duele no haber estado ahí para ti, no haber podido cuidarte y evitar todo por lo que tuviste que pasar. Y no dejo de pensar que nuestras vidas deberían haberse cruzado antes, porque entonces todo habría sido diferente...

—Eso no es justo para ninguno de los dos.

—Te prometí que conseguiría que todo fuese *perfecto*. No quiero que sufras, no quiero que nadie te haga daño ni que tengas que pasar por situaciones así.

Autumn tragó saliva y le tembló la voz.

—No todos los momentos van a ser buenos, Jason.

—Déjame intentar que lo sean...

—Lo que tenemos es suficiente como está.

—Quiero aún más. Y mejor. Contigo.

La instó a girarse y besó sus labios mojados con suavidad. Autumn gimió en su boca antes de posar las manos en su pecho desnudo y separarse lentamente para poder mirarlo a los ojos.

—Ya te entregué un pedazo de mi corazón... —dijo ella.

—Joder, y yo te entregué mi corazón entero. ¿Es que aún no te has dado cuenta? No sé querer un poco. No funciono así. Cuando no quiero solo encuentro vacío. Y cuando quiero lo hago para siempre.

Autumn cerró los ojos cuando sus labios volvieron a encontrarse, pero no pudo dejar de pensar que él intentaba alejarla de un pasado que siempre estaría ahí. Le hubiese gustado decirle que no necesitaba que la cuidase, que no sabía cómo calmar el temor que leía en sus ojos azules y ese sentimiento protector que le impedía ver más allá y sentir sin miedo.

# 35

—¿Te cuento un secreto?

—Claro. —Jason la miró.

—Cuando era pequeña, pensaba que era como una moneda de un centavo. Creo que llegué a esa conclusión porque, por aquel entonces, no tenía un hogar fijo, iba de mano en mano y, además, no entendía por qué unas monedas valían más que otras; para mí, todas eran iguales, redondas, brillantes. Pero empecé a fijarme en que nadie se agachaba en el suelo para recoger las de un centavo ni les molestaba dejarlas por cualquier parte: en el forro de un bolso, perdidas en un bolsillo...

—Joder, Autumn, ahora entiendo...

Se calló. Acababa de recordar el día en que habían ido a comer a ese tailandés y ella se había lanzado al suelo para recoger una moneda. Él había gruñido como un idiota y le había respondido que «no cogía mierda del suelo». La abrazó.

—Pequeña, quiero saberlo todo de ti.

\* \* \*

Autumn sonrió mientas caminaba por la calle al lado de Grace y Abigail después de tomarse el café y las pastas, algo que casi se había convertido en una tradición. Durante esa media hora, las tres charlaban, reían y compartían momentos que ella atesoraba en el recuerdo. Después, Grace solía acompañarlas dando un paseo hasta la tienda y se despedía de ellas delante de la puerta. Ese día, en cambio, las tres se pararon en seco en medio de la calle al ver al repartidor que estaba esperando con un ramo de flores en la mano. No eran rosas; eran de colores, silvestres, salvajes, poco conocidas. Preguntó por Autumn y se lo entregó.

—Oh, qué gesto más bonito —dijo Grace.

—Déjame ver qué pone en la tarjeta —pidió Abigail—. «Locura número ocho. Espero que pases un buen día, pequeña». ¿Y eso es todo? ¡Hoy en día el romanticismo se ha perdido! —Grace pareció estar de acuerdo, porque empezó a hablarles de las kilométricas cartas que Charles le escribía cuando eran jóvenes.

Autumn cogió el ramo y se lo llevó a la nariz antes de sonreír.

Y pensó que quizá para ellas no era lo suficientemente romántico, pero para Autumn era lo más bonito que nadie nunca había hecho por ella: intentar cumplir la tontería que decía un horóscopo solo para demostrarle que él era el chico de las trece locuras.

* * *

—¿Por qué estás triste, Autumn?

—Por nada. Estoy bien. —Sonrió.

—No me mientas. —Jason estaba sentado en el sofá, con las piernas de ella sobre las suyas mientras la contemplaba pelearse con un pistacho para conseguir quitar la cáscara cerrada. Cuando lo partió, lo hizo enfadada.

—Vuelve a no cogerme el teléfono.

—No puedes controlarlo...

—Pero ¿por qué lo hace?

—Porque es lo que quiere —contestó secamente—. Quizá sea tan simple como eso. Y tú te pasas el día preocupada por él, sufriendo. No es justo, Autumn. Puede que solo lo haga para llamar la atención o porque no tiene valor para tomar una decisión. Yo qué sé. Lo único que tengo claro es que no soporto verte así por él.

—Ya lo hemos hablado...

—¿Y hasta cuándo durará esto?

—Todo el mundo tiene problemas.

—Lo de Hunter no son *problemas,* es estar con la mierda hasta el cuello. Y no quiero que te salpique. No quiero ni... —Tomó aire, incapaz de terminar la frase. Le asustaron sus pensamientos, ese «no quiero ni que te mire», «no quiero ni que esté cerca de ti». Sacudió la cabeza, confundido. ¿Qué le estaba ocurriendo? Era como si no pudiese controlar esas emociones que siempre había mantenido tan atadas, como si ahora todas saliesen de forma caótica y le nublasen la razón.

—¿Qué ibas a decir? —Autumn lo miró.

—Nada, pequeña. Olvídalo.

\* \* \*

Le enrolló la enorme bufanda alrededor del cuello antes de entrar en el coche y Autumn se echó a reír ante el gesto, a pesar de que le estaba tapando la boca con la tela. Luego, Jason condujo sin prisa por las calles iluminadas de la ciudad hacia esa casa que se había convertido en un hogar de verdad durante los últimos meses.

Era una noche fría y húmeda de noviembre.

Dentro de unas horas, ella cumpliría años.

—Entonces, lo celebraremos este fin de semana —repitió ella y él asintió—. Algo sencillo y tranquilo. Una merienda, por ejemplo. Eso estaría bien. Me encantan las tartas que hacen en la cafetería que está al lado de la tienda, podría encargarles una.

—Es una gran idea.

Tras aparcar el coche, le tendió las llaves a Autumn y le pidió que abriese la puerta mientras él cargaba la bolsa con algunas cosas que habían comprado. Se escuchó un suave *clic* al girar la cerradura. Y luego, un estruendo, un montón de voces al unísono gritando «¡Feliz cumpleaños!» antes de que lanzasen un par de serpentinas en su dirección. Autumn parpadeó, sorprendida, fijándose en todas esas personas que estaban ahí: en la familia Brown al completo, en Grace y su sonrisa, en Nathaniel, Jimmy, Abigail y Tom justo al lado de Mike, Rachel, Harriet y Luke. Se llevó una mano al pecho, emocionada.

Se giró hacia él, temblorosa.

—¿Tú has organizado esto?

Él sonrió. La mejor sonrisa del mundo. Le dio un beso suave y rápido antes de instarla a ir junto a los demás. Con la ayuda de Rachel, él se encargó de servir la cena en el comedor. Esa fue una de las noches más felices de Autumn. Allí, entre cajas de pizza, una enorme tarta de chocolate con pistachos y todos aquellos que ahora formaban parte de su vida, supo que no podría desear un cumpleaños más perfecto.

Pero pensó en él. En Hunter. En su ausencia.

Después, sacudió la cabeza. Sopló las velas, pidió deseos para todos, abrió regalos con la ilusión de una niña y se le llenaron los ojos de lágrimas cuando llegó al de Grace: un suéter de color cereza a juego con otro idéntico para el bebé. Cuando le dijo que lo había tejido ella misma porque la relajaba, le dio el primer abrazo sincero; uno cálido y largo y lleno de promesas futuras.

* * *

El último viernes de noviembre, Hunter no apareció, a pesar de que ella le había enviado un mensaje el día anterior diciéndole que estaría esperándolo. Así que, cansada y con un dolor de espalda que arrastraba desde las últimas semanas, fue hasta la inmobiliaria de Jason. Entró en su despacho. Él estaba revisando unos papeles que dejó a un lado en cuanto ella llegó. Autumn era consciente de que nunca hablaban de su trabajo, de cuándo tiraría abajo la casa azul. Suspiró hondo.

—¿Sabes...? Llevo días pensando en la casa azul. Y creo que es cierto, que estoy anclada ahí, enfrente de esos barrotes como una niña pequeña, cuando, en el fondo, no deja de ser un lugar, ¿no? Unas paredes, unos hierbajos que crecen sin control, un techo... Tú has hecho que me dé cuenta de que no es importante. Supongo que tan solo tiene el valor que quise darle en su momento.

Jason la miró fijamente en silencio.

—¿Hunter no ha aparecido?

—No. Pero hablábamos de la casa.

—Ya. —Se puso en pie y le dio un beso en la cabeza—. Vamos, te invito a comer.

* * *

Jason estaba tumbado a su lado, con un libro de *La princesa sin corona y el príncipe que perdió su capa,* esa saga que volvía loco tanto a Nathaniel como a Autumn. Y estaba leyendo, pero no para ella, sino junto a la redondeada barriga.

—«La princesa se dio cuenta ese día de que la ausencia de su corona no era tan relevante como algunos querían hacerle creer. Ella era fuerte, con o sin corona. Ella podía conseguir todo lo que se propusiese. Y supo que había llegado el momento de dejar de besar sapos, de ser la chica frágil que todos esperaban y de demostrar que estaba dispuesta a luchar para defender aquello en lo que creía».

Jason sonrió y apartó la vista del libro.

—¿Lo has oído, Phoebe? Ve preparándote para ser una princesa sin corona.

\* \* \*

Solo oscuridad. Y respiraciones agitadas. Y piel con piel.

—¿Cómo puedo sentirte tanto? —susurró él mientras se hundía en ella una y otra vez, y sus cuerpos se encontraban, memorizándose, acariciándose. Apretó los dientes, antes de perderse en ella y marcarla a besos—. ¿Cómo puedo quererte tanto?

\* \* \*

—Me encanta la locura número nueve.

—Sé que no es exactamente «un viaje a París», pero sí lo más cercano y parecido que he podido encontrar. —Se sentó frente a ella en la mesa decorada con un mantel rojo y velas encendidas. A su alrededor, el restaurante estaba lleno de motivos franceses, como las lámparas con la forma de la Torre Eiffel, y sonaba una música de fondo que creaba un ambiente íntimo y agradable.

Autumn abrió la carta y frunció el ceño.

—¿Qué es un *cassoulet*?

—Ni idea. —Jason se rio.

—¿Y el *bœuf bourguignon*?

—¿Pedimos algo a lo loco?

—Vaya, hoy estás a tope.

—Y me estoy viniendo arriba... —respondió divertido mientras su mano se perdía bajo el mantel y se posaba en el muslo de Autumn. A ella le brillaron los ojos.

# 36

Autumn golpeó otra vez la puerta con los nudillos, con una angustia cada vez mayor. Pasados unos minutos, abrió la puerta una chica de aspecto enfermizo; la evaluó de arriba abajo.

—¿Quién eres tú? —graznó.

—Busco a Hunter...

Pareció pensárselo durante unos segundos, pero, al final, desvió la mirada y le cerró la puerta en las narices. Autumn se sobresaltó. Luego se quedó allí, respirando con fuerza y sin moverse, con la vista fija en los papeles y los desechos que había en el suelo. Estaba a punto de rendirse y marcharse por donde había venido cuando volvieron a abrir.

Hunter estaba serio y tenía el pómulo amoratado. Ella notó la tensión que se asentaba en sus hombros mientras salía al rellano; las pupilas dilatadas, la mirada fría.

—Voy a decírtelo una última vez, no vuelvas por aquí.

—¿Qué te ha ocurrido? ¿Por qué haces esto?

—Hago esto porque estoy cansado de ti y de tus tonterías.

Autumn pestañeó. Le ardía la garganta.

—No es verdad. No lo dices en serio.

—Sí que lo es, vete de una puta vez. Él tiene razón.

—¿Él? —Frunció el ceño y dio un paso atrás.

Hunter clavó sus ojos en ella. Y había dolor, rabia contenida.

—¿No te has enterado? Tu maravilloso príncipe azul vino a verme para decirme lo que todos sabemos. —Autumn no fue capaz de decir nada, pero notó que se le secaba la boca al pensar en los últimos días que había pasado junto a Jason, ajena a ello—. Que ya va siendo hora de que nuestros caminos se separen.

—¿Te hizo eso? —Le señaló el pómulo.

—Admito que lo provoqué un poco.

—¿Cómo pudo...?

Autumn inspiró hondo.

Él cambió el peso de un pie al otro.

—Joder, ¿qué tengo que hacer para que me odies? ¿Cómo es posible que me lo pongas tan difícil? ¡Lárgate, coño! Da media vuelta y desaparece. ¿Qué hace falta que te diga, Autumn? —gritó—. Que no eres nadie para mí. Que solo quiero colocarme. Que me importa una mierda todo lo demás, incluida tú y tus putas gilipolleces. ¿Te queda claro así o te hago un jodido mapa? Solo eres una molestia.

Y sin más, se dio media vuelta y cerró de un portazo.

Autumn se quedó allí un minuto, intentando asimilar que Jason le había escondido aquello y que, además, había intentado alejar de ella a una persona a la que quería. ¿Cómo podía hacerle eso? ¿Cómo podía ser tan egoísta? Ella habría sido incapaz de separarlo de nadie que para él fuese importante; habría encontrado la manera de convivir con ello, de aceptarlo sin odio, de entender lo que él necesitaba...

Le entró frío cuando montó en la furgoneta, así que no se quitó la chaqueta. Condujo sin música, con un montón de pensamientos enredados.

Cuando llegó a casa, Jason ya estaba allí, todavía vestido con la ropa del trabajo; se aflojó la corbata con los dedos antes de inclinarse para besarla. Ella se apartó. Y a él no le hicieron falta las palabras para saber lo que le ocurría.

—¿Cómo has podido...? ¡¿En qué pensabas?!

—Cálmate. —Su mirada azul se endureció.

—¡No voy a calmarme! ¡No todo vale!

—Me preocupo. Y pienso en lo que es mejor para ti...

—No, tan solo en lo que *crees* que es mejor.

Jason la miró angustiado e impotente.

—Quiero que seas feliz, ¿cómo puedes no entenderlo?

—Pero esto no es lo que necesito...

—Yo te lo daré todo, Autumn.

—Si me lo estás quitando...

—No, no es verdad. —Jason negó también con la cabeza, aunque tenía el corazón encogido en un puño y las emociones a flor de piel, adueñándose de él.

Ella notó las lágrimas calientes bañándole las mejillas.

—¡Deja de meterte en mis asuntos si ni siquiera te molestas en entenderlos! ¡Deja de decirme qué es lo que está bien y lo que está mal! ¡Esas decisiones son mías!

—¿Por qué no puedes comprender que lo hago por ti? Joder, ¡lo hago *por ti*! —exclamó, aunque una voz, una voz lejana en su interior, le susurró que quizá, solo quizá, también lo hacía *por él*, porque necesitaba sentir que ella estaba segura, protegida, cuidada; porque cuando recordaba los años que había pasado sola, se enfadaba consigo mismo por no haber podido estar ahí para ayudarla, aunque todavía no la conocía y era totalmente absurdo. Y pensó... pensó que si hubiese existido una urna de cristal... puede que hubiese deseado meterla dentro. Alejó el miedo que le dio esa idea. Solo sabía que por fin amaba a alguien y que no iba a dejar que le ocurriese nada ni que le hiciesen daño—. Te daré cualquier cosa que me pidas. Te lo daré todo, Autumn. Tú solo... pídelo. Dime qué es lo que quieres.

—¡Lo quiero «todo»! —gritó—. Y quizá aún no te has dado cuenta, pero «todo» es «todo», lo bueno, lo malo y lo peor. ¡No busco una vida perfecta! No se trata de tener algo idílico, no es eso. Y sé que ves a Hunter como un problema... pero, en todo caso, es mi problema y no quiero que intentes «solucionarlo» apartándome de él.

Había un brillo furioso en los ojos de Jason.

—¿Acaso no te basta conmigo? ¿No era esto lo que querías, tenerme así, tan jodido, tan loco por ti...? —Sintió que algo se rompía dentro de él, pero no se paró a escuchar qué significaba ese crujido, esa sensación de angustia en la boca del estómago.

—¿Me estás pidiendo que elija?

—Te estoy pidiendo que seas razonable.

—Jason, esto no... No lo hagas, por favor...

—Autumn, joder, solo me preocupo por ti.

—No. Si me pides eso... Si me lo pides... —susurró con la mirada borrosa—. No es que vaya a elegirlo a él, Jason, es que no voy a elegirte a ti, que es diferente.

—¿Qué coño significa eso? —Había una nota de desesperación en su voz.

—Significa que haciendo esto estás rompiéndolo todo. No quiero este tipo de amor. ¡No lo quiero! Porque sé que, quizá no ahora, pero dentro de unos meses, de unos años... me despertaré, me daré la vuelta en la cama, y no veré al hombre de mi vida, sino también al que me arrebató cosas que amaba, personas que necesitaba; al que me hizo renunciar en vez de ganar y yo... No quiero eso, ni que tú cambies así ante mis ojos y perder cómo te miro ahora, cómo te siento... cómo te quiero.

Jason apretó la mandíbula. El corazón le latía acelerado dentro del pecho, tan fuerte que pensó que podría oírse desde cualquier lugar. Tenía la mirada nublada y llena de dolor, de incomprensión e impotencia. Veía borroso.

—Si a eso lo llamas querer... —dijo él con un nudo en la garganta—, entonces no hay nada que salvar. No hay nada que valga la pena. Toma una decisión.

Y con el pulso latiéndole con fuerza, Jason cogió las llaves que estaban encima del mueble del comedor y salió de allí como un vendaval. La puerta de la calle se cerró con un golpe seco y Autumn se quedó quieta, muy quieta, asimilando las palabras, pensando en ellas, debatiéndose entre correr tras él para lanzarse a sus brazos y decirle que tenía razón en todo, que a partir de entonces haría lo que él pensaba que era «correcto», o dar media vuelta y salir de allí, de su vida y de aquella casa en la que habían compartido tantos momentos y que había dejado de ser un lugar frío y sin alma para convertirse en un refugio que habían construido entre los dos.

Le dolió el corazón cuando lo hizo. Le dolió. Pero recogió sus cosas temblando, sin hacer ruido, como si el mundo fuese a resquebrajarse de un momento a otro. Recordó el día que él había subido a la buhardilla con esa misma maleta que ahora tenía en las manos y había empezado a meter ahí su ropa, sus libros y sus cosas con un gesto tosco mientras ella lo miraba divertida.

Se sentó en la cama, con la maleta a los pies ya cerrada, debatiéndose otra vez. ¿Cómo era posible que el día anterior fuesen tan felices y ahora se encontrasen en esa situación? Daba igual la dirección que tomara, porque ambas eran caminos llenos de piedras. Si salía por esa puerta, lo perdería. Y ella lo quería. Iba a quererlo siempre. Pero si se quedaba... entonces volverían los reproches y las mentiras por parte de los dos y tener que renunciar a cosas que quería tan solo porque él pensaba que «debía» ser así...

Eran diferentes. Y esas diferencias les hacían dar dos pasos hacia atrás cada vez que avanzaban uno hacia delante. Porque él siempre sería la clase de chico que jamás se agacharía en medio de la calle para coger un centavo perdido y ella siempre sería la chica que saltaría de alegría al encontrarse esa misma moneda.

Montó en la furgoneta. Condujo durante unos minutos alejándose de allí, incapaz de mirar por el retrovisor, hasta que las lágrimas le nublaron la visión. Paró a un lado de la calzada y respiró hondo.

Las letras se arremolinaron en su cabeza.

*Si me quieres, quiéreme entera, / no por zonas de luz o sombras... / Si me quieres, quiéreme negra / y blanca, y gris, verde y rubia, / y morena... / Quiéreme día / quiéreme noche... / (...) Si me quieres, no me recortes.*

Tuvo que parar dos veces más antes de llegar a su destino. La primera, porque se dio cuenta de que no sabía adónde ir, porque habían ocupado la buhardilla con más muebles desde que ella había dejado de usarla. La segunda, porque se le volvieron a empañar los ojos al escuchar *Hey Jude* en la radio y recordar aquel día que habían pasado juntos dos meses atrás, durante el viaje en carretera, sin nubarrones sobre ellos, ni ataduras, ni cosas que recriminarse el uno al otro.

Solo estrellas y besos y miradas...

Aparcó delante de la casa y caminó por el sendero arrastrando la maleta tras ella. Se le encogió el estómago de los nervios al presionar el timbre.

Grace abrió. La miró a ella antes de fijarse en el equipaje.

—¿Puedo quedarme aquí esta noche? —preguntó con la voz ronca.

—Puedes quedarte todo el tiempo que quieras. —Se apartó para invitarla a entrar—. Esta es tu casa, Autumn.

# 37

Jason clavó la mirada en el techo blanco e impoluto. En resumen, era lo único que había hecho durante los últimos cuatro días. Mirar el techo. Repasar la última conversación que habían tenido una y otra vez. Volver a mirar la superficie lisa. Llegar a la conclusión de que, si hubiese sido como siempre, midiendo sus palabras, midiendo sus actos, pensando cada paso antes de darlo... quizá entonces nada de eso habría ocurrido.

Pero tampoco el último mes junto a ella.

Se giró en el sofá cuando el perro apoyó el hocico en su mano. La alzó y le acarició la cabeza tras exhalar un suspiro largo. Joder. No sabía cuánto duraría esa sensación de angustia en la boca de su estómago, pero apenas podía probar bocado. Cerró los ojos cuando escuchó que llamaban a la puerta y se debatió entre ir a abrir o no, pero al final se levantó y caminó descalzo hasta el recibidor.

Rachel lo miró de los pies a la cabeza.

—¿Qué demonios ha pasado?

—Nada, ¿qué quieres? —gruñó.

Ella no le dio opción y entró pasando por debajo del brazo que él tenía apoyado en el marco de la puerta. Jason masculló entre dientes.

—Dime qué ha ocurrido —pidió Rachel mientras lo seguía hacia el comedor—. He ido a tu trabajo y me han dicho que te has tomado unos días libres de forma «indefinida».

—Estoy enfermo. Un resfriado.

Rachel intentó ocultar su sorpresa mientras sus ojos recorrían la estancia, fijándose en el paquete arrugado de patatas fritas que había en un extremo del sofá, en los calcetines que estaban en el suelo, los pañuelos amontonados en la mesa y los restos inclasificables de comida desperdigados al lado.

Se sentó a su lado con cautela.

—Jason, habla conmigo...

—No hay nada que hablar.

—Tu aspecto dice lo contrario. —Arrugó la nariz—. ¿Desde cuándo no te duchas? Y deberías afeitarte. Esto no es propio de ti y estoy preocupada...

—¿Propio de mí? ¿Qué mierda es eso? Estoy hasta los cojones de que todo el mundo dé por sentado cómo soy. ¿Sabes? Estáis equivocados. No soy una buena persona y no hago las cosas desinteresadamente; la mayor parte del tiempo actúo según lo que *yo* necesito. Siempre *yo*. Si he cuidado alguna vez de vosotros era porque a mí me hacía falta. Solo *a mí*. Así que deja de mirarme como lo estás haciendo ahora.

—Eso no es verdad. —Rachel se puso en pie y miró a su alrededor antes de suspirar—. Bien, hagamos una cosa. Tú vas a subir al baño para afeitarte, darte una ducha, ponerte ropa limpia y dejar de parecer un náufrago. Yo voy a sacar al perro a pasear y después vendré, prepararé algo para desayunar y esperaré hasta que estés listo.

Jason gruñó, pero ella no se quedó esperando a escuchar sus protestas. Le puso la correa al perro, cogió las llaves de la repisa y salió cerrando la puerta a su espalda.

Él se quedó un rato más en el sofá.

Al final, sin saber muy bien por qué, subió y se metió en el cuarto de baño. Cuando bajó, media hora más tarde, Rachel ya había vuelto y lo esperaba en la cocina.

—Ya vuelves a parecer una persona. ¿Prefieres zumo de naranja o de piña? —Jason se encogió de hombros, así que ella eligió el de naranja—. Come algo.

—De acuerdo, pero no hace falta que te quedes.

—¿Estás bromeando? No pienso dejarte solo.

—Quiero estar solo —siseó.

Rachel lo ignoró. Se sentó a su lado y se sirvió una tortita que luego cortó con el cuchillo y el tenedor después de echar por encima un poco de sirope de chocolate que había encontrado en la despensa. El silencio se instaló entre ellos mientras desayunaban. Al terminar, ella retiró los platos sucios antes de volver a sentarse en el taburete.

—Quizá pueda ayudarte, Jason. Dime qué ha ocurrido.

—No puedes. Ella se ha ido. Ya está; lo que tenía que pasar ha pasado.

—¿Por qué? —insistió preocupada.

Jason apartó la mirada.

—Porque no debería haberla querido tanto.

—¿Qué estás diciendo?

—Entonces... no se habría desbordado todo, no me sentiría como si me ahogase cada vez que pienso en ella. Si hubiese podido controlarme, la habría tenido para siempre. Pero no. ¿Y esto es lo que se supone que es estar enamorado? ¿Sentirse así, tan al límite, tan jodido...? Si lo llego a saber...

—¿Qué, lo habrías evitado? —Frunció el ceño—. Es verdad que al principio todo es muy intenso y un poco inestable, pero querer a alguien es más, mucho más.

Jason se frotó la cara con las manos.

—Pues no he sabido hacerlo.

—Déjame intentar ayudarte, solo por una vez...

Él cogió aire y aceptó el hombro que le ofrecía su amiga. Así que empezó por el principio, por cómo se sentía cuando ella tiraba de él y lo retaba y lo zarandeaba por dentro con cada cosa imprevisible que hacía. Y todo lo que había venido después. El deseo, las ganas de dejarse llevar, de ella, hasta tocar la palabra «amor» y darse cuenta de que ya no había marcha atrás. Entonces, llegó el miedo a perderla, la frustración por no haber podido darle lo que él creía que se merecía: un pasado feliz, una vida sin problemas ni dolor. Querer protegerla. Sentía que era su responsabilidad cuidarla, apartar lo malo, sacarle brillo al resto...

Rachel se levantó con una mano en el pecho.

—Creo que necesito hacerme un café.

Él se giró y la observó mientras ponía a calentar la cafetera.

—¿No piensas decir nada?

—Pienso decirte muchas cosas.

—Vale. Pues empieza. —Sonó desafiante porque, total, a esas alturas tenía el presentimiento de que ya nada podría dolerle más, aunque estaba equivocado.

Rachel no volvió a sentarse. Se quedó de pie, delante de la barra, con las manos rodeando el café caliente y mirándolo con ternura.

—Sabes que te quiero, ¿verdad? —Él se mostró imperturbable—. Pero te has equivocado, Jason. Lo que has hecho... es... es agobiante. ¿Por qué quieres cortarle las alas? Déjala tomar sus decisiones, deja que se equivoque, que acierte, que aprenda...

—¿También que sufra? —preguntó asqueado.

—¡Claro que sí! No es tu obligación protegerla de esa manera. Puedes darle consejo y luego depende de ella hacerte caso o no. Tú eres su compañero, un apoyo, no un bache más que tener que saltar. Lo único que deberías hacer es estar ahí, a su lado. Y si en algún momento se cae, ayúdala a levantarse sin juzgarla.

Jason tomó aire antes de susurrar:

—Quería ahorrarle el dolor. Eliminarlo.

—No puedes. Da igual cuánto lo intentes, a lo largo del tiempo sufrirá y le dolerán cosas y le harán daño, pero es normal, todos tenemos que pasar por eso. Entiendo que, a veces, cuando quieres a alguien, puedes cegarte por ese deseo de protección, pero lo cierto es que, hasta ahora, ella ha vivido sin ti y lo ha hecho bien. Sé que te resultará duro escucharlo, pero Autumn no te necesita. No de esa manera. Imagino que solo quiere... estar contigo y ser feliz. Aunque no te lo creas, es tan sencillo como eso.

Él apartó la mirada. Luego, se levantó.

—Joder. Yo la quiero —susurró con la voz ronca.

—Ya lo sé, Jason. Pero «el cómo» también importa.

Se pasó una mano por el pelo, nervioso. Empezó a moverse por la cocina. Porque a veces algo sencillo para el resto no lo es para uno si no puede ver las cosas desde la perspectiva adecuada. Porque a veces hay miedos que ciegan, dañan, restan.

—Creo que debería dejarte a solas —adivinó ella.

—Tengo que pensar... Sabes que tengo que pensar...

Rachel asintió. Lo conocía lo suficiente como para saber que Jason necesitaba masticar sus palabras, asimilarlas, entenderlas. Así que se colgó el bolso del hombro y, cuando se puso de puntillas para darle un beso de despedida en la mejilla, dejó que él la abrazase con fuerza contra su pecho.

—Gracias, Rachel —dijo con la voz ronca.

—Tú eres la última persona que tiene que dármelas.

En cuanto se marchó, Jason decidió tumbarse sobre la alfombra, al lado del perro. Con las manos cruzadas bajo la cabeza, volvió a fijar la mirada en el techo. Y se quedó allí pensando, recordando frases, intentando ponerse en su piel. ¿Qué hubiese sentido si fuese Rachel la que tuviese un problema y Autumn intentase alejarlo de ella? Cerró los ojos. Expulsó el aire que estaba conteniendo. Tener que elegir... tener que lidiar con ello... Se le encogió el estómago, pero cuando la imagen de Hunter volvió a aparecer en su cabeza volvió a dudar. Y lo peor era que no solo se trataba de él, sino de todo lo demás que pudiese llegar en el futuro; los problemas, las desilusiones...

Pero Autumn había dicho que «todo» incluía también esas cosas.

Que no podía desmenuzar dos vidas, separar trozos de ellos mismos, dejar partes atrás y llevarse otras, elegir lo que más brillo tenía e ignorar el resto.

Con un suspiro, se levantó, cumplió la promesa que le había hecho a Rachel y picó algo de comer antes de subir al piso de arriba, cansado y con la culpabilidad carcomiéndole por dentro, para dejarse caer en la cama. Giró la cabeza hacia la mesita de noche de Autumn y sus ojos se detuvieron en las pertenencias que había dejado: una vela que olía a pastel de manzana y que había comprado con él en un mercadillo que abría los sábados; un viejo libro de poemas y una piedra con forma de corazón que había encontrado dos semanas atrás en la orilla de la playa mientras paseaban al perro. Y, entonces, se dio cuenta de que el cuadro no estaba. El cuadro que él le había regalado. La locura número cinco. «Quiero estar contigo, es tan simple y tan complicado como eso». Jason quiso pensar que aquello, saber que había decidido llevárselo con ella, tenía que significar algo. Esa frase fue la única que encajó en el caos que reinaba en su cabeza. Porque estar con Autumn era eso, la cosa más simple del mundo: tan fácil, tan divertido, tan natural como respirar... Y al mismo tiempo lo más complicado que había hecho en toda su vida: enfrentarse a todas esas emociones, conocerse de una forma que, hasta entonces, nunca había hecho...

Cogió su móvil y le envió un mensaje pidiéndole si podían verse. El primer día, después de llegar a casa y ver que se había marchado, lo único que había sentido había sido rabia. Y miedo. Y soledad. La había llamado cinco o seis veces, hasta que ella apagó el teléfono. Después, durante el resto de aquella semana infernal, ni siquiera se había visto con fuerzas para enfrentarse a ella, así que no había vuelto a intentar ponerse en contacto y se había conformado con mirar durante horas ese techo que estaba empezando a odiar, alimentarse a base de paquetes de fritos y dormitar el resto del día. Al fin y al cabo, en el trabajo había dicho que «estaba enfermo», y así era. O así se sentía. Un corazón roto era más doloroso que cualquier gripe.

Autumn contestó quince minutos después, aunque a él le pareció una eternidad. Solo dos palabras. Dos. Ni una más, ni una menos. «Necesito tiempo».

Tiempo. Ese concepto que, durante los últimos días, había adquirido un significado diferente para él, porque nunca había pasado tan lento. Suspiró hondo, lanzó el teléfono al otro lado de la cama y se dio la vuelta.

# 38

Autumn se incorporó en la cama cuando empezó a dolerle la espalda. Se encontraba en una habitación con las paredes pintadas de un suave tono lila, a juego con la colcha que reposaba a sus pies. Los armarios, altos y blancos, estaban justo al lado de un escritorio sencillo pero que, por la calidad del acabado, dedujo que habría costado una fortuna.

Al llegar, Grace no le había hecho preguntas. Se había limitado a enseñarle el dormitorio de invitados y, tras dejarla sola, había llamado a la puerta tres horas más tarde para decirle que la cena estaba lista. Muy a su pesar, porque era lo último que le apetecía, Autumn había bajado y había comido despacio y en silencio unas alcachofas asadas y un revuelto de huevo y setas. Después, tras disculparse, había regresado a su habitación para meterse de nuevo en la cama.

Esa noche había sido la peor de todas...

Sentir su ausencia, ignorar sus llamadas...

Le costó un mundo hacerlo, pero sabía que si descolgaba el teléfono y escuchaba su voz se echaría a llorar, cogería la maleta y saldría a buscarlo a la hora que fuese. Y no podía... no cuando hacerlo era traicionar todo en lo que ella creía. Así que apagó el móvil, con dedos temblorosos, y luego se quedó tumbada en la cama, contemplando la oscuridad que reinaba a través de la ventana mientras se acariciaba la tripa antes de llevarse una mano al pecho, con la certeza de que allí solo encontraría un corazón vacío. Pero ella sabía... sabía que con el tiempo sanaría; quizá no latiría igual, al mismo ritmo, o por esa misma persona, pero lo haría de una forma diferente.

Pero hasta que llegara ese momento, cómo dolía...

Dolía querer de una manera que él no era capaz de corresponder; con los ojos cerrados, con los pies descalzos a riesgo de pincharse, con los labios curvados, con todo su mundo abierto, dispuesta a aceptar al otro en vez de intentar cambiarlo; dispuesta a valorarlo y no a sancionarlo.

Se enjugó las lágrimas con la mano y respiró hondo. Estuvo un rato más en la cama, cambiando de lado porque no se encontraba cómoda en ninguna postura, intentando dejar la mente en blanco y dormir para que ese día horrible terminase de una vez. Un poco más tarde, entendió que no iba a conseguirlo. Con un suspiro de pesar, se levantó y salió de la habitación caminando de puntillas para no hacer ruido. Quizá podría salir fuera, rodear la casa y sentarse frente al mar. Con una mano en la barandilla, desechó la idea en cuanto recordó el beso que Jason le había dado en ese mismo lugar, durante la fiesta; un beso lleno de rabia y de deseo y de todo lo que aún no se atrevía a sentir...

Se dirigió hacia el salón más pequeño al ver la luz encendida. Llamó a la puerta con los nudillos antes de abrir. Grace estaba sentada en el sofá, con la televisión apagada, tejiendo. Alzó la mirada hacia ella.

—¿Te encuentras bien? ¿Necesitas algo?

—No. Yo solo... no podía dormir.

—¿Quieres que te prepare una tila?

Autumn negó con la cabeza.

—¿Puedo quedarme aquí? No te molestaré.

—Claro que puedes —respondió Grace con una sonrisa.

Ella se acomodó en un extremo del sofá. Al principio, Grace intentó distraerla explicándole cosas sin importancia, como los diferentes tipos de puntos que dominaba al tejer, pero cuando se dio cuenta de que Autumn no tenía ganas de hablar ni de escuchar, la respetó y el silencio se instaló entre ellas. Se quedaron allí, la una al lado de la otra, calladas, durante más de una hora. Autumn mantuvo la mirada fija en el ovillo de lana verde, contemplando ensimismada cómo el hilo grueso se iba transformando en lo que parecía ser una bufanda. Y no supo por qué, pero verla tejer la fue relajando. Bostezó.

—Deberías irte a la cama, Autumn.

—Sí. —Se levantó—. Gracias por dejar que me quede.

—No hagas eso, no me lo agradezcas. Descansa.

Le sonrió antes de salir. Grace siempre tenía ese porte recto, esa frialdad que en realidad tan solo era fragilidad, ese tono de voz sereno que enmascaraba la inseguridad. Autumn pensó en ello antes de dormirse, en cómo las personas nos esforzamos por disfrazarnos delante de los demás, para intentar embellecer, pulir y mostrarnos sin aristas ni grietas cuando, en el fondo, todos las tenemos. A ella le habría gustado poder compartir todo eso con Jason abiertamente; dejarle ver sus heridas sin que él intentase curarlas, dejarle ver las cicatrices solo porque deseaba que supiese que las tenía, no para que sufriese por ello o se esforzase por eliminarlas.

Suspiró y acarició con los dedos la gema azulada del anillo que Roxie le había regalado tantos años atrás. Seguía siendo suave. Seguía siendo relajante tocarlo hasta quedarse dormida.

Autumn fue a trabajar a la mañana siguiente. Una parte de ella solo deseaba quedarse en la cama, pero sabía que necesitaba mantenerse ocupada. Cuando Abigail llegó dos horas más tarde porque esa mañana había llevado a Nathaniel al médico, intuyó que le pasaba algo antes incluso de llegar hasta el mostrador. Autumn agachó la cabeza y dejó que la mujer le diese uno de sus reconfortantes abrazos. Le contó lo justo, porque no tenía ganas de decir en voz alta lo que todavía no era capaz de asimilar. Lo único que tenía claro es que no dejaría que influyese en nada relacionado con el bebé y que, en algún momento, tendría que volver a verlo.

Entonces entendió lo que él le había dicho aquella noche en la cabaña: «Sé que si me quedo complicaré las cosas». Porque era cierto. Nunca serían dos desconocidos más que podrían decirse adiós y seguir adelante con sus vidas, porque siempre estarían unidos por un hilo que no podían cortar. ¿Cómo iba a conseguir olvidarlo si no podía alejarse? ¿Cómo iba a soportar verse reflejada en sus ojos y recordar todo lo que los separaba y no aquello que los acercaba? Puede que él tuviese razón y que ella viviese demasiado al día, sin pensar en las consecuencias, sin pensar en las responsabilidades, sin pensar en que cada acción y decisión desencadena una serie de resultados. En el fondo, sabía que nunca había sido todo blanco o negro. Que la culpa siempre está más repartida que lo que el orgullo grita al principio. Y por primera vez, allí, un día después de dejarlo atrás, comprendió muchas cosas de Jason.

Comprendió sus miedos, sus reparos, su contención.

Comprendió que no siempre es algo malo mirar al suelo antes de salir corriendo a lo loco si así puedes ver las piedras que hay a lo lejos del camino para evitar tropezar.

Comprendió su ceño fruncido, su mirada analítica.

Comprendió su forma de amar; esas reservas antes de abrirse, ese temor a lo que él mismo pudiese sentir, a no conocerse lo suficiente.

Y comprendió que, juntos, con su freno y su impulsividad, podrían haber sido perfectos el uno para el otro si hubiesen sabido entenderse y cuidar lo que tenían.


Abigail se ofreció a encargarse de la tienda, diciéndole que tenía que descansar, pero Autumn se negó, aunque aceptó reducir un poco su horario. Aquella tarde, se encontró a sí misma regresando a casa de Grace y, con la furgoneta parada delante de la entrada, se dio cuenta de que, a partir de entonces, tenía que aceptar ciertas responsabilidades. Si era capaz de preocuparse y de solucionar los problemas de los demás, tendría que hacer lo mismo con los suyos, aunque eso supusiese tener que enfrentarse a cosas que a veces prefería ignorar.

Al entrar, saludó a Grace y luego subió a su habitación hasta la hora de cenar. Abrió la maleta y sacó algunas prendas que colgó en el armario. Cuando cogió el marco que Jason le había regalado, repasó con la punta del dedo las líneas que él mismo había trazado: «Quiero estar contigo, es tan simple y tan complicado como eso». Autumn sonrió con tristeza. Puede que él hubiese sabido antes que ella eso mismo, que a veces era simple, sí, pero también complicado, con sus partes menos bonitas, menos brillantes.

No se planteó por qué lo hizo, pero lo colocó en su nueva mesita antes de ir a darse una ducha y bajar a al primer piso. Encontró a Grace en la cocina batiendo algunos huevos en un recipiente de color rojo brillante. Se acercó a ella.

—¿Qué estás haciendo?

—Un bizcocho de limón.

—¿Ahora? —se extrañó.

Faltaban un par de horas para la cena.

—Cocinar me relaja. Y podemos coger un trozo mañana para desayunar. ¿Te importaría sacar un par de limones de la nevera?

Autumn obedeció y se los tendió.

—¿Por qué necesitas relajarte?

Grace se tensó ante esa pregunta. Bajó la mirada hasta los huevos que estaba batiendo e incrementó el ritmo un poco antes de dejar de hacerlo y apartar el bol a un lado. Se limpió las manos en el delantal que llevaba puesto y suspiró hondo.

—Hoy era el día en el que tu abuelo cumplía años —respondió—. Es curioso, pero cuando te haces mayor parece que recuerdes más todas esas fechas señaladas, que les des más valor. No sé por qué, quizá tenga que ver con todos los recuerdos que se arrastran...

—¿Cómo era él? —preguntó en un susurro.

Grace sonrió mientras cogía la harina del armario.

—Un hombre maravilloso. Tenía esa típica apariencia ruda que estaba de moda antiguamente, pero en el fondo era muy vulnerable. Eso hacía que a veces discutiéramos por cosas cuando, en realidad, los únicos problemas nacían de nosotros mismos.

Autumn la observó mientras añadía la mantequilla y la ralladura de limón a la mezcla batida de los huevos y el azúcar.

—¿Qué quieres decir con eso?

—Quiero decir que, por ejemplo, a Charles le costó encajar que yo empezase a trabajar. Recuerdo que por esa época no era algo muy común que una mujer se dedicase a la compraventa de arte. Él temía lo que pudiesen pensar nuestros amigos de él, protestaba porque creía que dirían a su espalda que «no era lo bastante hombre como para mantener a su esposa». Tuvimos una crisis durante esos primeros años. Yo no estaba dispuesta a renunciar a ello. Y él pensaba que, si no lo hacía, eso significaba que no lo quería lo suficiente. —Negó con la cabeza—. Un día, le pedí que se sentase y que hablásemos de una vez por todas. Le hice ver que el problema no era que trabajase o no, porque lo único que nos distanciaba eran sus inseguridades, el miedo que le daba ser juzgado, sentirse inferior porque empezara a ganar más dinero que él...

—¿Y qué ocurrió? —Autumn la miró.

—Que terminó dándome la razón. Tu abuelo era un buen hombre, un poco terco a veces y muy dado a guardarse sus sentimientos, pero sabía pedir perdón. Te voy a decir una cosa, Autumn: cuando encuentres a una persona que sepa reconocer sus errores, que esté dispuesta a disculparse, a cambiar y a mejorar, no te separes nunca de ella. Da igual si es el amor de tu vida o una amiga. Prefiero a alguien que tropiece mil veces y se dé cuenta de que se ha equivocado, que a alguien que lo haga una sola vez, pero no esté dispuesto a admitirlo. Lo primero tiene solución, lo segundo no. No hay nada más flexible que la vida misma y nosotros tenemos que saber adaptarnos a ella. Los sueños van y vienen, las opiniones también, incluso la gente que nos rodea; es natural, es inevitable.

Autumn tragó saliva y se apartó un poco de ella para ir a sentarse a la mesa blanca y redonda que había en medio de la cocina. Tamborileó con los dedos sobre la superficie, pensativa, pero paró de golpe cuando el recuerdo de él haciendo ese mismo gesto apareció en su cabeza. Suspiró hondo.

—Cuéntame más cosas de Charles.

—Era sensato y tenía un sentido del humor muy ácido que a mí me encantaba. Al estar metido en el mundo de la política, era capaz de caerle bien a todo el mundo. Cuando organizábamos una fiesta en casa, él solía convertirse siempre en el centro de atención, aunque, en realidad, era una persona muy suya, que nunca se dejaba ver ante los demás. Al principio, cuando éramos jóvenes, solíamos celebrar los cumpleaños por todo lo alto, pero ¿sabes qué era lo que terminamos haciendo durante los últimos años tal día como hoy? Pedir comida china, sentarnos en el sofá y ver la televisión. Y era perfecto.

—Debes de echarlo mucho de menos...

—Ni te lo imaginas. —Grace metió el bizcocho en el horno y luego se sentó junto a ella—. Cada día, al acostarme, sigo ocupando mi hueco, ¿te lo puedes creer? Como si él fuese a aparecer para tumbarse en su lado. Una nunca está preparada para despedirse de la persona con la que ha compartido tanto...

Autumn se fijó en las arrugas que surcaban el rostro de Grace, en los labios finos, la frente ancha, la mirada cargada de historias y los pómulos poco marcados. Se entristeció al darse cuenta de que su marido no era la única persona de la que había tenido que despedirse. Carraspeó antes de hablar.

—¿Quieres que sigamos con la tradición?

—¿Qué tradición? —Grace la miró.

—Pedir comida china. Y ver la televisión.

Los labios de la mujer temblaron antes de sonreír.

—Nada habría hecho más feliz a Charles.

La mesa pequeña del comedor se llenó más tarde de cajas de tallarines con setas, arroz con salsa agridulce, rollitos de primavera, ternera con salsa de soja y ensalada de algas. Las dos cenaron sentadas en el sofá mientras veían una reposición de una conocida serie de comedia. Grace reía al ritmo de las risas enlatadas que sonaban de fondo y, mirándola de reojo, Autumn se dio cuenta de que nunca había imaginado verla así, haciendo algo tan cotidiano y normal. Pensó que quizá, en el fondo, todos juzgamos antes de conocer y que el ser humano es tan complejo que es fácil no acertar.

Cuando estuvo llena, dejó la caja en la mesa.

—No tardaré en irme a dormir —dijo.

Grace desvió la mirada del televisor para fijarla en ella mientras se limpiaba los dedos con una servilleta de papel. Sus ojos estaban llenos de gratitud.

—Gracias por esta noche, Autumn —suspiró vacilante—. Sé que no es asunto mío e intento no entrometerme en nada, pero quiero que sepas que este es tu hogar, me gustaría que te sintieses segura aquí; lo suficiente como para que nunca tengas que marcharte si no deseas hacerlo.

Autumn se humedeció los labios ante el bonito gesto. Le gustó que le regalase ese pedazo de independencia, aunque ahora sabía que debería haber sido responsabilidad suya habérselo regalado a ella misma meses atrás. Aun así, hubo algo que necesitó aclarar, como si por una parte desease que Grace la entendiese.

—Sí que lo quiero —susurró.

No hizo falta que dijese el nombre de él.

—Eso ya lo sé. Buenas noches, Autumn.


Los siguientes días fueron lentos y vacíos, con esa sensación de lejanía que acompaña los días cálidos y secos del verano, cuando el tiempo parece ralentizarse. Autumn se centró en ella misma, en el trabajo y en pasar tiempo con Grace. El jueves, al recordar que salía a la venta el siguiente libro de *La princesa sin corona y el capitán que perdió su capa,* fue a la librería más cercana y cenó en casa de Abigail para poder dárselo a Nathaniel y empezar a leerlo con él en su habitación. Por su parte, Hunter parecía dispuesto a borrarla de su vida, como si todos aquellos años que habían pasado mano a mano nunca hubiesen existido, pues no le devolvía ni las llamadas ni los mensajes. Y el resto del tiempo era incapaz de no pensar en Jason.

En su voz. En los momentos que habían vivido. En el futuro que podrían tener juntos si ella renunciaba a ciertas cosas. En sus besos cálidos. En lo bonito que era despertar a su lado. En lo mucho que echaba de menos llamarlo a gritos por la casa cada vez que Phoebe se movía más de la cuenta. En los ratos que compartían antes de cenar, mientras ella le leía algo y picoteaba hambrienta cualquier cosa que pillase...

Suspiró hondo, tumbada en la cama.

En ese momento, su teléfono sonó.

Un mensaje. «¿Podemos vernos?»

Autumn tomó aire, pensando que no había nada que desease y temiese más al mismo tiempo. No estaba preparada. No podía. Casi le dolió escribirlo.

«Necesito tiempo».

# 39

Se había pasado casi todo el día durmiendo así que, cuando abrió los ojos, ya había anochecido y la habitación estaba sumida en la penumbra. Jason se dio la vuelta en la cama y se fijó en el hueco vacío. Luego escuchó el timbre de la puerta y se dio cuenta de que eso era lo que lo había despertado. Gruñó contra la almohada. Lo último que le apetecía era ver a nadie. Al final, se levantó, bajó y abrió.

—No me jodas.

Fue lo único que pudo decir cuando vio delante de su puerta a Luke, Mike y a sus hermanos, Leo y Tristan, mirándolo atentamente como si fuese un espécimen desconocido. Luke fue el primero en entrar con una botella de ron en la mano.

—Vaya, llegamos pronto a la fiesta. ¡Menuda tienes montada! ¡Qué divertido! —exclamó con ironía antes de ir a la cocina y empezar a coger vasos del estante.

—¿Qué coño haces? Eh, deja eso ahí.

—¡No seas peñazo! —dijo Tristan a su espalda.

—A mí una copa doble. —Mike sonrió.

Jason se giró hacia él y lo miró amenazante.

—¿De qué va todo esto? —masculló.

—Va de que somos tus amigos.

—Y enemigos, pero hermanos —añadió Leo sonriente mientras le daba un trago a la copa que Luke acababa de tenderle.

—No estoy de humor. —Se enfrentó a Mike—. ¿Te lo ha dicho Rachel?

—No le ha hecho falta, sé cuándo guarda un secreto; tiene la piel tan blanca que se convierte en un tomate antes de que empiece a hacerle preguntas. Pero hablemos de lo importante, ¿prefieres ron o vodka?

Jason se mordió el labio antes de resoplar.

—Vodka —respondió secamente.

—Luke, ya lo has oído —le dijo.

—Nací para ser barman. —Sonrió.

Leo y Tristan ya estaban acomodados en el sofá cuando los demás entraron en el comedor. El perro, sentado sobre la alfombra como una estatua, los miraba a todos con interés. Los mellizos se pasaron la siguiente media hora hablando de su trabajo: de lo genial que era recibir billetes en los calzoncillos, de la chica con la que Leo había terminado la noche anterior, de lo enrollada que era su jefa...

Jason se acabó la primera copa y notó que durante ese rato había estado tranquilo. Teniendo en cuenta cómo habían sido sus últimos días, era un avance. Cuando trajeron las botellas que habían dejado en la cocina, se sirvió otro vodka.

—Así que pusimos su teléfono en una página de adictos al sado —explicó Tristan tras hablarles de un compañero que había intentado joderlos la semana anterior y del que habían decidido vengarse.

—Eso es de aficionados —replicó Luke.

—Danos algo mejor —pidió Leo.

—Luke... —Jason le dirigió una mirada de advertencia.

—Vale, me callaré, no sea que corrompa sus almas puras. —Puso los ojos en blanco y luego se echó a reír—. ¡Por favor, tío! Míralos. Deja de protegerlos. Son demonios. Seguro que ni siquiera tienen sentimientos.

—No los tenemos —contestaron al unísono.

—¿Lo ves? Vamos, cuéntales lo que hicimos en esa fiesta de la universidad durante el segundo año cuando ganó el otro equipo de fútbol.

—Luke echó picante en el ponche —resumió y no pudo evitar sonreír al recordar lo bien que se lo habían pasado luego observando el espectáculo.

—Mucho picante —puntualizó Luke divertido.

Tristan miró a su hermano con el ceño fruncido.

—Joder, ¿por qué te tiene mamá en un pedestal?

Jason no contestó, pero sonrió. Después se terminó la copa de un trago y alargó la mano para coger la botella. Mike se la quitó antes de que la alcanzase.

—Espera. Antes de seguir, creo que deberíamos tener una charla.

—No jodas, ¿hemos venido aquí a hablar de sentimientos? —Luke lo miró horrorizado.

—Creo que prefiero pasar directamente a la segunda etapa de la noche.

—Nah, solo estaba bromeando, Mike tiene razón. —Luke se sentó en la alfombra, al lado del perro—. Queremos saber qué ha pasado. Y con detalles.

Él alzó una ceja y miró a sus hermanos.

—¿Hasta vosotros estáis de acuerdo con esto?

—Nos gusta Autumn. Tú también, pero no tanto.

Jason les lanzó un almohadón desde la otra punta del sofá. Después, a cambio de que Mike le devolviese la botella, les resumió todo lo que había ocurrido.

—Esto confirma lo que ya sabíamos... —dijo Leo.

—Que es gilipollas —concluyó Tristan.

Mike lo miró serio mientras se frotaba las manos.

—¿Y qué piensas hacer? —preguntó.

—Emborracharme. ¿No estáis aquí para eso?

Luke se encogió de hombros, pero luego asintió.

—Voy a llamar a un taxi.

Se levantó y se fue a la cocina para buscar el número de teléfono que había colgado en la nevera. Todavía estaba marcándolo cuando Mike apareció tras él.

—¿Qué se supone que estás haciendo?

—Confía en mí. Jason necesita varias copas más para empezar a razonar como una persona normal. ¿No lo ves? Sigue tenso. Seguro que ahora está analizando los pros y los contras de beberse la copa que tiene, preguntándose si debería haberse puesto una oliva o no. No puedo con él cuando se pone en ese plan.

Mike iba a protestar, pero cambió de opinión cuando se asomó por la puerta de la cocina y lo vio allí, sentado en el sofá, con la mirada fija en el vaso y el ceño fruncido.

—Está bien. Llama. Pensaré a dónde vamos.

Media hora más tarde, estaban dentro de un local grande y espacioso, aunque todavía no se había llenado del todo. Las luces azuladas del techo se movían entre las mesas que había en un extremo, cerca de la barra y al otro lado de la pista de baile. Jason pidió una copa de Jack Daniel's e intentó ignorar esa sensación incómoda que llevaba toda la semana sintiendo en el pecho. Se recostó en la silla y escuchó a los demás hablar, riendo cuando se suponía que tenía que hacerlo hasta que, en cierto momento, se descubrió a sí mismo haciéndolo sin más, sin forzarlo. Y a partir de ese instante, dejó de pensar, dejó de contar las copas que caían en sus manos y de torturarse mentalmente por todos los errores que había cometido.

No supo muy bien qué hora de la madrugada era cuando dio un golpe en la mesa, consiguiendo derramar parte de las bebidas. Se echó a reír ante las quejas de Mike y luego volvió a recordar lo que quería decir.

—¡Pienso terminar las trece locuras!

—Lo hemos perdido del todo —dijo Luke.

—No, joder, las trece locuras... voy a hacerlas... —Bebió un trago—. Acabo de decidir cuál es la número diez. ¡Mike! Eh, Mike, ¿me estás escuchando?

—¡Joder, no me grites! Te escucho. Pero antes, explícanos de qué va todo esto.

Jason lo hizo como pudo, de forma caótica.

—¿Hacer locuras porque lo dice el horóscopo? ¡Me flipa la idea! —Luke se levantó.

—Necesito que llames a ese amigo tuyo... ese tipo que tiene el local cerca del puerto que no recuerdo cómo se llama —explicó Jason, pero no hacía falta que entrase en más detalles, porque Mike ya estaba buscando el número de teléfono en su móvil.


La humedad del ambiente se impregnaba en la piel mientras avanzaban por una calle que quedaba a pocos metros del mar y se dirigían hacia el establecimiento. A esas alturas de la noche, todos estaban ya borrachos. Mientras caminaban hacia allí, Jason había pasado cada brazo por encima de los hombros de sus hermanos y les había dicho la verdad, que sentía haberse comportado a veces como un idiota con ellos y que los quería más que a nada en el mundo. Tristan había fingido ponerse a llorar antes de abrazarlo entre risas y asegurarle que dejarían de llamarlo «Miss Perfecto» después de aquella noche que estaban pasando juntos.

El amigo de Mike los miró alternativamente cuando llegaron.

—¿Quién es el idiota borracho al que se le ha ocurrido esta idea?

—¡Yo! —Jason sonrió, relajado como un crío.

—Está bien. Pasa —gruñó.

Siguió al tipo, que era enorme. Media hora más tarde, volvía a estar en la calle, sentado en la acera que había delante del establecimiento, esperando a los demás, mientras Mike, sin dejar de reírse con una cerveza en la mano, contaba las líneas de las baldosas. Leo apareció un rato después tras asegurar que acababa de vomitar en los servicios y que el amigo de Mike no parecía contento. Este se levantó a duras penas.

—Será mejor que vaya a hablar con él y salve a Luke.

—Me temo que es demasiado tarde. —Jason rio.

Después de aquel momento, los recuerdos se volvían borrosos. Habían estado en otro local cercano, más pequeño que el anterior, y casi estaba amaneciendo cuando regresaron a casa. Luke se había dejado caer en un sofá del comedor y Mike en el otro, mientras que los mellizos habían ocupado las habitaciones de invitados. Cuando Jason se tumbó en su cama sin molestarse en quitarse la ropa, cerró los ojos, pensó en ella y sonrió.

No sabía cuándo, por qué, ni cómo, pero en algún momento de la noche se había dado cuenta de lo que *tenía* que hacer. O, mejor dicho, de lo que *quería* hacer.


Era casi mediodía cuando notó que unas manos lo zarandeaban. Al abrir los ojos, el rostro desencajado de Luke apareció frente al suyo. Se incorporó en la cama. Y luego solo escuchó gritos y resoplidos mientras su amigo caminaba de un lado a otro. Los demás no tardaron en aparecer en la habitación al oírlo. Luke tomó aire.

—¿Cómo se te ocurre, Jason? ¡Sabes que tengo un problema, joder!

—Era la locura número diez —contestó aún adormilado.

—¿Y tenía que incluir visitar un estudio de tatuajes?

Jason asintió y se miró el brazo al recordarlo. Levantó el plástico que todavía llevaba en la muñeca y se estremeció al verlo. Era igual que el de Autumn, pero en lugar de su «Todo o nada», en su piel solo podía leerse una respuesta, una palabra: «Todo».

El timbre sonó en el piso de abajo y Luke dio un respingo.

—Me temo que son Rachel y Harriet, porque acabo de encender el móvil y tengo como unas diez llamadas perdidas —dijo Mike.

—¡Mierda! ¡Joder! Harriet me va a matar.

Luke abrió el armario y rebuscó entre la ropa sin mucha delicadeza. Cogió una cazadora y se la puso mientras seguía a los demás por las escaleras. Leo abrió la puerta y se encontró con las miradas de las dos chicas, que pusieron los ojos en blanco.

—Al menos podríais haberos dignado a mandar un mensaje y avisar de que estabais bien.

—Pecosa... —«Ni siquiera recordaba cómo era eso de teclear», quiso decir Mike antes de añadir—. Estaba a punto de hacerlo justo ahora.

—Muy gracioso. Prepararé café.

—Estaré arriba dándome una ducha —dijo Jason.

Cuando él desapareció, Rachel se giró hacia los demás.

—¿Qué es lo que no entendisteis de «intentad animarlo»?

—¿Cuál es el problema? Es lo que hemos hecho.

—Aunque ahora no lo parezca, anoche estaba muy animado —puntualizó Luke.

—¿Por qué llevas la cazadora puesta aquí dentro? —le preguntó Harriet y, cuando vio a Mike agachar la cabeza intentando aguantar la risa, abrió mucho los ojos—. Luke, ¡¿qué has hecho?! Oh, Dios, ¡dime que no es un tatuaje!

—¿No es un tatuaje? —La miró suplicante.

—¿Otro más? ¿En qué estabas pensando?

—Ese es el problema, toda esa historia de *pensar*.

—Déjame verlo —pidió impaciente.

—No grites mucho...

Harriet le taladró con la mirada mientras él se quitaba la cazadora y dejaba a la vista el plástico que le cubría el interior del brazo. Lo apartó. Mike, Leo y Tristan se echaron a reír tan fuerte que apenas se escuchó la maldición que ella lanzó por lo bajo.

—¿Un unicornio, Luke? ¡¿En serio?! —gritó.

—Quizá pueda decir que es por algún rollo mitológico.

Rachel aguantó la risa y les sirvió el café con leche.

Luke y Harriet estuvieron discutiendo durante el resto del desayuno. Pasados veinte minutos, Jason apareció en la cocina con un aspecto impecable después de darse una ducha. Abrió uno de los cajones y sacó una aspirina que se tragó con un vaso de agua. Se sirvió un poco de café y, luego, los señaló a todos.

—Tengo muchas cosas que hacer.

—No me jodas, Jason. Es domingo.

—Lo digo en serio. Si os quedáis, no hagáis ruido. Estaré en mi despacho.

—¿Qué mosca le ha picado? —preguntó Rachel, pero ya se había ido.

Jason se pasó las siguientes horas allí dentro, intentando ignorar el dolor de cabeza que se resistía a irse. Sus amigos habían subido a despedirse de él poco después de terminar el desayuno y, al verlos ahí, tan preocupados por él y todos juntos, Jason se había sentido afortunado de tenerlos. Les había asegurado que iba a estar bien, pero Rachel no parecía muy convencida, porque se había quedado en el umbral de la puerta, estudiándolo con la mirada.

—¿Seguro que lo estarás?

—Sí. Y si no lo estoy... sé a quién llamar. —Le sonrió.

—Eso espero —respondió correspondiendo el gesto.

Una vez a solas, se puso manos a la obra.

Él nunca había sido una de esas personas que se implican en algo a medias. Curiosamente, siempre había vivido muy aferrado a ese «todo o nada» del que ella presumía. Así que, durante los siguientes días, tan solo se levantó de su escritorio para picar algo rápido (sus hermanos aparecieron por sorpresa una mañana y le trajeron varias fiambreras de comida de parte de su madre) o para pasear al perro. El resto del tiempo, vivió pegado al ordenador y al teléfono, haciendo una cantidad preocupante de llamadas, discutiendo con algunos asociados e intentando convencer a otros. Para cuando llegaba la noche y se tumbaba en la cama, tenía tantas cosas en la cabeza que apenas tenía fuerzas para compadecerse de sí mismo. Aquel día, cuando tocó la almohada, miró el hueco vacío, como siempre, y luego se fijó en la mesita de noche que ella solía llenar de cosas y en ese viejo libro que había dejado allí antes de irse. Lo cogió y lo abrió. Eran poemas. Muchos de ellos subrayados, en la mayoría de los casos solo con alguna frase destacada.

Intentó concentrarse en las palabras y no en el agujero que tenía en el pecho, ese que en ocasiones casi parecía dejarlo sin aire. Recordó la conversación que había mantenido con Luke un año atrás, cuando le había preguntado cómo era estar enamorado. Ahora se daba cuenta de que, además de encontrar en los ojos de otra persona la mejor versión de uno mismo, quizá estar enamorado, enamorarse bien, era también entender sin juzgar, aprender a sentir a través de otra piel, sostener y no doblegar...

Su mirada se detuvo en una de las frases subrayadas.

*Creyó que el mar era el cielo; / que la noche la mañana / Se equivocaba.*

Las copió en un mensaje. Luego, le dio a enviar.

# 40

Jason llamó un par de veces a la puerta hasta que abrió un tipo que lo miró con el ceño fruncido. Él ignoró sus gritos cuando entró y se encaminó hacia el final del pasillo, sorteando a algunas personas que estaban allí, tiradas por el suelo, mezclándose con la suciedad que los rodeaba. Al llegar al salón, su mirada se encontró con la de él, que estaba fumándose un cigarro con los ojos entrecerrados.

Al verlo allí, Hunter se levantó, pero al hacerlo de golpe tuvo que sujetarse un instante al brazo del viejo sofá. Cuando el mareo se disipó, lo señaló.

—¿Qué cojones haces aquí otra vez?

—He venido a por ti. Recoge tus cosas.

Hunter se echó a reír y algunos se unieron a él.

—Muy gracioso. Pírate de una puta vez.

—No estoy bromeando —advirtió y luego desapareció por el pasillo en busca de la habitación en la que lo había visto por primera vez, antes de que acabase en el hospital.

Hunter lo siguió, tambaleándose, y se detuvo en el umbral de la puerta. Al ver que empezaba a revolver sus cosas, ni se paró a pensarlo. Se abalanzó sobre él, pero Jason era mucho más fuerte y hábil, así que apenas tardó dos segundos en dejarlo en el suelo. Cuando un par de curiosos se asomaron para ver qué pasaba, les gritó que se largasen y ninguno debía tener ganas de meterse en problemas, porque obedecieron de inmediato. Jason se levantó, resoplando y mascullando por lo bajo, y luego cogió a Hunter y lo alzó frente a él.

—Escúchame bien. Vas a venir conmigo te guste o no, aunque solo sea para oír lo que tengo que decirte. Tienes una oportunidad. Después, eres libre de elegir.

—¿Por qué coño haces esto? —masculló.

—Porque la quiero, joder, la quiero —confesó—. Y tú eres importante para ella y eso tendría que haber sido suficiente para mí.

—¡Vamos, no me jodas! Piérdete.

—¿Ya tienes todo lo que necesitas?

—¿De qué cojones vas? Me pediste que me alejase de su vida y lo hice, porque sí, tenías razón, soy malo para ella y blablablá... No me comas ahora el tarro con tu mierda.

—Me equivoqué. Lo siento.

Hunter lo miró y frunció el ceño.

—¿Qué es lo que pretendes?

—Te espero abajo, en el coche.

Jason se quedó esperando aparcado delante de una zona en la que estaba prohibido hacerlo, cruzando los dedos, pensando que *necesitaba* hacer aquello. Por ella. Pero también por él. Cuando Hunter apareció diez minutos más tarde con una bolsa como todo equipaje, suspiró aliviado. Le dirigió un gesto hosco antes de montar a su lado, pero Jason lo ignoró y arrancó el vehículo. Llevaba un rato conduciendo cuando Hunter abrió la boca.

—¿A dónde vamos? —preguntó con la voz ronca.

—A mi casa —respondió y le quitó el cigarro que acababa de ponerse en los labios antes de que lo encendiese—. No fumes aquí.

Hunter lo miró burlón, fijándose en su ropa de marca.

—Espero que no estés pensando en una fiesta de pijamas.

Jason lo ignoró, puso la radio y subió el volumen de la música hasta silenciar la risa del otro. Condujeron hasta llegar al barrio residencial de Sea Cliff. Cuando le abrió la puerta de casa y lo invitó a entrar, Hunter paseó la mirada por la estancia con el ceño fruncido. Jason le pidió que le acompañase al piso de arriba y le enseñó su habitación, algo ante lo que respondió asintiendo con la cabeza sin mucho interés. Lo único que pareció llamar su atención fue el perro, que los siguió por toda la casa, y al que le dedicó unos minutos de mimos.

—¿Cuál es el plan? ¿Películas y palomitas?

—Hunter, cierra la boca —gruñó—. Entra ahí.

Lo vio sentarse en el sofá mientras él se acomodaba en el otro. Jason se frotó el rostro con las manos y suspiró. Llevaba una semana durmiendo muy poco y estaba agotado.

—Así que... te ha dejado —dijo Hunter.

—Eso no es asunto tuyo.

La mirada de Hunter dejó de ser divertida y se endureció.

—Claro que lo es. Ella siempre será asunto mío.

—Y por eso estamos aquí. Quiero darte una oportunidad.

—¿Ahora tienes complejo de hada madrina?

—Una de las personas más importantes de mi vida pasó por tu misma situación y consiguió salir de ahí. Necesito saber si tú estás dispuesto a intentarlo o si, en realidad, esto es perder el tiempo. —Un músculo se tensó en la mandíbula de Hunter, pero no contestó, tan solo apartó la mirada—. Si lo haces, si por una vez cuando le digas a Autumn que «estás limpio» no le estás mintiendo, te ayudaré. Un trabajo. Estabilidad. Te daré todo lo que necesites para empezar desde cero.

Hunter se puso en pie con brusquedad, golpeándose con la rodilla en la mesita baja.

—¿De qué coño vas?

—Siéntate —siseó.

—¿Pensabas que aceptaría tu caridad?

—Hunter...

—¡Vete a la mierda!

Jason se levantó antes de que pudiese salir por la puerta y se quedó allí, cerrándole el paso y mirándolo con cautela.

—No me has dejado terminar.

—Que te jodan —gruñó.

—A cambio, necesito algo de ti.

Hunter parpadeó, confundido.

—¿Qué cojones puedes necesitar de mí?

—Subiremos a mi despacho y te lo explicaré. Pero antes, dame una respuesta.

Hunter resopló y empezó a deambular por el comedor, nervioso. Se pasó una mano por el pelo, revolviéndoselo aún más. Buscó en el bolsillo de su cazadora el paquete de tabaco hasta que recordó que probablemente al tipo que tenía delante no le haría demasiada gracia que fumase.

—Puedes hacerlo si abres la ventana —se adelantó Jason.

Obedeció. Se acercó hasta el ventanal y lo abrió de par en par antes de encenderse un cigarro y apoyar un codo en el alfeizar. Jason se acercó a él y se quedó a su lado con la vista fija en los árboles que se mecían al otro lado de la calle.

Expulsó el humo. Luego volvió a masticar las palabras que habían intercambiado unos minutos atrás y notó que se estremecía solo de pensarlo. Sacudió la cabeza.

—Lo he intentado muchas veces...

—Me lo imagino. —Jason habló en voz baja.

—Y siempre he fracasado... —admitió.

—En esta ocasión será diferente.

—Pero puede volver a pasar...

—No hay garantías. No depende de mí.

Hunter torció el gesto.

—Ni siquiera me caes bien —farfulló.

—Tú a mí tampoco —respondió sin dudar.

Fue solo un segundo, pero los dos se miraron dejando atrás sus diferencias, sin juzgarse. Hunter le dio una última calada al cigarro.

—¿Ella sabe esto? —Jason se irguió, apoyándose en la pared, y negó con la cabeza—. Bien, porque no quiero que lo sepa. No hasta que tenga alguna seguridad...

Jason asintió, entendiendo que no quería decepcionarla. Lo miró serio, con el ceño todavía un poco fruncido. Le habría gustado conseguir un compromiso más firme, más decidido, pero conformarse con eso era mejor que nada.

—¿Eso es un sí? —Le tendió la mano. Hunter tardó unos segundos en hacerlo, pero terminó estrechándosela—. Ahora, acompáñame arriba. Te enseñaré en lo que estoy trabajando.


Pasaron la mañana dentro del despacho. Colocó una silla en el otro extremo de la mesa que Hunter ocupó tras decir que se sentía «como un puto ejecutivo». Jason se pasó horas explicándole lo que quería hacer y, para cuando terminó, advirtió por su mirada que Hunter estaba decidido a tenderle una mano en aquello. Poco después, también empezó a advertir otras cosas, como que el tipo de aspecto desgarbado que tenía enfrente era mucho más inteligente de lo que él había pensado en un primer momento. O que, en realidad, lejos de parecer duro, vio la verdadera cara de alguien que estaba asustado, pero también enfadado con todo el mundo, empezando por él mismo. Anotó todas sus propuestas y terminó cambiando algunas cosas de lo que había preparado. Estuvieron trabajando codo con codo hasta última hora de la tarde.

Al anochecer, Hunter apenas probó bocado.

Jason se fijó en cómo le temblaban las manos.

—¿Te apetece dar una vuelta? —preguntó.

Tras verlo asentir, Jason le puso la correa al perro y cogió dos cervezas de la nevera. Caminaron en silencio por las calles de la urbanización hacia el sendero irregular que conducía hasta la playa. Hunter se sentó encima de una de las rocas que bordeaban la costa y se encendió un cigarro antes de clavar la mirada en el cielo estrellado.

—Toma. —Jason le dio la cerveza.

Hunter la cogió. El viento era fresco y punzante. Le entró un escalofrío, aunque no estaba seguro de que fuese por el frío que hacía. Las olas lamían la orilla de la playa por la que el perro paseaba.

—Tú la quieres, ¿no?

Jason alzó la mirada hacia él.

—Demasiado...

—¿Por qué lo jodiste?

—Por eso. Por quererla demasiado mal, por quererla solo para mí.

Hunter le dio un trago a la cerveza y chasqueó la lengua.

—Eres gilipollas, pero un buen tipo.

—Y tú un imbécil simpático.

No volvieron a hablar durante el resto del paseo mientras la noche se cernía sobre ellos. Cuando regresaron a casa, después de que Hunter se hubiese fumado varios cigarros seguidos, Jason se tumbó en la cama, agotado. Estaba tan cansado que se durmió a los cinco minutos y no se despertó hasta que, unas horas más tarde, en medio de la oscuridad, escuchó ruido en el pasillo. Se levantó y avanzó hasta la luz que salía del cuarto de baño. Abrió. Y se le encogió el estómago al verlo así, temblando y cubierto de sudor a pesar del frío que hacía aquella noche. Se quedó con él mientras vomitaba y, cuando terminó de hacerlo, le tendió una toalla mojada y se sentó a su lado sobre el suelo.

—¿Cómo empezaste? —le preguntó.

Hunter levantó la cabeza que mantenía escondida entre las rodillas.

—Yo qué sé. Como todos, supongo. Probando.

—¿Por qué? —insistió.

—Tú no sabes lo que es querer evadirte, ¿no?

—Puedo imaginarlo...

—No es lo mismo.

—No, no lo es —admitió.

Hunter se lavó el rostro con la toalla húmeda y luego cogió otra que había colgada cerca para secarse la cara antes de apoyar la cabeza contra los azulejos de la pared. Cerró los ojos, intentando ignorar que el corazón le latía tan rápido que parecía que se le iba a salir del pecho. Pero no. Era mucho peor que eso. Conocía los síntomas: las taquicardias, las náuseas, los temblores, la ansiedad...

Jason lo observó. Habló solo para distraerlo.

—Crecisteis juntos, ella me lo contó. —Hunter asintió—. ¿A ti también te abandonaron en el hospital al nacer? ¿Cuál es tu historia?

Hunter se rio sin humor. Inspiró hondo.

—Eso habría sido una bonita infancia.

—¿Estás de coña? —Jason frunció el ceño.

—Háblame antes de la tuya —pidió.

Jason estiró las piernas en el suelo y fijó la mirada en sus pies descalzos.

—Familia normal, padres unidos, dos hermanos pequeños y amigos en el barrio con los que jugar por las tardes. Colegio público, vecinos agradables.

—Buen resumen. —Hunter se llevó una mano al pecho—. ¿No tendrás algún calmante o algo similar? Creo que lo necesito.

—Puedo ver qué hay.

Jason se levantó y Hunter lo siguió hasta la planta baja. Encendió las luces de la cocina y abrió el cajón en el que guardaba los frascos de pastillas. Dudaba que fuese de mucha ayuda, pero cuando encontró algo que pudiese servirle, se lo dio con un vaso de agua. Apoyó la cadera en el marco de la puerta, con los brazos cruzados.

—Quiero que mañana conozcas a ese amigo del que te hablé —le dijo.

—Tenemos mucho trabajo que hacer.

—No me sirves de mucho así.

—Deja de ponérmelo difícil.

—Al revés, lo haré fácil: necesitas ayuda. No de él, sino ayuda especializada, la que yo no puedo darte. Te quedarás aquí unos días y luego...

—¿Luego...? —Hunter le dedicó una mirada suspicaz.

—Una clínica. Ingresarás allí.

Hunter negó con la cabeza y dejó el vaso.

—No, eso no. No estoy tan mal. No lo necesito. —Jason lo siguió al comedor y se sentó en el sofá que dejó libre—. Puedes irte a dormir, no hace falta que hagas de niñera.

—Me quedaré —replicó.

El otro se encogió de hombros.

—Como quieras —dijo antes de recostarse en el sofá e intentar calmarse. Sentía la *necesidad,* las ganas consumiéndole, la ansiedad ensanchándose dentro del pecho. Había pasado muchas veces por esa fase. Muchas. Cada vez los síntomas eran más agresivos, pero al principio todo había sido tan fácil que ni siquiera se había planteado la idea de dar marcha atrás. Ahora, lo consumía.

Jason suspiró e intentó no quedarse dormido.

—Todavía no me has contado tu historia.

Entre las sombras de la habitación, Hunter lo miró.

—Yo tenía cuatro años cuando mi padre mató a mi madre. —Su voz ronca carecía de emoción—. Después de hacerlo, se suicidó. Así que me quedé ahí, empapado de sangre y llorando junto a los dos cuerpos hasta que los vecinos se cansaron de escucharme y, al ver que nadie abría la puerta, llamaron a la policía.

—Joder, ¿hablas en serio? —Jason tragó saliva.

—Ya te dije que lo del hospital habría sido mucho mejor. El resto de la historia... Bueno, tenía un tío en la otra punta del país, en Maine, pero no quiso hacerse cargo de la custodia, así que pasé al cuidado de los servicios sociales y terminé en casa de los Moore.

—¿Allí conociste a Autumn?

—Sí. Ella era... la más inocente de todos. —Cerró los dedos en un puño al notar el temblor que se apoderaba de ellos y miró a Jason agradecido, porque en aquel momento... en aquel momento necesitaba esa distracción, hablar con alguien, obligarse a no pensar en una única cosa—. Autumn estaba intacta, ¿entiendes? Intacta dentro de lo que implica que tus padres no te quieran. Pero ese es un tipo de daño soportable. Siempre supe... siempre... que ella sí saldría adelante. Lo veías en su mirada.

Jason se incorporó un poco en el sofá, preguntándose por qué no había sido capaz de hablar más a fondo de eso con Autumn, por qué no había podido aceptarlo y conocer esa parte en vez de intentar barrerla debajo de la alfombra. Intentar solucionar «el sufrimiento de ella» alejándola de él había sido como pretender construir una casa desde el tejado. Ahora se daba cuenta de que lo ocurrido con Autumn solo había sido una consecuencia más de ese problema; si la hubiese escuchado cuando hablaba de ello, cuando intentaba hacerle comprender todo aquello que a ella tanto le importaba...

—Volverá contigo, si eso es lo que te preocupa.

Miró a Hunter mientras se frotaba el mentón.

—Necesito demostrarle que la entiendo.

Se quedaron en silencio unos minutos.

—¿Sabes? Hasta no hace mucho, pensaba que sentía algo por ella —confesó Hunter hablando en susurros—. Entonces te conocí aquel día en la cafetería y supe que me había confundido, porque ni en un millón de años la miraría como tú lo hacías.

—¿Y cómo la miraba?

—Como si tuvieses que contenerte para no apartar la mesa de un empujón y lanzarte sobre ella. —Hunter se echó a reír—. Después de matarme a mí, claro.

Jason sonrió y, luego, pasados unos segundos, bostezó. Pero a pesar del sueño, del cansancio y del picor en los parpados, aguantó despierto toda la noche. Hunter se iba quedando dormido, aunque cada vez que lo hacía terminaba despertándose a los veinte minutos, sobresaltado y un poco alterado. Cuando empezó a amanecer, Jason se levantó sin hacer ruido y se fue a la cocina para prepararse un café. Se lo bebió casi de un trago, pensando que iba a necesitarlo. Después, bajó algunos papeles del despacho al comedor y empezó a trabajar allí, sin prisa, mientras Hunter descansaba.

Durante una de las pausas, mandó un mensaje.

Cuando Hunter se despertó, el sol ya estaba en lo alto del cielo y él iba por el tercer café. El chico se frotó los ojos antes de incorporarse un poco.

—¿Qué haces? —preguntó con la voz ronca.

—He estado transcribiendo algunas de las cosas que preparamos ayer.

—Déjame verlo —exigió.

—Antes desayuna algo.

Hunter puso los ojos en blanco y se levantó para ir al baño. Lo obligó a tomarse un zumo que terminó vomitando media hora más tarde y le dejó ropa y toallas limpias para que se diese una ducha. Antes de que acabase de hacerlo, llamó a la puerta con los nudillos y le dijo que su amigo, ese que había pasado por algo parecido, estaba abajo, esperándole. Hunter gruñó, con el estómago del revés y sintiéndose más irritado que nunca, antes de gritarle que saldría en unos minutos.

Cuando bajó, un tipo de cabello castaño, ojos grises y sonrisa un tanto atrevida, le tendió la mano. Él se la estrechó.

—Me alegra conocerte. Me llamo Mike.

—Hunter —se limitó a decir.

Jason los miró satisfecho y se guardó el móvil en el bolsillo de los vaqueros.

—Volveré dentro de un rato.

—¿A dónde vas? —preguntó Hunter.

—Tengo que hacer algunas cosas.

—De acuerdo. —Sus palabras sonaron firmes antes de darse la vuelta, pero, al mirarlo, Jason se dio cuenta de la vulnerabilidad que escondía, como si se hubiese aferrado a él tan solo por las últimas cuarenta y ocho horas que habían pasado juntos.

Jason respiró hondo cuando salió de allí. Tras hacer algunas llamadas al médico familiar que conocía de toda la vida, puso rumbo a las oficinas de «Clark e hijos», con la seguridad de que Mike sabría qué hacer mientras él estuviese fuera.

Mike había pasado por algo similar, aunque Jason pensaba que a un nivel muy diferente. Viendo a Hunter la noche anterior, se había dado cuenta de que necesita ayuda especializada. Años atrás, con Mike todo había sido fácil, porque deseaba salir de ese agujero más que nada en el mundo; ahora, reconocía en la mirada oscura de Hunter esa necesidad de «ser salvado», de encontrar una salida, pero también había pesimismo y rechazo. Esperaba que hablar con alguien que entendía su situación pudiese animarlo o serle de ayuda.

Aparcó cerca de las oficinas y se reunió con Clark en su despacho. Una hora y media más tarde, salió de allí y se pasó por la inmobiliaria para coger algunos documentos y asegurarse de que todo iba bien. Tras comprobarlo, y antes de regresar a casa, consiguió la receta médica y compró parches transdérmicos de buprenorfina y suplementos nutricionales.

—Te he traído esto. Creo que servirá.

Hunter cogió al vuelo la caja que le pasó y asintió con la cabeza mientras Mike se levantaba para irse. Se estrecharon la mano, mirándose unos segundos de más, y luego Jason y él volvieron a quedarse a solas.

—¿Cómo ha ido la reunión? —Hunter lo siguió hasta la cocina.

—Todo según lo previsto. ¿Tú qué tal?

—Interesante. Es más majo que tú.

Jason puso los ojos en blanco y abrió la nevera, aunque sabía que la cosa había ido muy bien por el gesto que Mike le había dirigido antes de marcharse.

—He estado pensando... —siguió Hunter, con el ceño fruncido—. Si estuviese dispuesto a ingresar en una clínica... ¿cuánto tiempo sería?

Se giró y lo miró fijamente.

—No lo sé, depende del programa.

—No podría pagarlo —susurró.

Jason se quedó unos segundos en silencio, analizando la tensión que había en el rostro de Hunter; meditó lo que iba a decir, porque sabía lo voluble que era en aquellos momentos y que una sola palabra equivocada podría provocar que se echase atrás.

—Ahora estás trabajando, ¿no? —Se encogió de hombros intentando restarle importancia a la conversación—. Cuando salieses de la clínica podrías seguir haciéndolo. Tengo una inmobiliaria, siempre necesito agentes y pago bien. Te dejaría dinero por adelantado. Y luego me lo devolverías —concluyó, porque sabía que esa era la clave.

—¿Con intereses? —Hunter ladeó la cabeza.

Jason cerró la nevera apretando los dientes. A él le habría importado bien poco pagárselo todo, pero la mirada orgullosa de Hunter, que esperaba impaciente, le recordó qué era lo que tenía que hacer. Suspiró hondo.

—Del tres por ciento —dijo.

—Perfecto. —Hunter sonrió.

# 41

Autumn se había quedado esa mañana en casa, a cambio de encargarse ella de abrir la tienda el sábado, así que cuando llamaron al timbre y el mensajero anunció que traía un paquete de Jason Brown, sintió que se le paraba el corazón. Al menos, hasta que Grace apareció a su lado y lo cogió, asegurando que era para ella.

—¿Cómo que para ti? —preguntó alterada.

—Sí, son asuntos de trabajo —aclaró.

Siguió a la mujer hasta el piso superior.

—Pero no me habías dicho nada.

—Pensé que preferirías no saberlo.

«Quiero saber cualquier cosa que tenga que ver con él», quiso gritar.

Durante los últimos cuatro días, Autumn había estado dos veces a punto de aparecer delante de la casa que habían compartido en Sea Cliff. Cuando montaba en la furgoneta y ponía las manos en el volante, sentía el impulso de conducir hasta allí, llamar al timbre y abrazarlo. En una de esas ocasiones había incluso avanzado en esa dirección, pero entonces había recordado lo que había hecho: su egoísmo, las decisiones que había tomado y que no le correspondían, que quisiese moldear su vida...

Y había dado media vuelta en la siguiente calle.

Se pasaba las noches en el sofá, viendo tejer a Grace mientras esperaba esos mensajes que habían empezado a llegar aleatoriamente. Fragmentos del libro de poemas de amor que ella se había dejado en su casa, frases inconexas, palabras sueltas. *Y verte cómo cambias, y lo llamas vivir / en todo, en todo, sí, menos en mí, donde te sobrevives.* Pasados unos días, se dio cuenta que de casi todos los que seleccionaba eran de Salinas. *Busqué los atajos / angostos, los pasos / altos y difíciles... / A tu alma se iba / por caminos anchos.*

Y, al leerlo, lo único que podía pensar era que ojalá su cabeza y su corazón le gritasen lo mismo.

Después de recibir el paquete, se esforzó por no hacer preguntas y comieron en silencio. Pero, cuando regresó a última hora de la tarde de trabajar y vio a Grace sentada en su escritorio con las gafas puestas mientras inspeccionaba una carpeta, supo que no podría contenerse mucho más. Se acercó y se sentó en la silla de al lado. Suspiró hondo al ver que la mujer no parecía demasiado dispuesta a prestarle atención y se toqueteó distraída la punta de la trenza antes de coger aire.

—¿Qué te traes entre manos con Jason?

—¿De verdad quieres saberlo?

—*Necesito* saberlo —matizó.

Grace se echó a reír y se quitó las gafas.

—En teoría, no puedo decírtelo...

—En teoría —remarcó Autumn.

Se miraron fijamente hasta que la mujer apartó la mirada, centrándola de nuevo en los papeles que había estado leyendo, y, con un gesto de la mano, le indicó que se acercase.

—Te lo enseñaré —accedió—. Me llamó hace unos días para pedirme consejo y estuvimos hablando durante un par de horas. Este chico tuyo piensa a lo grande, y para eso se necesitan cuantas más manos, mejor. Tengo contactos en el periódico y he conseguido que publiquen en portada un artículo sobre los hogares de acogida, con un testimonio que habla de ello sin pelos en la lengua. La entrevista ocupará una página entera y dará que hablar. Este es el primer paso, llamar la atención.

—¿Qué? ¿De qué estás hablando?

—De Hunter. Es amigo tuyo, ¿no?

A Autumn se le cortó la respiración.

—¿Él está metido en esto?

—Mano a mano con Jason. —Grace sonrió.

Notó que le picaban los ojos y parpadeó, todavía un poco confundida, intentando encajar aquello. Y luego se echó a llorar como no se había permitido hacer durante todos esos días, sollozando, sintiendo que se quedaba sin aire. Grace se levantó y la abrazó con delicadeza. Olía a su perfume habitual y, mientras le frotaba la espalda, Autumn se sintió arropada y querida. Sorbió por la nariz.

—Es que soy Escorpio... —susurró—. Muy emocional.

Grace rio con suavidad y se apartó de ella para mirarla.

—No tienes que esconderte conmigo.

—Echo de menos que me lea los horóscopos por la mañana...

—Toma, ten un pañuelo. —Se lo tendió.

—Y todo. Lo echo de menos todo.

—Cálmate, Autumn. —Le limpió las mejillas con los pulgares—. Ahora, ve a darte una ducha y vístete, porque esta noche tenemos un invitado. Y no, no es él.

Al verlo entrar por la puerta, Autumn gritó de emoción y se lanzó a sus brazos, consiguiendo que Hunter, sorprendido, casi se tropezase. Lo miró a conciencia, desde los pies a la cabeza, analizando la ropa limpia que llevaba (que era de Jason), y el rostro afeitado y sonriente.

—No me puedo creer que estés aquí.

—Ya era hora de que alguna vez fuese yo a buscarte, ¿no crees?

—Y tanto. —Se echó a reír—. Ven, te presentaré a Grace.

Hunter se mostró serio y amable con la mujer mientras cenaban en la mesa de la cocina de forma informal. No comió mucho, pero cada vez que lo veía sonreír, a Autumn se le contagiaba el gesto a pesar de que tenía el estómago revuelto por culpa de las últimas noticias. Según le habían explicado, llamar la atención era el primer paso para, después, centrarse en cosas más importantes. Grace quería desarrollar una propuesta y utilizar los contactos políticos que seguía teniendo para intentar mejorar la situación. Y aunque le habían dicho que mantuviese la calma, porque aquello significaba adentrarse en un camino largo y de dudosos resultados, Autumn no podía evitar que le temblasen las piernas solo de pensar que todas esas personas iban a implicarse en algo que era tan importante para ella y para muchos otros que no habían tenido su misma suerte.

Cuando terminaron de cenar, tras probar el postre que Grace había preparado, Autumn salió con Hunter para que pudiese fumar. Rodearon la propiedad y se sentaron en la terraza trasera, delante del mar. Ella se estremeció al recordar el momento que había vivido allí con Jason meses atrás y lo lejano que parecía en aquel instante.

Hunter se apartó de ella para encenderse un cigarro y se apoyó en la valla de madera. Expulsó el humo y la miró de reojo.

—Voy a estar fuera durante un tiempo.

—¿Qué? ¿Por qué? Hunter, por favor...

—No es lo que piensas. —Tragó saliva, porque aún le costaba reconocerlo en voz alta, por mucho que se lo hubiese repetido mentalmente durante los últimos días—. He decidido ingresar en una clínica. Quiero... quiero intentarlo bien.

—Dime que hablas en serio... —susurró.

—Hablo muy en serio. —Sonrió.

Autumn lo abrazó por la espalda.

—Gracias, gracias, gracias.

—No hagas eso, Autumn. Y en todo caso, dáselas a él.

Ella tenía el corazón encogido y los labios curvados.

—Pienso ir a buscarlo en cuanto te termines ese cigarro.

—Espera. Me ha pedido que te dé un mensaje. Mañana por la tarde, sobre las cinco, estará esperándote en la casa azul. Ve allí. Y escúchalo. Al menos se ha ganado eso.

—Sí que lo ha hecho. —Sonrió y luego volvió a abrazarlo.

Se quedaron allí un rato, en silencio, envueltos por la oscuridad de aquella noche de invierno. Cuando él notó que ella estaba tiritando de frío, la animó a que regresasen dentro.

—Así que, ¿cuándo volveré a verte?

—Pronto, espero. Hay horario de visitas.

—Pues allí estaré —respondió.

—Faltaría más. —Hunter rio y negó con la cabeza—. Lo de perderte de vista es un imposible, ¿verdad?

—Totalmente imposible.

Autumn entró tras él y el calor del hogar la abrazó; se frotó las manos heladas y sus ojos se detuvieron en el anillo de Roxie mientras Hunter cogía la chaqueta que se había quitado al llegar. Y pensó que, si ella fuese testigo de aquel momento, de ese paso hacia delante, seguro que estaría sonriendo orgullosa.

# 42

Caminó por la acera de aquel barrio que tantos recuerdos le traía. Cada adoquín que dejaba atrás parecía ser uno de los muchos momentos que había vivido allí: cuando regresaba del colegio junto a Pablo, Hunter y Roxie hacia la casa de los Moore; cuando Hunter la acompañaba a comprarse un caramelo; cuando se demoraba más de lo esperado detrás de la valla observando a la familia Bennet...

La verja estaba abierta cuando llegó.

Empujó con suavidad y entró. La hierba crecía sin control engullendo el lugar que antaño había sido un jardín cuidado y sencillo; avanzó por la zona central hasta el porche. Las paredes habían dejado atrás ese azul cobalto que parecía desafiar el color del cielo y ahora tenían un tono que le recordó a los arándanos maduros, con esa palidez que parecía reflejar el paso del tiempo. Ignoró el pésimo estado de la madera, las ventanas rotas y el crujido del suelo a cada paso que daba. Tenía el corazón en la garganta cuando abrió, pero allí no había nadie.

Autumn observó la entrada desnuda y llena de polvo y trastos viejos. Cuando no encontró nada que le llamase la atención, subió al segundo piso. Sus ojos se detuvieron en el sitio exacto donde Jason la había besado por primera vez. Había pasado más de medio año desde ese instante y ella podía recordar con total claridad la calidez de su boca, la chispa que se desató entre ellos cuando sus labios se rozaron...

Buscó en todas las habitaciones y, al volver a bajar al primer piso, dedujo que había acudido a la cita demasiado pronto, a pesar de que se había obligado a no salir de casa con varias horas de antelación. Suspiró y entró en la vieja cocina. Y allí, sobre la encimera y bajo la cenefa de azulejos antiguos que todavía se mantenía casi intacta, vio un sobre blanco. Lo cogió, sonriendo, y lo abrió, pero no encontró la caligrafía pulcra de Jason, sino un correo electrónico impreso:

*Querida Autumn,*

*No sé muy bien cómo empezar, pero espero estar a la altura de la locura número once. Como podrás imaginar, hace unos días me llegó un mensaje de una persona contándome tu historia, nuestra historia.*

*En primer lugar, déjame decirte que me acuerdo de ti. Sé que probablemente te sorprenda, pero durante la infancia uno tiene la sensación de que es casi invisible o de que los adultos no se dan cuenta de lo que hacen, pero, por desgracia, las personas mayores estamos demasiado centradas en todo lo que ocurre a nuestro alrededor como para no percatarnos de las cosas más obvias, aunque a veces se nos escapen los detalles que realmente importan. Y sí, a menudo te veía detrás de la enredadera. Pensé en acercarme a saludarte en más de una ocasión, pero, quizá porque no le di la importancia que merecía, nunca llegué a hacerlo. Tampoco el último día, cuando me devolviste el pañuelo que se me cayó al suelo, ¿recuerdas? Es curioso cómo, luego, a lo largo de la vida, nos arrepentimos de no haber hecho cosas que en ese momento no parecían tan relevantes, pero que, de algún modo, sí que lo eran. Lamento haber perdido la oportunidad. A veces tengo la sensación de que la vida avanza tan rápido que casi no nos da tiempo a respirar, todo es avanzar, avanzar y avanzar y, cuando te quieres dar cuenta, terminas mudándote sin haber conocido a la mitad de tus vecinos, ni haber visitado gran parte de ciudad, ni hablado con esa chica de mirada despierta que veías a menudo por el barrio.*

*Siempre me gustó ese dicho de que «la vida es como una montaña rusa»; subes y bajas, subes y bajas, y hasta que no llegas al final del recorrido no eres consciente de que te has perdido gran parte del paisaje y apenas has visto una pequeña parte de todo lo que pretendías ver cuando te montaste con las manos llenas de sueños.*

*Por el mensaje que me llegó, sé que te has preguntado a menudo qué habría sido de mi familia, así que me llena de felicidad poder contarte que todos están bien. Nos mudamos a Alabama porque a mí me ofrecieron un puesto como profesora en la universidad que no pude rechazar. Aquí hemos sido muy afortunados. Miranda pronto descubrió lo que quería estudiar y ahora es ornitóloga y adora su trabajo. Caleb es chef en un restaurante y yo he engordado unos cinco kilos desde que hago de conejillo de indias cada vez que prepara un plato nuevo. Y nuestro Levi... Bueno, Levi está pasando por un momento duro tras afrontar un divorcio, pero sé que se recuperará con el tiempo y volverá a ser ese chico alegre y distraído que tanto adoramos.*

*Ojalá la vida te sonría a ti de la misma manera.*

*Nosotros pasamos unos años llenos de magia en la casa azul. A Miranda se le cayó su primer diente, Caleb y Levi aprendieron a ir en bicicleta y mi marido y yo disfrutamos de una época que nunca olvidaremos. Recuerdo lo mucho que me gustaba preparar el té al caer la tarde y sentarme junto a él en el porche, los tonos rojizos del cielo de San Francisco al atardecer y ver cómo brotaban los tulipanes en primavera.*

*Espero que seas muy feliz en esa casa que un día fue nuestra.*

*Nada me hace más dichosa que saber que ahora es tuya...*

*Un abrazo fuerte,*
*Laurie Bennet.*

Autumn dejó la carta con manos temblorosas sobre la encimera, en el mismo lugar del que la había cogido. Dio un paso hacia atrás, seguido de otro y otro más. El corazón le latía tan fuerte que casi podía escucharlo en el silencio que reinaba en la casa. Y, entonces, un crujido. Su espalda chocó con algo y supo que era él, porque su olor le llegó de repente, envolviéndola. Se giró.

Jason fijó la vista en la abultada barriga antes de alzarla hasta su rostro. Cuando sus miradas se encontraron, expulsó el aire que había estado conteniendo y, sin poder reprimir el impulso, avanzó hasta ella y la abrazó.

—Os he echado tanto de menos...

Autumn escondió la cabeza en su pecho.

—Siento haberme ido...

—No lo sientas, pequeña.

—Es que no me entendías...

Él se separó de ella para poder mirarla y le rozó la mejilla con los dedos.

—Ya lo sé, Autumn. Perdóname —susurró—. Yo nunca... nunca había sentido por otra persona algo así. El día que me di cuenta, me daba tanto miedo tenerte como perderte; me daba miedo todo. No me entendía, no entendía cómo podía sentir algo así por otra persona; quererla tanto, necesitarla tanto. Y era... como si me desbordase. Como si no tuviese espacio para contener todas esas emociones...

Autumn parpadeó con las pestañas llenas de lágrimas.

—Puedo comprenderlo. Y sentirlo —susurró.

—Nunca volveré a exigirte que elijas. Nunca te pediré que renuncies a algo que ames o te haga feliz. Nunca esperaré que tus decisiones sean las mías, ni que pienses lo mismo que yo, ni que cedas si no deseas hacerlo. Te juro que solo quiero estar a tu lado, pese a todo, contra todo, pero jamás tomaré las riendas de tu vida. Te quiero, así como eres: tan libre, tan única, tan tuya... —Bajó la mirada y le borró una lágrima, desdibujándola con los dedos—. Y si alguna vez pierdo la cabeza e intento cambiar eso, cambiarte a ti, joder, déjame. Déjame igual que lo hiciste la última vez.

Las manos de Autumn le rodearon el cuello y lo silenciaron con un beso ansioso y dulce. Jason cerró los ojos y sintió su boca contra la suya, tan suave, tan perfecta. Supo que cualquier cosa hubiese valido la pena por ese momento. Por ella.

—Necesito... Explícame lo de la carta.

—No hay nada que explicar. —Le sonrió.

—Claro que sí. Dice que... que ahora es mía...

Jason alzó una mano y le alisó el ceño fruncido.

—Y es verdad. El proyecto sigue adelante, pero será diferente. Al final resulta que la filosofía de trabajo de Clark tiene su gracia, porque cuando le conté tu historia y le hablé de este lugar, le faltó tiempo para querer que trabajásemos juntos. Vamos a tirar las casas abajo, porque es imposible restaurarlas, pero construiremos otras parecidas. —La miró divertido—. ¿Cómo era lo que dijiste cuando nos conocimos? ¿Más... auténticas? Sí. Eso. Y he decidido reservar esta de antemano. Para ti.

Ella intentó mantener la calma sin conseguirlo.

—Hablas como si acabases de comprar una taza o algo así, ¿te has vuelto loco? ¡Esto no es...! ¡Esto es serio, Jason! Yo he entendido que, en realidad, un hogar es lo que formemos entre los dos, no me importa dónde ni cómo.

—Por eso mismo. Tú has entendido eso y yo he entendido muchas otras cosas, pero quería regalarte la locura número doce. —La cogió de la mano antes de salir de la cocina y subir a la segunda planta tirando de ella tras él.

Al entrelazar sus dedos, mientras lo seguía, se fijó en los trazos que había en su muñeca y que formaban la palabra «todo». Lo acarició con el pulgar.

—No me lo puedo creer... —Se echó a reír.

—La número diez —explicó divertido.

—Para no creer en el horóscopo, te lo has tomado muy en serio... —Su voz fue apenas un murmullo.

Él la miró por encima del hombro.

—¿Qué has dicho? —preguntó.

—Nada. —Se puso de puntillas y le dio un beso.

Jason se colocó a su espalda y la abrazó, apoyando las manos sobre su barriga y acariciándola por encima de la ropa. Al hablar, su voz le hizo cosquillas en la oreja.

—No me digas que no puedes imaginar cómo será —le susurró mientras contemplaban las paredes que los rodeaban—. He pensado varias cosas. Primero tendré que construir una casa para el perro. Segundo, nunca revelaremos las coordenadas exactas de dónde ocurrió lo inesperado. Y tercera, debería ir haciéndome a la idea de tener que comprar mucha pintura azul, ¿verdad?

—¿Te he dicho alguna vez que me encanta que seas tan previsor? —Ella se giró hacia él con el corazón lleno y la sonrisa abierta. Se hundió en el azul de sus ojos y decidió en ese momento que aquél sería el tono que buscaría para recubrir las paredes, uno que, al verlo incluso en la distancia antes de llegar a casa, ya le recordase a él—. Eres el «todo» con el que siempre soñé. Y ni siquiera sé qué decir por lo que has hecho por mí... las trece locuras... mirarme como lo haces...

—Doce —susurró contra su boca.

—¿Cómo has dicho? —Se separó de él.

—Me di cuenta de que la trece la hice hace mucho tiempo.

—¿Y cuál es? —Lo miró divertida.

Jason se inclinó para besarla.

—Eso tendrás que adivinarlo...

# EPÍLOGO

Me envuelvo con la manta que he cogido del comedor mientras me termino el café con leche en el porche de casa, fijándome en los árboles casi desnudos que esta primavera se vestirán de color verde y darán sombra en el jardín. Me bebo el último trago antes de levantarme y entrar. Voy al baño para lavarme los dientes y luego subo al piso de arriba caminando descalza a pesar del frío. Me asomo por la puerta y sonrío.

Jason está tumbado en la cama durmiendo junto a dos bultos pequeños que parecen buscar el calor acurrucándose contra él. Sally, que tiene tres años, es mucho más grande que Phoebe y ocupa el hueco que yo he dejado cuando me he levantado un rato después de que las dos se pusiesen a llorar para que accediésemos a meterlas en la cama con nosotros. Nunca pensé que en nuestra relación sería yo la que terminaría poniendo límites y normas, pero, cuando se trata de las niñas, Jason no es capaz de hacerlo, porque al primer quejido cede y les da todo lo que quieren.

Me acerco hasta ellos con la sonrisa tonta aún en los labios y me tumbo al lado de Jason para abrazarlo y apretarme contra él igual que ellas, buscando su olor y sentirlo más cerca. Él parpadea antes de mirarme. Luego, sus labios se curvan mientras se mueve para darme un beso. Phoebe se agita en seguida y, dos minutos después, empieza a llorar y despierta a Sally, que protesta todavía con sueño. Adiós a la tranquilidad.

Media hora más tarde, la cocina se ha convertido en una zona de guerra. Sally ha metido las manos dentro del bote de cacao en polvo y se ha ensuciado todo el pijama antes de empezar a chuparse los dedos; el perro está ocupado lamiendo los restos que han caído al suelo; Phoebe no deja de llorar y le importa bien poco que su padre finja que el biberón es un cohete espacial porque parece decidida a conseguir que se estrelle contra el suelo. Le paso a

Jason su café y sonrío al ver cómo se lo bebe de un trago como si lo necesitase más que respirar.

—Sally, no te chupes la camiseta —le dice e intenta impedir que siga lamiéndose el cacao que se ha tirado encima, pero Phoebe aprovecha ese momento de distracción para darle un manotazo al biberón y tirarlo al suelo—. ¡Jod... córcholis! —masculla.

Intento no reírme mientras lo recojo.

Jason carga a Sally en brazos y desaparece escaleras arriba para cambiarle el pijama. La primera semana que la acogimos, él estaba tan nervioso que apenas durmió; no sé si pensaba que iba a ser una niña complicada por haber vivido en un entorno difícil hasta entonces o si temía que nuestras vidas cambiasen más de lo esperado al dejar de ser solo nosotros tres, pero lo cierto es que, desde el principio, Sally lo adoró. Pronto descubrimos que para conciliar el sueño necesitaba acariciarle a Jason la uña del dedo pulgar, porque distinguía perfectamente cuándo era la mía si intentábamos engañarla y que, por ejemplo, solo accedía a comer verduras si Jason se lo pedía y se sentaba a su lado en la mesa. Así que son inseparables.

Bajan poco después y vuelven a sentarse a la mesa.

—¿De quién es el cumpleaños hoy? —le pregunta y Sally señala a Phoebe, que golpea la mesa de su trona como si estuviese tocando la batería. Jason sonríe y se levanta—. Iré a por el periódico.

Diez minutos más tarde, he conseguido que Phoebe se tome la mitad del biberón y la dejo en el tacatá mientras Sally se tumba en el sofá en cuanto suena la música que anuncia que empiezan unos dibujos animados protagonizados por una familia de erizos. No sabemos por qué, pero siempre se queda absorta mirándolos.

Al entrar en la cocina, me río al ver que Jason está leyendo el horóscopo. Paso por su lado y él me coge de la cintura, tirando de mí hasta que acabo sentada sobre sus piernas.

—Veamos, Tauro: «Sigue viviendo el presente y observando detenidamente todo lo que ocurre a tu alrededor. El tiempo que dediques a los demás será muy gratificante». Nada muy revelador —opina antes de buscar el mío—. «El optimismo son las vitaminas de la vida y esa actitud te ayudará a que te sigan pasando cosas mágicas e impredecibles».

—Me gusta —digo antes de darle un beso que empieza siendo suave y él termina alargando unos segundos más—. Tenemos muchas cosas que hacer.

—No te agobies. Solo es un cumpleaños.

—Su primer cumpleaños —puntualizo.

Lo veo dudar, pero al final sacude la cabeza.

—Tienes razón. Vamos a repartirnos las tareas.

Jason, ayudado por Sally, se encarga de recoger toda la casa, guardar los juguetes y dejar el comedor libre de trastos. Yo cuelgo algunas guirnaldas rosas y blancas de un extremo de la pared al otro y, para cuando termino con la decoración del sitio, Sally dice que aquello parece «una casa de princesas». Juntos, preparamos sándwiches variados, empanadillas y pizzas mientras la radio suena de fondo y me pongo a cantar a pleno pulmón ignorando sus quejidos y su ceño fruncido.

—¿Qué tengo que hacer para que dejes de torturarme?

—La colada. Toda la semana.

Me echo a reír al verlo negar con la cabeza y canto más fuerte esa canción de los Beatles que me trae recuerdos del verano que pasamos juntos conociéndonos el uno al otro, aprendiendo a entendernos, a sabernos querer. Al final, en mitad del estribillo, Jason deja lo que está haciendo y sus manos trepan por mi cintura al son de la música mientras bailamos juntos, sin ninguna razón, riéndonos en medio de la cocina...

Para cuando empiezan a llegar los invitados, todo está casi listo. La primera en aparecer, como siempre, es Grace. Tras darle un beso en la mejilla, le quito de las manos la tarta inmensa que ha hecho para el cumpleaños de Phoebe y la dejo en la encimera.

—Esta vez te has superado...

—¡Oh, no ha sido nada!

—Grace, tiene tres pisos.

—No es para tanto. —Se quita la chaqueta—. ¿Dónde están mis niñas?

—En el salón. Gracias por la tarta —le digo antes de abrazarla.

Los siguientes en llegar son los señores Brown, acompañados por Leo y Tristan que, de inmediato, consiguen que las dos chiquillas enloquezcan y la casa se vuelva caótica. Tristan lleva una camiseta en la que puede leerse «Edición limitada» y Leo otra que dice «En peligro de extinción». Jason se las regaló estas navidades y no es la primera vez que las usan para acudir a una cita doble. Cuando Helga insiste en hacer algo en la cocina, yo me niego, pero termino diciéndole que revise en el salón que todo esté preparado a pesar de que sé que lo está. Ella me mira agradecida, porque adora tener alguna tarea de la que ocuparse.

Media hora más tarde, han aparecido Abigail, Tom, Nathaniel y Jimmy. Después llegan Mike y Rachel, que está tan enorme que temo que vaya a ponerse a dar a luz en mitad del cumpleaños, y Luke y Harriet, su adorable esposa. Como siempre, Hunter es el último en llegar. Intento asesinarlo mentalmente cuando lo veo atravesar el umbral.

Él sonríe, ignora mi mal humor y me abraza tan fuerte que me levanta del suelo. Después apoya la mano en el hombro de Jason y asiente con la cabeza.

—Pregúntame si vamos a vender la propiedad de Street Round 43.

—¿Vamos a venderla? —Jason alza las cejas.

—Vamos a venderla —confirma Hunter antes de que choquen el puño.

—Qué conversación de besugos.

—De negocios —aclara Jason sonriente.

Lo miro, chasqueo la lengua y desaparezco por el pasillo, pero noto que se me escapa la sonrisa. Hace ya tiempo que Hunter salió de la clínica recuperado y que empezó a trabajar para Jason como agente inmobiliario. Y casi más desde que se convirtieron en dos buenos amigos que parecen saberlo todo el uno del otro. Pero a veces sigo mirándolos incrédula, preguntándome cómo es posible tener la suerte de vivir rodeada de esas personas y de tanta luz. Gracias a todos ellos he aprendido que los recuerdos no son instantes que decidimos capturar y guardar, los recuerdos son el resultado de vivir. No se pueden cambiar. No se pueden elegir. Llegan solos, sin avisar, y se quedan contigo para siempre.

De repente pienso... pienso que quizá un día cualquiera, dentro de muchos años, me despertaré una mañana y recordaré este instante, el primer cumpleaños de Phoebe, rodeada de amor y sonrisas, mientras ella agita sus manos en alto. La miro. Solo a ella. Su rostro alegre, el cabello del mismo color que el de su padre, que la sostiene en alto, y los ojos vivaces.

Y es perfecto. Todo es perfecto. Aunque Leo acabe de decir «joder» y Sally lo haya imitado de inmediato. Aunque Luke no deje de hacerme preguntas raras sobre cómo prefiero morir. Aunque Grace haya traído tantos regalos que, probablemente, tenga que alquilar un trastero solo para guardarlos. Aunque Nathaniel acabe de informar de que Phoebe «huele a caca» después de arrugar su nariz chata. Sí, todo sigue siendo perfecto.

Poco después de soplar las velas, comer la tarta y de que se hayan ido la mayoría de los invitados, salimos al jardín para que Sally juegue un rato con *Pistacho,* que echa a correr cada vez que ella le lanza la pelota. Me siento en los escalones del porche, al lado de Hunter, mientras los últimos rayos del sol se cuelan entre los jirones de nubes. Él se enciende un cigarro y estira las piernas, relajado y sonriente. Se levanta al terminárselo, justo cuando Jason sale de casa con Phoebe en brazos. Hunter la coge y le hace un par de carantoñas ante las que ella ríe.

—Nos vemos mañana —le dice a Jason.

—Recuerda que tenemos la reunión.

—Llegaré pronto —asegura, mientras devuelve a la pequeña a su padre y se despide.

Sally está sentada en el suelo, jugando entre la hierba. Me acomodo a su lado y cojo un par de muñecos que muevo mientras finjo que hablan y ella mira la escena embelesada. Cuando se cansa, tira al suelo algunos de los juguetes que estaban de pie. Al verla reír, pienso que, más que nunca, todo lo que estamos haciendo vale la pena. Desde que Jason logró hacerse oír en el periódico, muchas otras personas se han interesado por el proyecto. El camino, tal como ya sabía, es largo, difícil y poco agradecido, pero cada pequeño logro es un paso hacia delante; el mes pasado, por fin, conseguimos el apoyo del último miembro de la Junta de Supervisores, que no parecía dispuesto a dar su brazo a torcer, y esto significa que es probable que pronto, con paciencia, puedan darse algunos cambios y mejoras.

Me dejo caer sobre la hierba, con la mirada fija en el cielo, mientras Sally trepa por encima y se tumba encima de mí. Giro la cabeza cuando Jason me llama y parpadeo confundida porque, de repente, mientras él camina hacia nosotras encorvado, sujetando a Phoebe por las manos y dejando que ella dé un paso y luego otro y otro, tengo la sensación de que ya he vivido este momento... esta misma escena... sus piernas regordetas moviéndose con lentitud, su risa alzándose al caer la tarde...

—Es el sueño... —susurro.

—¿Qué has dicho? —Jason me mira.

—Este es el sueño que tuve.

Cuando nos alcanzan, Jason se sienta a mi lado con Phoebe encima. No dice nada, solo me mira, me mira sin parar, y me roza la mejilla mientras Phoebe se llena de babas. Él sonríe al verla y le pone el chupete que lleva colgado en la ropa.

Unas horas más tarde, después del baño y de la cena, acostamos a las niñas.

Por suerte, Sally está tan agotada que Jason apenas le ha leído tres páginas de un cuento cuando se queda dormida. Apago la lamparita que hay en la mesita de noche, al lado de esa bailarina de peluche que Phoebe adora, y salgo sin hacer ruido detrás de él.

Me dejo caer en la cama, agotada.

Jason se quita la sudadera y se queda solo con una camiseta interior blanca de manga corta antes de tumbarse a mi lado y suspirar hondo. Coge las mantas y nos tapa a los dos. Me giro hacia él y repaso las líneas de su mandíbula con la punta de los dedos.

—¿Cuándo vas a decírmelo?

—¿El qué? —pregunta abrazándome.

—La locura número trece.

Él sonríe y un segundo después estoy bajo su cuerpo cálido y firme que encaja con el mío como si fuésemos dos piezas destinadas a encontrarse.

—Deberías haberla adivinado —me dice.

—Ya, pero está claro que nunca lo haré.

Jason gruñe bajito y desliza la mano por mi pierna, trazando un camino, dejando atrás ese lunar que tanto le gusta y subiendo por la cintura con lentitud. Me estremezco y él lo nota y se mueve a conciencia sobre mí con una sonrisa traviesa.

—La número trece fue la primera de todas. ¿Recuerdas la noche que pasamos aquí, en esta misma casa, cuando solo era un montón de escombros? —Me acaricia el cuello y la barbilla y sigue avanzando hasta rozar mis labios con la punta de los dedos—. Tenías los ojos cerrados y mientras te besaba, tú dijiste «esto es una locura».

De repente, la escena se dibuja en trazos, formas y colores. Sonrío, le rodeo la nuca para acercar su rostro al mío y lo beso lentamente antes de hablar contra sus labios.

—Y entonces tú contestaste: «La mejor locura del mundo».

# AGRADECIMIENTOS

Escribir una novela lleva mucho tiempo. Escribir una serie, aún más. Cuando Mike, Rachel, Luke y Jason aparecieron en mi cabeza allá por el 2014, aún no sabía que estos cuatro amigos se convertirían en lo que hoy en día son para mí. Han formado parte de una etapa increíble durante la que he conocido a mucha gente que me llevo conmigo.

En primer lugar, quiero dar las gracias a la editorial Urano, por convertirse en una casa para todos ellos. Y a Esther Sanz, mi editora, que fue la que me tendió las llaves de esa puerta. También a todos los que trabajan allí y hacen que esto sea posible.

A mis lectores cero, que ayudan, aconsejan y aportan.

A María Martínez, que en este camino de letras se convirtió en una amiga. Esta serie nos unió y creo que es bonito despedirme de ellos dedicándotela a ti. Por eso y por querer y entender las complejidades de Jason.

A mis compañeras de letras, sois inspiración.

A mi familia, que siempre es el gran apoyo.

A los lectores, porque son lo más importante de todo y aún no me creo que acogiesen así a este grupo de amigos y siguiesen sus pasos con entusiasmo.

A Neïra, Saray y Abril, porque son las mejores compañeras de viaje que podría desear y porque cada día es mucho mejor al saber que están ahí.

A Dani, el chico que sueña con París, el amigo más increíble que podría tener.

A J, siempre. Porque si él no me hubiese dicho tantas veces «ya me encargo yo, deja eso y ponte a escribir», quizá estas novelas no existirían y mi vida ahora sería muy diferente. Gracias por apoyarme y sumar siempre. Eres mi «todo».